冬日恋曲

〔埃及〕安德烈·艾席蒙 著　龚林轩 译

四川文艺出版社

图书在版编目（CIP）数据

冬日恋曲 / (埃及) 安德烈·艾席蒙著; 龚林轩译
. -- 成都: 四川文艺出版社, 2021.11
ISBN 978-7-5411-6072-1

Ⅰ.①冬… Ⅱ.①安…②龚… Ⅲ.①长篇小说—埃
及—现代 Ⅳ.① I411.45

中国版本图书馆 CIP 数据核字 (2021) 第 186947 号

版权登记号：图进字 21-2021-225

DONGRI LIAN QU

冬日恋曲

〔埃及〕安德烈·艾席蒙　著

龚林轩　译

出 品 人　张庆宁
策划出品　北京磨铁文化集团股份有限公司
责任编辑　邓　敏
责任校对　汪　平

出版发行　四川文艺出版社（成都市槐树街 2 号）
网　　址　www.scwys.com
电　　话　010-82068999（市场部）　028-86259303（编辑部）
传　　真　028-86259306

印　　刷　河北鹏润印刷有限公司
成品尺寸　146mm × 210mm　　　　开　本　32 开
印　　张　13.25　　　　　　　　　字　数　310 千
版　　次　2021 年 11 月第一版　　印　次　2021 年 11 月第一次印刷
书　　号　ISBN 978-7-5411-6072-1
定　　价　54.80 元

第一夜

　　晚宴进行到中途，我脑海里整晚都在回放这一切：巴士和雪，沿着斜坡走的那段路，在我前方隐约浮现的教堂，电梯里的陌生人，拥挤的客厅里人们的脸庞、笑容与不安都被烛火照亮，钢琴的音乐声，声音嘶哑的歌手唱的歌，四处弥漫的松香味，这些都伴随着我流连于各个房间。

　　或许今晚我应该到得早一些，又或者再晚一点，或者根本就不应该来。

　　洗手间的墙上有一幅古典的棕褐色雕刻画，门外是一条长长的走廊，通向更为私密的非宾客区域。长廊回转，又能神奇地领宾客回到先前的客厅。越来越多的人开始聚集起来，我被人群挤向窗边，在巨大的圣诞树后终于找到了一个自以为静一些的位置。这时，有人突然向我伸出手，道了一声："我是克拉拉。"

　　"我是克拉拉"，这句话就像一个显而易见的事实需要立刻让人知晓，似乎我也应当知晓。看到我没有认出她来，或者也许正试图不去认她，她便打破了我的伪装，让我把她的脸对应上这个人人都听过很多次的名字。

在别人看来，"我是克拉拉"这句话是打开话匣的一个试探性的开场白，温顺、谦恭又充满自信和随意，甚至带着冷淡的距离感。像是随意地握手打招呼一样稳重和有活力，却没有用力过度或者毫无生气的肢体相碰之感。

一个害羞的人说出"找是克拉拉"这句话需要鼓足勇气，且几乎筋疲力尽。如果对方没有捕捉到这句话的暗示，反倒会令这个害羞的人心怀感激。

这一次，"我是克拉拉"就像某个人讲了太多次的开场白一样轻车熟路，既不过于自信，也不让人感到唐突，伴着一张试图打破陌生人之间沉默的笑脸。对她、我，乃至对生活来说，自我介绍是让人紧张、局促不安的，甚至有点好笑。这些悄然发生在我们之间，就像某个必须经历又毫无意义的形式。不过，此刻时光正好，我们两人远离了那些在客厅中央即将开始歌唱的人。

她的开场白像吹走障碍物的一阵狂风，敲开了所有的门与窗，吹开了隆冬季节里的四月花，轻易地扰动了那些在人生道路上浮躁、万事不上心的人。她既不匆忙慌乱，也没有略过烦琐细节，这句开场白中带着一丝危机和骚动，但并不让人觉得无心与冷漠，倒是很适合她的形象，那扬起的傲慢的下巴，那胸前敞开的深红色薄纱衬衫，皮肤的光泽与锁骨的线条，还有细铂金项链上镶嵌的钻石闪耀着冷峻的光芒。

在未经任何提示下闯入的一句"我是克拉拉"，就像在剧院开幕前几秒钟突然挤进人群的观众，乱一阵又即刻恢复平静。不过，很显然，她为自己突然打扰了我而感到一点尴尬。就像在剧院里刚找到她自己的座位，就脱落外套，同时转向她的邻座，想要低声自然地为刚才的打扰道歉，悄声地说道："我是克拉拉。"这话意味着，我就是那个今年你会天天见到的克拉拉，所以让我们好好相处吧。我就是你从没想过会坐在你身边的克拉拉。我也是你余生的每年、每月、每日都希望在此遇到的克拉拉。我知道你是这么想的，尽管你极力掩饰，但你看到我的一瞬间，你的心里就明白了这一切。

在"你怎会不知道？"与"这是什么表情？"的交织中，她似乎在说"看这儿"，像是魔术师要教小孩一个简单的把戏："拿着这个名字，把它紧紧地放在掌心，当你独自在家时，摊开手回想，我今天遇到了克拉拉。"又像是给一位即将发脾气的老绅士递上一块榛子味的巧克力，并告诉他："在吃它之前，请什么都别说。"她就是这样，就算挤到或推搡了你，但是在你察觉之前或者想要抱怨之前，就立刻弥补了过错。所以你也分不清她的道歉与推搡到底哪个在前、哪个在后，又或许它们之间根本没有关联，而是围绕着那句"我是克拉拉"，像闹着玩的威胁，伪装成了无聊恶作剧的模样。

遇到她之前，遇到她之后。

在遇到她之前的一切，没有生机、空洞，只是无聊度日。在遇到她之后的一切，激动人心又让人害怕，像站在一座响尾蛇山谷之上看到的海市蜃楼。

"我是克拉拉"，这一句是我最确信的事。警惕、温暖、刻薄又危险，每次回想起她，我都有这样的感觉。她的一切都从这句话展开，仿佛这是一个紧急的宣告，被神秘地写在火柴盒背面，你把它偷偷地塞进皮夹——当一个美梦、一段渴望的生活骤然被点亮时，这张小小的纸片便可以唤回那个夜晚。

尽管这只是一个虚幻的想法，却让我如此心动，如此渴望快乐，以至于炙热到让我几乎相信，在那样的一个夜晚，我是真的很快乐，如同四月的花丛莽撞地在冬至里蔓延开来。

派对结束后，我还会有这种感觉吗？或者我潜意识里会找到狡猾取巧的方式来琢磨一些细微的缺陷，直至这个美梦被扼杀，失去渴望的光泽。当这份光泽消失殆尽，我会被再次敲醒：人生的幸福是唯一一样无法靠他人获得的东西。

当她在那晚的人群中消失，我担心会就此失去她时，"我是克拉拉"这句话便融入了她的声音、她的笑容和她的面庞，仿佛有了魔力。好像只要我对自己悄悄说一声"我是克拉拉"，她就又会出现在我身旁，回到在这棵圣诞树旁，还是警惕、温暖、刻薄又危险的样子。

在见到她之后的几分钟里，我就知道也许我们再也不会相遇。我已经开始在心里演习如何将这句"我是克拉拉"带走，回家与我衬衫的袖扣、领撑、腕表和钱夹一起，藏进我的抽屉。

我已逐渐令自己相信这个美梦不会超过五分钟，因为其中包含了太多茫然而不真实的片段，就像生活中那些发生太快、太容易的事，轻而易举地带着我们进入一个新的闭环——虽然还是我们生活的样子，却是我们一直渴望又一直欺骗自己、逃避活成的样子。在这样的情况下，生活终于回归正轨，用正确的时态来讲述，以一种适用于自我，且只有我理解的语言来演绎。

生活终于变得真实而明亮起来，因为它不再通过我们本身来发现，而是在别人的声音里或是从别人的手中，抑或在一个绝对不可能陌生的人脸上。但她又恰恰是个陌生人，凝视着我，并在目光里诉说——今晚，我就是你生活的全部面目，生活的所有方式；今晚，我是你回望整个世界时的眼睛。

"我是克拉拉。"它的意思是：现在请轻声说出我的名字，一周后再来看它，看看它周围有没有长出水晶。

"我是克拉拉"——她曾微笑，像是她一直在笑某人刚刚对她说的某件事，并借着笑声开始了另一种情景：她在圣诞树后转向我，告诉我她的名字，伸过来让我握她的手，让我想对那些从未听过的笑话突然发笑，最后意识到她的幽默感真的和我如出一辙。

这就是"我是克拉拉"对我的意义。它制造了一种亲密无间却又时隐时现的情谊的错觉，仿佛以前我们相识，却一直没有联系。所以当她向我伸出手的那个瞬间，我不惜一切代价也要重逢。

她正在做一件我们早就该完成的事——试想我们从小一起长大，后来失去了联系；或者经历了太多，抑或我们是很久以前的恋人，直到像死亡这样微不足道和愚蠢的事情发生在我们之间——所以这一次，她不打算让这种事情发生。

"我是克拉拉"的意思是，我已经认识你了，这并非平常的琐事。如果你不信命运在其中已安排妥当，那么请再三思考。但如果你愿意，我们可以用随意的鸡尾酒来寒暄，假装这一切都如你所想。抑或，我们可以放下一切，不用理会任何人，像小孩子一样在圣诞前夜在熙攘的客厅中搭起小帐篷，进入一个充满欢笑和能预知的美好世界。这里没有危险，没有羞耻，没有怀疑，也没有恐惧，在这里，所有话语都是玩笑、巧思和妙想，因为最严肃的事情也往往打着恶作剧和寻欢作乐的幌子。

我握着她的手比往常更久一些，我想告诉她我已经接收到了这个讯息，但又不确定是不是自己误解了这一层意思，所以很快就又放开了。

这就是我对这个夜晚的署名与记忆，我对一个普通打招呼式握手产生的曲解。如果她知道如何读懂我，她就会看穿这种无聊的假象，看到更深处的内里，但我不愿意抹去这种无聊感，尤其是在一个只用三个词和轻轻一瞥，就轻易掌握了我所有藏身之匙的人面前。

我没有想到，闯入我生活的人，也能同样自然、轻易地走出我的生活。就像一个在音乐会开始前几秒钟闯入音乐厅的人，发现自己坐错位置后，突然站起来再次打扰大家，而不是等到中场休息的时刻。

我看着她，我认得她那张脸。"你看起来很面熟。"我正想说。

"你看起来很迷茫。"她抢先一步。

"有这么明显吗？"我回答道，"大多数人在聚会上不都显得很茫然吗？"

"有的人会，但他不是。"她指着一个在和女人说话的中年绅士。他正靠在一根一眼就能辨认出是假的科林斯风格的柱子上，手里拿着一杯清澈的酒，似乎他有的是时间。"他看起来可一点也不失落。她也是。"

我是克拉拉。我可以看透你们。

"'舒科夫'先生和夫人。"她在一旁给他们取了名。

舒科夫先生和夫人迫不及待地都要把衣服扯下来，他一边喝着酒，一边眨着眼睛说："给我一秒钟，我们就可以起飞。"

"'舒科夫'的意思是：人们总是无法摆脱希望能摆脱的人。①"

---

① 译注：Shukoff和shake off发音相近。

她揶揄地解释道。我们开怀大笑。

然后，克拉拉谨慎地指了指一个穿着红色长裙和黑色漆皮鞋的六十多岁的女人说："圣诞老人的奶奶。你看那个——"克拉拉指着另一个女人，肚子上绑着一条宽大的金扣漆皮腰带，戴着一顶闪闪发光的金色假发，假发的两鬓像两只小野猪的鬃毛，又松又硬，卷着她的耳朵。从她的耳垂上垂下的两颗片状的大珍珠，像是微型的UFO，只是里面没有小绿人。克拉拉叫她"玛菲·米特福德"，然后继续阐述玛菲的故事。她把我也纳入其中，似乎从来没有考虑过我是否同意加入这个揶揄他人的游戏中。

玛菲说话带着颤音，我说，玛菲在家里穿的是浅蓝色的长毛绒拖鞋。她说，玛菲下身穿着家居服，而且总是穿家居服。玛菲家有一只没修剪体毛的贵宾犬，叫苏莱曼，她有一个绰号叫"薯条"的丈夫，还有她的儿子，叫……皮普，女儿叫米米，不，叫巴菲——和玛菲押韵。玛菲·博蒙特，还是蒙特贝罗，不，是贝尔蒙特。不，还不如叫舍恩贝格，克拉拉说。玛菲还有一个英国女佣，来自什罗普郡。不，是诺丁汉姆。不，是东安格利亚，东科克，小吉丁，我说。她纠正道，是烧毁的诺顿，下一秒又想了想说，不如来自群岛。马略卡岛。

我说："那要像蒙塞拉特这样的名字才行。"

"不，不。是多洛雷斯、卢斯、贝尔塔、法蒂玛、康苏洛、雅辛塔、法比奥拉、伊内兹、埃斯梅拉达……"——这些名字永远没有终点，因为它们的魔力在于其中的韵律，它们抑扬顿挫，不断在最后一个名字上叠加，如同远洛克威海滩上的沙子。直到说到罗德里格斯——这让我们大呼过瘾。我们看到玛菲跟随着歌手洪亮的声音和节奏笑着扭动臀部，腰带随着抖动逐渐垂下来，就像一个肥大的象征。她的酒杯是空的——她一边喝着酒，一边眨着眼睛说，再给我倒一杯马提尼，看我变成粉红色。

"你是汉斯的朋友，对吗？"她问。

"为什么这样说？"

"你没唱歌。我也没唱歌。"她停顿了几秒，见我没有完全明白她的解释，又补充道，"汉斯的朋友不唱歌。只有格雷琴的朋友才会唱歌。"她用餐巾纸擦了擦嘴唇，仿佛是为了忍住一个她不打算分享的私人笑话的最后一丝笑意，虽然表面看起来波澜不惊，却让你一点也不想错过。"很简单。"她边说边明显地指着那些围在钢琴旁的人，那儿有一群人正围着一个嗓音洪亮正唱得尽兴的男子。

"那么，格雷琴一定是两个人中更有音乐天赋的。"我不紧不慢地补充道，我只是想说点什么，什么都行，即使我知道这场闲聊还是会不可避免地走向沉默。但克拉拉的回答让我的话泄了气。

"格雷琴懂音乐？就算音乐在格雷琴耳边放屁，她也听不见。你看她，只是傻站在门后迎接所有的客人，因为她不知道自己还能做什么。"我突然想起了那个蹩脚的握手、敷衍的问候，以及那个为了不弄花了她的妆容而在你耳边擦过的贴面吻。

这句话让我一惊，但我只能听而不闻，因为我不知道该如何回答或反驳。

"不过，看看他们的脸就知道了。"她指着那些唱歌的人说道。我顺着她指的方向，看着他们的脸。"换了你，你会去唱歌吗？这不过就是一个圣诞派对，大家为何都像吸着蛋奶酒的大金鱼一样兴高采烈？"

我继续沉默。

"说真的，"她补充道，说明刚刚并不是一个反问，"看看这些欧洲的舒科夫吧，他们不都像那些总是在圣诞晚会上唱歌的人吗？"

我是克拉拉。这句话变得令人讨厌。

"但我会唱歌，只是偶尔。"我虚伪地说道。我试图让自己听起来不像那些人一样普通或幼稚，他们认为在聚会上唱歌是世界上最自然的事情。也许我只是想看看她会如何收起她的敌意，因为此刻她已经无意中把我卷入了这场战火中。又或者我只是在逗她，不想让她知道，她对社交唱歌的愤世嫉俗与我对自己的评价有多相像。

"'但我会唱歌'……"她边说边抬了抬眉，似乎我说了什么复杂难懂的事情。她点头，好像在思考我言语中的深层意味，似乎正在权衡如何表达。但瞬间我突然意识到：她并不是在说她自己，她只不过是在模仿我刚才对她说的话——但我会唱歌——而且是带着嘲弄的口吻把它再次丢给我，如同一件已经拆开盒子且变得皱巴巴的礼物被退回到面前。

"所以你会唱歌……"她说。显然她还在考虑这件事，还是说，她中了我的招儿之后，已经在反悔嘲笑这件事了？

"是的，我会唱歌，有时……"我回答说，尽量让自己听起来别太得意或太认真严肃。我假装没有听出她声音中的嘲讽，当我正要加上"在洗澡时"的时候，我立刻就想到：在克拉拉的世界里，洗澡时唱歌这件事正是每个人都愿承认的，尤其是当他们狡猾地承认"有时喜欢唱歌"时。这本就是一件预料之中的事，仿佛我能听到她在依次解开我句子中的每一个陈词滥调。

"原来你会唱歌，"她开始说道，"一会儿就听你唱吧。"

猝不及防的回应。我使劲摇了摇头。

"怎么，在别人面前唱得不好吗？"她问。

"大概是吧。"我想说"我能唱得更好"，但忍住了，只能这么蹩脚地回应她工作报告式的打趣。但此刻，我已无话可说。

她犹豫片刻，然后看着我的肩膀，打破了沉默："想听我唱歌吗？"

她的话听起来像是一种夸张的冒险。我猜这不过是个玩笑，在对格雷琴和那些朋友的歌唱表现出反感之后，她此刻最不愿意做的事情就是唱歌。但还未等我思考出恰当的话回答她，她已然加入了合唱。我永远也无法将她的声音和脸一并而论，也不相信那是属于她的声音，因为她唱得太声情并茂，仿佛在那一刻，在我身边唱歌的时候，她流露出了更深沉的另一面，提醒着我到目前为止的一切看法：从喧嚣如风声般的揶揄，到毒镖般尖锐的嘲讽，可能都是错的。"刻薄"有其更温顺谦恭的一面，"危险"也可以让人有忧虑和怜悯。她充满了如此令人惊讶的转变，以至于要跟上任何一个拐点试图猜测方向，都是毫无意义的。尽管世人有时粗暴且傲慢，但只要有几个音符就能轻易地让人心悦诚服，人的内心和本质是如此善良、坦率，甚至是脆弱的。尽管仍有不安的怀疑，但从一个这样的人转变为另一个那样的人的能力，有着致命的吸引力。

我被那声音、被那个人、被无法掌控的转折情景、被如此轻易就得到的愉悦迷住了，无助、无知地被迷住了。她的歌声不仅从她的身体里传出来，也似乎是从我的身体里迸发出来的，像一个久远的承诺，可以追溯到久远的童年；像被遗忘的故事回声，终于可以破喉而出。这种感觉是什么？它又来自哪里？为什么我听见她的歌声，或者盯着她敞开几颗扣子的深红色衬衫，她那暴露的、闪闪发光的领口，让我想活在它的魔咒之下。然后，靠近她的心，贴近它，在她的心里，我在旁边偷看，那个领口之下的项链吊坠细微地来回晃动。此刻，我想把它含在嘴里。

但如同尤利西斯对海妖的诡计有所察觉一样，一部分的我仍然在摸索着不要上当、不要相信的理由。如此完美的声音，衬得她太过完美。

还未过多久，我突然意识到，我所感受到的不仅仅是钦佩，也并非敬畏，似乎也不是羡慕，而是"崇拜"，这个词就像"我可以崇拜像她这样的人"，当时还没有在我的脑海里出现。尽管那天晚上，我和她站在一起看着白色哈德逊河上的那艘被月光点亮的驳船时，我确实感受到了对她的崇拜和爱慕。平和的冬景让人们的灵魂得到抚慰和升华，让人们的警惕性降低。因为一部分的我已经进入了一个无法界定的虚拟领域，在这个领域里，这里的一个词语，那里的一个字，任何一个词汇，都是我在向一个比我自己强大得多的意志投降之前所要坚持的一切。因为在繁忙拥挤的房间里，当我听到她唱歌时，我发现自己在琢磨一个词，这个词是如此常见，如此老套，又如此安全，以至于我一度很想忽略它，但这也正是我选择它的原因，这个词是：有趣。

她很有趣。不是因为她知道什么，或者她说了什么，甚至不是因为她是谁，而是因为她如何看待和反复思考事物，因为她声音中暗含的戏弄，似乎既欣赏你，又似乎要贬低你，以至于你不知道她到底是闪光的天鹅绒还是一张普通的砂纸。她很有趣，我想了解她更多，听到她说更多，也愿意接近她更多。

但"有趣"实在不是我想要的词。当下一杯酒下肚，我终于想到这个词的时候，这个挣扎着想要听到的词，就会如此自然、毫不费力、无拘无束地溢出来，以至于我站在壁炉边上和她说话，盯着她的皮肤时，我的感觉如同一个梦中之人进入一辆拥挤的地铁车厢，和同伴打招呼后，低头看自己的脚，才发现自己没有穿鞋，也没有穿袜子，更没有穿裤子，腰部以下完全赤裸，但一丝一毫不觉得着耻，也不觉得碍事。

为了避免说出我真正想说的话，我发起了新的话题。只有那些舌头打结的人，在没有勇气时才会畏畏缩缩说得太多。为了阻止自己这样继续下去，我闭上了嘴。我试着让她来主导谈话。然后，为了不打断她，为了不说错话，我咬住了自己的舌头。我咬住的不是舌尖，而是舌头的中部，死死地咬住。如果我去感受的话，甚至可能会感到很疼。虽然我咬住了舌头，却没有改变嘴的形状。然而，我太想打断她了，我想打断她，就像一个人知道自己要用一个既考究又粗鲁、猥琐的词来侵犯和震慑一个人的时候，就会这么做。

这些话在我嘴里来回蹦跳了好多遍。我想说，我喜欢这个房间，喜欢河滨大道上的积雪，喜欢远方乔治·华盛顿大桥像光秃秃的脖子上一条垂下的项链那样斑驳美丽。我也喜欢她的项链，还有戴着项链的脖子。

我想告诉她，我有多么喜欢她的声音，或许我也该试着说些别的话，羞涩的或试探性的话语，我希望一旦我开始言语，一切都会变得大胆，一切都会导向别的地方。但我刚要提到她的歌声，她就打断了我的话。

"我曾是音乐专业的。"她说，明明是在及时扼杀住我的赞美，但又因对我的赞美置之不理表现得更不耐烦。她的意思是，不要觉得自己有义务说什么，我见多了。

"我想去另一个房间。这里太吵也太闷了。"

我只能沉思着说"好"。还能怎么样？

"不如我们去图书室。那里比较安静。"

她想让我跟着她。我记得我被这个想法逗乐了：所以她是想让我跟着她。

图书室里其实也同样拥挤，大量稀有的皮装书整齐地堆放在墙壁周围，被窗户和看似面向河流的阳台中断。白天，这扇特殊设计的法式窗户一定能让最宁静的光线洒进来。"我可以在这个房间里度过余生。"我不由感叹。

"很多人都可以。看到那边的书桌了吗？"

"看到了。"

书桌上摆满了开胃菜。

"我的硕士论文就是在那里写的。"

"周围有那么多食物？"

她向我匆匆点了点头，立刻否定了这个冷笑话。"我在这个房间里拥有过许多美好的回忆。每一天从早晨九点到傍晚五点，我曾经在这个房间里待了整整一年。他们甚至让我周末都来这里。我还记得这里的夏天和秋天，我记得在这里看着外面下雪，然后是春天，是四月。一切过得真快。"

有那么一瞬间，我想象着克拉拉在每个冬天的早晨都会准时来到这里写上一整天论文。那时的她戴眼镜吗？是全神贯注于写论文，还是在独自一人时也会觉得无聊？她的思绪又会飘向哪里？克拉拉是否在冬日的午后，在心底曾梦见爱情？是否也曾有忧伤出现在她的生活里？

"你真的很怀念写毕业论文的日子吗？因为大多数人有些讨厌想起那段时光。"

"我不怀念，但也不讨厌。"

我的问题似乎没让她提起兴趣。我想让她告诉我，她希望回到的是哪些日子，或者不希望经历过的是哪些日子。但我得到的却是最理智的回答。我很想对她说，你的观点非常可爱而直率，但我忍住了，这样未免显得我高高在上，或者让她误会成是一种讽刺。换了我，我可能会说，即便我很讨厌那些日子，但我也很怀念那时的每一天。我会为了达到某种聊天的目的而说出这个想法，也许是为了从她或我自己身上重新找出一些东西，也许是为了测试她是否对这个悖论饶有兴趣，看看我们是否能在含糊其词的闲聊中，找到一些共同之处。

但我觉得这些事情在她的世界里行不通，比如你想念却讨厌的东西，讨厌你爱过的人，想要拥有就立刻会拒绝的事物，所有这些都如同扭曲繁杂的喷绘屏幕，故意无序杂乱和词不达意只会激起她无趣的点头和再见。

我是克拉拉。请再告诉我更多。

"那是关于什么的？在哪方面上？"

"你说论文？"

"是的。"

"当然是在桌子上，不然呢？"

所以此刻她是在还我冷笑话的人情。谢谢你。

"不，说真的。"我说。

"你的意思是，这是如何对生活在一个霸权、单语种的社会里，被重农论制度殖民的边缘化妇女的对话方式吗？"

非常有趣。

"嗯，不是的。"她补充道。

瞬间，我们陷入沉默。

"我应该继续问吗？"

"没有人要求你问什么。但你应该继续问。"

有那么一瞬间，我以为我即将失去她。我也笑了："论文的内容是什么？"

"你真的想知道？"

"不，我只是认为我应该问才问的。"

"关于福利亚舞曲①，一种音乐流派。没什么有趣的。"

"福利亚舞曲？像我这样的人会知道这种音乐吗？"

"像你这样的人……"她重复着我的这句话，仿佛是见到了一种奇怪的水果，她仍在琢磨其不同寻常的味道，然后决定做出判断，所以她之前才说"我们聪明又敏锐"。下一秒，她回过神来，说："难道我应该猜到你是什么样的人吗？"

她一下说中了我的心思。她在我之前就已经识破了我的花招，我试图拉近我们之间的距离，也想要让她问一些关于我的事情。

我是克拉拉。做得不错。

"我相信你以前一定听过福利亚舞曲，即便你可能不知道。"

忽然间，她的声音在拥挤图书室的喧闹声中突然响起，吟唱着亨德尔著名的《萨拉班德》中阴郁的开场白。从前我一直不解男人为什么喜欢女人在他们面前唱歌，那个瞬间豁然开朗了。

"听出来了吗？"

我听出来了，但我没有回答，而是说："我喜欢你的声音。"不知怎么我脱口而出，犹豫着是否该说点别的，或者，如果再给我一个机会，我也愿意把它收回。这个时刻的我，再一次赤裸裸地向前走，并悄悄为自己的大胆感到兴奋。

---

① 译注：Folías，一种西班牙舞曲。

"基调虽然总是一样的，但变化却是无限的。想来点水果酒吗？"她的话闯进我的思绪，仿佛把我的赞美和犹豫着进一步拉近关系的举动都立刻遏止住。她的话说得太过突然，再一次让我觉得她的目的是想让我注意到她在故意转移话题。不过在这之前，我早已经发现她不屑伪装对恭维话的嫌恶。

我笑了笑。她看到了，在捕捉到我的笑容后，几乎是在自嘲中回以微笑。如果有任何迹象表明她已经猜到我看穿了她的假装，她就得承认，我对她的解读非常接近事实。所以她笑了，既是承认自己的花招被发现，也是表明我们的游戏真的很有趣。我们是如此敏锐、如此聪明，不是吗？

或者她的微笑是反驳我针锋相对的一种方式，就像她被看穿一样，她也在我身上找到了一些值得嘲弄的东西，那就是我从那些难以言喻的情绪起伏中获得的快乐，一种近乎罪恶的快乐。也许我们都知道什么都没有发生，只有空洞的信号相互传达。但我当时并没有刻意掩饰，反而回以一个近乎欢笑的灿烂笑容。

她也看穿了这一点吗？她能看出我想让她知道吗？

紧张和焦灼徘徊在我们之间，就像她思考很久却又马上压制住的玩笑。她是真的要在这个微笑之后，对我说些什么吗？让我拼凑完整，说出我对她千回百转的解读吗？你是谁，克拉拉？

有那么一瞬间，也许是为了得到最坏的结论，我开始凝神思索那个穿着宽大敞开的深红色衬衫的女人，她来自未来的岁月，就像我能从窥镜的另一端向她招手一样，作为一个我在遥远的聚会上见过一次的人，作为一个在那之后再也没有见过、很快就忘记了的人，一个我本可以为之改变生活的人，或是一个让我的生活严重偏离了轨迹的人，以至于要花上几年、一辈子以至于几代人的时间才能恢复记忆。一想到以后没有她，我就能预见在每个工作日的夜晚、每个星期日一整天是怎样的空洞和无趣。我的某一部分已经阻拦不住向前奔去，似乎在失去她很久之后，又传来点滴消息。我不知道她的下落：从她家来回的路，从她家阳台上看到的风景，我愿意付出一切代价再去看一次。或许我也曾忽略了一些我可能从未注意的角落，早晨她家里咖啡机的声响，她家猫砂盆周围的气息，每日深夜倒垃圾时那扇门发出的嘎吱声，邻居家三层锁打开和关闭的咔嚓声，她的床单和毛巾上的气味，整个世界在我接触它之前就已经飘走了。

我突然停住了脚步，按照迷信者的逻辑，我知道即将到来的悲伤预示着之后会有一定的快乐，但无疑我想追求快乐，却害怕失去，反而再次陷入悲伤。我感觉自己像一个被抛弃的漂流者，在荒岛的高处瞥见一艘帆船时，并没有点燃火堆，因为以前见过太多这样的船，所以不想让希望再次破灭。当我的求生欲催促自己点燃火堆时，又开始对船上的陌生人有了新的怀疑——他们或许比我见过的蟒蛇和科莫多巨蜥更危险、更可怕。我平日里独处的夜晚似乎也没那么面目可憎，无聊的星期天似乎也不太糟糕。不会有什么回响，我不停劝说自己。除此之外，一想到我已然注定要失去她，也许反倒会缓解我们之间的紧张关系，让我停住脚，重新站直，显得更自信些。

坦白说，我不想感受到的反而是希望，在希望的背后，一定有一种强烈的渴望，以至于任何人看到我都会立刻知晓我那份彻底的、无可救药的痴情。

我不介意让她知道。我想让她知道。像克拉拉这样的女人，如果她知道你被迷住了，也希望你被迷住，那么一切正如她所愿，她能发现你每一次试图掩饰的软弱。只是我不想表现出来，不想让她发觉我努力保持镇定的样子。

为了躲避她的目光，我试图看向别处，显得心不在焉。我想让她问我为什么突然离她而去，想让她担心她会失去我，就像我知道我会轻易失去她一样。但我也想让她嘲笑我，因为我做的正是我所想做的。我想让她看穿我假装的冷漠，把我的每一个小动作都暴露出来，并以此衬托她对这个游戏玩法足够熟悉，因为她自己已经玩过很多次了，也许现在依旧在游戏中。我又咬了咬舌头，无耻的念头在我心里涌动。我在这里，一个害羞的人正在假装害羞。

"喝酒吗？"她说。像有人在你面前打了个响指，让你回到人间一样，重复着说一个音调。"会唱歌的人。"她又补充挪揄道，走过去准备给我拿水果酒来。

我告诉她不用给我带什么，我可以自己去拿。我知道这是没必要的，我可以很从容简单地接受她的提议。但我一旦开始陷进去，就无法自拔，我似乎下定决心要表现出我不喜欢有人给我送喝的，而不是受宠若惊于她主动给我送饮料。

"我只是想这么做。我甚至会在盘子里扔上一些好吃的……如果你现在让我过去拿，就别等这些唱歌的绅士把一切都吃光。"她补充道，好像这是她的最后诱饵。

"你真的不必这样做，真的。"

也许我想要的并不是让她不去做这件事，而是阻止她动身，因为最微弱的一步都可能把我们分开，任何事情都可能在我们之间发生，我们可能会失去在图书室的位置，再也找不回我们原本的谈话。

她又问了一遍。我坚持说我自己会去拿酒。我知道此刻我听起来很腼腆，也很虚伪。

然后，我担心的事就发生了。

"哦，好吧。"她耸耸肩，意思是"随你便吧"，或者更糟的是"拜拜"。她的声音仍然被我们刚才的笑声所鼓舞；但在某处有一个金属声，不像是讽刺或好心情的轻快，而像是文件柜被关上的低频撞击声。

我立刻因她的变化而感到后悔。

"这些好吃的东西会在哪里呢？"我顺便摸索着回到了她最初的提议，假装之前在图书室里没有注意到这些好东西。

"哦，你别动，我给你拿点。"她的声音里带着伪装的气愤。我看着她的领口，她又变回了冷淡的样子，就像一件两面穿的外套，现在是反面，砂纸变成了天鹅绒。我在想，擦肩而过是不是她侧身的方式，她通过传达很多东西来化解紧张的气氛。如果她再靠近你，就会把你打发走，但她的动作就像一只不想被看穿却渴望被抚摸的野猫，悄悄接近你。

我是克拉拉。她受影响而溃败。我受影响而服从。在这个拥挤而昏暗的房间里，每个人的影子都和他人的影子融为一体，我们无法选择比这更自然的角色了。

带着这种不稳定的氛围，她让你明确她心中的想法，不是因为她喜欢按自己的方式行事，而是因为她的一切都显得异常冲动、棱角分明、带着刺，若你不屈服于她的推搡打闹，就像是在对她的一切嗤之以鼻。她就是这样把你逼到角落里。若你质疑她的举止，就意味着你不仅是轻视其举止，更是轻视举止背后的人。甚至她挑眉的方式，都是在警告和暗示你立即屈服，如同小鸟竖起蓬松的粗糙羽毛把自己的体积膨胀到三倍，这样便可以更好地隐藏它们因为得不到东西而产生的恐惧。

这一切也许是我的一厢情愿。或许，她根本就没有隐藏什么。她什么都不需要隐藏，也不需要膨胀，谁都不怕。这一切可能只不过是我的无端猜测罢了。

也许克拉拉就是她外表呈现的那样：灵巧、机敏、警觉、尖刻、危险。她只是克拉拉，没有带入任何角色，也没有试图抓住我，没有对陌生人开玩笑，也没有偷偷摸摸地与陌生人为争取情谊而闲聊。如果只做自己，只说自己想说的，带来的弊端之一就是让那些不习惯这种坦诚的人认为这是一种伪装与姿态，我以为她已经学会了比大多数人更好地掩饰自己的羞涩，但也许她内心深处的试探与忐忑并不逊于我。她把手肘搭在我的肩上，意思是我们不必为去不去拿水果酒争论。这只不知从哪里冒出来的手像是一种伪装，像闪闪发光的钻石，也很容易被误解为可能只是玻璃，直到我们再细看一眼，醍醐灌顶地拍拍额头，问是什么让我们认为这是赝品。也许虚伪的是我们。

有的人会和你产生摩擦，不知不觉中会变得亲密；争吵和怨恨同样是通往心灵的最直接的方式。

在你把话说完之前，他们就会率先把你想说的说出来，并给它一个完全不同的释义，让人觉得你一直在暗示你不愿表达，就如同你想要一杯水果酒或盘子里的其他食物，说出来的却是另一番意思。仿佛整个晚上都在为那杯水果酒心神不宁。

她会宽恕我的杞人忧天吗？还是她已经把它理解为她的胜利？抑或是她的想法截然不同？这些措辞到底该是什么？我该用什么来思考？

她一下子就消失了。我最终还是失去了她。我早该知道的。

"你真的想喝水果酒吗？"她回来时问道，她手中端着一个盘子，上面有序地摆放着精致的日式开胃菜，这些小方块只有保罗·克利①才能想到。她解释说："舀水果酒变得复杂多了。因此，没有水果酒。"听起来就像笃定结果的意思。

我很想拿这个来反击她，不只是因为我突然失望，也不只是因为"因此"这个词本身似乎有点让人不寒而栗，尽管她说的方式很轻松，而且好像整个关于得到、未得到，然后再去拿一杯水果酒的对话交流，都只有一个目的：跟我开玩笑，并且引诱我，让我的希望升起后，再瞬间破灭。现在，为了开脱自己没有履行的承诺，或者说不屑于履行，她试图让我觉得我从未想过喝水果酒——这是事实。

我注意到她将开胃菜两两一对整齐地摆放在盘子周围，就像她为诺亚方舟精心排好了队。我想，这是她弥补不想拿水果酒的方式。金枪鱼和牛油果迷你卷，一男一女；奇异果和瓦片鱼，一男一女；烤扇贝上面放着一根粉嫩的小枝，铺着蜿蜒流畅的芜菁，罗望子果冻配着柠檬皮，一男一女，成双成对。我还没告诉她为什么这些奢侈的小菜让我笑了，就意识到这样搭配的开胃菜有着惊人之处：似乎它们即将繁殖，我还没来得及反驳，就想到了与此相对的另一个想法，这个想法让我的胃颤抖了一下，就像被海浪高举又瞬间摔下来一样。不是一男一女，也不是雌雄动物在黑海冰冷的岸边摇晃，在诺亚方舟旁排队等候通行的是雄性和雄性，就像你和我，只有你和我。克拉拉，等着轮到我们，轮到哪一个，现在就说点什么吧。克拉拉，我还没有喝够酒，否则我就会脱口而出，只是现在没有勇气说出来。我想摸摸她的肩膀，想用嘴唇蹭蹭她的脖子，亲

---

① 译注：Paul Klee，画家，以几何线条见长。

亲她的右耳、左耳，沿着她的胸骨……感谢她这样摆放盘子，感谢她知道我会怎么想，感谢她和我一起想，即使她都没有想过。

"转念一想……"我开始了，不知道是否该补充点什么，但又犹豫不决，因为我不知道犹豫不决是否会引起她的注意。

"什么？"她的声音里充满了嘲讽的懊恼。

"其实，我不喜欢水果酒。"我说。

这下轮到她笑了。

"这样啊，"她也是犹豫地说着，她也知道如何玩等待的游戏，让我屏住呼吸等待她的下一句话，"我讨厌，很厌恶水果酒、桑格利亚酒、女士酒、德贵丽酒之类的……这些酒让我作呕。"这是她的方式，当你以为你已经一举击败了她最后的反击，她还是会扯掉你脚下的地毯。我是克拉拉。我可以为你做得更好。

我们彼此都在怀疑对方的回答，但谁也没发问——如果两个人都不喜欢水果酒，我们为什么会对它大惊小怪的？再一次，我们不去问，因为我们知道其实我们都想问。我们笑了笑，因为我们知道，也想让对方知道，如果对方一旦暗示了这个问题，我们彼此都会立刻坦白为什么会在水果酒上争论不休。

"我都不知道有没有喜欢水果酒的人。"我补充道。

"哦，如果你这么说的话……"她不服似的说道，"坦白说，我向来不喜欢派对中有一大碗水果酒摆在中间。"

我喜欢她这个样子。

"那些参加这种派对的人，你会喜欢他们吗？"

"我喜欢'其他人'吗？"她停顿了一下，"这才是你要问的吧？"

这是我想问的。

"很少，"她说，"大多数人都是'舒科夫'。除了那些我喜欢的人。不过在我喜欢他们之前，他们在我眼里也是'舒科夫'。"

此刻，我渴望知道自己在她的舒科夫们的天平上排在什么位置，但没敢问。

"什么原因让你想去了解舒科夫们？"

我喜欢用她说话的方式说话。

"你真的想知道？"

"迫不及待地想知道。"

"无聊。"

"过着圣诞节还感觉无聊？"

在我天真单纯的意愿背后，我只想表明我很喜欢回忆我们是怎么认识的，我喜欢那个时刻，我还不想放手。

"也许吧。"她犹豫了一下。她似乎不喜欢轻易答应别人，喜欢在"是的"之前加个"也许"。我已经听到了隐隐约约要敲响的鼓声。"不过，你想想看，如果没有我，这个聚会有多无聊。"

我很喜欢这句话。

"我可能已经离开了。"我说。

"不会是我留下你的吧？"

又来了，这个讯息不是真正的讯息，但似乎也可能，一直以来都是真正的讯息。

在这波涛汹涌的潮水中，一些令人欣慰，几乎是令人心动的东西唤醒了我，我觉得她是一个和我志趣相投的人，我们降生在同一个轮回，从我口中说出这些话，并通过对我的回应，就能赋予这些话生命，如果我把它们留给自己，它们就不会成真。在爆脾气的伪装下，她的话语暗示了一些善良又温馨舒适的东西，就像一条值得信赖却有着粗糙褶皱的毯子，能接纳我们的现状，明确知晓我们的睡眠方式，我们曾经历了什么，我们曾梦见了什么，看过我们急迫的渴望，也看过我们羞于在独自一人时赤裸地面对自己，她有那么了解我吗？

"大多数人仍然是舒科夫，"我说，不知道我是否是认真的，"但我可能不是。"

"你总是这样矛盾吗？"她嘲讽道。

"难道你不是吗？"

"这个词是我发明的。"

我是克拉拉。我发明了谜语和它们的秘籍。

我环视四周，也许是为了避免看着她。我扫视着图书室，偌大的房间里坐满了那种参加聚会的人，一大碗水果酒就放在他们无休止的聊天中，等待被人舀起。我想起了她那轻蔑的"看他们的脸就能知道"的表情，并试着向他们的方向投去阴冷的目光。这个姿态给了我一个借口，让我继续看别的地方。

"其他人……"我说，为了填补沉默，我重复了那个我们约定好的给他们的词，仿佛这个词概括了我们对其他人的一切感受，并将我们对整个人类的控诉钉上棺材板。我们都是外星人，正密谋着与地球人重新开始我们不情愿的求爱。

"其他人。"她回道，还拿着盘子，盘子里的东西我们都还没碰过。她没有给我，我也没动。

让我不爽的是她说"其他人"的方式——似乎并不像我所希望的那样厌恶，而是淡淡地变成了一种灵魂上的东西，近乎悲伤和怜悯。

"其他人有那么可怕吗？"她问道，抬头向我寻求答案，仿佛我是向导，带着她走过一道并不真正属于她的风景，她对这道风景没有什么感觉，也没有多少耐心，但她偏偏走了进去，只是因为我们的谈话已经偏离了原本的方向。

她是在礼貌地反对我吗？或者更糟糕的是，斥责我？

"可怕吗？不。"我回答道，"重要吗？我不知道。"

她考虑了一下，说："有些是重要的。至少对我来说是这样。有时我不希望如此，虽然最终我们都会孤独。"

她又一次以如此哀伤、谦逊和坦率的态度说出了这些话。她似乎承认了自己身上的一个弱点，她曾经努力过但未能克服的弱点。她的话刺痛了我，因为那些话提醒我，我们两个是落在不同星系的人，我才是外星人，而她是第一个碰到我的本地人，向我伸出友好之手，准备带我进城，把我介绍给她的朋友和父母。我猜想，她一定喜欢着某些人，知道如何忍受舒科夫们，直到他们不再是舒科夫。

"其他人也是如此。"她补充道，目光沉郁而悠远，仿佛对他们仍有未解决的感情，"有时候，他们站在'壕沟'前，提醒我们并不孤单。即使我们之间还有一道壕沟。所以，是的，他们很重要。"

"我知道。"我说。也许我对人类的全盘控诉走得太远了，现在是退步的时候了。"我也讨厌孤独。"

"哦，我一点也不介意孤独。"她纠正道，"我喜欢一个人。"

难道她又一次忽视了我为了与她的观点一致而做出的努力？或者，在我试图从我自己的角度去理解她的时候，我是不是没有听到她在说什么？是我拼命地想让她和我一样，这样她就不会那么陌生了吗？还是，我应该试图像她一样，显得我们比看起来更为亲密？

"不管有没有他们，总是pandangst。"

"pandangst？"

"流行性焦虑症——最后一次被发现是周日晚上在上西区，但今天下午有两起未报告的目击事件。我讨厌下午。这是个令人焦虑的冬天。"

忽然间我明白了，她不介意孤独，只有那些从不孤独的人才会渴望孤独。孤独对她来说是完全陌生的。我很羡慕她。也许，她的朋友们和她的恋人或未来的恋人，并不能让她轻松地独处。她并不介意这种状况，但她却喜欢抱怨，就像那些去过世界上任何地方的人，抱怨他们从未见过卢克索①或加的斯②一样。

"我已经学会了接受别人提供的最好的东西。"这是一个走到完全陌生的人面前，只是用握手来打招呼的人。她的话语中没有傲慢，而是隐含着一长串挫折和淡淡的失望与沮丧。"无论在哪儿遇到，我都会接受他们的付出。"

停顿了一下。

"还有呢？"

这也许不是她的意思，但我想我已经听出了她的话中最后那个私密却响亮的建议，就像一个警告和引诱。

"剩下的就交给掷硬币？"我提出来，想表明自己在爱情之道上有足够的经验，已经领会到她的意思，而且我也犯了从别人那里拿自己需要的东西、把剩下的东西扔掉的毛病。

"掷硬币？也许是吧。"她回应道，对于我的建议，她还是不愿听从。

也许是我太苛刻、太不公平了，因为这也许不是她想说的。她

---

① 译注：Luxor，埃及古城。
② 译注：Cádiz，西班牙西南部的一座城市。

心不在焉的，似乎默许了我的暗示，而她想说的，也许只是"我接受他们，因为他们就是这样的存在"。

或者这是一个更尖锐的警告——我需要什么就拿什么，所以你自己要小心——我暂时没有注意到这个警告，因为这与她几秒钟前痛苦的表情不一致。

我正想改变策略，建议说，也许我们一辈子都不会放手任何东西，更不会爱那些我们根本就不爱的人。

"也许你是对的。"她打断我的话，"我们留住人是为了在需要的时候，他们能帮我们渡过难关，而不是因为我们真的想要他们。我并不认为我对人总是那么好。"

她让我想起了那些让猎物苟延残喘的猛禽，猎物已然被分割成了两半，用来喂养猛禽的幼崽。

只把最好的东西拿走，其余的都扔掉的人，他们会怎么样呢？

克拉拉对一个男人做了这些之后，会发生什么？

我是克拉拉，我对人并不总是那么好。

她这是在引导我说出来，还是在警告我，要我不要相信？

她的生活是不是被打扮成了高档精品店的样子，可实际上却是逃避现实的战壕？也许吧，她说。有些人的一生都在凡尔登①度过。

有些人在战壕附近厮打挣扎，以至于希望与爱情在我们身上都散发着焦土的味道。

这是她对战壕的形象的贡献。从一个像她这样的女人嘴里说出来，我觉得过于黑暗与凄凉。她，穿着解开几颗扣子的衬衫，戴

---

① 译注：Verdun，法国东北部城市，历代被看作重要的战略通道，凡尔登战役所在地。

着单一的吊坠配饰，以及像是刚从加勒比海回来晒得黝黑发亮的肤色，这副躯体里真的有着如此悲惨的人生观吗？还是说，这是她对我编造的恶魔形象的转述，好让我们之间的对话持续下去？

她说战壕里的爱情是什么意思？和别人一起生活？没有爱情的生活？生活中想要一个人与之陪伴却每每错过了？生活中有太多的人？朋友寥寥无几，甚至找不到一个合适的人？或者是单身人士的生活？生活的高低起伏，我们在大城市里从一个地方到另一个地方露宿，寻找一些我们不再确定会被称为爱情的东西，如果爱情从附近的战壕里尖叫着冲向我们，它的名字叫克拉拉？

战壕，不管有没有人，都一样。尤其是约会，她讨厌约会，感觉是煎熬和折磨，战壕里的流行焦虑症。若去考验约会，宁可呕吐也不去约会。

周日下午的战壕。我们一致认为，这才是真正的坑，所有沟渠和散兵坑的集合。Les tranchées du dimanche①，这让它们突然间有了法国第二次世界大战时期的光景，阿夫赖城②、柯洛③、埃里克·侯麦④。

周六也不是很好，我说。周六的早晨不管坐在里面还是在外面，总觉得别人更快乐。然后是不可避免的两个小时的洗衣服时光，你可以很容易地脱掉你的皮肤，然后和你的袜子一起扔进洗衣机。并且你感觉自己像一个甲壳类动物躲在石头里，一个新的身份

---

① 译注：法语。意为"周日战壕"。
② 译注：Ville d'Avray，法国法兰西岛大区上塞纳省的一个市镇。
③ 译注：Jean-Baptiste-Camille Corot，让-巴蒂斯·卡米耶·柯洛，法国著名的巴比松派画家，曾画过阿夫赖城的风景。
④ 译注：Eric Rohmer，法国电影导演。

正在为你旋转洗涤，希望从烘干机里出来的东西能重塑你自己。

她笑了。

轮到她：战壕，两面的泥沼，尴尬的泥沼，无聊的泥沼。伤痛，被伤痛，疏远的恋人冷淡地握手，他们出来检阅伤害，一起抽烟，与朋友玩闹，然后回到没有爱的生活中去。

轮到我：那些伤害我们最深的人，有时是我们最不爱的人。到了周日的时候，思绪繁杂如同进入泥沼的时候，我们还是会想念他们。

轮到她：思绪的泥沼总会在我们睡不好的时候浮现。你希望你能和某个人在一起，谁都行，总比没有人好，却发现没有一个人是最好的。

轮到我：思绪的泥沼还会在这时候出现——当你经过别人家时，你会想起自己有多惨，那些片段瞬间会快速回放，让你重新过一遍，只是这一次更慢，你付出那么多代价，但以后永远也不会有这些生活了。

"高度的矛盾性。"

"最近我很少在泥沼过日子了，我一只手就能数出来。"我说，"在'玫瑰园'里的日子，一个手指头就能数完。"

"你现在还在思绪的泥沼里吗？"她毫不客气地说。

"不在泥沼里。"我回答，"只是在等着。很危险。也许是在全面反思，可能会再被拉回去。"

这句话让她很开心。她很懂我的意思，即便我们的意味和比喻越来越繁复。

"你上次去'玫瑰园'是什么时候？"

我多么喜欢这个问题，这种切入主题的方式，带着我们一直以来的暗示比喻。

我应该告诉她吗？我听懂她的问题了，我应该假装我们说的是同一种语言吗？我可以说，此时此刻就是玫瑰园，或者说我从没想过这么快就能看到玫瑰园。"从五月中旬开始就没有了。"我听到自己这么说。将这一切公之于众太轻易了，以至于我谈论到自己的不安时显得如此微不足道，我现在说的每一个字似乎都非常激动，想让众人皆知。

"那你呢？"我问道。

"哦，我也不知道。待着，最近只是静静地待着。和你一样，我想。我叫这个状态为冬眠，在隔离，在超越时空，为我的罪孽，为我的什么都行。在康复期，"她说，模仿维也纳分析家的快速停顿的口齿，决心使用多音节拉丁文为反击，"我也在被'改造'。不是'派对分子'，真的。"

这话完全出乎我的意料。在我眼里，她就是派对分子的化身。我到底错在哪里？担心我们的信息不对等，我问道："我们说的是同一件事，对吗？"

她被逗乐了，依旧不失时机地说："我们知道我们说的是。"

这并没有说明白，但我喜欢阴谋地猜测，这是迄今为止我们之间最让人激动和兴奋的事情。

当她开始向图书室的另一端走去时，我看着她，那里摆放着两个书架，堆满了Pleiades，显然没有人翻阅过。她看上去一点也不像一个在煎熬和折磨中的人。

"你觉得怎么样？"

"对这些书？"

"不，是对她。"

我看着她指的那个金发女人。她说，她叫贝丽尔。

"我不知道。不错，我想。"我说。我敢说克拉拉宁愿当场被狠狠地揍一顿。我想让她知道，我只是在假装很天真，在完成我自己的破坏工作之前坚持住。但她没给我时间。

"皮肤白得像阿司匹林，体态如木瓜这么大，她的膝盖已经被撞得毫无知觉了，你没发现什么吗？"她说，"她是用'后腿'走路的。你看。"

克拉拉模仿着女人的步态，拿着盘子的两只胳膊软绵绵地举在半空中，仿佛它们属于一只努力装作人类的狗。

我是克拉拉。我又开始挪揄他人了。

"每个人都说她走路蹒跚。"

"我没注意到。"

"下次看她的腿。"

"什么叫下次？"我说，我试着表明我已经把她从记忆中删除归档了。

"哦，了解她。很快就会有下一次的，她盯着你看好一会儿了。"

"我？"

"别假装好像你不知道似的。"

然后，她突然说："我们下楼去吧。那里比较安静。"她指着一个螺旋形楼梯，我完全没有注意到，因为在图书室里和她说话的时候，我一直没有停止盯着房间看。我喜欢螺旋形楼梯，可是怎么就没注意到它的存在呢？

我是克拉拉。我让人失明，失去理智。

这不是一间公寓，而是一座装扮成公寓的宫殿。楼梯上挤满了人。一个穿着紧身黑西装的年轻人靠在栏杆上，她显然认识他，他大声地，几乎是歇斯底里地喊了一声："克拉里什卡！"之后，用双臂抱住了她，而她则挣扎着把盘子从他手中拿开，用一种嘲弄的表情说："想都别想，这不是给你的。"

"看见奥拉了吗？"

"你只要找到提托就可以了。"她打趣道。

"讨厌，讨厌，讨厌。罗洛在打听你。"

她耸了耸肩。

她说，那是帕布力图。她认识这里的每个人吗？她自称不是派对分子，不是吗？而且每个人都有外号吗？

当我们继续下楼时，她拉住了我。我感觉到我们手掌间的爱抚，一直以来都能感觉到，在这种不知疲倦的手指摩擦中，有很多美好的友情和轻薄的激情。两人都没有真正承认，也不希望它停止。这不过是一场手的游戏，这就是为什么两人都不屑于停止和隐藏，若游丝般，又带着愉悦的罪恶那样长时间触碰。

在楼下，她穿过人群，把我领到一个比较安静的地方，靠着一个窗台，那里有三个小小的垫子，似乎是在等我们。她本想把菜放在我们中间，但随后就坐在我旁边，把盘子放在腿上。我想，这是为了引起人们的注意，因此也就有了解释的余地。

"怎么样？"

我不知道她是什么意思。

我只想到了她的锁骨和上面闪闪发光的晒斑。女士与锁骨。衬衫与锁骨。致锁骨。两百年后的这根锁骨，如果在冰冷寂静的墓穴里，会让我的日子如此缠绵，让我梦中的夜晚如此寒冷，以至于我希望自己的心血干涸。要用手指去触摸和抚摸她的锁骨。这锁骨是谁，当我对着它许愿的时候，什么人、什么奇怪的意志会出来阻止我？锁骨，锁骨，你不累吗？我会为锁骨的不屈而伤心吗？我盯着她的眼睛，突然脑子里乱糟糟的，话也说不出来了。我的思绪都乱了。我甚至无法把两个念头拼凑在一起，我觉得自己就像一个幼儿教导应如何走路的母亲一样，握着孩子的两只手，让他把一只脚伸到另一只脚前，但他没有动。我从一件事跌跌撞撞地走到另一件事上，然后呆呆地站在那里，说不出话来，想不出任何一件事。

让她知道这一切。因为我也喜欢这样。哪怕一分钟，我都不想掩饰。她的目光让我疲惫不堪，让我想吐露一切。再多一分钟，我就会崩溃得想要亲吻她，要求亲吻她。如果她说不行，绝对不行，我就不知道怎么办了，但是了解我的人都知道，我会再问一次。而且，我知道她知道。

"那么，"她打断道，"跟我说说玫瑰花丛中那个六个半月的甜心吧。"

她费尽心思地计算了月份，还故意想让我察觉？还是说，这是一条红鲱鱼，故意扔进去，把事情搞得一团糟，让她，或者我，轻松地摆脱我们陷入的沉默？

我不想谈论玫瑰花丛中的甜心。

"为什么不谈？"

我摇摇头，如是说："你说得太离谱。"我试着找回一些我的聪明。

"你总能找到爱情吗？"我脱口而出，话锋一转，为我突然的勇气激动不已。现在已经没有退路了。

"经常是这样的，或者是某个版本的爱情。常常要继续寻找它。"她立刻回答，好像这个问题并没有让她感到惊讶或吃惊。但随后，她问道："你呢？"我自以为我巧妙地设置在我们之间的面

纱突然被撕开了。她从被问者到提问者的转换太突然了，当我马上
要想出一个好的答案时，我发现她又笑了，就好像我轻率提及去年
五月玫瑰园这事儿，已经困扰着我，并站在我和我正在挣扎着要穿
上的保护罩之间。我思索答案时，听到她在模仿问答节目倒计时时
钟的嘀嗒声。她明确表示她已经凭直觉知道了我的答案，但她不会
这么快就放过我。我想解释，我怎么也搞不懂是在别人身上找到爱
更难，还是在自己身上找到爱更难，流行性焦虑症的爱不应该被混
淆、被误解，但她突然说——

"时间到！"

我看着她手里拿着一个想象中的秒表，大拇指按着停止键。

"可我以为我还有几秒钟。"

"节目的赞助商很遗憾地通知他们尊敬的嘉宾，他已经被取消
资格，理由是……"

她在给我最后一次机会，让我有尊严地退出。

我又一次摸索着寻找一些闪光和聪明的东西来挣脱这个角落，
同时意识到缺乏机智的我现在处于不利地位，就像我无法说出真
相，也无法打破我们之间的沉默一样。

"理由是什么？"她继续说，手里还拿着那块想象中的秒表。

"基于矛盾的理由？"

"确切地说，是以矛盾的理由作为安慰奖，本节目很高兴在这
个盘子里安排了这一盘开胃菜，我们敦促尊敬的客人在这里的女主
人把所有东西都吃光之前，尝试品尝一下。"

我向盘子里伸出两根怯生生的手指。

"这些是最好的，它们没有大蒜。讨厌大蒜。"

"是吗？"

"非常讨厌大蒜。"

我和那些喜欢在洗澡时唱歌的人一样，喜欢大蒜，但没有任何意义。

"我们都讨厌大蒜。"

然后她指了指一小块滑嫩的肉，上面有一片薄薄的锯齿状叶子，像修整过的海马的鬃毛一样竖起来。

"吃掉它！精巧点吃！"

"什么意思？"

"意思是，就像你在吃需要崇敬之物一样。"

为什么我觉得她对我说的每一句话都是对她、对我们的一种隐晦又不那么隐晦的暗示？

"这些是什么？"我指着仿佛由保罗·克利画上布置的一个方形碎片问道。

"别问，自己拿。"

她的嘴里满满的，慢慢地咀嚼着，暗示着她很喜欢每一口食物。真是个奇怪的人。

"曼凯维奇。"一分钟后她低声说。

"曼凯维奇。"我重复道，这个词仿佛有更深的含义，我无法理解，但我认为它是"精致"的同义词。有那么一瞬间，我以为她指的是房间里的某个人，或者是指我没有听清楚名字的开胃菜，抑或是这是在享受美食的时刻才会说的口头禅。曼凯维奇。

"谁是曼凯维奇？"

"曼凯维奇做的这些。"

"听起来不像是日本人。"

"不是日本人。"

然后就要吃一个小肉丸，要蘸着盘子里那一小撮很辣的塞内加尔酱汁吃，非常精致。她提醒说："只能轻轻蘸一点，不能多蘸。"

我正要把肉丸放进嘴里，她却让我等一下。

她是不是很像刚从国外旅行回来，强行教他人所谓"地道"的吃晚餐仪式的客人？

"我必须警告你，这个酱汁非常辣。"

"你怎么知道？"

"相信我。"

我多么喜欢我们互相呼应的方式，不仅仅是我们的话语，还有说话的语气，仿佛在交换这些讨好的话语的时候，我们被吸引到一个磁场中，只需要屈服于它。我们的交流让我联想到了一只手，在他人天鹅绒的袖子上不断揉搓着柔软的绒毛，来来回回摩挲，仿佛我们之间的毫无意义的话语，不过是不经意间捡起的游离物，从一只手换到另一只手，从一个人换到下一个人，所有重要的是交流和手势，是付出和收获，不是话语，不是东西，只是来回。

"曼凯维奇。"我说，仿佛在用肉丸为健康干杯，或者说出一个晦涩的咒语，意在驱赶厄运。这让我想起了深海潜水员，他们坐在划艇的边缘，喃喃地念着一个字的咒语，然后举起两只大拇指，头朝下、脚朝上地跳入海中。

"曼凯维奇。"她嘲讽地低声说着。

我花了一段时间才意识到我应该听从她的警告，因为一种灼烧感开始控制我，上升到我的头皮上，然后波及我的后颈。我的眼泪涌了出来，甚至在我还不知道该怎么办——忍住、摆出态度、吐出食物的时候，它们就溢了出来，顺着我的脸颊流了下来，而每当我咀嚼食物或想把食物咽下去时，嘴里的火气就会加剧。我摸索着寻找手帕，感到无助，又非常害怕，因为无论我等多久辣味都不会消退，即使在我吞下整个肉丸后，辣味仍在不断加重，就好像第一次爆发的辣味根本不是辣，与肉丸本身无关，而是一场尚未到来的强劲辣味的前奏。还有比这更糟糕的吗？我会不会生病？会不会对我的身体造成永久性的伤害？我想恢复冷静之后告诉她我发生了什么，但我的沉默、我的眼泪、我的痛苦一定已经告诉了她足够的信息。我往后仰，发现头靠在窗棂上的那一刻，这种冰凉的感觉是如此讨人喜欢，以至于在我迷茫的状态下，我明白了为什么人们喜欢因纽特犬，为什么因纽特犬在寒冷的天气里能茁壮成长，为什么……如果我有愿望，我最想做的就是变成一只因纽特犬，在此刻窗外哈德逊河冰冷的河岸上自由地奔跑。再问我，克拉拉，我现在是不是光着身子在战壕里，我会告诉你，我掉进的这条沙丘色的战壕有多深，有多致命，我是多么绝望地挣扎着要出来；我想要的只是雪、是冰，更多的冰。

克拉拉不安地盯着我，以为我晕倒了，刚醒来。她给了我一块面包，我才意识到，这是她特意放在盘子里，跟肉丸一起吃的。我忽然希望她的嘴也能着火。我希望她能像我刚才一样感到慌乱、动摇和赤裸，这样我就不会孤单了，这样我们的嘴里都有火，脸上都流着泪，我们就能找到更多的东西来拉近我们的距离，没有言语，没有玩笑，只是我们的嘴在一起燃烧，就像一张嘴一样，在我们还不知道我们在做爱的时候就已经开始了。

然而，她还是坐在那里，只是向我靠拢，她大概是在微笑，就像护士弯腰用湿海绵擦拭受伤的士兵脸上的汗水。我想到了士兵可能会伸出手来握住她的手，因为他失血过多，所以向一个在其他情况下，永远不会为他花时间的人敞开心扉。她是担心吗？还是说，她会等我好起来后再嘲笑我？她警告过我，不是吗？但我听了，我听了吗？就用这嘴唇碰我的脸吧，克拉拉。用你的嘴唇碰我，用你那带着嘲笑、嘲弄的嘴唇，用你的拇指碰我，克拉拉。用你的拇指和你的舌头伸进我的嘴里，把火拉出来。

更糟糕的是，这让我感到羞愤。我有什么办法消除这只是一具痛得打滚的身体的羞耻感呢？我试着用感觉良好的陈词滥调来安慰自己。我们的身体就是我们自己，我们的身体比我们更了解我们自己，展示所有的东西远比我的话语要好得多，这才是事情的关键。但我无法让自己相信。

也许事情比我想象的复杂。因为一部分的我最喜欢向她展示我是如何被组合在一起的，以及哪里容易被拆开。但当我真的把自己赤裸裸地摆放在那里时，就像一本解剖书一样，一一掀开，显示出我咽喉中火的颜色，以及错综复杂盘绕着静脉的器官羞耻的兴奋。我羞耻的快感，我那微不足道的、被惊吓到的羞耻感。一个人努力相信存在的羞耻感，甚至挣扎着去克服的羞耻感，就像在裸露的殖民地一样，它和我们的手表和钱包一起被留在了柜子里。

我试图喃喃自语来掩饰激动，但是我就像奥维德①的雄鹿一样，想喊出声来却发出了呻吟的声音，这让我感到尴尬，假装已经失去了所有的语言。我想呻吟，我想让我们一起呻吟，像母鹿和雄鹿在冬日吹拂的森林里一起呻吟，像恋人一样永不分离。

那块面包还在这里，而我试图表现出完全没有必要用到，我以前就经历过这种情况，只要给我一点时间就好了。让我留点面子，不要再盯着看了。就像受伤的士兵在自己缝合伤口。在这里！

---

① 译注：Ovid，奥古斯都时代的古罗马诗人。

但她就坐在那里，像一个按小时计酬的护士，直到看着病人把医生开的最后一粒药丸都吞下去才肯离开。

"拿着这块面包，"她说，"咬一口含在嘴里，也许会有帮助。"

我是克拉拉，最仁慈的人。

我就像拿手帕一样拿着这块面包，没有挣扎，这是我强颜欢笑背后的顺从，我已经违背了我的意愿，违背了所有的解释，以至于我现在唯一需要担心的是要确保即将在我喉咙里爆发的不会是一声抽泣。

我终于把面包吞了下去。她默默地看着我咽下去。

她转过身看着窗外。她让我想起有人一边给我把脉，一边用缥缈的目光数着秒。我不知道该怎么办，所以我转过身来，盯着远方哈德逊河。此刻，我们的肩膀相触。

我们都知道此刻最好不要展露太多，一部分的我此刻却热切地想要展示：在聚会上相遇的陌生人之间，沉默是完全可以接受的，需要一点时间来喘息。我们没有说任何关于景色的事情，没有说房间里她认识或不认识的人，没有说新泽西州海岸线上斑驳的灯光，也没有说冰块在下游漂流的样子看着就像一群分散的母羊，被一艘大型且固定的拖船赶着，用警戒的灯光跟着它们。

在外面的河滨大道上，孤零零的灯柱立在光晕中，在雪中闪光，就像希腊戏剧中失落的合唱团，每一个受困的祭祀者都头顶火光做困兽之斗。他们似乎在说，我们太远了，我们听不见，但我们知道，我们一直都知道你的存在。

她喜欢新鲜的空气，她说。她把法式窗户打开了一条缝，让冷风溜进房间。然后她走到一个很大的阳台上，点了一支烟。我也跟着点了一支。但，我抽烟吗？我还是做了一个接受的动作，但又想起自己踏出六个半月的玫瑰丛之后就决定戒烟了。我急忙解释了一下。她道歉，说她再也不会提抽烟了。我试着不去解读这个词是否又是一个好兆头，但决定不对她的每句话都刨根问底。

"我称他们为'特工'。"

"为什么？"

"秘密特工总是在电影里抽烟。"

"这是不是意味着你有很多秘密？"

"你在'钓鱼'。"

愚蠢，愚蠢的我！

她模仿着特工的动作，好像在维也纳老城一条黑暗的鹅卵石小道上飞奔。

淡银色的雪在城市上空盘旋不止。整晚都在下雪，她站在栏杆旁，挪动着脚步，轻轻地拂开褐红色的麂皮上的雪。我看着雪在风中飘落。

我喜欢这个场景：鞋子、绒面革、雪、栏杆，整个过程做得心不在焉，她的指间还夹着一支烟。

我从来没有意识到，踩在新雪上，留下脚印，也是一种美。从前为了不费鞋子，我总是尽量避开雪地。

从高处俯瞰，银紫色的城市在空中显得空旷、遥远而又超凡脱俗，这是一个迷人的城市，它那闪亮的尖顶在冬日的薄雾中悄然升起，与星辰共舞。我看着河滨大道上新留下的车辙印，路灯洒下暖光，一辆巴士在雪地里绕过112号街和河滨的小山丘，踏着雪走了。它说，我就像克拉拉，我会带你到你不知道的地方去。

一个侍者打开通往露台的推拉门，问我们是否要喝点什么。克拉拉在他的托盘上发现了一杯血腥玛丽，她毫不犹豫地说要这杯。在那位侍者还没来得及劝她想想之前，她已经从盘子里端起了它。我是克拉拉。我拿走任何东西都轻而易举。这杯酒的颜色和她衬衫的颜色很相配。她把玻璃杯放在栏杆上，把杯脚整个埋进雪里，要么是想让酒保持冰凉，要么是为了确保它不会被第一阵风吹倒。她抽完烟后，用鞋子把烟头踩灭，然后，就像她拂掉雪一样，轻轻地它从阶上踢下去。我知道我永远不会忘记这一刻。鞋子、玻璃、露台、哈德逊河上的浮冰，巴士在路上缓慢行驶。甜蜜的哈德逊河水，轻柔地流淌奔跑，直到我的歌声结束。

那天晚上早些时候，我曾坐过一辆类似的巴士。由于暴风雪，我错过了下车点，只能在经过106号街6号街区时下了车。那一刻我在思考，我在哪里？我为什么会犯错？当我提着塑料袋时，感觉很可笑，里边有两瓶香槟，尽管商店的人在它们之间插了一块纸板，但它们还是不停地相互碰撞。在暴风雪中，在第112街附近，我看到了塞缪尔·琼斯·蒂尔顿①的雕像，那无动于衷、庄严的目光凝视着西边。我走上台阶，一只流着口水的圣伯纳德犬突然出现在土丘上，四处张望，似乎并不打算理睬我，但我还是试图避开它。我是该跑开还是保持冷静，或是假装没有看到它？然后我听到两个男孩呼喊它的声音，他们正从土丘上滑下来。这条迷路的狗跟着他们一起进入公园。之后，我走在那荒芜的6号街区的沿河公路上，一路上弯弯曲曲，冰块在雪下嘎吱作响。这让我想起卡普拉的《贝德福德瀑布》和凡·高的《圣雷米》，想到了莱比锡和巴赫的合唱团，想

---

① 译注：Samuel J.Tilden，美国政客。

到了最轻微的意外有时会敲开新的世界，看到新的建筑，遇到新的人，揭开我们不想失去的面孔。圣雷米、诺查丹玛斯①和凡·高走在同一条小镇的人行道上，先知和疯子交错而过，相隔几个世纪，只有一个点头招呼。

当我在楼上看着窗户时，我曾想象过是在一个安静、心安的家庭，孩子们会准时开始做作业，客人永远不愿离开，在夫妻很少说话的晚餐会上，孩子们活跃着气氛。从我们现在所站的阳台上看，遇到可怕的圣伯纳德犬的事似乎离我们很远。我想起了莱茵河和易北河沿岸的中世纪卫城，尤其是耸立在112号街的大教堂，河水离我们如此之近。为了有个很时髦的迟到借口，我绕过街区，到达了百老汇的施特劳斯公园。时间还早，我很高兴还有时间重新考虑是否去参加这个聚会，尤其是我几乎没有参加的欲望。我想找个好的借口，同时紧紧抓住那张印金的邀请卡，因为印得太浅了，我看不清，我几乎想向其中一根灯柱问路。它也和我一样，在风雨中迷失了方向，尽管它非常愿意用那微不足道的光亮，帮助我读懂像诺查丹玛斯写的草书一样让人捉摸不透的四行体诗。为了打发时间，我找到一家小咖啡店，点了杯茶。

而现在，我在这里，和克拉拉在一起。

在我咽下那个非常辣的肉丸，几乎是号啕大哭之后，我站在这个能俯瞰曼哈顿的阳台上，计划着明晚要重游106号街，把今晚的一切重演一遍。在我的闲暇时间里，有大教堂、公园、雪、印金的邀请卡，还有那些头顶火光的灯柱。我低头看了看，如果可以的话，我会在几个小时前向接近大楼的我发出警告，推迟来这里。先走半

---

① 译注：拉丁语名：Nostradamus，（1503—1566），法国籍犹太裔预言家。

步，然后走半步，再走半步，就像朝拜的人一样，当他们伸手推开他们渴望但又害怕永远不会拥有的东西时，除非他们先把它推得足够远，不然走着走着就容易想渐渐地走下去了。

我应该用我的胳膊搂着她吗？慢慢地？

我试着把目光从她身上移开。她在看别处，我们俩都在盯着夜空，那里有一束微弱的蓝色光束，从上西区的一个角落发出，绕着天空旋转，在斑驳的夜色中好像在寻找什么东西，说不出来要找什么，或许也不是真的想找到什么。每次它在我们头上绕圈，就像一个纤细而有栅栏的乌鸦吊桥①，每次它试图从迦太基的幽灵战船上下来时，都会错过降落的机会。

我想说："今晚玛吉真的迷失了方向。"

但我没有说出来，我想知道我们要这样站在黑暗中盯着看多久，追寻着头顶上光束的静默轨迹，仿佛它是一个引人入胜的景象，证明我们的沉默是正确的。也许，通过对天空的探寻，光束最终可能会落在什么东西上供我们谈论。只是，光束没有锁定什么东西。这样的话，我们也许会把光束变成一个话题。我想知道它的目标是什么？它从哪里来？或者为什么每次它似乎触及最北端时都会下沉？抑或……我们就像身在伦敦，而这是闪电战；或者是在蒙得维的亚、贝拉吉奥，或者还有另一个难以言喻的问题。我不停地自言自语，仿佛它是我内心深处的一道光束。我不能问，更不能回答，但我需要问，问我自己，问她，再问我自己。因为我知道在我们走上露台俯瞰这座虚幻城市的那一刻，我已经步入了一个小小的

---

① 译注：Roman corvus，乌鸦吊桥，又称为接舷吊桥，是罗马海军在第一次布匿战争对抗迦太基时在战船上所设的一种装置。

奇迹，我也需要知道，在我相信它之前，她也是这么想的。

"贝拉吉奥。"我说。

"贝拉吉奥是什么地方？"

"贝拉吉奥是科莫湖陆地交会处的一个小村庄。"

"我知道贝拉吉奥。我去过那儿。"

我又被扎了一下。

"在特殊的夜晚，贝拉吉奥几乎是一指之遥，是一个灯火通明的天堂，离科莫湖西岸只需划几下船桨。在其他的夜晚，它似乎是遥遥无极，可望而不可即的。此时此刻，就是'贝拉吉奥的时刻'。"

"什么是贝拉吉奥时刻？"

我们是在说暗号吗？你和我，克拉拉？我正如履薄冰，如果我的一部分不知道我要去哪里，而另一部分会觉得我在故意寻找危险的情境。

"真的想知道吗？"

"也许我不想知道。"

"你已经猜到了。生活其实有另一岸。生活正如它所意味的一样，而不是我们最终生活的那样。贝拉吉奥，不属于新泽西，而是拜占庭。"

"你第一次就说了。"

"什么时候？"

"当你说我已经猜到了。我不需要解释。"嗤之以鼻，又被扎了一下。

沉默再次在我们之间发生了。

"卑鄙下流。"她终于说。

"卑鄙下流？"我问，虽然我很清楚她的意思。

突然间，在不知不觉中，我不希望我们走得太近，聊得太私人化，也不希望我们开始谈论我们之间的紧张关系。她让我想起了一对在火车上相遇的男女，谈论在火车上遇到陌生人。她是那种在陌生人面前吐露心扉的人吗？

"卑鄙下流，克拉拉。这是你的想法，不是吗？"

我摇了摇头。我更喜欢沉默，直到变得难以忍受才会打破它。我是不是在不知不觉中噘起了嘴？我是在噘嘴。

"什么？"她问。

"我在找我的星星。"算了，换个话题继续，在我们之间放烟幕弹，说什么都可以。

"我们现在有星星了？"

"有缘就是星。"

这是什么话？

"所以这就是缘分？"

我没有回答。这是不是另一种嘲讽的抨击方式呢？

门在我身上，还是要把门撞开？她是在挑战我，想让我说些什么，还是要我闭上嘴巴？我又要回避了吗？

我只想问，克拉拉，我们到底发生了什么？

她当然不会回答，或者即使她回答了，她也会软硬兼施、冷漠地回应。

她会问，我真的要告诉你吗？

那就告诉我，到底发生了什么事。现在应该已经很明显了。

也许我不会那样做。

我和之前一样保持沉默和兴奋。不知道就不要说，知道了也不要说。

"对了，"她说，"我是相信命运的。我想。"

现在这话相当于一个夜总会的花花公子在说犹太人的神秘哲学吗？

"也许命运有一个开启和关闭的按钮，"我说，"只不过没有人知道什么时候开启或关闭。"

"完全错了。按钮是同时开启和关闭的，所以叫命运。"她笑了笑，向我抛出一个"骗到你了吧"的眼神。

我多么希望我们之间的对视能唤起我的勇气，把一根手指放在她的嘴唇上，停留在她的下唇，然后，开始触摸她的牙齿、她的门牙、她的下牙，再然后把那根手指慢慢地滑进她的嘴里，触摸她的舌头。她那湿润的、不安的、野性的舌头，说着带刺的话语，让我感觉它在颤抖，就像水银和熔岩在地下酝酿一样，在那个叫克拉拉的大锅里，搅动着那些卑鄙龌龊的念头。我想把我的拇指插进她的嘴里，让我的拇指在她咬人时能承受住毒液，让我的拇指驯服她的舌头，让那舌头成为野火，在我们伤亡惨烈的争斗中寻找我的舌头，现在我已经激起了它的愤怒。

为了证明这种沉默是合理的，我努力让自己看起来完全被光束吸引了。这道光好像穿过青灰色的夜照出了我身上的瘀青和阴郁，半窥半探着我自己的一个黑夜世界，寻找的不仅是我要对她说的话，或者我们身上所发生的事情有何意义，还有我心中的某个黑暗、安静的地方。这道光就像战争电影中表现的一样，似乎是一种探索，但每次它在天空盘旋时都错过了我。光束就像一个不能报时的钟和一个没有磁极的指南针，这让我想起了自己：不知道要去往哪里，四处摸索也找不到任何东西能带回到这个露台上供我们谈论。相反，光束一直指向哈德逊河边上的断崖，仿佛桥的另一边有更真实的东西，真正的生命就在那里，而这里只有像生命的东西。

她突然看起来那么遥远，好像隔着很多道门和门闩，有很多年、很多人、很多生活故事隔在我们之间，像一片片沼泽和采石场，我们都是如此安静地站在这个露台上。我是别人生活中的一个战壕吗？她是我的吗？

为了让我和她都相信我的沉默不是因为我想不出来说什么，而是因为我不愿被那些思绪和忧郁分了神。我脑海里浮现出我父亲的脸，去年一次派对后的深夜，我去看他时，他让我坐在他床边，要求我告诉他那天晚上我看到的和吃到的一切——从头开始，不是像你经常那样从中间开始说，用另一种方式说："我现在很少见到你，或者我从来没有看到过你和谁在一起，或者我看到过你和谁在一起，但是时间太短，我没能记住她的名字。"就在我认为我已经巧妙地避开了他还能活几周或是几天这个更大的问题时，他补充了那句关于孩子的陈词滥调："我已经等了这么久，但我再也等不下去了，至少告诉我你有交往的对象。"然后，他的声音开始变得愤怒："没有，是吗？""没有。"我说。她们的名字是爱丽丝、琼、碧翠斯，还有那个来自缅因州的脚大但性欲旺盛的女继承人，她帮我们把酒成叠地放在阳台上，甚至不会用餐巾包餐具，因为她抽烟太多吗？

利维亚，我说。

为什么这么冷漠，这么疏远？他会说，MTH①，不然就娶女继承人吧。我想说：她拥有我从未想要的一切，或者我想要的一切她都没有；抑或更残忍的是：她所拥有的一切我都已经拥有了。

从地平线上透出银灰色的废墟中，我强迫自己拼凑出他的脸，

---

① 译注：Marry The Heiress 的缩写。

但他一直想藏进夜色里——"我现在需要你。"我一边不停地说，一边用一根想象中的绳子拉着父亲。直到有那么一瞬间，我呼唤的瘦长的病脸再次闪现在我的脑海中，紧接着，一个画面出现了，在西奈山医院癌症病房里，呼吸器上挂着许多管子。我想被这幅画面所打动，这样压抑、悲伤就可以笼罩在我的脸上，证明我对一个让我张口结舌的人说不出话来是对的。

我看着克拉拉放在栏杆上的血腥玛丽酒，想起了荷马笔下的地狱里那些可怕的怪兽，他们拖着疼痛的脚走向一摊新鲜的血液，想把它们从洞穴里引出来："我还有很多同伴在路上，有些人你不想看到——让我去吧。孩子，让我去吧。死亡对谁都好，你仅需要知道这一点。"

可怜的老父亲，当我看着他消失在苍白的银色夜晚时，我想，很少有人爱他，也很少有人怀念他。

"看楼下，是不是人多得要命？"克拉拉说。

从高处望去，一队看似无穷无尽的大型豪华轿车停在大楼的路边，卸下穿着高跟鞋的乘客，然后沿着雪地慢慢前行，让后面的车卸下乘客，再后面的车也这样做。看到黑色汽车在夜晚里闪闪发光，我的内心有些激动，觉得自己走进了一个奇怪的高科技版本的涅瓦大道①。

这些车没有离开，而是并排停在了第106街。在弗朗茨·西格尔雕像旁，一群司机出来聊天抽烟，很可能说的是俄语。两个穿着深色长大衣的人，像从果戈理的地下世界中出来的幽灵，正准备一起哼唱俄罗斯歌曲。

---

① 译注：Nevsky Prospekt，是俄罗斯圣彼得堡中的一条主要道路。

　　这些人都去哪儿了？看到汽车如此气派地排成一列，我真希望我去参加他们的派对。这些时尚名流三三两两地到来，他们一定过着美好的人生，简直是奇景，我一直在想着这些事，几乎忽略了克拉拉，她正靠在我旁边的栏杆上，同样被眼前的景象迷住了。看到自己的注意力如此容易被分散，被迫去想其他事情而不是她，我感到一种近乎快乐的感觉。这是好莱坞一样的气派，我希望凑近距离再看看。然后，意识到我忘了我的父亲，我为自己感到羞愧，尤其是在我把他叫出来后，却被他发现，我更想看那些加长版的豪华轿车。

　　克拉拉和我最终谈起了光束，谈到了楼下的客人，谈到了其他的事情，我问东问西地继续着谈话，直到我顺便提到，和她一起站在这个露台上让我想起了我父母的阳台，想起了每年的新年，我父亲是如何堆放和冷藏酒瓶的，我们是如何在那个晚上和朋友一起盲品葡萄酒的，当我们都在等着看哪种葡萄酒被评为最佳时，结果往往出乎意料。母亲来回奔波，确保投票在午夜前几分钟结束——她的丈夫要用押韵的对句发表同样的年度演讲——直到他住进西奈山医院。"为什么是阳台？"她打断了我。很明显，她感兴趣的是为什么我把两个阳台混为一谈，还把她加了进去。当不是特别冷的时候，这是冷藏白葡萄酒和苏打水的最佳场所。总会有人帮我摆瓶子，遮住标签，分发临时打分牌。"玫瑰丛中的甜心？"她问道。我得意地耸耸肩，意思是"是的。也许"。这么问可能并不总是一个笑柄，我不介意这个笑话。四年前，她在一场车祸中失去了双亲。这是她对我的讽刺有点恼火的犀利回应。

　　我是克拉拉。别想践踏我。

　　她告诉我她在大学的最后一年，瑞士结冰的路面、律师、她失眠的夜晚，以及她需要有人陪着睡觉，可以是任何人，也可以没有人，或者是很多人。氛围正变得严肃时，我却笑了起来。这是一场无聊而又倒霉的谈话，很不生动，也没有令人兴奋的玩笑。这些可能是我们之前轻视的战壕，在像足球比赛即将结束时砰砰的停顿声中，我发现自己在努力记下那个晚上的心灵笔记，就好像一块幕布正逐渐拉上，我不得不尽我所能地挽救一切，并想办法在对自己不太苛刻的情况下度过我们在一起的时光。我不得不整理思路，认清什么该挽救、什么该放弃，并回味那些能延续到早上的部分，比如带着前一晚的欢笑和让人有不祥预感的荧光棒。

我想挑选一些必须记住的东西——鞋子、酒杯、露台、哈德逊河上的浮冰——所有这些我都想打包带走。顺便说一句，在一次晚宴后，你记得为赶工的人、楼下的司机、生病的兄弟或今晚不能来的居家亲戚要一块蛋糕当作晚餐。比起蛋糕，他们更喜欢伴手小礼物，更喜欢把自己的影子发送到外面的世界，就像一台无人机观察可疑的地形，把自己最好的部分留在家里；就像人们在公共场合佩戴假珠宝，但把真品留在地库里；或者像有些人一样，当他们开始"重温"那些时刻，哪怕他们正在真实的世界里真实地生活着，就像我正在做的那样。身在，心未必也在。

我又想起了我的父亲，去年他让我坐在他的床边，让我告诉他我见过的一切，我和谁跳过舞——名字，他会说，我想要听名字，我想看到面庞，你的出现对我来说就像是一份礼物，听到你的声音比一千个电视节目还好看。他不在乎我来得多晚。如果我现在睡不着，我会尽快补回来的。如果他今晚还活着，我会从三个词开始，整个晚上从头开始。我是克拉拉。听起来很真实，他会说。

她是真实的吗？

她是别人吗？

她担心我是别人吗？

还是克拉拉们从不担心这些事情？

因为她们知道她们是世界，她们在世界上，她们现在就在这里。然而我无处不在又无处可在，我只是看起来像活的。然而我这样，然而我那样。

然而，我想把这看作一次尚未完全发生的相遇，或者还在被某个天界的工匠准备着，他不在状态，也没有想清楚，让我们即兴发挥我们的台词，直到一个更好的工匠接手，让我们有第二次机会定型。

我想倒回去把她想象成一个还没有告诉我名字的人，或者已经出现在我面前的人，以提前出现在第二天清晨的梦中的方式。谁知道呢，我可能会有第二次机会。但有两个条件：我参加了一个完全不同的派对，完全忘记我来过这个派对。就像一个从催眠师那里或是从前世回来的人，我会遇到新的人，我不认识没有遇到过的人，也不知道他们存在的人，更不用说认识的人。我迫不及待地想见到他们，我会承诺永远不会忘记或离开他们，直到有人不知从哪里冒出来，用自我介绍的方式说了些尴尬的话，让我想起我以前见过的一个女人，或者与另一个人擦肩而过，后来却一直没有联系；而现在又被重新介绍给另一个人，因为我们一起长大，后来失去了联系，或者经历了太多；又或许我们是很久以前的恋人，直到像死亡这样微不足道和愚蠢的事情发生在我们之间，而这一次，我们都不想让它发生。告诉我你的名字是克拉拉。你是克拉拉吗？你叫克拉拉吗？克拉拉，她会说，不，我不是克拉拉。

"我喜欢雪。"她最后说。

我一言不发地盯着她。

我正要问她为什么。

我想说，我羡慕那些直言喜欢雪而不感到尴尬或害羞的人，比如写押韵的诗。但这似乎没有必要大惊小怪，我决定找些别的话来说。

当我又一次试图用什么东西——任何东西——打破沉默的时候，我突然想到，如果她说喜欢雪，可能是因为她也发现我们之间的沉默让人无法忍受，并且认为压抑一个简单的想法比直截了当地说出来更陈腐。

"我也喜欢，"我说，她很高兴开启了一个简单的话题，"虽然我不知道为什么。"

"虽然我不知道为什么。"

她是不是又一次告诉我，我们的思维是平行的？或者她是在心不在焉地重复或嘲笑我抛出的一个毫无意义的短语，以使原本简单的事情变得复杂？

然而不知道为什么，我喜欢她以近乎叹息的方式说话。我向她靠过来，搂着她的腰。有人朝克拉拉靠过去，搂着她的腰亲吻她吗？

要是几年前的我会毫不犹豫地亲吻她。

现在，28岁，我犹豫了。

有人推开落地窗，走进露台。

"找到你了，"他说完，好像意识到了什么，"打扰了吗？"他的问题，让我怀疑地看到他眼里有一丝调皮。"所以这就是你一直躲着的地方？"那个壮实的男人说，他俯过身吻了吻克拉拉，"他们说你还没到。"

"你来了，罗洛，给我一支烟吧。"她说。她改变了语调，换了一种我没有听过的时髦的腔调。她示意他关上玻璃窗。"否则，她会发牢骚的。"

"好像你很在乎。"他笑道。

"我现在就想听格雷琴发牢骚。"

"格雷琴为什么会发牢骚？"我问，与其说是出于好奇，不如说是想维持一小阵之前的亲密关系。

"她讨厌我在她孩子在的时候抽烟。'暴躁·格雷琴'，生来就爱发牢骚……"

"她的孩子在哪里？"我问道，试图让自己听起来像个无赖，尤其是因为我周围没有看到任何孩子。在克拉拉的世界里抨击格雷琴是一条"政党路线"。我如果要加入进去就要证明自己能抛出一些自己的观点。

"她的孩子可能就是那个哮喘少年，你来的时候，他还很友好地向你打招呼了。"胖男人说，这话让我摆正了位置。

"小雪貂。"克拉拉为我补充道。

"小什么？"他问。

"没什么。"

那个胖男人搂着她的肩膀，表示他原谅了她。

"你不冷吗，克拉拉？"

"不冷。"

她转向我说："怎么，你冷吗？"

她是强迫我进入他们的世界，还是她假装我们之间已经建立了友谊？

我过了一会儿才意识到她并不是真的在等待答案。我也没有回答。相反，就像达成了共识一样，我们三个人都把胳膊靠在栏杆上，眺望着曼哈顿南部无边无际白紫交织的天际线。"想象一下，"克拉拉说，"如果河滨大道上所有的路灯都恢复到原来的煤气灯，我们也许可以关掉这个世纪，换一个，换成任何一个。在灯火通明的夜晚，大道看上去是那么迷人，我们会以为是在另一个时代。"

此时此地，说这话的人渴望在另一个时代成为别人。

"或者其他任何城市。"我插嘴说。

"任何地方，除了这个城市，克拉拉。我受够了纽约——"罗洛开始说。

"照你现在的速度，你应该是。也许你应该试着放慢速度，蛰伏一段时间。他不应该蛰伏一下吗？"她突然转向我。"可能会为你带来奇迹。看看我们，"她说，好像"我们"就是字面意思，"我们都蛰伏得很深，我们看起来开心极了，不是吗？"

"克拉拉在蛰伏？或者说，你总是假装吗，克拉拉？"

"今晚不是，这正是我今晚想成为的人。也许这里就是我想去的地方——在这个平台上，在上西区，在大西洋的这一边。从这里你可以看到整个宇宙，我们是无限渺小的人形机器人，努力驾驭着身体的各个部分。从我现在站的地方，罗洛，你可以看到一切，包括新泽西。"

那个胖子低声暗笑。

"我告诉你，"他盯着我说，"那些是对格雷琴的无理攻击。"

"女士们，先生们！"克拉拉继续说，手里拿着一个想象中的麦克风，就像导游一样，"就在你们的右舷矗立着蒂内克市天际线的骄傲，布耐·布利斯宗祠，在它旁边是我们的输卵管结扎术之母。"

"今晚是冷嘲热讽局吗？"

"哦，你赶紧走吧，罗洛——你越来越像个烦人精了。"

"龌龊可不是蛰伏哦。"

"我说的是蛰伏，不是昏迷。蛰伏是重新思考事情，有所收敛，有所改变，而不是一头扎进我们渴望的随便一个壮汉。"

有一瞬间的沉默。

"明白了，克拉拉。我误闯了蝎子谷，还踩到了最刻薄的蝎太后竖起的尾巴。"

"我不是那个意思，罗洛。你很清楚我的意思。我只是这样说，并没有想伤害你。"她突然又说，吸了最后一口烟，"你难道不喜欢冬天和雪吗？"

不清楚她是对我说的还是对他说的，或者两者都是，或者两者都不是。因为她突然转换话题的方式是如此梦幻和遥远，她想让我们知道她是在转换话题，还不如对着曼哈顿或者对着冬天或者对着夜晚，或者对着她放在窗台上的半杯血腥玛丽说话。我在抛却想到父亲的念头之前几乎没有喝过什么。我想她只是在跟我说话，或者说是在跟一部分的我说话，那部分的我就像栏杆上的雪一样柔软，她用手指掐了进去。

我下意识地向外看去，追随着光束。

"那天晚上我看到了永恒。"我最后说。

"那天晚上我看到了永恒？"

沉默。

"亨利·沃恩①。"我带着歉意和难为情地说。

她似乎想了一会儿，说："我没听说过他。"

"很少有人听说过。"我说。

———

① 译注：Henry Vaughan，威尔士诗人，作家。

然后我听到，一些至少是在十年前听到过的句子：

> 那天晚上我看到了永恒，
>
> 像一个无瑕无尽的光环，
>
> 一切安然，它自明亮……

"很少有人听说过？"她带着嘲笑的表情重复了我的话。

"显然比我想象的要多。"我回答道，试图表明我接受了这个教训，因为我再高兴不过了。

"在达美迪戈夫人经营的瑞士中学学过。"羞辱和爱抚。我还没来得及说什么，她指着满月说："哦，看！亲亲月亮，爱爱月亮，晚安月亮。月亮，你在那里做什么，今天完满，明天就消瘦。我的月亮，我的每个人的月亮，晚安月亮，晚安女士们，晚安月亮。"

"呓语。"罗洛评论道。

"呓语。你自私。亲亲月亮，汤还是沙拉，咕咕嘎嘎，圣诞快乐，圣诞快乐。我要晕过去了，晕过去了，看到月亮开心地晕过去了。"

"也祝你圣诞快乐，纽约。"我插嘴道。

"实际上，"她说，似乎想再一次转移话题，"如果有什么不同的话，今晚让我想起了圣彼得堡。"

这就是说我今晚除了这儿，哪儿也不想去？

当我们整夜在平行轨道上穿行时，我们的思想是否会在没有任何人注意的情况下交会？或者任何人从我们的露台看出去都会立刻想到圣彼得堡？

"这是一个白夜——或者几乎整晚是？"我问。

我们谈起了一年中最长的夜晚，也谈到了最短的夜晚，以及很多事物，即使它们像莫比乌斯环一样被翻过来翻过去，也总是一样的。我们谈到了陀思妥耶夫斯基笔下的一个男人，他在河堤上遇见了一个女人，并在四个白夜疯狂地爱上了她。

"俯瞰新泽西的白夜？我不这么认为！"克拉拉说。

听她这么说我笑了。

"你笑什么？"她问，显然被我弄得不高兴了。

"在利堡的陀思妥耶夫斯基！"我回答，好像这件事不需要解释。

"怎么了，在西106街的陀思妥耶夫斯基更好吗？"罗洛反驳道。

"一个玩笑都开不起，是不是，罗洛？但这有一个百万美元的问题。"克拉拉继续说，"是走上滨河大道眺望新泽西好，还是置身于新泽西上西区感受犹太人庆祝圣诞节的迷人世界更好？"

"可替代的犹太人。"

"逃亡的犹太人。"

"犹太人的分贝。"罗洛补充道。

"纠结的犹太人。"她说。

我思考了下她的话，我所能想到的只有一个张大嘴的蒂内克市，凝视着曼哈顿的天际线，反问着同样的问题。然后我想到了陀思妥耶夫斯基笔下被困的恋人们，他们渴望看到克拉拉和我，因为我们渴望登上他们点着煤气灯的涅夫斯基大道。我不知道她问题的答案，永远也不会知道。我只是说，如果曼哈顿的人看不到河滨大道，哈德逊河对岸的人也看不到河滨大道。硬币反面的反面不再是反面，不是吗？我们不是一直在说同一种语言吗，你和我？"爱情也是如此，"我插嘴说，不知道这种相似之处到底在哪里，只是觉得有股冲动去碰碰运气，"一个人可以幻想一段感情，也可以身处一段感情，但不能同时是梦想家和情人。也许可以，克拉拉？"她沉思了一会儿，好像她已经领会了这个比喻的意思，如果不是这个比喻的意思的话，至少是它暗含着巧妙的含义。

"这是一个三门问题①，我今晚不回答这样的问题。"

"猜到了。"罗洛急促地说。

"呸！"她厉声回斥。

"你一定是罗洛吧？"我插话道，试图建立斯坦利与利文斯顿般的男人之间的情谊。

她没有介绍我们。他伸出了一个成功金融家的强壮的手掌，正如他所补充的，一个兼职的大提琴家，他的私生活很开放。

"呸。"她气急败坏地发出最后一声呜咽。

"蛇发女怪！"他还击了。

我想，她不是蛇发女怪，而是女巫喀尔刻，她把男人不可避免地变成家养宠物。

"蛇发女。"他低声反驳道，做出狗咬人的样子，两个人都很享受这种猫捉老鼠的游戏。

介绍人认识显然不是克拉拉的强项。相反，她回避了我们，让我们觉得之前没有握手是自己的错。我们至少应该有礼貌地猜测对方是谁。

"汉斯的一个朋友，"她解释道，"这提醒了我，你看见汉斯了吗？"

---

① 译注：Door number 3是一个隐喻，指有直觉上的悖论，却不违反逻辑问题，又称蒙特霍问题，该问题的答案在逻辑上并不自相矛盾，但十分违反直觉。

他耸了耸肩。

"奥拉在哪里？"

"我几乎谁也没看见。我看见了贝丽尔，她和英奇在蓝色的房间里。"

"英奇来了？"克拉拉打断了他。

"我刚还跟他说话了。"

"嗯，我没有。"

他看着她，好像还没明白。"你在说什么？"

克拉拉的脸上带着顽皮的悲伤，看起来是故意摆出来的。

"英奇走了。"她转过身去，研究着她即将点燃的香烟，似乎想继续谈论陀思妥耶夫斯基的《白夜》，现在关于英奇的事情已经确定了，但是罗洛还揪着不放。

"我说他走了。走了，就是走了，结束了。不在我的生活里了。"

那个胖子看起来全然不知所措。

"英奇离开我了。你明白了吗？"

"我明白了。"

"我只是很惊讶，他今晚竟然也在，仅此而已。"她说。

罗洛用双臂做了一个恼怒的姿势。

"你们两个太复杂了。"他补充道。

"实际上，我们从来没有'太'怎么样。这段关系从一开始就处在地狱之中和将死边缘。只是罗洛和我们认识的其他人都不想看到这样的结果。"同样，不知道她是在和我说话，在和纽约说话，还是在和她自己说话。

"他知道你是——用你的话说，在地狱之中和将死边缘这种心态吗？"

他最后几个词满是棱角。我能看出来她在酝酿尖锐的反击。

"我从来没有——在地狱之中，罗洛。"在说"在地狱之中"之前，她故意来了个戏剧性的停顿，现在已成了一种幽默，"他——在地狱之中。他是我生命中最大的一块冻原，如果你想知道的话，我们结束了。"

"可怜的英奇。他不应该……首先——"

"狗屁！"

"首先，你让他放弃了所有——"

"狗屁！"

"克拉拉，你比蛇发女怪还坏！首先也是最重要的——"

"狗屁，无聊，说什么呢！"

克拉拉举起双手，示意投降，不再说了。

"这是我今年听到的最残忍的事情。"

"你介意什么？这样你就可以追他了。这不是你一直想要的吗？"

我不知道他们还要交锋多久，但是每一秒都变得更加难堪。

"谁能告诉我一下谁是英奇？"我终于插了一句，就像一个小孩试图终止父母的争吵。

我不只是想打断他们，也是在蹩脚地尝试，想更多地了解他们那个让人迷醉的世界。在他们的世界里，你和陌生人站在露台上，然后，他们谈论的一大群朋友，就像一个魔术师从别人口袋里拉出方帕，一条接一条，没完没了，叫汉斯、格雷琴、英奇、提托、罗洛、贝丽尔、巴勃罗、曼凯维奇、奥拉、克拉丽莎……克拉丽莎，而你站在那里想着贝拉吉奥和拜占庭，想着白夜，想着圣彼得堡冰冷的水道……这让上西区无垠的单色地平线看起来像本童话书，你所要做的就是知会一声，进入这个世界。

"英奇来自战壕。"她用我们的暗语解释道。我受宠若惊，我突然觉得自己的重要性排在罗洛前面了。然后她转向他："你知道的，他做得对。我不能说我怪他。虽然我警告过他。"

"该死的你的警告。这个可怜的孩子已经支离破碎了。我了解他。这太伤人了。"

"哦，你噘着嘴生闷气，他噘着嘴生闷气——这一切都非常伤人。"

她做了一个耸肩的动作，似乎是在取笑他笨拙的用词。

"克拉拉，克拉拉——"他开口道，好像不知道该跟她晓之以理，动之以情，还是诅咒她，"你需要再考虑一下……"

"嗯，是我们今晚需要量体温，还是需要小心走路，或者是需要注意饮食，是哪种呢，朋友？什么都别说了。别说了，罗洛！"她的声音里突然有了一种愤怒。我能感觉到，她的意思是，不要说你会后悔的话。这话既不是指责，也不是警告，像打在他脸上的一记耳光。

"克拉拉，如果你现在还开玩笑，我保证我再也不和你说话了。"

"从现在开始。"

我不知道该说什么。一个想法是找个借口离开，让两个人继续争吵，但是我不想从他们这个世界消失，这个世界刚刚向我敞开了大门。

"就是因为你这样的蛇发女怪，我这样的男人才会变成同性恋。"

他说完，不等她再说一句话，就猛地推开玻璃门离开了，玻璃门在他身后"砰"的一声关上。

"抱歉，太抱歉了。"我不知道我是为她道歉，还是因为目睹了他们的争吵而道歉。

"没什么好抱歉的，"她一边淡淡地说，一边把香烟在石栏上摁灭，低头看着滨河大道，"又是在战壕里的一天。实际上你在这里很好。要不然我们可能会吵起来，我会说一些让自己后悔的话。我已经后悔发生这场小冲突了。"

她为他，为英奇，为自己感到难过吗？

没有答案。

"有点冷。"

我轻轻地打开落地窗，以免打扰楼下客厅里唱颂歌的人。

我听见她小声嘀咕："英奇不该来……他今晚不该来。"

我露出一个略带忧伤而友好的微笑，像在暗示她些什么，但和说"你看，事情会自己解决的"一样笨拙。

她突然转过来说："你今晚是和别人一起来的吗？"

"没有，我一个人来的。"

我没有问她同样的问题，我不想知道，或者说我不想显得急于知道。

"你呢？"我发现自己在问。

"没有人——有，但真的算没有人。"她突然大笑起来。笑她自己，笑这个问题，笑这个双重和三重的解释，笑各种有意和无意的歧义上。她指着一个正在聊天，看起来像贝丽尔的人。

"什么？"我问。

"那是提托，我们刚才说的那个提托。"

"然后呢？"

"哪里有提托，哪里就一定有奥拉。"

我没有看到附近有奥拉。

"看见他旁边的人了吗？"

我点点头。

"他就是曾经和我——在地狱中的那个人。"

又是片刻的沉默。我想问她生命中的所有男人是否都被打入地狱了。但是她会问，你为什么要问？因为她已经知道我为什么问了。

"我们几个可能会去圣约翰教堂做一会儿午夜弥撒，想来吗？"我微微做了个鬼脸，"我们一起点蜡烛，会很有意思的。"

她没有等我回答，就像抛出这个想法一样突然——她似乎做每件事都是这样——说她马上回来，并且已经打开了玻璃门。"等我一下，好吗？"她从不怀疑我不会等。

但这次我确信我已经失去了她。她会碰到英奇、提托、奥拉和汉斯，然后马上溜回他们的小世界，她当时是在圣诞树后面，像一个幽灵一样从他们的小世界中出来的。

我独自一人在露台上，回忆着今晚早些时候脑海中浮现出的一个又一个想法，我在楼上徘徊于各个房间，纠结着是否留下，是立刻离开，还是再多待一会儿。我试图确定我当下的感受，以及在她转身告诉我她名字的前几秒钟我在做什么。我一直在想其中一个书房外面长长的走廊上挂满了裱框的阿塔纳斯·珂雪的艺术印刷品。这些不是仿制品，肯定是从价值连城的合订本上取下来的。就在那时，当我在思考把这些照片裱起来，然后挂在一个富人家的浴室外面时，事情发生了。

现在透过玻璃门廊，我看到一堆杂乱的圣诞礼物堆在一棵巨大的树旁边。一群十几岁的孩子，为另一场派对盛装打扮，那场派对要好几个小时之后才开始，他们现在就聚集在圣诞树周围，拿起一些包

064 ·

裹在耳边晃动，猜里面是什么。我应该把香槟酒瓶交给一个知道该怎么处理它们的人，我为此感到一阵惊慌失措。我记得找不到人来帮忙，我不得不偷偷摸摸地把瓶子放在甩动的厨房门旁边，好像它们是一对双胞胎孤儿，在内疚的母亲偷偷溜进无名之夜前，被放在一个富人的门阶外。当然，我漏掉了一张卡片。在登上M-5巴士之前，我在飞机上买的酒怎么样了？其中一个服务员肯定在门边找到了，并把它们放进冰箱，在那里它们可以和同类孤儿交朋友。

我觉得自己就像是圣诞周我父母家的那些尴尬的客人，他们每年在那个时候举办品酒会。

MGH^①是我父亲"让客人开心"的暗语。我母亲的暗语是ROP^②，"夸赞礼物"。MTH是我记得的他的标签：娶了女继承人，娶了该死的女继承人。

为了厘清思绪，我在露台上踱来踱去，试图想象这个地方在夏天会是什么样子，想象着着装清凉的人们带着香槟酒杯蜂拥而至，每个人都渴望看到世界上最壮观的日落，看着天际线从闪烁的浅蓝色变成夏天的粉色和暗橘色。我不知道克拉拉在夏天走出房间到这里会穿什么样的鞋，也许会像神秘特工一样吸着烟，和巴勃罗、罗洛、汉斯争论着什么，是哪种情况不重要，只要她说出一些刻薄的话，她就会很快收回。她今晚有没有说什么关于谁的好话？那些话听起来恶毒、伤人，或者是一些凶猛、牙尖齿利、冷酷无情的话，可以撕裂人类的任何情感，刺穿每个成年男子心中那个充满渴望和无助的孩子，即使这些话听起来很扭曲，容易被曲解，但她是出于

---

① 译注：Make Guests Happy的缩写。
② 译注：Rave Over Presents的缩写。

爱——愤怒、荒芜、粗糙、灼人的爱。

新年前夜，我会试着回想起这间公寓。只是那几个少数的开心的夜晚。午夜时分，人们会走到露台上，等着观赏烟花，再回到壁炉前打开香槟，像旧时宴会一样谈论爱情。我父亲会喜欢克拉拉的。因为她会帮着拿露台上的酒瓶，会在派对上帮忙，会为他死气沉沉的对句发言平添生机。当那位"老古板"一年一度地提起赞西普并逼着她的丈夫苏格拉底喝下坏掉的啤酒时，她会窃笑，他很高兴有人喝了下去，因为要是再有一天、再有一年像这样没有爱、没有给予……有克拉拉在，他每年在我们去露台拿酒时对我的唠叨，就不会掺杂那么多怨怼。我想要孩子，不是项目。看到克拉拉，他会催我抓紧。她会走进来，说"我是克拉拉"，然后我马上就被迷住了。那个来自贝拉吉奥的女孩，他会打电话给她。某天晚上，他和我会一起站在冰镇的酒瓶前，凝视着塔楼对面邻居拥挤的窗户。"他们的派对才是真正的派对，我们的是假的。"他说。"他们可能觉得他们的是临时凑合的，而我们的是货真价实的。"我说。我试图让他高兴起来。"那样的话比我想的还糟。"他说。我们从来没有活在当下，总有一些东西偷走了永恒。我们密封在一个心室里的东西会流渗到另一个心室，就像一颗瓣膜封不严的衰老心脏。

一个服务生打开玻璃门来到露台上，试图拿走克拉拉的半空的酒杯。我告诉他放那儿吧。看到我的杯子是空的，他问我是否想要添酒。"我想来点冰啤酒。"我说。"倒在玻璃杯里？"他问道。这突然提醒了我，除了倒在玻璃杯里，还有其他喝啤酒的方式。"其实，不用倒出来。"我喜欢这样的临时起意。我要喝啤酒，我要直接对瓶喝，我要独自享受。如果我的眼前没有浮现出她的样子，那么就这样吧。他点了点头，在这个注定异常忙碌的夜晚，他看了看我凝视的地方："多美的景色啊，不是吗？"

"是的，好美。"

"除了啤酒，还要点别的吗？"

我摇摇头。我想起了曼凯维奇，决定不吃任何类似开胃菜的东西。但随后，我被这个想法和他的善良触动了。"来点坚果也可以。"

"我马上去拿坚果和啤酒。"

然后，当他几乎要走到落地窗前时，他转向我，手里拿着放着其他空杯子的托盘："一切都好吗？"

我一定看起来很苦恼，以至于服务生都察觉到我不好了，或许他是在确认我不打算跳下去——老板的命令：留意并确保没有人乱来。

露台另一端的一对情侣在咯咯笑着，露台面朝着曼哈顿南端。男人把他的胳膊放在她的肩膀上，另一只手把他的杯子放在栏杆上。我看到，同一只手上夹着一支雪茄。

"迈尔斯，你在挑逗我吗？"女人问。

"说实话——我不知道。"男人温文尔雅地回答。

"如果你不知道，那么你就是。"

"我想——我是。"

"我从来不了解你。"

"老实说，我也从来不了解我自己。"

我笑了。服务生站在那里环顾四周，寻找散落的酒杯和烟灰缸，似乎在犹豫是否该抽支烟歇会儿。我看了看他的衣服——普鲁士蓝领带和黄色衬衫，袖子一直卷到肱二头肌——多么奇怪的行头。

"啤酒！"他自嘲地喊道，好像忽略了一个重要的任务，然后拿起了更多的空杯子。

我不是真的想要啤酒。这个派对不适合我。我应该离开。

今晚还有什么可期待的？巴士，雪，一路走回第112街，最后一次凝视大教堂，穿过雪地，为了赏雪而不去午夜弥撒，然后在晚上合上书。她说过今晚要去那里。我想象着自己快速奔向大教堂，音乐、外套、里面的人群、克拉拉和同伴，还有她的朋友们，我们都挤在一起。她会说，我们回派对吧。罗洛也同意，好的，我们回去吧。

最好在有人硬要留我吃晚餐之前离开，我想，离开阳台，回到楼上，溜进衣帽间，递上我的大衣存票根，像我悄悄地到来一样，悄悄地溜走。

但是我还没迈步，玻璃门又开了，服务员端着更多杯酒和我的啤酒走了出来。他把酒放在桌子上，然后拿起啤酒瓶，一下子就打开了。他还给迈尔斯和他女朋友带了两杯马丁尼酒。

然后，我最后一次发现光束在曼哈顿上空盘旋。半小时前，我和克拉拉站在这里，聊着贝拉吉奥、拜占庭、圣彼得堡。她手肘搁在我的肩膀上，酒红色麂皮鞋轻轻拂去积雪，栏杆上放着血腥玛丽———切都还在！克拉拉哪儿去了？

我忘了我是否已经心照不宣地同意在阳台上等她。确实越来越冷了，也许让我待在阳台上是克拉拉在鸡尾酒会上惯用的伎俩，要么不经意地走开，要么让我扮演一个被遗忘的人，一个等待的人，一个徘徊的人，一个抱着希望的人。

也许我最终决定离开露台会惹她不高兴。为了证明这不会有任何结果，证明我从来没有抱有哪怕最渺茫的希望。

当我最终从拥挤的楼梯上走出来时，宾客比之前多了三倍不止。所有这些人，所有的喧嚣和音乐声，所有这些有钱又有声望的十足的势利小人，看起来就像他们刚从私人直升机上下来，降落在滨河大道和第106街之间的一个未知地带。突然，我意识到这些气派的、并排停放的豪华轿车沿着路边一直排到百老汇大街再排回来，绕着街区排了一圈，它们载的就是参加这个派对的人，是我一直想被邀请参加的那种派对。晒得黝黑的女人戴着耀眼的珠宝，穿着高跟鞋在木地板上咔嗒咔嗒地走来走去；穿着时髦的黑色西装和深色灰褐色开领衬衫在大房间里忙碌的年轻男子，还有那些打扮成新婚妻子模样的女人，想看起来和那些年轻人一样的中年男人，他们的妻子说穿什么样的衣服会显得年轻得多。银行家、荡妇、芭比——这些人是谁？

我终于反应过来了——那些男女服务生都是金发模特，穿的实际上是制服：亮黄色的衬衫，袖子高高地卷起来，宽宽的、飘逸的蓝色领带，低腰紧身的卡其裤，拉链上端微微地有点拉不上，看起来潇洒随意。这种做作和俗气的混搭让我想转身对人吐槽些什么。但是我在这里一个人都不认识。与此同时，服务生们正敦促宾客往大厅的两端走，晚餐已经在超大的自助餐桌上开始了。

在一个小角落里，三个年长的女士围坐在茶几旁，就像一共只长了一只眼睛和一颗牙齿的格里伊三姐妹。一个服务生给她们拿来了三个装满食物的盘子，正要给她们斟酒时，一位女士拿起一根看起来像针一样的东西给她旁边的女士，用来检查餐前血糖水平。

我又看到了克拉拉。她靠在之前那个拥挤的藏书室里的一个书架上，在那里她曾指给我看她的旧书桌，冒着离我认为的真正的克拉拉太近的危险，我想象着她正在写论文，不时地摘下眼镜，若有所思地远远地看着哈德逊河上微弱的秋光。而面前的她，一个年纪相仿的年轻男子把双手放在她的臀部，把她的整个身体压在他的身上，他深吻着她，闭着眼睛，固执、任性、用力地抱着她。如果只是盯着别人看，那就太不礼貌了。可是没有人看，大家似乎都没有注意。但是我的眼睛一直无法从他们身上移开，特别是在我注意到他的手不只是抱住她，还从衬衫下面抓住她的臀部，触摸她的皮肤，好像两个人一直在慢舞，然后停下来接吻，直到我发现了更令人不安和更吸引人的事情：是她在吻他，而不是相反的情况。他只是对她做出反应，在她猛烈的、侵入性的火焰下昏厥，就像一只小鸟从它母亲的嘴中舐食食物。当他们终于放松了拥抱时，我看到她凝视着他的眼睛，无比慵懒地抚摸着他的脸，一只缓慢的、徘徊的手掌近似崇拜地先摩擦他的额头，然后滑向他的脸颊，她温柔的表情如此令人心碎，如此潮湿的触摸，可以从一块花岗岩中汲取爱。如果这暗示了她是如何做爱的，当她脱下深红色的衬衫，脱下绒面革的鞋子，失去了理智时，那么，直到我一生中的这个非常精确的时刻，我可能从来不知道什么是做爱，是为了什么而做爱，也不知道如何去做爱，就像从来没有和任何人做过爱，更不用说了解做爱这件事了。我羡慕他们。我恨我自己嫉妒又爱着他们。在我有时间希望他们停止正在做的事情，或者持续一段时间之前，我看着他把他的骨盆压在她的骨盆上，他们又开始接吻了。他的手现在已经消失在她的衬衫下面。但愿那是我的手。但愿是我在那里。

蛰伏到此为止。多么蹩脚的借口。满口谈论着将死的和那些流行性焦虑症的时刻，谈论着地狱和爱情的女孩，刚刚屈服了。我还以为她满怀着生活的悲情，掩盖在端着鸡尾酒的闲谈中。而她只不过是一个照猫画虎说些外语单词的欧洲小妞，那些词是在一个为任性小姐准备的叫达美迪戈夫人的中学里面学的。

"这就是克拉拉和英奇。"站在我旁边的一个女人低声说道，她一定是看到我盯着他们看了，"他们总是这样。这是他们的特征。"我正要耸耸肩，表示我以前见过这样的事情，当然不会惊讶于恋人在派对上亲热时，我想起来眼前这个女人不是别人，正是玛菲·米特福德，我们就聊了起来。

也许是因为我有点喝多了，我转向她，突然问她的名字是不是叫玛菲。是的。她问我是怎么知道的。我开始撒谎，说我们去年在一个晚宴上见过面。这个谎言简直是张口就来，一来二去之后，我发现我们确实有共同的朋友。她不认识那群舒料夫吗？不认识，她从来没听说过。我迫不及待地想告诉克拉拉。

然后，我看见她远远地向我挥手。她不只是挥手，实际上是向我走来。当我看着她越来越近的时候，我知道我已经原谅了她，尽管所有的决心都与此相反。我不知道这是什么感觉，因为这是一种恐慌、愤怒、希望和期望杂糅的感觉，以至于从我面部拉紧的程度，我就知道自己笑得太夸张了。我试图通过想一些悲伤的、发人深省的事情来压抑住笑容，但是一想到玛菲和她那抖动的肚子，我就忍不住想笑。

克拉拉是不是不见了，或者因为我没有在露台上等她而失望了，这些都无关紧要。我们就像放了对方两小时鸽子的人又遇见了，然后像什么都没发生一样继续相处。我想让自己不在乎他们的亲吻，因为只要我不抱任何希望，不用担心如何把她带进我的生活，我就能享受她的陪伴，和她一起欢笑，搂着她。

我曾经，甚至在那时我就知道我像一个瘾君子，决心戒除毒瘾，以便可以偶尔享受一次而不用担心上瘾。我戒烟的原因是一样的：可以偶尔抽根烟。

克拉拉先是来到我身后，想要在我耳边低语些什么。我能感觉到她的呼吸在我的脖子上盘旋，几乎准备好轻轻地靠向她的嘴唇。

她在取笑玛菲，然后捏了捏我的肩膀，我感觉到这是一个想要我一起咯咯笑的共谋的暗示。

"你的双胞胎女儿是世界上最可爱的女孩。"克拉拉说。我可以看出克拉拉开始了。

"对啊，可不是嘛。"玛菲表示同意，"她们很棒。"

"她们很棒，"克拉拉模仿她说，这次用嘴唇擦过我的耳朵，一次、两次、三次，"真的棒极了。"我能感觉到我身体的每一部分对她的呼吸都有反应。和她做爱的人整晚都拥有她的呼吸。

"我们叫她们双子星。"玛菲说。

"是吗？"克拉拉继续在我耳边低语。

与此同时，客人们开始推着我们走向自助餐桌。玛菲快要被人群吞没了。

"我想我们应该让开，否则他们会把我们撞倒。我知道一条捷径。"

"捷径？"我问。

"从厨房穿过去。"

与此同时，巴勃罗看到克拉拉后在另一群人中朝她打手势。她说我们正从相反的方向去厨房。他们以前似乎也这样做过。我们在温室见。

我想到了英奇，想象着克拉拉想回到他身边。但是哪儿都看不到他。她甚至没有假装在找他。

"战壕里的那个人在哪里？"我终于问了克拉拉，用尽方法暗示我不会和她一起吃晚餐。

我收到了一个茫然的眼神。她会不会听不懂那个蹩脚的笑话，或者一旦她想起我们的暗语，她会不会投来愤慨的目光？她花了很长时间才做出回应，我已经忍不住抱歉地傻笑，把我暗示的肤浅的内容清楚地讲出来，听起来更加肤浅。

"我指的是英奇。"我说。

"我知道你的意思。"她沉默片刻，又说，"家。"

这回轮到我弄不清楚她是什么意思了。"英奇回家了。"

她是在骗我，还是想让我闭嘴？是在说不关我的事——住嘴——我越界了？或者她在试图找到一条通向食物的捷径，并把注意力都集中在如何更早地把我们从这里带到那里？不过，我能感觉到，她不仅仅在想去餐桌的路。也许我应该问问是不是出了什么问题。"我们得从温室走到楼上，再从另一个楼梯下到厨房的后门。"她说这话的时候，我看着她。我想和之前一样在螺旋式楼梯上握住她的手，把我的手放在她头发下面的耳后，告诉她我内心的一切。

"什么？"

我摇摇头，表示没事，其实是事大了。

"别！"她说。

就是它，这个我整晚都害怕的词。当我暗示贝拉吉奥时，已经感受到了一些蛛丝马迹。现在这个词终于被她说出来了，击碎了贝拉吉奥，驱散了光束，粉碎了玫瑰花园和沉醉在冰天雪地中的周日恋人的幻想。"别"有没有感叹号？很可能有，也可能没有。她一生中可能说过太多次了，所以不需要。

在我们穿过狭窄楼梯的路上，她终于脱口说出了我不敢问的问题的答案："今晚是我们的告别，禁止哀悼。"她朝我身后看了看。

一群青少年从后面冲了出来，在上楼的路上从我们身边跑过。

"那么，你说的是英奇？"

"他走了。永远消失了。"

　　我为英奇感到难过。这是一个她刚刚给予了所有爱的证据的男人，一分钟后，她用比谈起一只老鼠更轻蔑的语气谈起英奇。她试图表现冷漠的样子是不是用力过猛了？就像有些人刚分手，他们的爱就陷入了如此不可原谅的境地，以至于导致强烈痛苦的不是因为失去了爱，或者一个人在拿到另一个人家的钥匙后又被一脚踢开，感觉好像被扔出船外，还被要求淹死也不要大呼小叫，不要坏了别人的兴致。这就是英奇的遭遇吗？被拒绝，被亲吻，被打包抛弃？或者她就像一只奇怪的野猫，一边吞噬着你的内脏，一边又舔着你的脸把你制服？

　　我见过英奇的样子，当她准备第二次更野蛮地吻他时，他的脸微微歪向一边，他身体的每一块肌肉都紧绷起来。几分钟后，她走向我，让我和她一起去餐厅。

　　"他可能已经在去他父母家的路上了，他父母家在达连的一座山上。我告诉他不要开太快。他说没事。坦白地说——"我们又往上走了几步。

　　"我好厌倦他。他是世界上最健康的人，而我是他生活中最糟糕的事情。有时候，我只想用浴室里的浮石砸我的脸，因为它总能让我想起他每天看着我的脸，而我脑袋里面什么都没有——没有，什么都没有。他让我不再是我自己。更糟糕的是，我也不知道我是谁了。"

　　我一定是给了她一个震惊和怀疑的眼神。

　　"卑鄙下流？"

　　我摇摇头。

　　"我甚至责怪他没能让我爱他——好像这是他的错，不是我的错。因为我一直努力去爱他，我想要的只是爱，不是别人，甚至不是另一个人的爱。也许我也不知道别人是干什么的。也许我想要的只是浪漫，哪怕是聊胜于无的那种也可以。"

她抓住了自己。

"把这算在流行性焦虑症的范畴吧。"这个交际花不安地笑了。我在楼梯上站在她身后。我们这么相似，有这么多共同点的幻觉，这就足以让我既害怕，又期待。

"还有呢？"

"没什么好说的了。曾经有一段时间，我的生活失去了光明，我以为他就是光明。然后，我意识到他不是光，而是关上了黑暗的手。后来有一天，我发现已经没有光了——他没有光，我也没有光。然后我责怪他，又责怪自己。现在我挺喜欢黑暗的。"

"所以就蛰伏起来了？"

"所以就蛰伏起来了。"

她不看我了。

"这是我的地狱，"她补充道，"英奇想要的不是我。他想要的是像我这样的人——但不是我。我完全不适合他，他也完全不适合我。如果这是你想知道的。男人真正想要的不是我，而是像我这样的人。"短暂的停顿之后，她又说："我很明白这一点。"听起来就像说"朋友，明白人用不着多说"一样。

"这是我的地狱。"这是一个交际花会说出的话吗？"像我这样的人，但不是我"——从哪里学会说这样的话或提出这样的见解？经验？是因为长时间的单身吗？还是有可能来自经验和单身的结合？这个交际花是一个隐士，假扮成交际花的真正的隐士——就像来自地狱的赋格曲？

我是克拉拉。相同的区别。

她打开门，从阳台俯瞰哈德逊的景色与下面两层楼的阳台的风景相同，这里只是从更高的地方看。她指着一条穿过温室的狭窄通道。景色确实令人惊叹，如幽灵一般。

"没有人知道的是，如果我要求他，他会为我而死。"

说出来多么了不起。

"你要求过他吗？"

"没有，但他每天都会主动提出来。"

"你会为他而死吗？"

"我会为他而死吗？"她重复我的问题，可能是为了给自己时间思考并想出一个合理的答案。

"我甚至不知道这个问题意味着什么——所以我想不会。我以前很喜欢他嘴里牙膏和啤酒的味道，现在我觉得反胃。我以前喜欢摸着他羊绒衫上被磨得稀薄的手肘部分，现在我碰都不会碰。我也不太喜欢自己。"

我听着，等她说下去，但她已经不说了。

"看看哈德逊河。"我说。我们站在那里，静静地盯着河上的冰块。

她说话异常严肃。我发誓要记住这样的她。温室里完全没有灯光，有那么一瞬间，我似乎站在世界之巅的地方，我想让她和我站在一起，看着银灰色的宇宙在太空中慢慢前进。我甚至忍不住想说："就在这儿陪我一会儿吧。"我想让她帮我寻找光束，找到光束后，告诉我她是否觉得光束就像一只超越时间的手臂，伸向未来，消失在月光下的云朵中；或者更天马行空一点，外星人触碰地球，降临到我们身边，呈现我们的形象，说我们的语言，给我们这份喜悦，就站在我们和黑暗之间。她也一定是被天际的景象打动了，因为她向曼哈顿的南半部望去，最后让我抱住她，亲吻她的嘴巴。但是，她匆忙地抓住我的手把我带走了，并且故意敷衍地说："是的，我们知道，'那天晚上我看见了永恒'。"

厨房里，一个穿着深酒红色天鹅绒西装的男人在打电话，看起来很担心。当他看到克拉拉时，他扮了个鬼脸，默默地打了个招呼。几秒钟后，他没说再见就挂断了电话，当着我们的面咒骂了他的律师。他把手机放回西装的内袋，转身对厨师说："乔治，请给我三杯酒。"

"派对很棒！"他一边说，一边移步到早餐桌旁，"别走，和我坐会儿，我需要喘口气。这样的派对完全是另外一个水准。"

他喜欢派对。"但是太浮夸了，还有这么多德国人和法国人，"他补充说，"你会认为这是巴别塔呢。不过谢天谢地，还有我们圈子里的人和音乐。"

我意识到音乐是维系这个朋友圈子的纽带。

我们三个人都坐了下来，几位厨师和很多候场的服务生在我们身后有些焦躁不安。角落里，两个金发、身材壮实、像做过警察现在是私人司机或保镖的家伙正在吃最后一份高级烹饪版的烤千层面。

汉斯看着我们，指了指克拉拉，然后指了指我，然后又指了指克拉拉，仿佛在问："你们俩是一起的吗？"

克拉拉露出了一个年轻的律师那种非常清澈、沉着的微笑，好像她正要走进会议室，秘书突然告诉她，她母亲打电话找她。那微笑——我花了几秒钟才反应过来——相当于脸红。她咬着嘴唇，好像在说："等我有机会，我会找你算账。"然后我看到她出击了："你没事吧，汉斯？"

"我很好，"他喃喃自语，然后转念一想，"不，我真的不好。"

"发牢骚？"

"不，不是，只是生意上的事。有时我告诉自己，我应该继续在音乐行业做会计，一个单纯又愚蠢的会计。有人想毁了我。就目前的情况来看，他们可能会成功。"

然后，汉斯好像想抖落这团自怜的阴云，他伸出手说："我是汉斯。"他说得很慢，好像每个字后面都有一个句号。

克拉拉一定是突然想到我不认识汉斯，汉斯也不认识我。这一次，她做了正式的介绍，她说："我觉得自己像个十足的白痴，以为你是汉斯的朋友，实际上却是格雷琴的朋友。"

"但我不认识格雷琴。"我说，试图表明我从来没有欺骗任何人的意图，这就是为什么这是一个绝好的坦白时机。

"但那是谁——"克拉拉不知道如何措辞，转向了汉斯。

我想象着几秒钟内，两个吃着千层面的强壮的警察会扑向我，把我按在地上，用手铐把我铐在厨房的桌子上，让我待在那里，直到他们24区的老朋友过来。

"我来这儿是因为弗雷德·帕斯捷尔纳克收到了请柬叫我过来的。我怀疑他放了我鸽子。直到今天傍晚我才知道有这个派对。"在我努力为自己开脱并自证身份的过程中，我泄露了更多不必要的细节，就像撒谎的人明明只说一个谎就够了，却禁不住撒更多的谎一样。我还想补充一句，我今晚甚至都不想来参加派对——而且，我根本不饿。至于他们瘸腿、扁平足、迷人的，今晚就要飞走的欧洲大联盟宾客，可耻地围着两位名字可耻的主人——汉塞尔和格蕾泰尔，他们没为我做什么——就这样！

"你是雏尼·帕斯捷尔纳克的朋友？这里永远欢迎雏尼的朋

友。"所以他们也知道他以前的绰号。汉斯和我握手，搂着我的肩膀，整套动作显得非常亲密。"他是我父亲的好朋友。"我纠正道，"替父亲照顾我。"

"瑞士人脉。"汉斯开玩笑说，让这听起来像是战后间谍小说中被遗弃的男孩们，约定用文理中学的英语宣誓。

一个服务生端着一瓶白葡萄酒过来，然后开瓶。当他准备给克拉拉倒酒时，转向我，轻声问道："你要啤酒吗？"我立刻认出了这个服务生。不，这次我要葡萄酒。

他走后，我告诉汉斯，这个服务生觉得救了我的命。"为什么呢？"他问道。他以为我打算从某层露台跳下去。

整件事都是我编的。一个好故事，我想，虽然我不能解释为什么我编造这样的故事。每个人都笑了。

"你不是认真的吧？"克拉拉问道。

我暗笑。显然不止一个男人愿意为她而死。

"敬维尼，"汉斯说，"敬维尼和这个星球上所有好斗的奸诈者，愿他们的地盘壮大。"我们碰杯。"一次，再一次。"他举杯祝酒。克拉拉附和着说："还有很多次。"

我想，如果不是一时兴起，维尼可能永远也不会向我发出这份邀请，也永远不可能在一个晚上给我的生活带来如此大的魔力。

我是克拉拉，我会让你焕然一新。

我是克拉拉，我可以让你看没见过的东西。

我是克拉拉，我可以带你去没去过的地方。

我看着汉斯身后的厨师打开一个大罐鱼子酱，然后一团一团地舀出来。他似乎对罐头、开罐器、鱼子酱，对厨房，对一切都不耐烦。他的态度让我想到克拉拉。她会把你从你自己身上剥离出来，给你一个全新的样貌，一颗全新的心，全新的一切。但是要做到这一点，她需要用一个旋转型开罐器发明之前的开罐器来切开你——首先是一个锋利的切口，然后是棘手的、耐心的、持续的放血工作，上下反复撬动尖尖的鲨鱼翅形状的钢片，直到她的开罐器围着你撬一圈，把你从自己身上挖走。

会痛吗？

一点也不。甚至每个人都喜欢。痛的是当你被挖走又失去了那只能让你挣脱的手，沙丁鱼罐头的钥匙和盖子像蜕下来的皮一样翻卷起来，这种痛就像一把匕首刺进你的心脏一样。

我知道单单一个派对不足以改变任何人的生活轨迹。然而，我并不太确定或许也不想太确定，以免被证明是错的，甚至没有为以后的日子做细致的心理记录，但我知道我不会忘记关于这个派对的任何事，从坐巴士，她的鞋子，穿过温室走到厨房，在那里汉斯先指了指她，然后指了指我，又指了指她，我编的自杀的故事，在监狱过夜，一直到克拉拉因为担心而匆忙赶到警察局，在圣诞夜把我从警察局救出来，走到区警察局外面天寒地冻，她会问我，戴手铐疼不疼？来，我来帮你揉揉手腕，让我亲亲你的手腕，你可怜的、甜蜜的、上帝赐予的、受伤的手腕。

我会记住这些细节，也会记住汉斯想要离开自己举办的派对之时的细节，他问乔治能否把三个大盘子一起带到楼上放在温室里。我们要到温室里去了，那一刻，我意识到，我会比以前更靠近克拉拉、光束和星星。

"可是，"汉斯站起来说，等着我们离开厨房，"我可以发誓你们俩已经认识很久了。"

"完全不是。"克拉拉说。

我过了一会儿才意识到，她和我都不相信我们只认识了几小时。

温室是一个看起来像封闭的半阳台、半温室的地方，汉斯打开灯，里面放着一张小圆桌，桌子上有三个盘子，里面的食物排列成错综复杂的阿拉伯式图案。旁边有一个装满冰的桶，有人在里面放了一瓶酒，瓶身上盖着一块白布。想到这一定是我带来的其中一瓶酒，而且显然有人一直等到现在才上，我不禁感到一阵激动。在这里发生的事情也太神奇了。我打开餐巾，里面有一把银叉、一把银刀和一把刻有姓名首字母的勺子，这些名字都是过时的华丽风格。"谁的？"我轻声问克拉拉。"他祖父母的。从纳粹手中逃出来的犹太人，像我的祖父母一样。"她说。我想补充一句"和我的祖父母一样"，因为我回想起每年这个时候我父母举办的派对上的情景，当晚每个人都喝了很多酒，那些名字首字母被刻在银器上，被遗忘之人，甚至从未横渡大西洋，更不用说听说过斯特劳斯公园，也不知道未来谁会继承他们的勺子。

里边有三张小桌子已经摆好了，但什么也没有端上来。多么棒的吃早餐的地方啊！我的左边是一些植物标本，有香料、薰衣草、迷迭香，普罗旺斯的各种色调。

我盯着那块白布，带着上过浆的光泽，看起来像是被忠诚的双手洗过、抖过、熨过、叠过。

"再问一下，你们俩是怎么认识的？"

"在客厅里。"

"不是，"她说，然后她把胳膊肘再次放在我的肩膀上，"在电梯里。"

"在电梯里？"

然后我想起来了，可并非如此。我确实注意到电梯里有人，也记得那个带我去电梯的门卫，他把粗壮的胳膊伸到滑动门后面帮我按了按钮，让我在一个穿着深蓝色雨衣的女人面前感到既荣幸又笨拙。当时她正忙着跺靴子上的雪。我希望她也是派对的宾客，但当她先下了电梯之后，我就不再抱有这种希望了，以至于我无法理解现在坐在我面前的女人，怎么会和电梯里的是同一个女人。现在我回想起来，她在电梯里盯着我，眼神仿佛发出嘶嘶声："想都别想！""我们也没有寒暄，是吗？"我想。克拉拉在派对上介绍自己，是因为她觉得我们已经在电梯里破冰了吗？还是说，好事发生在我身上，正是因为我完全不抱希望？或者是我们的命数——即便我们对它视而不见，也会像神谕一样拐弯抹角地说出来或者实现？

"我们在电梯里说过话吗？"我问。

"是的，我们说过。"

"我们说什么了？"

"你说能在曼哈顿找到一栋有十三层的楼太奇怪了。"

她回答了什么？

这么愚蠢的搭讪值得回答吗？

如果我没说十三楼的事呢？

这是一个三门问题。而且，我已经告诉过你，今晚我不回答那样的问题。

那么，她是不是去了同一栋楼的另一个派对？

她住在这栋楼里。

"我住在这里"，乍听起来像是说"我住这儿啊，傻瓜"。但后来我马上意识到，这是承认了一件非常隐私的事情，就好像我的问题把她逼到了一个角落，这个角落正是她生活的四壁，有英奇、她的衣服、她的香烟、她的浮石、她的音乐、她的鞋子。她住在这栋楼里，我想。这是克拉拉住的地方。她和墙壁之间没有任何秘密，当她和四壁独处时会跟它们说话，因为她的墙并不像人们所设计的那样是完全聋的。她的墙知道这个克拉拉是谁，而我，像英奇和其他人一样是给她造成痛苦和折磨的人，也完全不知道她是什么样的人。

我住在这里——仿佛她终于吐露了一些我永远也不会知道的事情，除非她被迫承认——这就是她在这里语气中略带恼怒和受伤的原因，意思是：这从来都不是秘密，但为什么你之前没有问过？

然后我脑中突然闪过一个念头。英奇现在会不会是回家了，而不是去达连湾？他会不会正在楼下为她生闷气？这段时间你在哪里？楼上。我等啊，等啊，等啊。那你就不该离开派对。你知道我会等的。康涅狄格州怎么样？雪太大了。你今晚要留下来吗？没错。

"等一下，"汉斯说，"你是说虽然你们一起喝酒，但却不知道你们已经在电梯里见过面了？"

我点点头，无助、徒劳地点头。

"我不相信。"

我能感觉到血液冲到了我的耳朵上。

"他——脸红了。"克拉拉小声说。

"脸红并不总是意味着一个人有所隐瞒。"我说。

"脸红并不总是意味着一个人有所隐瞒，"汉斯以他一贯的从容不迫的语气重复道，幽默地打断了我的话，"如果我是克拉拉，我会把这一切当作一种恭维。"

"看，他又脸红了。"她说。

我知道否认会立刻引发一场不断脸红的雪崩现场。

"脸红，心慌，你们男人……"

我正要反击的时候又一次脸红了。在我们开玩笑的时候，我把一块鼓起来的饼干当成了寿司，蘸了某种调味汁扔进了嘴巴，还吃到了特别辣的辣椒。这一次克拉拉没有任何提醒。我刚咬一口，就立刻察觉到这不是威化饼、生鱼片或腌菜，而是别的什么东西，感觉像是一种刚刚开始酝酿坏脾气的过程，这个过程可以持续很久，甚至是永远。我吃的时候很后悔，因为我知道我应该立刻把它吐出来，即使温室里除了吐到餐巾里没有别的地方可以吐。不知为什么，我决定把它吞下去。

这比吞火还糟糕，它把一切都烤焦了。突然，我看到了我的生活在向前迈进，如灵魂出窍般。我感觉自己就像某个在午夜惊醒的人，在黑暗的遮盖下，发现自己被白日里的大部分的保护罩给遗弃抛开。如同那些虚伪可怜的、没什么薪酬的、零星散落的酒店行李员。这个人终于看到梦里驯服的怪兽，是肆意喷火的恶龙，当他盖着毯子太热汗流不止时，突然看到——就像有人在半夜打开了一扇旅馆的窗户，向外俯瞰空旷村庄的陌生景色那样看到——他的生活是多么凄凉和黑暗，他总是错过其中要点，就像一艘幽灵船从一个港口游荡到另一个港口，却从未在一个熟悉的港口停留，那是属于家的港口。在这个决定性的夜晚，他突然意识到了另外一件事：对家的怀念只不过是暂时的，思考也是暂时的，就像真理、快乐和爱一样，每当他感觉到天旋地转时，他试图让自己站起来说话，这一切都是暂时的。我做了什么？他问，我的快乐是多么邪恶，我的狡猾、迂回是多么浅薄，它们欺骗了我的生活。我做了什么？用错误的调子唱歌，用错误的时态说话，用不动情的语言对每一个人说话？

当他打开窗户，独自一人眺望贝拉吉奥，没有人和他在一起的时候，那个人是谁？不是他的影子，也不是通明的路灯，也不是现在睡在床上的人。他没有意识到自己如此痛苦地凝视着的，是他的另一个人生——是他一直凝视着并认为是唯一值得但没有体验过的人生。在某些未知的情况下，这是从生命彼岸到生命此岸的凝视吗？当他否认语言是唯一的表达方式，当他欺骗自己人生只有唯一的可能时，他到底是谁？

我回过神来，想到玛菲和她的两个双子星，想笑但是并没有笑声。我能感觉到眼泪又从我的脸颊流了下来，但是我太痛苦了，都不想分辨这是痛苦的泪水还是悲伤的泪水、感激的泪水、爱的泪水、羞愧的泪水、恐慌的泪水、厌恶的泪水，因为我立刻感觉到了杂糅的感受：害怕哭出来、耻于哭出来，以及羞于面对自己的羞耻，还有害怕每一次脸红、犹豫、说话不恰当时，或者找不到话说只好沉默时，身体对我的出卖——我总是在寻找什么来填满空虚。

所以，这一切都归结到了这里，是吗——这一刻，这泪水，这温室里的晚餐，这个派对，这个女人，我心中的火，屋顶花园，玻璃穹顶，让我仿佛身处一个不同的世界，隆冬中有着哈德逊河梦幻般的广阔和那道乐此不疲地伸向苍穹的光束，每次当你觉得终于有人把这束光的电源关掉了，它就又出现了，在天空中游走。这些光束好像照进了我人生中的荒地和垃圾填埋场，所有的一切不过就是一件事：如何成为人。对一些人来说，成为人类天生的；对另一些人来说，成为人类是后天习得的，有人带着后天养成的习惯，有人说着一种被遗忘的语言，有人带着口音，也有人装着假肢，生活与他们之间横亘着一条壕沟，没有桥连着两端。因为我们的爱本身有问题，因为其他人也有问题。我曾以为我与众不同，我曾以为我能感同身受，但最终发现并非如此，其实他们和我一样，只是他们未曾思索。这就是知道这一切曾经是一种安慰的原因，这是来自地狱的糟糕的安慰。用我父亲的话来说，并不存在"希望"这种东西，事情比我们担心的还要糟糕。

当我闭着眼睛坐在那里的时候，我所能想到的只有害怕暴露——害怕表现出来和因为表现出来而被逮个正着，渴望和希望的恐惧如此强烈，但我从来没有强烈到让任何担心的事情被发现，害怕让克拉拉知道这一切，害怕永远得不到原谅——害怕吐出这段曼凯维奇风格的话，就好像它是一个谎言，我整个晚上都如鲠在喉，但不知道用什么来代替，害怕我会像我这辈子一直做的那样，把这个谎言捂得更久些，直到它变得像生命之水一样平淡。

"好可怕。"我听到克拉拉说。

我恳求地看着她，好像在说，再给我几分钟，先别开始反击，等下我，让我喘口气。

我听到附近传来嘈杂的声音。

汉斯在按铃要水。

过了几秒钟，我才意识到我一定是晕倒了或者发生了类似的情况，因为当我睁开眼睛的时候，我看到其他人和汉斯和克拉拉一样，在桌边坐了下来。

"别说话。"克拉拉说，就像告诉一个躺在人行道上的人，在救护车来之前不要动一样。

服务生拿来一个装满冰块的杯子，递给克拉拉。她像一个熟练的施刑者一样，有着不耐烦却沉着坚定的眼神，一直很清楚审讯造成的不良后果，总能在身边找到一小瓶嗅盐，让囚犯醒过来继续受刑。

我把杯子拿在手里，抿了几口水，气喘吁吁的，几乎是在啜泣。

我又看了看她的脸。她似乎在说"再喝一口"，然后我一口接一口地喝水——她像在和一个婴儿说话，而不是和一个酒友说话。她像一个坐在病入膏肓绝食数周的父母病床前的疲惫不堪的女儿。过了一小会儿，她那种悲伤焦虑的表情变成了愠怒，虽然手还保持着关心，但是换班时间一到就会立马丢下我。

为什么情绪突然大变，有了敌意？甚至有了假装的冷漠？是在我躺着要死掉的时候，贝丽尔和罗洛在后面说了什么俏皮话吗？不要假装你不在乎。

"再喝点水吧。"我喝水的时候她问的"你怎么了"，是她对我说过的最甜蜜的话——你的嘴怎么了，来，我来给你擦一下嘴唇，让我亲亲你的嘴唇，你可怜的、甜蜜的、上帝赐予的、燃烧的嘴唇。我马上就可以甘之如饴。

终于我的视线开始清晰。我能感觉到我的嘴唇很肿，还在发烫，但至少还能说话。对每一个做噩梦的人来说，像是盼来了黎明，所有幻想中的怪物会退散并消解在晨露中。也许这还不是这场磨难的结束——这是我的一部分，尽管我尽可能努力地把它抛在身后，仍希望它不要完全结束，并且已经开始怀念那种困惑、无声的恐慌和流露的悲伤，我知道这是我让她好好理解的，即便只有半个脑子的人都能一下领悟的东西。

仿佛我终于向她展示了我的身体，或者用它触碰了她的身体。尽管我的姿势很笨拙，但我还是感到如释重负，就像一个受伤的士兵被护士突然抓住的感觉，抓住她温暖的手掌放在胯部一样。

"好些了吗？"

"好多了。"我回答。

当我看到那些或远或近地围着我们的人时，他们有的拿着盘子，上边的餐巾里卷着可以追溯到汉斯的父母逃离旧世界时的镀银餐具，我意识到，尽管他们笑话我对曼凯维奇开胃菜的反应，但这仍然是我很长时间以来度过的最美好的夜晚之一。汉斯、巴勃罗、帕维尔、奥拉、贝丽尔、提托、罗洛，还有所有不认识的人。

克拉拉提醒大家，很快就该去做午夜弥撒了。"还有一个小时左右。"她解释道。

"明年。"有人说。

"英奇不见了。"巴勃罗说。

"他走了。"罗洛显然是来给克拉拉救场的。

"是的。"克拉拉说。意思是，好了，大家别问了。

"我真不敢相信。"帕维尔说。

有人摇头。

"你知道我有多厌倦男人和他们的下体——"

"上帝保佑我们，"巴勃罗说，"我们又回到了克拉拉的'我受够了男人'这一套。"

"你也包括其中，巴勃罗，"她厉声说，"你和你的小到不行的下体。"

"别把我的'探测棒'扯进来。它去过任何男人都没有去过的地方。相信我。"

"那他呢？"性急的贝丽尔问，指的是我，"也已经厌倦他了吗？"

"我不想和任何人有瓜葛，今年不想，今年冬天也不想。我要先亲一个女人，才能再亲一个男人。"克拉拉为了证明自己的话，走到贝丽尔身边坐下，把她拉得很近，轻轻啄了几下嘴唇，然后开始深吻。两个人都没有抗拒，都闭上了眼睛……这个吻，不管开始得多莫名其妙，现在看起来都不能更激情满满和心甘情愿。

"怎么样？"克拉拉说，没有给贝丽尔时间平复，"明白了吗？"不清楚她在和哪个人说话。"她吻得也很好。"贝丽尔说。

这是一个野蛮的吻。我曾经以为，"蛰伏"意味着"我还没有准备好，我想回家，带我去别的地方，我想一个人待着，让我在没有干涉的情况下找到爱，让我回到坚固、忠诚的城堡"。相反，她的吻是酷烈的。我们可以做爱，但是我们不会找到爱，我不会为了任何人，在自己身上找到爱。所以她挡了我的路。她在和我说话，我现在几乎可以肯定了。关于你的一切——你的沉默，你的机智，你的克制，你让我放松的方式，让我筋疲力尽。希望我没有注意到，这一切都在推动我，这不是我需要的爱，所以离我远点。两个女人又接吻了。

她们停下来时，汉斯先开了口。

"这一切看起来像一部法国电影。任何事放到法国电影里都能说得通。"

为了看起来没有被女生的亲吻弄得局促不安，我说："不一定吧。法国电影不是关于生活的，而是关于生活的浪漫。就像它们讲的不是法国，而是法国的浪漫。归根结底，法国电影是关于法国电影的。"

"你的回答也像一部法国电影。"克拉拉边说边走回我们所在的桌子，声音里带着不耐烦，意思是"别再玩智力游戏了"。

"把我的生活拍成电影，这个主意怎么样？"厌倦了智力游戏的交际花说，"也许我今晚应该看看。"转念一想，又说："不，我已经看过太多次了。同样的情节，同样的结局。"

"法国电影讲的是温文尔雅的巴黎人，"汉斯说，"而不是上西区服用抗抑郁药的消化不良的犹太人。"惊愕的沉默。"说到这里，"他说着站起身来，转向我和我握了握手，"幸会。"他要离开温室。"新年夜过来吧。我是认真的。但莫尼可不行。"

"谁是莫尼可？"我问克拉拉，汉斯走了，留下我们在桌边。

"他的生命之火——前生命之火。"克拉拉解释说。

我仔细思考这个答案。

"你曾经是他的生命之火吗？"

"我本来可以的。"

"但你不愿意？"

"比那复杂。"

"因为格雷琴？"

"格雷琴会鼓励我，而不是阻止我。因为格雷琴？你是认真的吗？"

"我只是好奇。"

然后，她停顿了一会儿："我跟你说，女人也会纠结，不是吗？"

"你现在纠结吗？"我问。我为自己的大胆感到高兴，知道她明白我指的是什么，我补充道："因为我现在绝对没有。"

"我知道你没有。"这是她离我最近的一次。

"你怎么知道？"

"我就是知道。"

"你一拍不漏，是吗？"

"是的。但这不就是你喜欢我的原因吗？"

"你提醒了我，永远不要和一拍不漏的女人来往。"

"我从什么时候开始提醒的你？"

"从现在开始。不，不是现在。此刻太美好了，我太享受了。"

我还没来得及补充什么，她就出现了一个可以改变人生的姿势——慢慢地把手伸向我的脸，用指背摸我两边的脸。

"我真的一点点想法都没有，你不知道。恐怕不像你想的那种典型的法国电影。用杂志的行话来说，我差一点就不是个好人了。"她一边说着，一边用力攥住她的拇指和食指。

"也许你不应该看杂志。"

她放过了这句话。

"我能说点什么吗？"

"当然。"我说。我感觉有些紧张。

"最近我跟谁在一起都会是灾难。"她补充道，"指的是你。"

我看着她。

"至少你是诚实的。你诚实吗？"

"偶尔。"

"这是诚实的。"

"不完全是。"

之后，总是有人打断我们，不可避免地，克拉拉的注意力被吸引到了温室里的其他人身上。然后，她提醒我们去做午夜弥撒。

我们到圣约翰大教堂时，弥撒已经开始很久了，但没有人介意我们迟到。我们径直加入拥挤的人群，堵住入口，然后站在那里看着人们列队穿过中央大厅，在那些已经就座并拿着圣杯的人中寻找一个空位置。烛光、音乐、横幅，以及在中央过道上来回走动的脚步声，让气氛变得浓厚起来。"我们只待十分钟，不能再多了。"克拉拉说。她和我一直走到被锁住的回廊尽头，然后原路返回，挤过人群，最后碰到我们那群朋友，他们正朝耳堂走去。"犹太人。"她说，指的是我们所有人。我们在一个拱顶小教堂里找到了一个没人的小角落靠着，看着游客，听着一首新时代风格的鼓舞人心的管风琴曲。

也许是克拉拉、教堂、雪、音乐、我们与法国的浪漫，以及我们每个人在无声许愿中点燃的蜡烛，所有这些结合在一起让我想起了埃里克·侯麦的电影。我问克拉拉看有没看过他的电影。"没有，没听说过他。"然后她纠正了自己，"他不就是那个电影里全是聊天的那个人吗？""是的，就是他。"我回答道。我告诉她上西区有一场侯麦的电影回放。她问在哪里。我告诉了她。"这里面的一些游客挺有意思的，大老远来到纽约，却在这里参加午夜弥撒。"她说。她从记事起就一直来这里。我想象她曾经和父母一起来，然后是同学、爱人、朋友，现在是我。"总有一天，他们会打开回廊，把这座大教堂建完的。"我记得在哪里读到过，这个大教堂已经耗尽资金，解雇了石匠和泥瓦匠。再过一百年，他们可能会——也可能不会——重新建造大教堂。"垒最后一块石头的人还没有出生呢。"这是这位交际花把大家召集起来朝主入口往外走时说的最后一句话。事情要长远地看，我想。一个世纪前的煤气灯火焰和一个世纪之后的最后一个石匠，让我觉得自己非常渺小——我们的软弱，我们的派对，我们未说出口的你来我往，我们晚上在露台上看着光束在这银灰色的夜空中穿行，我们谈论永恒……在一百年后，谁会知道？谁想知道？谁会在乎？我会。是的，我会。

在我们穿过雪地往回走的路上，她和派对上一个我没见过的人手牵着手走在最前面，然后开始互相扔雪球。没有往上城走的车流，因此我们都走在百老汇大街上，感觉就像被授予特权的人在收复自己的城市。最后，我们要穿过斯特劳斯公园时，克拉拉回到我身边，挽着我的胳膊，坚持要我和她穿过公园。

"这是世界上我最喜欢的地方。"她说。

"为什么？"我问。

"因为它隐于尘世又遗世独立，是被藏起来的、安全的，没有任何东西触碰它，它像一个私人的壁龛，在那里你可以背对着这个世界和其中的一切。"

"或者说是为了蛰伏，"我说，试图取笑她，取笑我们，"——就连纪念雕像都在蛰伏。"

她说："确实，这座雕像陷入了沉思，思绪飘到了别处，被包裹在霍普金斯坚硬的白色火焰般旋转的暴风雪中。"

我们走出公园的时候，她说她想要一杯冰镇的伏特加。而我想要一些甜食，比如一块小蛋糕。"但是，是的，像霍普金斯一样。"她补充道。

为什么我今晚这么开心？我想问。因为你爱上了我，我们两个看着它发生。以极慢极慢的镜头。

谁会知道？你问。

我知道。

我们都挤进了电梯，在衣帽间存了外套，冲上楼，回到温室。桌子已经收拾好了，摆上了甜点和酒水。每个人都倒上了伏特加后，我决定等一会儿，在第二轮甜点开始时暗示自己是时候走了。此时已经凌晨两点多了，我越是装出一种隐隐约约的不安来暗示我即将离去，我就越是觉得有必要快点说出来。也许我真正想要的是克拉拉注意到我，并让我留下来。

最终她这样做了。"你真的要走了吗？"好像这是什么无法想象的事情，除非她先想到。

"什么，现在就走吗？"巴勃罗喊道，"但你刚到呀。"

我和气地笑了笑。

"我——着重强调我——要再给他倒一杯。"这是帕维尔，"我不希望你空着肚子走。"

"我们都不希望那样。"贝丽尔补充道。

"那你是留还是走？"巴勃罗问。

"留。"我让步道。其实我知道我没有让步，因为我做的正是我想要的。

"终于做了一回决定。"克拉拉说。

我多么爱这些人，这个温室，这个远离所有人和我所知道的一切的小岛，这个躲避时间的地方。它可能会永远持续下去。

"给——"帕维尔说着递给我一大杯白兰地。就在我要从他手里接过来的时候，他微微收手，我靠近他拿杯子，他顺势在我的脸颊上吻了一下。"我情不自禁，"他的声音大得足以让所有人都听到，"而且，这会让他吃醋，我喜欢帕布力图吃醋的样子。"

"我也得掺和一下，"贝丽尔说，"问题是——他会让我亲吗？"

"他可能会。"

"哦，他肯定会的。"克拉拉说，带着一种暗含的冷漠，让我兴致全无。

"好吧，在我碰一鼻子灰之前，我最好先问问。"贝丽尔窃笑着说。

"他要的不是你。但这就是为什么，他会让你那样吻他，像她吻你一样，也是正面深吻。"又是罗洛。

"那他想要谁？"

"她。"罗洛说。

"那我不要他了。"她反悔了。

"她在蛰伏。"克拉拉说，指她自己。

"他现在正站在冰上。"我说。

我们四目相对。在我们眩晕的看似冷静的话语中，有一种欢愉的默契。

"对了，"她说，"我还没告诉你我的全名呢。我叫克拉拉·布伦施维克，是法语拼写。而且回答你之前的问题——是的，我在名单上。"

"我问过吗？"

"你打算问来着，或者你应该问。第二学院……"

她太了解我了，而我还完全读不懂她。

我在心里想，怎么拼写呢？布伦施维格？布伦施威格？布伦施维科？还是布伦施维客呢？

"要我给你写下来吗？"

"我知道怎么拼写'布伦施维克'。"

尽管不情愿，我又一次提出来要走。但一定是想要被留下的意图太明显了，别人劝了一下，我就和巴勃罗和贝丽尔坐下来，手里拿着一杯酒喝起来了。

贝丽尔慢吞吞地从我身边走过，然后停在我面前。

"你生我的气了吗？"我问。

"没有，但是我们还有一笔账要算。以后吧。"

最后，我们一起走下螺旋式楼梯，发现派对正如火如荼地进行着，拥挤的客厅里大家围着一个声音嘶哑的钢琴家。他可能休息了很久，现在又坐回去，唱着几个小时前他一直在唱的同一首歌。

圣诞树还在那儿，还有同样的一大碗水果酒。那里就是克拉拉说我看起来像是迷路的地方。在那儿，克拉拉和一个被她介绍说是曼凯维奇的人请大家安静，站在两个矮凳上，开始唱蒙特威尔第的咏叹调。虽然只唱了两分钟，但足以改变我的人生，改变我看待很多很多事情的方式，因为雪、光束和被雪覆盖的公园已经改变了我。几分钟后，嗓音沙哑的歌手接着唱起来。

凌晨三点多，我终于说我必须要离开了。和他们握手、拥抱、亲吻。当我到衣帽间时，聚会仍没有停止的迹象。当我经过厨房时，我隐约闻到了甜甜的油炸巧克力味食物的香气。如果不是做早餐搭配的食物，就一定是无穷无尽的甜点大军中的一个。

贝丽尔跟着我来到了衣帽间。我把存衣票弄丢了，服务员让我和贝丽尔一起进了那间大大的挂满衣服的衣帽间。她也要走吗？不，她只是想说再见，告诉我她认识我有多高兴。"我喜欢你，"她最后说，"我跟自己说：我必须告诉他。"

"告诉他？"我知道自己在笑。

"告诉他，我一直在看着他。我想着，如果他起身走动时，我会告诉他。明天，当我完全酒醒后，我会假装我从来没有说过。但现在，这是世界上最简单的事情，我只是想让你知道——就这样！"我可以看出，她已经开始反悔了。我会对克拉拉说同样的话。

我没有说话。相反，我搂住她的肩膀，把她紧紧揽向我，给了她一个深情、友好的拥抱。她是因为被我抱住才靠过来的，而不是因为想要抱我。然后不知怎的，我把她推到一个挂着很多大衣的衣架后面，把她推到毛皮大衣的深处，那些衣服像屠宰场里还未去毛的动物尸体一样悬挂着，躲在密不透风的衣架后，我开始吻她的嘴，手到处摸着她的身体。

没有人会看到或者注意到我们。我知道她想要什么，也很高兴让她知道我知道。我们双方都没有退缩。这是瞬间的事情。

"谢天谢地，幸亏有人来了。"她最后说。

"我觉得也是。"我附和道。

"不要你觉得。你没有比我更想要这个。"

无论是她还是我，都没有丝毫的激情。

当我拿着外套离开衣帽间时，我看见克拉拉在走廊里和别人说话。我希望她看到我们在一起。

"你知道她被你迷得神魂颠倒了吗？"贝丽尔对我说。

"不知道。"

"大家全看出来了。"

我回过头来想，想不出克拉拉给过我一丝一毫的暗示，被我迷得神魂颠倒？可能是贝丽尔在编故事误导我。

"你真的一定要走吗？我一直在到处找你。"克拉拉说，手里拿着一个杯子。

"拜拜啦，爱人。"贝丽尔挤了一下眼，把我和克拉拉单独留在一起。她想故意泄露我们在衣帽间的一部分秘密。

"怎么回事？"克拉拉问道。

"可能是她说再见的方式，我觉得。"

"你们两个干了一些不可描述之事，不是吗？"

"什么？"

"没事。你真的要冒着暴风雪走吗？"

"是的。"

"你开车来的吗？在这样的夜里肯定叫不到出租车的。"

"我乘巴士来的——我一会儿乘巴士回去。"

"M-5——全世界我最喜欢的巴士。走，我带你去我的汽车站。"

"我……"

就是这样，我要再一次违背她的意愿，没有什么比这更让我高兴的了。

我找到汉斯并再次向所有人道别，又花了二十分钟。

然后电梯来了，我们走进去什么也没说，像不知道说什么的陌生人，忽略任何可以打破沉默的话题。

"跟你说一下，这里就是十三层。"她说，好像她在谈论我们之前提到的一个朋友，我们现在正开车经过他的楼，"你看见我在十层下的。"她笑了。

我对她笑了笑。为什么我觉得再多一分钟就能压垮我？我巴不得这趟下楼之旅赶紧结束。但我知道我们剩下的时间已经不多了，我不想让它结束。门一关上，我就希望她按下停止按钮，说她忘了什么东西，可不可以让我帮她挡住门。谁知道这会导致什么结果？尤其是，如果她的一些朋友发现我在开着门的电梯里等她——把大衣脱了，别来假装要走的这套了。除非老旧摇晃的电梯停在两层楼之间，把我们困在黑暗中，让这一小时成为一个晚上、一天或者一周，因为我们会坐在地板上，以一种我们整晚都没有的方式向彼此敞开心扉。在黑暗中，坐一个晚上、一天或者一周，对物业敲打电缆和滑轮的声音充耳不闻，我们又回到了陀思妥耶夫斯基的《白夜》和里尔克的《尼古拉·库兹米奇》上，他们手头的时间如此之多，以至于可以随心所欲地挥霍——无论是一大段时间还是一小段时间，挥霍、挥霍、挥霍，我会像他们一样，请时间延长，让这部电梯永远卡在那里。外边的人会给我们用小篮子放下来吃的、喝的，甚至是录音机，而我们只在两个人的世界里。但是我们的电梯一直在下降：七楼、六楼、五楼……很快就要结束了。很快，肯定的。

当我们走到大厅时，我看到了之前那个门卫。他穿着同样的棕色大衣，毛扎扎的长袖、黄色绲边，我仍然记得他为我按电梯按钮的时候，让我感到既荣幸又无能。他正在打开大厅沉重的玻璃门让人进来。新来的人跺着脚、摇着伞，是两个年轻的时装模特，一页又一页地翻着单行打印的客人名单，我在名单的最后一页用手指出了我的名字。退而求其次的宾客。退而求其次的派对。权宜之计，退而求其次的人生。

几小时前我也是这些客人之一。现在我要走了，他们来了。克拉拉会回到派对，找一个新的陌生人站在圣诞树旁，从头开始吗？

我是克拉拉。我可以一直这样，一次又一次，一次又一次，就像曼哈顿上空的光束，嗓音沙哑的歌手，还有那条通向看不见的小路的走廊，直到奇迹般地把你带回你出发的地方。

出门前，她解开我打着结的围巾，把它在我脖子上绕了一圈，然后把围巾折起来，塞进圈里系好。她打的结，我喜欢。

"你不是要这样出去吧，克拉拉小姐？"门卫用沙哑的声音问道。

"就一下。鲍里斯，你能把伞借给我吗？"

她深红色的衬衫外面什么也没穿。"我叫他鲍里斯，以戈杜诺夫、费奥多尔、查里亚宾的名字命名，或以伊凡的名字命名，以可怕的名字命名……他像杜宾犬一样忠诚。"

他本打算为她撑伞。"没关系，别出来了，鲍里斯。"

我想把我的外套借她穿。但那样的话，我可能看起来在宣示主权。所以，为了不大惊小怪或显得碍手碍脚，我决定让她穿着透明的深红色衬衫瑟瑟发抖。然后，一时冲动之下，我脱下外套把它披在了她身上——管他是不是鲁莽，我不在乎。我喜欢这样做。

她靠在我的胳膊上，为我们两人撑着鲍里斯的超大雨伞，走过弗朗茨·西格尔纪念雕像，我们俩都在楼梯上犹豫不决，楼梯完全被雪覆盖了。"我过去常常在这里滑雪玩。"她说。

安静又空旷，满是积雪的滨河大道变得如此狭窄，这让我想起了一条通向附近树林的路，树林路绵延数英里，连接着下一个小村庄及其相邻的庄园。在这样的夜晚，可以站在滨河大道中间，也不用担心有车，就好像曼哈顿变成了一个更友好、更安静的图画书般的版本，给这座巨大的沥青城市施了魔法，让它暂时消失。

巴士站就在马路对面。"恐怕你得等一会儿。"她说。

然后她脱下我的外套还给我，伸出手，握了握我的手。

我是克拉拉。握手。

那件外套从此变得不同。

她的一部分现在留在了我的外套上。

重新表述：我的一部分留在了她身上。

这不就是我让她穿的原因吗？

更正：我身上的她比她身上的我多。

是的，就是这样。我身上的她比她身上的我多。

我不介意。如果她拥有我，我也不会介意。如果她看穿了我的想法，因为她已经穿了我的外套，并且可以一个一个地把我的每个想法都参透，我都不会介意。如果她知道我所知道的一切，以及我不知道的和可能永远不会知道的一切，我不会介意。我不介意。我不介意。

很快我看着自己过了马路。她一动不动地站了一会儿，好像是为了确定我已经安全到达那里，她握着伞，左臂抱着自己，暗示她可能随时会冻成冰雕，但她又坚持了一会儿。我有一种冲动，想说"我们回去吧——天太冷了，我们回派对去吧"，我知道她会笑我，笑我的建议，笑我的单纯。让我请你回楼上去。问问我，看我会说什么。

然后，她努力用左手挥手告别，转过身去，像一个庄园的主人一样往家走去，庄园主人亲切地护送一个客人到一个不起眼的小门，门在他身后关上时，一个隐藏的铃铛发出了最后的告别。

巴士来时，我坐在离前门最近的座位上，在司机的旁边看着景色在我眼前展开，但这次是相反的顺序。我想再坐巴士回来，谁知道我会持续几个月做这件事？我会在周日早上、周六下午、周五晚上和周四晚上乘坐这辆巴士。我会在雪地里，在春天阳光明媚的日子里，在深秋的晚上回来的路上，当渐暗的光线仍在滨河大道的建筑上闪烁时，我会想起克拉拉写的关于西班牙舞曲的论文，想起克拉拉在阳台上看着光束环绕曼哈顿时跟我提起的蒂内克市和"白夜"。乘坐巴士将成为我生活的一部分，因为它会通向这座建筑，或者每次路过都会让我想起。现在，我可以随时下车，在童话故事般的暴风雪中走两站路，回到圣诞派对，在那里我的名字永久地用铅笔写在宾客名单上。也许在克拉拉、汉斯、罗洛、贝丽尔和巴勃罗以及他们所有人都离开纽约很久以后，我才会乘这辆巴士。因为在这一刻，我想到这趟穿越时间的、有仪式感的巴士旅程，可能最终会让我忘记克拉拉还在楼上，让我忘记我没有问过如何拼写她的名字，让我忘记消失的世界、失去的友谊和派对上的残羹剩饭，忘记汉斯再三邀请我七天之后再去。

在巴士站独自等了五分钟后，我想要放弃了。我还担心，如果楼上有人看到我像这样等一辆显然永远不会来的巴士，会显得非常蠢。

我抬头看着屋顶。不到四个小时前，我坐在那间温室里。现在它低头盯着我，好像根本不认识我。那时，我一直靠在那根柱子上，她敞开了一点心扉，告诉我关于英奇的事情，以及至少有一段时间，他是如何扑灭她生活中的黑暗的。那是多么奇怪的说法。我当时向外看了看，答应记住这一切。我现在想起来了。你不理睬什么，什么就会变成贝拉吉奥。

我看不到滨河大道远处有任何车流的迹象，我走过弗朗茨·西格尔纪念雕像，回到克拉拉出没的人行道上，在那里磨蹭了一会儿，好像在寻找借口在她的街区逗留，检查周围的每一栋建筑，就像一个现代的约瑟夫打量着大厅和门卫，而玛丽在车里等着，希望有人最终会打开楼上的一扇窗子，在这个寂静的夜晚喊我的名字，并发出勒令："赶快上楼吧，外面一定冷死了。"

我想象自己立马回到楼里，忽略跟门口的伊万或鲍里斯的寒暄，以免显得对打开窗户喊我名字的人不热情，同时全程努力保持一种犹豫不决的样子，只是默许了友谊的精神，为什么不待上一小会儿，像一个家长再宽限孩子看五分钟电视的时间。

"看看你，你需要一杯热饮。"他们会说，"让我帮你拿外套。"

在我意识到这一点之前，我会和那些曾握手告别的人握手问好，包括我在楼下看到的迟到的人，就好像我是他们的一个老朋友，及时赶上了派对的早餐。

你看，着急离开我们干什么。

"你今晚为什么离开？"她递给我一杯她整晚都在喝的酒问道。那只杯子，一会儿我就会拿着那只杯子。

我走了——我不知道我为什么走，有很多原因，但也没有原因。

为了表明态度，为了留个悬念。我不想因为待得太久而被厌倦，我也不想表现出我非常享受派对，或者说我从来不希望它结束。

也许我还有别的事情要做——

凌晨四点？

我有我的秘密。

即使对我也保密？

特别要对你保密。

提醒我永远不要和凌晨四点有秘密的男人有任何瓜葛。

提醒我永远不要被诱惑而和盘托出，因为我真的很想说出来。

现在开始吧。你为什么回来？

克拉拉，如果你问，那是因为你已经知道为什么了。

我想听你亲口说。

因为我还不想回家。因为今晚我不想一个人待着。因为我不知道。我的心跳越来越快，因为我想加上一句——因为你。

因为我？——你用汉斯那种缓慢而刻意的方式说。

说出来"因为你"或者"因为我今晚不想一个人"的感觉真好。嘿，今晚我不想一个人待着。我想和你、你的朋友一起。在你的世界里、你的房子里，在所有人都走了之后留下来。像你，成为你，和你在一起——即使你在蛰伏，就像我也在蛰伏一样，就像汉斯也在蛰伏，就像贝丽尔、罗洛、英奇和这个城市里的每个人，活着的或死去的，都在蛰伏、蛰伏、蛰伏，遭遇磨难、遍体鳞伤，依旧充满渴望，和你在一起，直到我身上有你的味道，像你一样思考，像你一样说话，像你一样呼吸。

像我一样呼吸？你是认真的吗？

我忘乎所以了。

在马路中央，我再次抬头，看到了派对上许多人背靠着楼上结霜的窗玻璃，每个人的胳膊都向外伸张，说明他们手里拿着酒杯和盘子——他们要供应早餐了吗，像某些疯狂的洲际红眼航班那样？

克拉拉为什么送我下楼？最后还和我一起在雪地里走？是她另有所安排，还是我打乱了她的计划，在她有机会按下自己的楼层前按下了大厅层的按钮？我这样做是为了表明我完全没往那边想吗？或者我在刻意回避，因为说回家太容易了？

还是我今晚不想和任何人在一起？想要独处，想回家，却想要被爱。因为你我之间的距离——既然说到这儿了，我窃以为，我们之间是千万里、是光年的距离。

我想要爱，不是别人。我想要浪漫。我想要迷醉。我希望我们的生活充满魔力。因为它太稀缺了。

我想起在我家的那些人，好多年轻男子在爱中热切而无私，就像英奇一样，走了大老远的路程过去或者回来，就为了能夜里站在她家楼下，朝她的窗户扔雪块，直到呼吸不上来，醉酒而死，留下的只有一首歌和一个冰冻的脚印。

当我站在那里时，我把手插在口袋里，里面装满了小小的餐巾纸。整个晚上，我一定都很紧张，而且每次放下杯子或吃完东西，都会不假思索地往口袋里塞餐巾纸。我记得她在我不小心吃到花椒时给了我手帕，我用它做了什么？

在我的口袋里，我还摸到了折起来的请柬，请柬上印着派对的地址。我模糊地回忆起，在派对上和克拉拉聊天时，我经常在口袋里碰到这张卡片，心不在焉地拨弄着它的边角，当我对齐、对折卡片的边角时，会突然感到一阵喜悦。如果卡片被暴雪打湿，只能说明我刚刚穿雪而来，派对才刚刚开始，我们还有好几个小时才会分开，而且还有足够的时间发生任何事情。即使在这一串串喜悦的背后，还残存着好似微微的怨恨，因为我是被拖到这个派对的，还被我父亲的朋友放了鸽子。然而，这可能根本不是怨恨，而是另一种狡猾的方式，让我的思绪偏离了原本停留的地方，结果却被拉回到克拉拉身上，并怀疑维尼其至可能策划了今晚发生的一些事情。父亲去世了，我曾经答应照顾他的。我感觉很孤独，不知道该怎么办，现在认识了一些人。

我开始往西区大街和第106街街角的斯特劳斯公园走去。我想想起她，想她的手，想她只穿衬衫站在外面，还有当我把恶意满满的幽默误认为无害、直白时的那种神情，她提醒我那是单调、平凡、平淡的。我淋浴的时候会唱歌。我想想起克拉拉，但又害怕。我想拐弯抹角地、偷偷地、克制地想她，就像暴风雪想要从缝隙穿过滑雪面罩。我想想起她，作为我最后想起的人，一个让我不能完全集中注意力的人，一个我开始忘记的人。

当我走近一个灯柱想更好地审视这种感觉时，我几乎可以看到灯柱把它通亮的头靠在我的肩膀上，帮助我看得更清楚，它想寻找安慰，才如此努力地给予我安慰。我开始觉得这根灯柱是一个人，这个人了解这种几近幸福和绝望的纠缠是什么感觉，并向我解释，因为他认识我很多年了，肯定了解我是谁，或者为什么我今天晚上会这样。如果我问出口，他可能会告诉我，为什么生活把克拉拉扔给了我，然后看着我挣扎着去够救生圈却不断往下沉。"所以你知道我想说什么，你明白吗？""哦，我知道，我明白。""我们现在该怎么办？"我问。"现在怎么办？你大老远地来参加一个派对，然后极度渴望留下来却迫不及待地离开。你想让我说什么，指导吗？答案？道歉？都没有。"他愠怒地收声。我唯一愿意与之交谈的人已经去世了，我没有可以说这些的人了。

在西区大街与百老汇交会的地方，我意识到这里找不到出租车，至于市中心的M-104巴士，并不会比滨河大道的M-5好等。到处都是厚厚的、明亮的、未被触碰的雪。视野内一辆车都没有，而人行道和街道之间，街道和公园之间，公园和百老汇，与西区大街最北端交会的这个看不见的时刻之间的边界，都消失了。大雪覆盖了所有地方，让这座城市看起来像一个无边无际的冰湖，从冰湖上伸出树木和奇怪的起伏，还有盖着雪的车停在斯特劳斯公园周围。

公园里，冰冻的、长斑的树枝伸向天空，像是从凡·高的橄榄园里伸出的一双双赤裸的、粗糙的、诚挚的手，也像受尽折磨的加来人在严寒中蜷缩在一起，而每根灯柱底部反射出的明亮的白光使一切看起来都是清白的、健全的、有仪式感的，就像路灯一个接一个地排成一列，在平安夜为迷路的东方三博士①照亮着陆地点。

雪是多么安详和宁静——坦率（candid）的雪，我回想起波可尼对这个词的印欧语词根的重建：*坦（*kand）——发光，点燃；发光，燃烧，与它有关的熏香和白炽灯。雪比我坦率。我想在这里点燃一支蜡烛，想想克拉拉和很久以前她在教堂的那个时刻。

我解开了她系在脖子上的围巾，然后重新围在脖子上，把围巾的两个尾端交叉着妥帖地塞在大衣里面。像我习惯的那样。天不冷。我开始想，雪会不会坚持到明天都不化，最近一直都没有化。慢慢地，我穿过公园，看到了一个长椅，并冒出了一个疯狂的想法——我得坐在这里。我戴着手套把雪拨掉，坐了下来，两条腿往

---

① 译注：东方三博士是艺术作品和基督教刊物经常提到的西方节庆圣经中的人物。每年的一月六日，有些国家和地区将其定为公共假日。

前伸，就像饱饱地吃了午饭后在下午晒太阳一样。

我喜欢这里，我喜欢两条街和相邻的街道都在这里交会，隐藏在雪下，突然让你发现静谧的上西区隐藏着不为人知的广场，它们像流动市场中的货摊一样随着雪在你面前突然出现，并在雪融化后立即消失。我可以在这里过夜。我希望雪今夜不要化，明天一整天都不要化，这样我就可以在明天晚上回来，再一次坐在这条长椅上，就好像我已经找到属于自己的仪式和中心，等待那一刻的光辉再次沐浴我。即使我知道我投射在斯特劳斯公园的明亮的光是由天气、酗酒、爱和性导致的，是单纯的一场意外，就像坐在这条长椅上，而不是另一条长椅上，或者因为打不到出租车而发现如此多的美，或者在这里而不是在滨河大道，或者咬着的是花椒而不是鲜奶油，站在那里，不是在图书馆里，我可能先遇到贝丽尔，度过一个完全不同的，也许更美好的夜晚，但是在一棵圣诞树后面——突然所有这些偶然事件都充满了清晰、光辉与和谐，因此也就有了快乐——就像雪一样，我知道永远不会持久。当小小奇迹的快乐触及我们的生活时，快乐就像祭坛上的光。我知道我会重游这个地方。

所有这些都可以用一个很小的词来概括，这个词可以追溯到很久以前，那时可能还没有人使用过这种语言：*坦（*kand）——女人的坦率。

然而我对她一无所知。我只知道她的名字，几乎不能拼出她的姓氏，我看到她吻了一个男人，然后又吻了一个女人。她是谁？她做了什么？她长什么样？别人怎么看她？她对自己和我有什么看法？当她独自一人时，她会做什么？

也许我只想坐下来想一想，或者什么都不想，独自一人，独自做梦，发现一切都无比美好，然后渴望她——我整晚都没有允许自己这么做，像是渴望一个我们知道没有机会再次见面的人，或在完全相同的条件下见面的人，但都一样地满是渴望。因为渴望让我们成为自己，让我们成为更好的自己。因为渴望能填满心灵。

填满心灵。

像悲伤和哀痛那样填满心灵。

我不知道这一切意味着什么，我也不信任自己。但当我陷入这些游离的思绪时，好像一些永恒和庄严的事情正在发生——不仅是在这个荒芜寂静的叫作斯特劳斯的公园里，也在我的内心，我与这里融为一体。

周围的一切，城市、夜晚、公园、公园对面药房的霓虹灯招牌和右边炸鸡炸得很老的饭馆。她掐灭香烟，然后用鞋子轻轻地把它从窗台上推下去的样子，她穿着深红色的衬衫，扣子开得明显低于胸骨的形象，挥之不去。在她和我谈论沼泽和战壕里的爱情时，我猜想着她胸部的形状，她轻轻地拧了我一下，把我拉回到自己也身处的沼泽和战壕里，用她自信的姿态提醒我，她是我配不上的交际花，她只是碰巧把胳膊肘放在我的肩膀上，让我觉得我和她是一样的，但是不一样，却又一样，但永远都不一样。

我想为自己感到难过，总是思来想去，却永远不知道在想之外需要做什么或者需要去哪里。又一次，我想在斯特劳斯公园里点燃一支蜡烛，就像在教堂里一样，不确定自己要祈祷得到什么，还是为已经得到而感恩，或者仅仅是因为这支蜡烛的存在而感恩，因为在如此短暂的时间近距离地看到它，让我们看到了一个简单的愿望，记住它在我们的生命中出现过，记住它的样子，不是渴望、希望或爱，而是崇拜。

今晚，克拉拉是我生命的一副脸孔，让我体验了短暂的不同人生。今晚她是我看世界的眼睛，并回过头看着我。

克拉拉，今晚我离你如此之近，以至于再看你一眼，我就吻你，就像你吻贝丽尔的那样。因为你吻了贝丽尔，所以我也吻了她。

如果我可以的话，我会把这个想象的许愿烛台放在这里，然后像克拉拉在阳台上把杯脚埋到雪里一样把它也埋到雪里，我会点燃很多这样的许愿烛台，围着纪念雕像放置一圈，我还要用小的烛台从头到脚放满雕像，让它们像萤火虫一样四处游荡，直到黎明。

我坐在这里，一动不动。我愿意为她冻死。因为今晚她是我生命中的一副脸孔，而我还没有学会如何适应。

也许是寒冷最终让我流泪，也许我喝得太多了，但当我盯着离我最近的一盏街灯时，看到了重影，灯柱似乎在摇摆，想要试图挣脱地面，变成了一个四肢不正常的乞丐缓步向我走来。

他站在那里，左看右看，好像要确定看到的是我，然后拖着脚步后退，又变成了一盏路灯。他是谁？在这个无聊的夜晚他在做什么？我在外面冻着干什么？他是不是另外一个我？他在这里蹒跚踱步，说他要接我的班，看我怎么坏了我们的好事？或者他是一个未完成的我，有多少这样的我还没有生成，或许永远不会生成，有多少这样的我渴望从过去回来，只想给我胡乱的安慰和疯狂的建议，没发现我们夹带进时间的小抄是用隐形墨水写的，他们挤在我周围，像一个被圈起来的地下军团，渴望品尝我轻易获得却又不配得到的东西：鲜活的生命。

也许我在斯特劳斯公园点上蜡烛是为了他们，作为仪式上的替身，看不清自身的那些东西，希望可以作为蜡烛跳脱出来看清楚。

然后我碰了碰挂在我头上的小树枝。它已经结冰了，不可能断掉。如果我用力拉，树枝就可能会被折断，我可能会割伤自己。我想象着鲜血从手指涌出，洒在雪地上。我向后仰头，想着父亲会说："这不是新鲜事。你这些年一直这样。没人能帮你。我血液中的生命，我生命的灵魂。"

如果克拉拉看到我手指流血会怎么说？我想象着她穿着褐红色的鞋子向我走来，站在我面前的雪地上。

"你怎么了？让我看看。"

"没什么。"

"你在流血。"

"是的，我知道。在战壕里的兵嘛，你懂的。"

"为自己感到难过？"

我没有回答。但是，是的，为自己感到难过。恨我自己。

她从红色衬衫上撕下一块布，裹在我的手指上，然后缠到我的手腕上。在我看来是克莱芙公主用一根黄色丝带缠绕着一根属于她爱的男人的木藤。那块布缠着我的棍子、我的肉体、我的下体，我的一切都在你的衣摆上，你的手上，你的手腕上，你甜蜜的、沾着血的、被祝福的、上帝赐予的手腕。"现在看看你做了什么。"她笑了，我在努力集中注意力，"你可能会感染得很严重。"

"是吗？"

让我集中精力——她一边包扎伤口一边说。

然后，当她做完我的护士之后，她问："你为什么要这样做？"

因为我想要的一切从未拥有过。

"因为你想要的一切从未拥有过。你坐在这里会冻死的。"

"所以呢？在这个寒夜一直坐到天亮，早上被发现冻死，全身青紫，你觉得如果这是为你，我会介意吗？"

"为我还是为你？"我耸了耸肩。

"我不知道答案。两个答案都是对的。"

"纠结。"她说。

"纠结。"我说。

然后我突然意识到，在这个孤独的公园里，在这场短暂的谈话中，我们各自的影子说的话比我们整晚所说的都多。一场情人之间的对谈，就像魏尔伦的诗写的那样：在那里只有我们的影子相互触碰，其余的都在等待、等待和等待。这并不新鲜，这么多年我一直都是这样。

"有什么问题吗？"问话的是一个穿制服的警察，他刚关上车门，穿过公园朝我走来。他看起来像这个星球上唯一剩下的人。

我摇摇头，假装看向别处。我一直在自言自语吗？

"你没事吧？"

"没事，警官。我只是在想事情。"

想事情——这样说话可能被抓起来。

"不是在想做什么傻事吧？"

我又摇摇头，微笑着。今晚第二次。

"喝酒了吗？"

"喝了。喝太多了。"

"圣诞快乐。"

"你也是，警官贵姓——"

"拉洪。"

"拉洪，像'她为拉洪哭泣'里的？"

"没听过那首歌。"

“不是一首歌，是诗，爱尔兰诗。”

“是吗？”

我正要说“是的”，但想了下还是闭嘴了。

“所以你怎么了，感情问题？”他交叉着双臂。我能看到他紧身蓝色夹克下面露出防弹背心的边角。

“没有。不是感情问题。只是父亲去世了。今晚我想他了。他去世快整整周年了。”突然，我想起了父亲的话，很快我甚至不知道我曾经活过——如果我的影子在匆忙的人行道上碰到你的影子，我的心不会像今晚你偷看我房间时那样猛跳。那么多的爱和一切都是浪费，所有收藏的书和诗集都消失了。我看着这只手，我知道，很快我就再也看不到它了，因为它不再是我的，我的眼睛也不再是我的，我甚至不在这里，我的脚已经走在了我的前面，在只有上帝知道的地狱遗忘河和火河之外找到了更舒适的落脚点。我甚至都不会记得地狱遗忘河和火河，或是香农演唱会上不断的人浪，或是斐多，或是勇敢的阿里斯蒂德，以及我们一起读过的修昔底德的那些长篇演讲，所有这些不朽的话语都消失了，拜占庭也消失了。我不再是我的了，生活也不再是我的了，我的衣服、鞋子和身上的味道也不再是我的了，甚至“我的”也不再是我的了，我的思想、我的头发、我的一切都离我而去。爱也不再是我的了，就像一把从破旧的衣帽架上借来的伞——虽然现在你比我脖子上的血液、我生命的气息离我更近。我看着镜子里的自己，我现在所做的就是跟自己和跟你道别。我一点一点地离开你，我的爱，我不想让你悲伤，我想现在就把你的照片带到他们强迫我去的任何地方。我希望一闭上眼睛，这张照片将是我最后看到的东西。因为他们说人最后看到的东西是能永远带走的东西，如果“带走”在那边有任何意义的话。

"你知道遗忘河和火河吗，警官？"

"是什么？"

"没什么。"死亡最糟糕的是，知道自己会忘记曾经活过和爱过的人。你活了大约70年，然后永远死去。为什么不能反过来呢？死了70年——再加上70年——但永远活着。死亡到底有什么用？我不在乎人们所说的"没有人能忍受超过一生的生活"。问问死去的人，看看你会得到什么答案——问问死者，如果他们能在这里赶上今晚的雪，或者像这样度过一周星光灿烂的夜晚，或者爱上世界上最美丽的女人，他们会怎么说。问问死去的人吧。

"'答应我，'他会说，'那一刻来的时候你会帮我，但只能在我让你帮我的时候再帮，这样我就可以坚持到最后一刻，而不会提前死去。'"

"他让你帮他了吗？"

这个警察在跟我开玩笑吗？

"他从来没有。"

"既然那一刻来的时候他们不会那样做，你为什么还这么难过呢？"

"他睡了几个小时，我想在附近走来走去，像一个情人等着女朋友然后把她的东西都从他家拿走一样，希望她会回心转意。直到我经过一个公园，在寒风穿过树林的嘶嘶声中，我知道他已经安全抵达了。我正要给他读普鲁塔克的书。我让它发生了。"

"故意的？"

"我永远不会知道。"

告诉我，我不残忍，拉洪警官。告诉我他知道，拉洪警官。

"看这月亮。"

"晚安，月亮。"我说。

"晚安，月亮。"他重复道，摇着头。意思是，你们这些人啊！

一个女乞丐穿过街道向我们走来。公园可能是她的卧室、她的浴室、她的厨房、她的客厅。"先生，给点面包。"

我把手伸进口袋。

"你疯了吗！？"警官说，然后转向乞丐，"滚开。"

"别生她的气。今天是圣诞节。"

"她把她脏兮兮的手指放在你身上——看看你有多喜欢圣诞节。"

那个乞丐发现了一个心软的人，她一直盯着我，默默地乞求着。

就在我要离开斯特劳斯公园的时候，我拿出一张五美元的钞票，偷偷塞到那个女乞丐的手里——为了我的父亲。

"不是吧？"

"别说了，警官。"我说。你永远不知道，我想说。在另一个时代，她会让我坐在这长椅上，带一桶水来给我洗脚。我发现一些东西，然后我回家去了。显然是为了克拉拉，我应该补充道。

拉洪警官开着车走了，一切又恢复了平静。

当我穿过了街，而不只是穿过了人行路时，我回头看了看公园，我知道我愿意付出一切重新开始这个晚上，就像它原来的样子——就像罗马人狼吞虎咽地吃东西时那样——时间倒流，把时钟拨回到晚上七点钟，然后从斯特拉斯公园开始。下雪了，我还是很早就去参加派对。我会停下来先在这个小咖啡馆里喝茶，再走向那栋大楼，假装我不确定这是不是正确的地址，甩甩我的雨伞，看着身材魁梧、声音洪亮的俄罗斯人为我开门，然后走进电梯，它的哥特式门廊没有给出今晚事情走向的暗示。我想把今晚从头再来一次，再来很多次，因为我不想让它结束，因为即使某件不满足和未完成的事情笼罩了整个夜晚，我会接受这个不满足和未完成的夜晚，并认为自己双重幸运。

　　明天晚上，我会一根接一根地重新点燃每一根蜡烛，环顾四周，我似乎感觉到公园的每个角落都回荡着克拉拉的存在，也回荡着我、我的生活、我是如何生活的，回荡着我的父亲——在我不知情的情况下，从今天晚上开始我就一直想着他，我一直抓着他不放，好像一个随时会消失的影子。他是回来看最后一眼的，他好像忘了带钥匙，他又回来是因为忘了戴眼镜，又一次因为他忘了检查煤气，又一次像那个可怜的、不安分的人一样回来了……一个饱受折磨的人，他一生中对爱知之甚少。当我回到这个地方时，我害怕我留下了什么，知道我留下的是一个自我的影子，但这个影子是所有自我中最真实、最持久的。

　　最后一次回头看时，我心里想，我多么喜欢这个小公园。明天再回到这里坐一会儿，在日出前一小时的白茫茫中，再看一次永恒的、沉默的群星，是多么安逸。

第二夜

　　我马上就发现了她。她站在电影院外面，售票处周围聚集了一群人，队伍一直延伸到半个街区外。交通信号灯还没变，我就迫不及待地从百老汇中间的安全岛上冲了过去。但当我再次看向人群时，她已经消失了。我可以肯定那就是克拉拉。

　　我一天之内想了她两次，吃午餐时和在咖啡店时。我可以发誓，看到她的身影在视野中忽隐忽现，我一厢情愿的想法在脑海中从未停止过，不断将她的特点放在任何与她有一丁点相似的人身上。现在，是今天第三次遇到她。几小时前，我充分排练了遇见她时要说的话"哦，是的，昨晚我们都在汉斯的聚会上"，我想表现出从最初撞见她的惊讶和欣喜到很难面对她，再到不顾一切、过度热情的欲望，然后恢复最初的惊讶，并卸下所有伪装，吐露出一些看似不经意的东西："我整天都在想着你，整整一天，克拉拉。"

　　我这一整天是这样度过的。奥拉夫与我共进午餐时，他没完没了地尖叫着说他妻子的坏话，并同时包装好满是油渍的汤匙。因为其他商店都关门了，他却想在圣诞节当天购买圣诞节礼物。一切都被模糊的预感所打断，昨晚的事情可能会再次发生，并不断上演。因为我整整一天都沉浸在昨日雪中的离别里，她送我到巴士站后握手告别，她跑回楼里将借来的雨伞递给门房，在最后一刻回过头来。我每一分、每一秒都在回忆聚会上与她相关的事——她把手肘搭在我的肩上，酒红色绒面皮鞋踢着雪地，香烟、前男友，她几乎没碰过的那杯血腥玛丽被遗忘在阳台上，而我整晚都盯着她敞开的衬衫在想，为什么一个如此黝黑的人，她的乳房却能如此白皙。

我整天都在想你，整整一天。

我有勇气说出这句话吗？

我给自己许下了一个愿望：我要告诉她，我整天都在想她——只要她今晚在百老汇95号出现。不论是谦卑的还是充满希望的信息，我都会告诉她。

或者这样说："我想到你了"——带着打趣的笑容，就像我也不确定自己是不是在说实话。但她知道我说的是实话。

还好，我已经假定了一种慌乱的、迷离的氛围，可以说成是我大胆地冲过百老汇造成的，这也成为我没有早点注意到她的原因。

"我曾希望那是你"——"后来觉得不可能是你"——"还真的是你"。

当我尝试像为衬衫搭配领带一样润色这些短语时，我竭力不看向人群。我不想让她知道我已经发现了她，所以只能装作没看到。我想象她会先认出我，并且成为第一个寻找对方的人。

我不朝她的方向看还有另一个原因——我不想打破这种幻想，不想破坏遇到她的兴奋感。我想守住这种幻想，就像乖巧的俄耳甫斯坚持完成契约一样，我想当作她已经看到我了，只要我不回头，她就在朝着我走来。我想环抱住这个渺小的、隐秘的、可耻的希望，仿佛那时我要做的就是把视线移开看向别处，只要我继续假装不看她，她就会来到我身后，用手掌蒙住我的眼睛说："猜猜我是谁。"我越是抗拒转向她，就越能感受到她的呼吸，就像在派对上她对我耳语时一样，她的嘴唇几乎能碰到我的耳朵。等待和希望是如此令人着迷，没有任何暗示让我知道我被注视着，我甚至发现自己正试着不抱希望，因为她今晚不可能出现。我在想什么！一直以来，这种背道而驰的希望使我清醒地认识到：生活很少赐予我们渴望之物，反而是我们自己扭曲着在讨好生活。假装自己若无其事，一旦我们完全放弃坚持，转身拥抱绝望，生活就会变成事与愿违的模样。

希望，是向前或者背道而驰的。你认为自己已经发现了她，却又无法确信。徘徊在这两种选择之间，你会立刻搜索要说的话，寻找一种一击即中的态度——隐藏快乐——表达快乐——表达你正隐藏着的快乐——表达你在展示所有的快乐。结果你发现这只是一个和她长得很像的人，是另一个人，你的幻想由此破灭。

但后来，你会因为那些要说出的话而兴奋，它们似乎笼罩着寒冷的夜晚。你也会突然发现自己想要消散这种激动，而不是让别人替你解围。也许，你会开始想，也好，就当这样的邂逅从来没有发生过，所以想着即便发生了也没有意义。况且，正如计划的那样，你期待了一整天的电影之夜终于能归属于你了。你要和电影度过几个小时，但由于人群中的那张若隐若现的面孔，也许真的有什么事情将要发生。电影可以用奇特的方式将你所想之事搬上银幕，然后使之成为现实。

待会儿电影散场，我可能还会在售票窗口周围发现她那挥之不去的幻影。突然间我明白了，如果见到她的幻觉可以让我在看电影的几小时中有所依存，那么影像记忆则会让我归家时带着这样的感觉：电影里男女之间发生的事情，今晚也会发生在我身上。

也许这最后的幻觉，不过是我在放弃时，把自己关在剧院里五个小时之前，孤注一掷地尝试振奋我的精神。到了午夜，或许应该已经算是次日了，在这个怪异的圣诞节派对结束之后，我就再不会像一艘没有锚定的船，开始日复一日漫无目的地随意漂流。

看完电影，我会坐巴士或者步行回家，或者会打车去更远的市区，也可能在沿途的某个地方停靠一下，没有别的原因，我只是想在今晚结束之前，去寻找我要找的脸庞。

我想看到的是面孔的样子，而不是空无一物。面孔、人、午夜的人们，有人会冒着暴风雪去买烟、遛狗、吃东西、买报纸，或者像我一样寻找心中的脸庞。

我开始思考看完电影后的去处，想去一家烤肉酒吧或者泰国汤餐厅。

我对泰国汤餐厅有很好的印象。

换了她会叫它"战壕汤"，配着牛肉煎饼一起吃。我多么怀念她谈吐思考的方式，她总是先把事物扭成许多结，再恢复成原本的样子，并且她知道不可能恢复如初。

正在想这些时，我看到了她。

我想让自己的问候听起来很意外，但我设想过可能会遇到她，却故意忽略这件事。

我最初的愿望现在实现了，也许我会订正我许愿的条件，但现在我觉得没有必要告诉她我是如何一整天都在想她，整整一天。

"克拉拉？"我夸大我的惊喜问道，就像其实人们害怕被发现，先声夺人抢先一步打招呼一样。

"你终于来了！"她喊道，"我给你打了无数次电话，你都不接。"这话听起来几乎像情人间的责备，"我以为你改变主意，不打算来了。"

为了证明自己没有夸大其词，她将手中的两张票拿给我看。"我一直在等，一直在等，一直在等，而且真的太冷了。"她重复着，好像这一切都是我的错。"来，摸摸看。"她把手放在我的脸颊上，证明她有多冷，"我给你打过很多次电话，你的号码我都已经熟记于心，看……"她把手机转向我，在数不尽的联系人中一行行往下滚动。我好一会儿才认出彩色屏幕上的数字。在电话号码下面，我看到了一组无比熟悉的文字：我的名字，先姓后名。难道我正式进入了她的最重要的联系人名单？"你为什么不接电话？"我不知道为什么我没有像她这样做。

如果我是她，我绝不会轻易把一个全新的名字放在联系人名单里，因为允许陌生人的名字进入生活的犹豫和慌乱会冷却下来，扼杀每一丝不确定性；相反，我会把它搁置起来，直到它"证明"了自己。在纸巾上不经意间拼错的名字，在寒冷中匆匆写下的名字，故意不写姓氏以标注不确定是否会联系的名字——这些不仅是通往他人世界时内心的胆怯和彷徨，也是每一份欣喜可能存在的漏洞，是我们为快速回溯记忆时留下的浅浅印记。我绝不会把她列在B开头的姓氏之下，也不会把她的名字或号码输入手机中。如果我发现自己已经记住了她的号码，我会用尽一切将其忘掉。

我突然意识到，她说的正是我在这种情况下会说的话，但我说这话的理由恰恰相反。我可能会像她一样过分暴露感情，来表明我对这件事情的漫不经心。她是否在用对天气、对我的手机、对我的夸张抱怨，来掩盖声音中的羞涩，抑或她毫不在意大多数人都不愿过早透露的事情？进展是不是太快了？

她和我想的一样吗？

还是说，她在告诉一个男人，在首次同游的夜晚，他应付出一切去听一个女人对他说的话？

这是我们的第一个同游之夜吗？

我想知道她是否排练过这些话。

我有必要弄清楚。

然后我想：如果如我所想就好了，这意味着她愿意花时间来排练。

接着我突然意识到我并没有给过她我的电话，也并未列出我的号码。

她一定是看透了我。"你绝对猜不到是谁给了我你的电话。"

"谁？"

"我说了，你绝对猜不到。来，我带来了这些——"她说着拿出一个白色纸袋，里面装着食物和饮料。

"我……受宠若惊又不知所措。"

"已经不知所措了。"她噘起嘴唇，看向别处，似乎在暗示我对话中某些奇怪的感叹令人憋闷。我立刻识别出了这是昨晚在阳台上的那种揶揄、嘲弄。

我怀念这种感觉。

"无数次……"她似乎在自言自语，或者对某个并不在场的他人说话。

她的话语中，既有对几乎不认识的人做出赞扬的坦率大胆，也有当别人发现复杂的赞扬一点也不难时的嘲讽。

"你打了多少次电话？"

"无数次。我已经说过了。"

换了任何人都会从中读出让人安心的信号。

她站在那里等我，还准备了两张票和零食，我实在按捺不住高兴。她的态度表明她可能早在教堂里，在我提起侯麦的电影节时就已经计划好了——我脑海中浮现出她晨间醒来没有想到英奇，而是直接计划晚上与我见面的情景。首先，她找到了我的电话号码，之后，她会打电话给我。傍晚之前她都在试图拨通我的电话。最终在无数次无人接听之下，只好给我留了语音信息，但事实上没人给我留信息。

"我想就算人在狱中，也会查看语音信箱。"她边回忆我的话边说。

"那些蛰伏的人呢？"

"蛰伏的人仍然会努力打电话。直到几分钟前我还在给你打电话。"

"你怎么知道我要来这儿？"

我想问的是她是怎么知道我今晚会一个人来。

"你说的。"

"如果我不来呢？"

"那我就进去了。"她仿佛从未这样想过，补充道，"并且，我们有个约会。"

她知道我知道我们并没有所谓约会吗？如果我假装记得有这个约会，与其说是为了给她留面子，不如说是为了拖延时间来决定自己该采取什么样的态度，我要这样做吗？

或者她只是用简单的方式，说出我提及这个电影时未表明的真

122 ·

正目的？或许我只是确定了一些脑海中还未明确的东西，只是因为我自己无法相信这件事能如此顺利？

"克拉拉，我很高兴你来了。"

"你很高兴！你考虑过我在冰天雪地里拿着这两张票多么愚蠢吗？我要进去还是继续等？如果他不出现怎么办？我要不要把票送人，留一张，把另一张给某个男人？如果我坚持得够久，他就会认为他有资格通过两部电影和我说话？我只希望它们是好电影……"她补充道。她好像不太确信电影好看，直到她看到排队的人，并在电影票售罄前几分钟成功买到这两张票。或者说，这是她对我的一种欣赏，因为她绝不会为了一部侯麦的电影就走进冰天雪地中，除非她相信推荐这些电影的人。

我们还没来得及说什么，她就开始低声咒骂影院管者，对七点十分开场进行了长篇大论的嘲讽："七点十分，太早了。""七点十分是给那些需要在午夜前睡觉的人准备的。""七点十分是傻子的时间。""别人如果问我在某年的圣诞节做了什么，我要回答七点十分去看电影了。"

"那天我也去看电影了。"

"你别说了。"

又来了。嘲讽式的责备，如同你们走在一起，对方的手臂偷偷挽住你的手臂——这是她表达预感得到验证的方式，我会记住这一点。"在某年的圣诞节"，我喜欢这样的开头，它和电影院外的雪一起飘荡，和百老汇交通灯周围的薄雾一起向上浮动，和每个在队伍中瑟瑟发抖的人一起急切地等待着《慕德家一夜》的到来。

"我什么都没来得及吃。你也是吧？"排队时，她继续说道，精神饱满地装作生气，喃喃地咒骂着天气。我跟她说起"泰国汤餐厅"，还有满是蒜味的虾汤，这让她大笑了起来。也许她很喜欢我学她昨晚说的话。她兴奋的笑声引起了一个引座员的注意，怒视着我们。"看看那张脸，"她低声说，指着他那锋利的平头和宽阔的肩膀，"还有他的牙齿，只有长成他这样，才会发明出七点十分的开场时间。"我笑了起来。"嘘，安静，他在看我们。"她发出嘘声，仿佛在玩猫鼠游戏，她悄悄把白色纸袋塞到大衣里面。壮硕的引座员迈着保镖的步子，带着夹式领带走到我们面前。"你们在等七点十分的演出吗？"他问。"是的。"她盯着他的脸回答道，并把票递给他。他用一只手接住，并没有把它们撕成两半，而是把两个废纸团一般的东西丢回给她。

"这是干什么？"她捧着那些票根问道。那人没有回答。"他用手'咬'过它们。"我们落座时，她补充道。她又一次拿出白色纸袋。

"我买了咖啡。"

"你也给我买了吗？"我装作不记得她之前说的话，问道。

"没有，我只帮自己买了，我只为自己做事。"她厉声说道，带上需要被不断安抚的表情。我看着她取下塑料盖，加糖，然后不停搅拌，再把盖子盖上，掀开杯口。"我喜欢冬天的咖啡。"她说道。

这话听起来像是害羞的告白。

我说，我也喜欢咖啡。那是一杯好咖啡，我喜欢在电影院里喝咖啡，我也喜欢我们坐的位置。此刻真是太完美了，我对自己说。

"你觉得我对他很凶吗？"

"谁？"

"那个'保镖'。自从上次他在布拉蒂斯拉沃维奇酒吧喝了那么多伏特加之后，他就疯了，没有给过我好脸色看。"

我们等着剧院灯逐渐变暗。她又给我了另一个惊喜，从纸袋里，她掏出了两个切开的三明治。"非常好吃。"她低声说道，间接地抨击了住在曼哈顿的人对那些所谓精致佳肴的迷恋。大蒜奶酪伴随着熏火腿的香味扑面而来，她又一次大笑了起来。周围的人再次要求我们安静。

我们只好挪到了更下排的位置。"电影应该不会很无聊，对吧？"当字幕开始时，她说。

"可能无聊到窒息。"

"好吧。我只是想确定我们会一起面对这些。"

突然一声"嘘"又从我们身后传来。

"嘘你自己吧！"

突然间，我们进入了我期待了一整天的黑白世界——圣诞节前后的克莱蒙费朗镇，那个在帕斯卡出生的地方研究帕斯卡的男人，在拥挤狭窄的街道上驱车行驶，一个被圣诞灯饰轻盈装饰着的法国省城。那个金发的女孩，那个黝黑的女孩，那座教堂，那间咖啡馆……克拉拉真的会喜欢这些吗？

我不敢看向她。人们一起去电影院是为了看电影，还是单纯为了待在一起，还是因为喜欢对方？和对方一起去看电影，这是一个人喜欢上另一个人时会做的事情，好像这是世界上最自然、最顺理成章的事。从看电影到在一起，是什么时刻开启了这一切，又是什么瞬间停止了这些转换？我为什么要问这些？问了这些，我是否就被自动归入了那些对自然而然发生的事持怀疑态度的阵营中？并怀疑别人对自己没有抱有同样的心思？还是其他人都暗自希望每个人都像他们一样缺乏自信？她是想做个自然而然的人吗？还是她只想看电影？她正专心地盯着银幕，似乎不想理我了。然后，她毫无征兆地用手肘撞了我一下，同时嘬着腮帮子，直勾勾地看着前面。她肯定有话想说。我曾在阳台上看到她压抑愤怒的时候对罗洛做过同样的事。她为什么要这样撞我？

之后我便想通了。克拉拉一点都不生气。她在努力不笑出声来。而现在第二次这样撞我，她是在确定我是否知道她的挣扎，最好的是她也把这种情绪传递给我。

"我为什么要吃蒜味奶酪，我在想什么？"

我正想抛出一个可能的猜测，她又一次撞了我，用手挥开我，仿佛我呼吸的任何东西都一定会让她爆发。她的眼里涌出了压抑不住的笑意所带来的泪花，这终于让我也有了一丝笑意。"还要更多蒜吗？"她开始说。这次轮到我把她推开。

几秒钟后我才意识到，她把一个在她的世界里是亲密烹饪用语的词，为我拼出了一个新的版本。对我来说，这不能更惬意了。[①]

在那部电影里，金发的女孩是纯净贞洁的，黝黑的女孩是充满诱惑的，而那个天主教的男子则拒绝陷入套路。平安夜的大雪中，男人被迫在黝黑女孩的公寓里过夜，在她的卧室里，最后在她的床上。尽管什么也没发生，但临近黎明疲惫虚弱时，他刚要有所行动，她却跳下床来。"我更喜欢清楚自己想要什么的男人。"那一天早上，在一家咖啡馆外，男人撞上了金发女孩。

幕间休息时，克拉拉突然起身说要打一个电话。

只剩我一个人，在黑暗电影院的朦胧微光中四处张望，看着

---

① 译注：上一句的蒜用了 "garly" 这个词语，是作者创造的，属于主人公克拉拉创造的词语。

来来往往的人大多都是成双配对，五男一女的一群人鱼贯而入，每个人都用硕大的杯子喝着酒，他们不知道该坐在哪里，直到其中一个人指着后排低声说："那里怎么样？"一对夫妇站起来让他们挤过去。五人中的一个转身对另一个说："说声谢谢。""谢谢"的声音顺序响起。气氛中充满了被抑制的兴奋。人们为了这部电影从城市的各个角落赶来，大家都有着同样的东西，虽然我无法确切地说出那是什么，可能是人们对侯麦电影的热爱，或者是对法国的热爱，或者是对法国电影难以名状的热爱，或者是对生活中那些困惑且亲密时刻的热爱。侯麦刻画、雕琢着这些时刻，去除了所有情节的偶然性，赋予它们一种节奏和一种韵律，甚至是一种智慧，然后用一个小时的时间把它们一并投射到银幕上，并承诺在电影结束后把它们一起交还给我们。虽然我们也许会对它们稍做改动，但也因此我们能在自己的生活中找到共情。从另一个角度看，它们并不是原来的生活，而是我们理想中的生活。

我试着想象，这六个人挤在隔壁星巴克的一个角落里，等着第一部电影结束，然后赶着去看最后一场。他们现在就在这里。其中一个人从大衣里拿出一袋甜甜圈递给朋友们。不到一分钟左右，另一个女孩抱着一个巨大的爆米花桶走进电影院，看起来一时迷了路，随后发现了他们这一群人，并走上楼梯朝他们走去。"我还买了这些……"她说着，拿出了两大盒黄色的M&M's巧克力豆。

我喜欢迷失在人群中，喜欢这些逃离了拥挤、寒冷的城市，来到上西区这片安静如同绿洲的人，每个人都希望在这里瞥见内心深处想象中的法国。我喜欢掌握克拉拉的行踪——她此刻就在走廊某处，并且很快会回来。我感觉就像是被她排除在世界之外了。只要她从打电话的地方回来，我们就可以像拥挤在渡船上的乘客一样紧紧地坐在一起，我们将再次沉浸在侯麦电影里这个奇异的、令人神往的幻想世界中。我环顾影院，有些人显然比其他人快乐，比我快乐，比那些不是恋人的人快乐，不过，能在他们中间还是挺好的。我喜欢昨晚凌晨向她提及侯麦电影的这个想法，让她和我一起看这部电影。

这虽然不是我想象中的夜晚，但我现在非常兴奋，因为这是它应有的发展方向，有人会出乎意料地出现，而这个人就是克拉拉，我和她在一起很容易笑起来，比跟任何人在一起都容易。早在我意识到自己想要什么的时候，她就已经知道如何让事情发生。在我到来之前，她就买好的两张电影票，是我自童年以来收到的最好的圣诞礼物——当然，也可能是一份变成泡影的礼物，因为克拉拉在这个时候去给另一个男人打电话，就有可能一时冲动回座位来拿她的东西，说一句"对不起，很高兴见到你，但我得走了，观影愉快"，然后把我留在座位上独自面对困局。

当我坐在那里，正担心这件事的时候，我突然明白，光是等她这件事就令我开心不已。一想到她可能会嘲讽我等待她的方式，也令我开心不已。我内心排练着两小时后我们一同离开电影院的时候，她突然告别，同样让我很开心。而更让我开心的还有我们分别不到一天又在一起了，并且她的出现让我喜欢上了这一天，也让我喜欢上了我的生活和我的生活方式。她是我生活的映照，是我面向世界时回望自我的眼睛。影院里的人、我所认识的人、读过的书、与奥拉夫共进的午餐、我住过的地方、我如履薄冰的生活，以及所有我想得到的，在她的咒语下突然变成了一副珍贵易碎的面孔，她的咒语能开启新的色彩、新的人、新的气味、新的习惯，能揭开新的意义、新的模式、新的笑声和新的节奏。即便一直以来，我暗自怀疑：比起施咒的人，可能我才是更偏爱咒语的人；比起与我争吵的人，我才是更偏爱用暗语交锋的人；比起克拉拉，我是更想与克拉拉相会的人。

克拉拉把外套落在了座位上。我把手放在她的大衣上并抚摸着它，这也是让我自己记住我不是一个人的方式，她很快就会回来，重新坐到她的座位上，告诉我她为什么要花这么长时间——也许她不会告诉我。有时，我独自在电影院，把外套放在座位旁边时，好像能在黑暗中唤起一种存在，想象着有人离开了一秒钟，并且随时会回来——这是在夜深人静的时候会发生的事，当我们对着枕头轻声呼唤那些已经离开我们生活的人的名字时，他们就会突然出现在我们身边。我想，克拉拉，她一定在那里，坐在我旁边的座位上。

莫扎特的"慢板"总是在幕间休息时播放，当灯亮起时出现在这个影院里，我想起不到三个冬天以前，我也曾对别人的大衣做了同样的事，而她是去小卖部买汽水。我假装我们分手了，或假装她根本就不存在，但当她回来坐在我旁边的座位时，我感到很惊讶。之后，我们离开了电影院，买了周日的报纸，顶着风雪回家，说起那些朋友的名字，慕德、克洛伊，在逛了一家书店后，随意在某个地方吃了晚餐。这似乎是很久以前的事了。我想起了年轻时的自己，曾经在一个星期六晚上来到这个影院，在不打扰太多人的前提下寻找着座位，无意中听到一个男人问女人："你喜欢莫扎特吗？"那个女人把外套挂在座位的靠背上，斜倚在上面，转过身来，对他回答说："是的，非常喜欢。但我讨厌这首钢琴协奏曲。"连我都看得出来，这是他们第一次约会。

那天晚上，我满怀希望与困惑地遥想未来，如果有一位女人像这样坐在我身边，并听着莫扎特的慢板说："是的，但我讨厌这首钢琴协奏曲。"她会是谁？这一男一女对彼此知之甚少，以至于男人会问她是否喜欢莫扎特——直到现在我才明白，他所做的一切不过是在制造话题。

"是的，但我讨厌这首钢琴协奏曲"，我重复着，仿佛女人适度生气的话里暗含着一把钥匙，可能会开启通往我希望中人生目的地的道路，这些话语似乎充满了暗示，就像我从未听过的赞美一样激动人心且无所顾忌，我迫切希望能复述这句话。"是的，但我讨厌这首钢琴协奏曲"，意味着我可以对你说任何话。在这个寒冷的夜晚，能在一起真好。再靠近一点，我们就能碰触到手肘。多年后的今天，当我重新审视这句话时，我才发现，我对男女之间的壁垒了解得并不比当时多，我甚至不知道那晚我独自坐在那里，试图描绘出人生蓝图时，我的愿望是什么。我也从来没有意识到，我那时对人生提出的问题，直到多年后仍然没有解答。

这么多年，我能做的还只是制造话题。

这么多年，我想表现的只是，我不畏惧沉默。

我又想起了那对恋人。当大家都在影院外等雨停的时候，我又一次看到了他们的身影。岁月流逝。也许我第一次约会时，也问过她对莫扎特的看法，并在此问题旁边打钩，标志着"进入玫瑰花园"。我们也曾等待雨势消退。之后我一个人去电影院，后来和别人一起去，再之后我又是一个人去，而后又和别人一起去。

我一个人看的电影比起和别人一起看的电影多吗？我更喜欢哪一部呢？我想知道。

克拉拉会不会说一个人比较好，如果我同意她的观点，她会不会又在黑暗中转身说，她还是需要其他人，需要一个肘部的碰触？

曾经走过的路，现在似乎已布满坑洼。

也许我会告诉她这一切。

抛开岁月，把自己赤裸地呈现在她面前的乐趣让我兴奋。告诉她所有关于我的事情让我兴奋。

告诉她：有那么一个片刻，我担心自己只是在想象今晚她和我在一起。想知道为什么吗？

我知道为什么。

我要告诉她我一整天都在想她吗？我是不是应该说些更为温和的话？例如，我们在影院外的见面似乎是我看过的每一部电影的其中一个桥段，预示着许多侯麦式故事的结果。我可以告诉她，我走了很多街区去寻找开门的商店，而我能想到的只有她，我在寻找着她。在某个地方停下来喝咖啡时，几乎可以肯定我见过她，但是我并不奢望，所以匆匆瞥过每个地方之后就走开了，直到她给我打无数次电话之前……我应该告诉她我已经排练过这些吗？

我还记得我和奥拉夫共进午餐后，阳光是如何叙述孤独和沮丧的，它那模糊不清的光芒带着我一同坠落，我看着这一天结束。然而，背景中总有那种笨拙的希望，希望时钟能倒转二十四小时，把我带回昨天晚上的地方，在登上M-5巴士之前，在买两瓶香槟之前，在离开母亲家去酒类商店的路上……

我整个下午都在往上城区走，在边缘探寻着她的领地。每个人都会遇到那个愿意付出一切的人，用你自己的欲望来引诱他。

但后来，我又怕她撞见我，猜到我为什么会在上城区徘徊这么久，于是我决定回家。当我再次离开并到达电影院时，演出票已经售罄了。我早该知道的。因为是圣诞节。

当她终于在我身边坐下的时候，灯光已经暗了下来。她不再是那个快活的自己了。她似乎很激动。"怎么了？""英奇在哭。"

她说。她想离开吗？不。英奇总是哭。她为什么给他打电话呢？因为他在她的语音信箱里留了太多信息。"我不该打电话的。"又有人从后面嘘我们。"你给我闭嘴！"她厉声道。

我以为我喜欢她厌烦与埋怨的态度，但这太过了。我开始想到可怜的英奇，想到他在电话里流下的眼泪，想到那些为克拉拉而哭泣的男人——一个在电话里哭泣的男人，一定是绝望到底了。她告没告诉他，她现在和我在一起？

"不，他以为我在芝加哥。"她低声说。

我困惑地看着她，不是因为她撒谎了，而是因为这个谎很荒谬。"我只是不想接电话罢了。"她说。这似乎让她的心情轻松了不少，仿佛她突然发现了一个能够消除她所有烦恼的办法。她戴上眼镜，喝了一口咖啡，放松了下来，显然是准备好欣赏第二部电影了。

"如果他认为你在芝加哥，为什么他会一直打电话给你？"我问道。

"因为他知道我在撒谎。"

她直勾勾地盯着前方，清楚地表明她是故意不看我的方向。然后一怒之下……

"因为他喜欢听留言信息里我的声音，可以吗？因为他喜欢给我留下长长的留言，而我一听到就会马上删掉，而且当他明知道我和别人在一起的时候，却还要继续叽叽喳喳地说个不停，直到我失去耐心接起电话。因为他知道我受够了，可以吗？"

这是一段愤怒的发言。

"因为他在人行道上徘徊、监视我，他知道我的灯亮起。"

"你怎么知道的？"

"他告诉我的。"

132

　　“我不想碰这些事。”我带着明显的、夸张的讽刺口吻，意思是，我不想冒任何会让她进一步恼怒的风险，并想用和蔼且幽默的口吻以轻松地进入电影模式。

　　“别这样。”她打断了我的话语。

　　“别这样”深深地刺痛了我。这句话她昨晚就说过一次，同样产生了寒蝉效应。这让我闭嘴了。在第二部电影余下的时间里，这句话一直环绕着我，像是一种冷酷且直接的警告，让我不要试图干涉，或用那些不速之客的善意去迎合。更糟的是，她把我和英奇搞混了。

　　“他在楼下徘徊，只要看到我的灯亮了，就会打电话。”

　　“我很同情他。”电影结束后，我们坐在她家附近的一家酒吧里，我这样说道。这里供应着用葡萄酒杯装着的苏格兰威士忌，她偶尔和朋友来喝酒、吃薯条。我喜欢喝苏格兰威士忌，也点了她喜欢的薯条。

　　“你同情他。”沉默。“你怎么同情他都行。你和其他人都是。”

　　再次沉默。

　　“事实上，我也同情。”过了一会儿，她又说，“不。我一点都不同情。”

　　我们坐在酒吧餐厅后方的一张古旧的方形小木桌前，她说她喜欢这儿，因为在工作日的夜晚，当这里空无一人时可以抽烟。她面前放着一只酒杯，两肘支在桌子上，烟灰缸里燃着一支烟，在我们中间还有一支点燃的小蜡烛，它被放在纸袋里，就像一只蜷缩在卷起来的袜子里的小猫。她把毛衣的袖子挽了起来，可以看到她那冻得通红的消瘦手腕的阴影。那是一件超大号的自织毛衣，用很厚的毛线拉丝缝制而成。我想到了石楠花，想到了冬天的大披肩，想到了裹在羊皮里的裸体。“我们谈点别的吧，好吗？”她似乎有点烦闷、无聊、烦恼。

"比如什么？"我问道。

她真的会相信编排好的对话吗？

"为什么不说说你。"

我摇头，意思是："你是在开玩笑吧？"

她也摇头，意思是："绝对不是开玩笑。""对，就是这样，"她说，就像她否定了我任何犹豫的可能，"我们来说说你。"

我不知道她为什么突然振作起来，从桌子上朝我挪过来，是因为她真的对我很好奇，还是因为她很享受这种突然的转变，从有着错误前男友的可怜女人变成强硬的盘问者。

"没什么好说的。"

"说吧！"

"说……说什么？"我重复着她的指令，试图轻描淡写。

"嗯，首先，告诉我为什么没什么好说的。"

我不知道为什么没什么好说的。因为在确定安全之前，我不愿意谈论关于我的事。因为真实的我和此刻在酒吧里的我希望自己不是总在说话的那个人。因为我现在觉得自己像个影子，无法理解为什么克拉拉看不到这些。她到底想让我说什么？

"除了平淡无奇的小事，什么都可以。"

"绝不是平淡无奇的小事，我保证！"

她似乎很兴奋于我的回答，并热切期待我正要说的事，就像一个孩子在等一个故事。

"然后呢？"

"然后什么？"我问。

"继续讲啊……"

134

"要看你付多少钱。"

"很多。你可以打听一下。那么，为什么没什么好说的？"

我想说，我不知道如何回答她的问题，但她的坦率令逃避问题成了愧疚。我只感觉一片空白，在我们之间有一片空白，克拉拉正哭着喊着要答案。玫瑰花园里的罗塞塔石碑，这就是我。给我一块浮石，就能轮到我把所有的逃避都说出来。我今晚应该带着我的浮石，把它扔在桌子上，说："去问问浮石吧。"如果她想知道我这五年来做了什么，去了哪里，爱了谁，不能爱谁，我做了什么梦，晚上的梦还是白日做梦，那些我不敢承认的、一便士一个的想法，那么就去问问浮石吧。

"不要给我一个修饰过的你，给我一个真实的你。"

"问问浮石吧，克拉拉，问问浮石，它比我更了解我。"

我抬起眼睛，感觉比以往任何时候都要慌乱，这些话几乎就要从嘴里流出。她看着我，我回望着她，互相看了一会儿，我心想也许她走神了，她只是心不在焉地将目光停留在我的身上。但她根本没有走神，她只是在盯着我看。

我移开目光，假装沉浸在深沉而悠远的思绪中，我不知该如何倾诉。我看着她的手指将方形纸巾的一角折在酒杯的底下。当我抬起头时，她的目光仍注视着我。我还是没有开口。

我不知道她是不是对每个人都这样——只是直直地盯着你看，不会用言语来打破沉默，然后穿过你每一面弱小的壁垒，并且她的目光不曾游移，脸上带着一种温暾的、不怀好意的微笑，似乎是因为你终于发现她看透了你而感到好笑。

我应该回视吗？还是说她的目光中没有挑战，没有未被截获或未被破译的信息？也许这是一个用美丽可以轻易地淹没你的女人的凝视，但在得手后，它并没有停止，而是单纯地流连在你脸上，从未离开，直到它读到每一个好的或坏的想法，知道它自己会被发现，并且可能已经在哪里扎根，紧张的谈话，提前承诺亲密关系，就像要求投降一样，早在友谊的初步举止还没有完成之前，就提前打破了闲聊的界限，敢于承认她一直都知道的事：你在她面前很容易惊慌失措，她是对的，所有男人最终都会比他们渴望的女人更不安。

有那么一瞬间，我以为我捕捉到了一个温和的、质疑的点头。是我在胡思乱想吗？还是她本来想说什么，但后来改变了主意，及时收回话语。

不过，总得有人说点什么。我先给自己壮胆，然后再大胆尝试。

"你总是这样盯着男人看吗？"

我及时说完了这句话。如果她再多看一会儿，我就会崩溃，说出一些绝望的话，说任何能抵御沉默的话，说那些不明所以的话，那些话好像会随时溢出，揭示比我自己知道的还多的事，我的感受，我想要的，我甚至无法启发或暗示的东西，我打开了一扇我畏惧的门，但我愿意冒险通过，只要我知道如何关闭它。我说什么都只是为了打破沉默吗？人们都是这样做的吗？说点什么是在顺势而为，还是为了避免冒险？我是不是要说出一些不经意的、无关紧要的话，比如："你总是让别人告诉你关于他们自己的事吗？"——我把这句话也及时说完了。

"真是一部愚蠢又不切实际的电影。"我发现自己又说了一句。我不知道自己为什么会这么说，也不知道自己指的是今晚两部电影中的哪一部，尤其是我清楚自己喜欢这两部电影，并不一定认为现实主义是一种美。我是带着一种听天由命的严肃神情说这话的，把声音中隐隐约约的失望归结为电影本身的尴尬和不安。

我只是想掩饰自己无法说出一些与我们无关的事情。

她完全误解了我的意思。"不切实际，是因为侯麦电影里没有人睡在一起吗？"她问。

我摇了摇头，意思是她太不靠谱了，我宁可放弃我在闲聊中误打误撞的企图，用别的话题重新开始。过了一会儿她就走了。

"你是说因为我们今晚不在一起睡觉？"她说。

这句话不知从何而来。她没有误解任何事情，或者说，如果我认为她有，那只是因为她从我的脑子里取出了这句话，并让它在我的脑海里打转，我不会这么快就想到这点，但只有它渴望被听到。

"我已经想到了。"我说，假装我没有被她突然的话语吓到。我试图逗趣，意在夸大她的解读，并以此来暗示这句话是多么荒谬。我以同样率直的方式承认，借此回避她。她马上笑了笑，反驳说"我也是这么想的"——这就像露台上的女人让同伴用一只手搂住她，另一只手拿着雪茄一样。"所以你不是在挑逗我，是吗？"

我们之间的沉默就像干冰一样迅速升腾出水汽，这说明我们都没有什么好说的了，我们都想用尽手段把这个话题抛到一边。"别在意。"她的语气中带着那些冒失过头的人的自嘲，但他们不过是为了平息波涛，在假装被自己的大胆搞得精神错乱。她的微笑要么强调了她的出言不逊，要么暗示了她不相信我会像我希望的那样泰然自若。"那只是以防万一——"她说，再次抬眼看着我，"以防我昨晚没说清楚。我只是在蛰伏。"她的声音里流露出一种无助和谦虚的情绪。她昨晚用了一模一样的语气，好像她在艰难的时刻总是这样，直言不讳又故弄玄虚，平淡而感伤。但这次她是对我说的，她在躲开我，赶走我。我突然想到，如果她与我度过这个圣诞夜，恰恰是因为她在蛰伏。如果她不在疗养院，如果我没有扮演夜班护士的角色，如果我不是在探视时间过后长时间逗留的访客，如果我没有伸出那最后一只手，在病人终于打瞌睡后轻轻把灯关掉，我们永远不会见面，不会说话，不会一起站在阳台上，更不会像现在这样去看电影，然后坐在酒吧里。

当那晚夜深时我送她回家，看她在寻找着强调"蛰伏"这一词的方法时，她解释说，她从不爱哭，她说着便像她昨晚做的那样，展示着她拇指和食指间的距离。但当我们终于走到她的门口时，这个就快哭了的女孩突然转向我，用呓语提醒着我，不要那么闷闷不乐。我早有预感，不是吗？突然间，我们之间的距离比两极之间的距离还要远。

在酒吧里我曾试着放开自我，告诉她我为什么喜欢侯麦，在我对女人和自己一无所知的年纪里，我是如何发现他的……

"你坐得太远了，我听不见。"她说。这就是为什么我要把脸凑近蜡烛，我才发现，我已经离她几乎有一整张桌子那么远了。她不喜欢别人走神。我有一次注意到，在别人和她说话的时候，只要那个人听起来有隐约的疲倦或走了神，她就会立刻显得很受伤。然而，如果我坚持这样，她就会先假装自己在走神，然后装出一副无聊的样子，或者非常关注我们隔壁桌在说的话，以此来惩罚我的分神。她比谁都会玩这个游戏。"也许我应该考虑回家了。"她说，之后又说再喝一杯。随后她又会说"把你刚才说的话说完"——她就是这样奉承你的。我想，这些电影讲的是那些爱得没有激情的男人，因为看起来并没有人在其中受苦。"侯麦电影里的男人在爱情方面侃侃而谈，这样可以更好地驯服他们的欲望和恐惧。他们过度分析事物，仿佛分析可以引向感情，是感情的一种形式，并且好于感情。最后，他们贪小失大……"

"你认识那些大人物吗？"她打断我的话，再次咂摸着我们谈话中未明晰的话题。

我想了一会儿。曾经有一段时间，我可以发誓我认识他们，但现在，说实话，我并不认识他们。"有时候我觉得我认识他们，你认识吗？"我问道，仍然试图保持含糊其词。

"有时候我觉得我认识他们。"她又在模仿我了。

我喜欢她这样做。

我们都笑了，因为她模仿得很像，因为我的回答确实是空洞的，而且是故意显得空洞，因为她的笑就是在暗示她会试图回避这个问题，鉴于她也可能永远都不会认识那些大人，而且我们都谎称认识他们，这样听起来就没有我们担心的那样有敌意。

我们点了第三轮酒。还没有一件事出错。

在我刚刚又说了一次我很高兴我们今晚能见面之后，她说："答应我一件事，不过……"

我看着她，但她什么也没说，我不能完全确定自己听懂了，努力让自己看起来对她将要说出的任何话都感到惊讶，即使她说的"不过……"就像一个不安的警告。

她犹豫了一下才开口，然后她改变了主意，说："我想我不需要说出来。"

她知道我清楚。

"为什么？"我问。

"我不知道，这可能会毁了一些事。"

我不慌不忙，察觉到我最初的假设是完全正确的。我从来没有想到，如果我不答应她对我的要求，我们就可能会回到原点。我以为我们之间只有零星的一些互不相干的小事情——并不是真正能称为"事情"的事，当然也没有她暗示的那么多！

"什么事？"我带着被逗笑的表情问道，好像我考虑过却又抑制住了一种想模仿她找其他话题的冲动，也许是为了避开我从她那里推断出来的事情，那些我希望可以一直暧昧不清的事情。但我也不想否定。

"事……"我重复了一遍，好像我终于理解了她的意思，并且我会遵从她的意愿。

"不会破坏什么事情的。"我回答。在我的反讽还未说出口时，我就已经试着缓和，仿佛我从未考虑过她对我们的那些担忧，现在想起来，还有点好笑。也许我是想打消她对我的疑虑，但又不想彻底打消，而我是在掩饰真相。"不仅如此，你可能完全搞错了。"我补充道。

短暂的沉默。

"我不这么认为。"

她的眼神几乎是带着歉意的，为了那些未对我说出口的轻蔑而道歉。

"不用多说了。"我说，"令人生畏的悲伤警告。"我承认。

她隔着桌子紧紧握着我的手，我还没来得及回握，她就把手缩回去了。她似乎松了一口气，因为她终于把我们之间的事情搞清楚了，接着她又举起蜡烛点了一支烟，并举在脸旁，决心享受第三杯苏格兰威士忌。

烛光下的那张脸，我从来没有在这样的光亮下看过她的脸。她抽烟时，会转过脸不面向你，却不曾移开目光，这使她的沉默有了一种故意为之的气质，我觉得这种气质很难保持。

我们碰了三次杯，然后又碰了三次，还有第三轮，"刚好，"她说，"三组，三次一组。跟我念一遍，Ekh raz, yescho raz, Ekh raz, yescho raz, yescho mnogo, mnogo raz……"她再一次慢慢地、一字一句地重复着这句俄语。再一遍，又再一遍，复述了很多次。谁知道她是在谁的怀里学会了这些？

我那时对侯麦的电影发表意见，是为了填补沉默，但它给我们的谈话带来了奇怪的转折。坦白说，她一时冲动的解读，简直暴露了我们的话题趋势。不是睡在一起——这是一段缺失的词语，它让一切都泄了气。我试图挽救此刻的谈话。

"不切实际的是，爱情在侯麦那里也许只是一个托词，一个方便的比喻——至于爱情本身，他笔下的角色没有一个真正信任它，更不相信它，也未曾感受到它，这也包括电影导演以及观众，尽管我们所有人都不断地敲打着爱情的大门，因为在爱情之外，我们就不知道自己该做什么。在爱情之外，我们就会遭到冷落。"

她思考了一会儿，又要取笑我吗？

"每个人都受到冷落了吗？"

"我想，有些人遭受得更多，但每个人都会敲打爱情的门。"

"即使爱情是一个托词……一种隐喻？"

她在取笑我。

"我不知道。有些人敲的是门，有些人敲的是墙。但有些人则一直在轻轻地敲打他们希望是门的东西，即使他们从来没听过另一边发出过声音。"

"你现在在敲门吗？"

"我现在在敲门吗？问得好。我不知道，也许我在敲。"

"有什么声音吗？"

"目前没有，我听到的都是'蛰伏'的声音。"

"那可不是轻轻敲打。"她不自在地笑了起来。

我也笑了起来。有一瞬间，我以为她在责备我用"蛰伏"的声音对付我，当我意识到，她只是在嘲笑我自认为这是一个巧妙而精致的回答时，我已经在试着道歉了。

"战壕空了，土地焦了，一切都从'简'，我不是告诉你了吗？"

她的目光是责备还是道歉？她为什么一直盯着我看？

我终于找回自我，不再脸红，说："我现在看着你，克拉拉，我不知道是该告诉你我喜欢像这样盯着你看，还是该保持沉默。"

"如果一个女人不让你继续下去，她一定是疯了。"

"如果一个男人不要求你阻止他，他一定是更疯狂的。"

"你是说侯麦，还是你？"

"谁知道呢。我盯着你，心跳加速。你也在盯着我。我一直在想的都是：'战壕空了，土地焦了，要轻装上阵'，并且'注意路标'。"

她作势要打断我的话。我立刻停了下来。

"不，继续说。"

真是个了不起的女人。

"现在我感觉自己像个街头艺人。"

"哦，别说了。今晚我们已经有了强烈的精神上的入神交会时刻。"她站起身来，从包里拿出了一美元，走到点唱机旁，马上按下了一连串按钮——显然是"她"的歌。我本以为她会回到我们的桌子上把酒喝完，但她却站在点唱机旁，好像在检查歌单。我站起来走向她。音乐响起，我发现这是一首探戈。

这些沙哑的歌词在我听到它们的时候，好像给我施了魔法。它

142 ·

们从深夜酒吧的寂静中升起，就像你在寒冷的夜晚只能听到冰雹和
窗户晃动的声音时，从衣橱里扯出的羊毛毯。克拉拉会懂这句话，
在我还没看清发生了什么，也没来得及拒绝，甚至没来得做拒绝状
的时候，我就被要求去领舞，让我依稀想起刚上大学的日子。那
时，我们在离酒吧入口不远的点唱机旁跳舞，我们跳得比探戈要慢
得多。在那里跳舞，点唱机和我们，还有那些偶尔透过结霜的窗户
往里看的行人，就像在爱德华·霍普的画中，在亮着绿光的喜力牌
子下，仅剩的一两个服务员忙着给番茄酱瓶加料的情形。我们以为
自己跳得很完美，以为这就是天堂，探戈在三秒钟内就把我们的距
离拉近了，比我们从七点十分就开始的所有对话还要拉得更近。一
曲过后，她一动不动地站了一会儿，她的手还在我的手里，几乎是
在开玩笑，或者说就是在开玩笑？她说"Perdoname①"，然后她
开始用西班牙语为我唱歌，没有伴奏，随着那撕裂我内心的声音，
用令人发狂的眼神盯着我，好像我正赤裸、无助地站在那里，你我
所拥有的只剩下一个颤抖的自己和滑落脸颊的眼泪。她目睹着这一
切，并没有停止歌声。当她开始用手为我擦泪时，她仿佛认为这是
再自然不过的事情。但是对我而言，当一个人停下舞步，握住我的
手时，我知道我永远不会忘记这一切。这是一个害怕爱情的男人的
故事，他选择"保护自己的心"。"你来到我身边，但我却不懂如
何去爱，我现在只能拥有这首歌。"她说。克拉拉是在对我说话
吗，还是说这是巧合？她问我知道胡安-多拉吗？胡安-多拉是谁？
"快，一美元！说真的！"装作气急败坏的样子。我拿出一美元，
并看着她在点唱机上按了同样的按钮。"再来一次。"她说。

① 译注：一首歌的名字。

和她跳舞的人是我吗？

是我。

为什么她身上没有一点我不喜欢的东西？

"好在我不是你喜欢的类型，你也不是我喜欢的类型。"当第二支舞结束，我们坐下时，她说。

她的伎俩让我发笑。

"所以，'这是我的地狱'。"我试图重复她昨晚说过的话。

我帮她穿上大衣。在她转过身把披肩裹在头上的时候，有那么一个短暂的时刻，我们所说的一切似乎都有了意义。她犹豫了一下，说："所以你不会听我的，对吗？"

我本来想说"听什么"，但我再一次假装没有听懂她的话，因为我不想承认我们一直都在同一频道。此外，我也可以说："你知道我不能听，我也不会听。"

结果，我说了一句完全不像我的话，让我立即感到害怕和迷惑，好像我突然穿上了军装，配着军刀，戴着星星肩章和勋章，但没有穿靴子和内衣。我喜欢不像自己的这种样子——不是短暂的化装舞会，也不是返程票一到期就会消失的景区一日游，而是我一直回避的无限期远航，现在是时候开始了。不像自己就是在做自己。只是我还不太清楚如何去实现，也许这就是我对她如此含糊不清的原因。一部分的我还在不稳定的启程和远足中，用各种不经意的方式探索着这个不知名的新角色，他已经在侧幕等待了太久，这是他有生以来第一次冒险走上这条路。而我的另一部分还不了解他，不知道该和他走多远。我还在试探，就像一双鞋，我喜欢但不确定是否合脚。我这是在重新学习走路，学习成为人类吗？那么，我一直以来是什么，一个踩高跷的行者还是什么？

过了一会儿我才意识到，我也在害怕别的事情——我不仅害怕自己会喜欢上这个新的我，还害怕会变得完全依附于他，害怕给他太多的空间，害怕和他一起去探索各种新的世界。我也害怕发现这个新的我只出现于她面前，只有她，才能让他出现。我害怕自己会像一个没有主宰的灵魂，注定要等待千年，等待一个机会重见天日，直到下一个对的人从圣诞树后面走出来，说她的名字叫克拉拉。我不想对这个新的我产生依赖之后，又发现他还没有灰姑娘出现的时间长久。我就像一个不会说法语的人，某天晚上在一个法国女人面前，用法语说话，在她第二天早上回家后，却发现没有她，就再也说不出一句法语了。

她面对着我，用羊毛披肩盖住耳朵和部分脸，这让我不得不用一些不寻常的鲁莽来回答她的警告。

"不想听。"

"不想听？"

"根本不想听。"

这很容易成为我们在一起的最后时刻。"不要爱上我，求你了！"

"不会爱上你，求你了。"

她看着我，靠近我，亲吻了我的脖子。"你真好闻。"

"跟我一起走回家吧。"她说。

酒吧外，下起了雪。路灯微弱而宁静的琥珀色光芒笼罩着百老汇，给105号街脏乱的人行道附上了一层安静的喜悦感，这让我想起了我们刚刚看的电影，也想起了帕斯卡的名言：喜乐，喜乐，喜乐。[1]车流稀少，大多是巴士和出租，好像从很远的街区传来一辆扫

---

① 译注：帕斯卡的原文是Joy，joy，joy，tears of joy。

雪车在市中心悄悄地行驶，发出沉闷的金属叮当声。她把手臂伸进我的臂弯。我曾希望她会这样做。那么，这只是友谊吗？

当我们走过一家韩国二十四小时水果摊时，她说她想买烟。"看这个，"她指着一个拼错的牌子说道，上面写着tangelines[1]，旁边写着merons[2]，她突然大笑起来，"想象一下，他们会怎么拼写'蓝莓'和'血橙'。"她笑得很大声，在醉醺醺的、正在修剪鲜花的墨西哥帮工面前大笑，在这不合时宜的夜晚大笑。一想到当我背对着她时，她会发现我的什么东西，我就感到害怕。不，她当着我的面也会这样做。

我们比我期望的更快地到达了她的住处。我决定没有必要再耽搁了，我扣上了大衣的最后一颗纽扣，以示我在送完她之后确实要准备返程了。但当我们站在门外时，她似乎想多逗留一会儿。她指着哈德逊河的景色说她会请我上楼，但她了解自己，也许我们最好现在说晚安。我们拥抱了一下——这是她的主意，虽然这个拥抱似乎有点太过平平无奇，不能说明什么。我让这个拥抱的意义自行减弱，把这个拥抱当成一个朋友或兄弟姐妹的拥抱，一个令人感觉更好的姿态，然后在两颊上匆匆吻别。她撩起我的外套领子捂住我的耳朵，盯着我的脸，就像一位母亲对开学第一天可能过得很糟糕的孩子说再见一样。"你不介意吗？"她说，似乎在暗指我们之前讨论过的某些事情。我摇了摇头，心想，为什么即便是说晚安这么简单的话语，她都可以保持隐晦同时又明确。

"我送你去昨晚我们告别的地方吧。"

---

[1] 译注：正确书写应该是tangerine，欧洲柑橘。

[2] 译注：正确书写可能是melon，蜜瓜。

她也喜欢情景重现吗？我们这是在假装还在昨晚吗？她是为了我才这么做的吗？还是为了让我离开她住处的大厅？我告诉她："我今晚要打车，因为巴士昨晚没来。"

"没来？"

"嗯。"

"那你就应该回到楼上。"

"我很想上楼。"

"派对一直持续到早上。你应该留下来。"

"你为什么不叫我留下来？"

"在你的小表演之后？我这么急，我这么忙，味噌汤或沙拉。给我拿大衣、围巾，必须快跑，必须快走，飞奔，飞奔，飞奔。"

她送我到昨晚我们分别的雕像前。轮到我说话了。我送她回到她的住处。她的脸被披肩裹着，双手插在衣袋里，瑟瑟发抖。这脆弱和恳求的姿态让你看了心碎，你不知道更好。

"别这样。"她补充道，声音里同时带着歉意和公正的警告，用刻在带有铁网的花岗石上的十四行情诗，刻薄地粉碎了我们短暂的挽歌。她把一只手放在我的脸颊上，我不假思索地吻了上去——软软的，她的手掌。她犹豫不决地把手拿开，以免引起注意，好像在说我越过了一条想象的界限——这刺痛了我，因为她那挥之不去的姿态显得更加刻意，好像她在斥责我的吻的方式，用犹豫不决的标识优雅撤退，并非不体面，但同样是一种惩罚。

谁会介意自己的手掌被吻呢？就算是昨晚那个乞讨的女人亲吻我的手掌内侧，我也会让她亲。我尴尬地看了她一眼，意思是，我知道，蛰伏。

"你弄错了。"她解释道。我目瞪口呆。现在又怎么了？

"围巾！"

"围巾怎么了？"

"我告诉过你。我讨厌这种结。"

她解开我的围巾，按照她喜欢的方式重新打了个结。

这个结会一直伴随我到家，我了解自己。我还想再多留一会儿，即使家里是那么温暖。一丝不挂，只剩克拉拉的结。就这样把我绑在结里面。昨晚我故意解开围巾，以表示我有自己的做事方法，但那是昨晚的事。

那个门卫伊万或鲍里斯或费奥多尔为她开了门。我说我会打电话的。但我想让她觉得我不一定会打来。也许我自己也这么想。然后她进去了。我看着她走进电梯。

我记得昨晚走廊里刺鼻的香水味和那股模糊的老式电梯的味道融合在一起的气味，仿佛是在欢迎我来到她的住处。

我站在那里整理思绪，试图决定是走到110号街的火车站，还是干脆叫辆出租车。我想知道在我们告别的几分钟后，她家那栋楼里哪扇黑暗的窗户会亮起来。我应该多待一会儿，看看是哪一扇窗。但我真正想看到的是她冲出门来找我。有些迹象在告诉我，她脑海里也有同样的冲动，她当时就在犹豫，这可能是她还没有开灯的原因。我又等了几秒钟，然后想起我并不知道她的公寓在大楼的哪一面。

我走到106号街和西区的拐角处，比以往任何时候都更加确信我不会再见到她了。

我穿过马路来到了斯特劳斯公园，雪花在路灯的光晕下蜂拥而至，当我望向上城区，望向河那边和远处灯火斑驳的新泽西时，雪变得越来越密集。整个晚上，我都想着她穿的那件超大尺寸的毛衣，甚至在看电影的时候，它让我想到了一条能让两个人共享的粗糙羊毛毯。我想知道它包裹之下的世界是什么味道，是像我的世界一样带着稀松平常的气味，还是一个完全陌生的世界，带着像赤道果实一样新奇和刺激的气味。我想知道在克拉拉身边生活会是什么感觉，我们各自生活的城市有什么不同。当一个人成为克拉拉时会如何思考？如何读心？也会总是盯着别人看吗？当人们说话时，会对他们嘘寒问暖吗？还是他会像其他人一样？当她盯着我看时，我是什么样子的？她心里会不会在想："哈，他很想吻我，我知道，他想把手伸进我的衣服里，就像昨晚英奇做的那样。他还以为我不能告诉他，他的'奇诺'①在作祟。"

我独自一人想着她，抱着心中的那抹红晕不放的感觉真好。在这里，在过马路之前，她曾对我说起利奥·切尔诺维奇②丢失的《汉德尔的咏叹调》和《萨拉班德舞曲》的钢琴谱，就像人们说起悬案和丢失的传家宝一样。我想知道我面前的鞋印是不是她的。因为自从我们向她的住处走去之后，就没有人再踏上公园的这一边。她哼唱了开头的几小节，和我昨晚听到的声音一样。只是一个声音，我想。然而⋯⋯

当她问我是否想在某一天听听切尔诺维奇丢失的钢琴谱故事时，我说道："我很乐意。"

当我从昨晚进入公园的地点走进公园时，我知道我将再次踏入这个寂静且带着仪式感的境地，这是一个柔和、安静、淡雅的世界，时间停滞，人们会想到奇迹和静谧之美，想到最难得到也最为向往之物，以至于即便最终获得了它，也很难相信，且不敢触

① 译注：Guido，《汽车总动员》里面小小的换胎车。
② 译注：剧作家。

碰，并会在不知情的情况下拒绝它，重新考虑它是否真的属于我们。当我在她的门卫面前过早地扣上大衣的时候，不正是这样做的吗？这表示我可以在无言中告辞，不提起再次见面，也不提起上楼或留在楼上？为什么我要表现得如此冷漠，这对于一个两岁的孩子来说都是明显的举动……这很奇怪。不，不是奇怪，是很典型。一天的时间并没有改变我们之间的关系。如果说有什么变化，那就是现在的距离更远了，而且凝固成了更尖锐、更杂乱也更崎岖的东西。

我在公园里闲逛，看着周遭的一切，我知道我不介意悲伤，不介意失落。我喜欢在有她出现的公园里流连，我喜欢这雪，喜欢这寂静，喜欢完全迷失方向，喜欢失落——哪怕只是因为我感觉自己回到了昨晚的不眠和狂喜。你可以经常来这里，在每一次希望都破灭之后来这里，我会把你恢复如初，给你一些值得回忆的美好事物，即使你已经失去了一切，但只要你来，我将用爱面向你。

我把昨晚坐过的那张长椅上的雪清理干净，然后坐了下来。让一切都像昨晚一样。我冒着被她从窗口看到的危险，抱臂坐在那里盯着光秃秃的树。公园里没有人，只有那座雕像，它那穿着凉鞋的消瘦的脚上面满是积雪。在我身后，轮胎链条有节奏的响声让我想起了老式巡逻车。果然，一辆警车不知从哪里冒了出来，在106号大街上转弯，来到一辆停着的巴士旁。两位司机问候着彼此。而后，巡逻车猛地一转身，急速掉头，开始在西区飞驰。那是拉洪警官和另外两名警察。好在他没有看到我。他们三个警察坐在一个车厢里，有三瓶啤酒和一颗卷心菜——如果魔法消失了，灰姑娘是不是就要回来继续拖地了？

所有沉默都降临了。

离我最近的那根灯柱似乎又像昨晚一样向我探过身来，急切地想要帮助我，尽管它仍然不知道如何才能帮我。

我想知道这一切意味着什么？那份注视，那份亲密，那个亲密的拥抱，那个拥抱和匆匆的两个法式吻，那段关于她是如何了解自己的话，那句告诉我不要显得那么忧郁的话，还有那么多关于"蛰伏"的对话，以及掺杂在丢失的钢琴谱中关于爱和训诫的暗示，所有这些都带着一种我无须倾诉的苦涩，因为这可能会摧毁一切，就像爱痕尽头的毒液。

毁掉什么？帮帮忙吧！

"别爱上我。"就在那时，她在我耳边吻了一下——"你真好闻"，像是嘲笑和诉说事后的想法。毒液，毒液，毒液。毒液和解药，这就像在一个寒冷的早晨，温暖蓬松的面包刚出炉，面包皮突然碰到了你的牙龈，把地球上最美妙的味道变成了难闻的、令人作呕的黏稠物。没有"事情"，好吗？不要愁眉苦脸，不要闷闷不乐，不要内疚，好吗？因为这可能会变成她的地狱。现实点吧，这位来自缅因州消沉的女继承人在打开堡垒之前，并没有拨动钥匙。这个轻佻的女子永远说着隐语，帮帮忙吧！还有那些关于"蛰伏"的对话，真是废话连篇，哗众取宠！

我听到巴士司机打开引擎的声音，车里面的灯闪烁着，玻璃窗后的橘黄色雾状光芒是多么温馨，是避寒的天堂。只有我和巴士司机。

也许我该走了，尽管我还不想走。突然，我有个想法——我应该给她打电话，不是吗？现在就打给她。我应该说些什么呢？我应该想办法说点什么，是时候做点什么了，而不是总等着别人行动，为了改变，为了参与其中，要说出真相。"我今晚不想一个人"——好了！她知道该怎么说。她会让谈话继续下去，即使她不得不说"不"，那也是一种善意的"不"，就像"不能，蛰伏，明白吗？"。但听她这样说"不能，蛰伏，明白吗？"，就像开始一种不情愿的爱抚，徘徊在你脸上，然后直接瞄准你的嘴，解开你的心。我拿起手机。她是几个小时前最后一个打给我的人。我们在排队时交换了号码，她说，我给你打吧，这样你就有我的号码了。这是在警告之前，在我们的电影票被引座员揉成废纸团之前。这是她的号码。我的心一下子就沉了下去，因为这个任务似乎超出了我的能力范围。"除了打电话，你还打算对我做什么呢？"手中的手机似乎在问。我想象着她电话号码那十个数字发出的尖锐声响，就像钉子敲进岩石碎裂的声音一样，紧接着是铃声本身发出的威胁般的击鼓声。"是这首曲子"——我曾取笑她说只有花哨的人才会用这样的曲子作为铃声，暗示她做作地守旧，甚至她给我电话号码的方式，都让我觉得有些珍贵。现在轮到她的号码来取笑我了，就像一只小小的爬行动物，在宠物店里，当售货员让你用手指头揉它的肚子时，它看起来十分温顺，但现在它却咬住你、撕扯你的指甲。她理直气壮地把自己的电话号码说了出来，她说因为她母亲就是这样做的，而且她对极少数她觉得"舒服"的人也是这样做的。这意味着，你是能立刻明白她的"旧世界"和你的"旧世界"一脉相承的人。虽然你们不是完全的同一类人，因为在你身上过时的东西，在她身上却是复古时髦的前沿。尽管我们的曾祖父母辈有共同之处，但我们可能根本不属于同一族。就是这样！这首铃声的曲子属于幸福的少数人。

我想到她的电话被历代绝望的男友打过。当你在深夜打给她时，它将如何响起？她能否从铃声中判断出它是来自无奈、愧疚、愤怒、责备，还是来自响了三声就挂断的羞涩？嫉妒是不是有一种泄露真相的铃声，比来电显示中所想象的更响亮？

哦，英奇，他今晚打了多少次电话？他现在就会打给她。我也会。我想象着给她打电话的情景：铃声响了一次，响了两次，突然，她接了电话，用生气的口吻接听。我可以听到背景音中的流水声。派对结束后，灰姑娘在擦地板。那是英奇？不，我不想让自己变成英奇。但很明显，我就是这样做的。现在我想不出接下来该说什么，怎么说出我今晚不想一个人？如果一个女人不让你说这些，她一定是疯了。

一辆104路巴士停在了106号街和百老汇的拐角处。我及时赶上了它，在坐下之前，看着公园渐渐消失在暴风雪中。我可能再也看不到这个地方的雪景了。在我刚开始相信这里的时候，我就知道我在骗自己。我明天晚上、后天晚上、大后天晚上都会来，不管有没有她，不管有没有侯麦，我都会坐在这里，希望找出一种方法避免想到我两晚都失去了她。一直以来，我感觉我在用她的面孔屏蔽自己在夜晚的所有谎言，只要能想到我在黎明时分并不孤单就好了。

那天晚上晚些时候，我被扫雪机的巨响惊醒。突然间，我再一次被一种美妙的感觉所充斥，我只能称之为喜悦，这是帕斯卡在皇家港口的某个夜晚，在他独居的房间中说的话。

这让我想起了那个时刻——我们走出酒吧，发现大雪笼罩着105号街。我们的手臂不停地触碰、摩擦，直到她挽住我的手臂。我希望我们的同行永远不会结束。

我下床向窗外望去，看到曼哈顿的屋顶和小巷都被白雪覆盖，这是多么安详的场景，也许是它让我想起了布拉塞镜头下令人惊叹的黑白景象——巴黎，或克莱蒙费朗，或任何法国省城的夜晚的屋顶，我内心迸发的喜悦在卧室里施下了无限的"魔咒"——当我蹑手蹑脚地走到书桌旁的另一扇窗前，想一睹夜色世界中的另一番景象时，我发现自己在尽力避免发出任何声音，不让木地板在我脚下吱吱作响。当我把窗户升起一丝缝隙让冷空气进来的时候，也尽量不让窗框上老旧的重力平衡提拉物件发出明显的响声，我不想让任何事打破寂静，因为站在那里看夜色，我可以很轻易地相信我被窝里藏着一个和我一样难以入睡且浅眠的人。当我回到床上时，我会尽量放缓动作在床右侧找到一个位置，静静地躺着等待入睡，同时又希望不要这么快睡着，直到我把她偷偷放进梦里。

我明日的第一件事，就是冲出门吃早餐，然后去见我的朋友们，试着告诉他们克拉拉的事。之后我会在百货公司里闲逛，在惠特尼吃午饭。尽管是在圣诞节第二天购置圣诞礼物，但这一切都被一种羞怯的预感打断了，那就是今晚可能会重演，一定会重演，也可能永远不会再重演。

我的思绪又一次回到了那一刻，就是我们走出酒吧，发现大雪笼罩着105号街的那一刻。她亲吻了我的脖子，告诉我不要抱有任何希望之后，她将手臂挽住我的手臂，好像在说"不要在意这一切，也永远不要忘记这一切"。现在，在黑暗中，她的身躯靠着我，也一同笼罩着我的记忆，好像我只需说她的名字，她就会出现在被窝里。只要移动一寸，我就会碰到她的肩膀、膝盖，一次又一次地低声呼唤她的名字，直到她也在低声呼唤我的名字，我们的声音在黑暗中交织在一起，就像古老故事中，一对恋人用同一个身体玩求爱游戏。

第三夜

第二天早上，我正在洗澡，听到楼下的门铃突然响起。我跳出浴缸，跑过厨房，对着门口的对讲机大声喊道："是谁？"水滴到处都是。

"我。"对讲机里传来了含糊不清的声音，那不是门卫的声音。

"谁？"我气急败坏地对着送货员喊道。

"我。"还是那个声音，接着是片刻的沉默。"我"声音重复道："我。"又停顿了一下，"我，舒科夫。我，蛰伏。味噌汤，还是沙拉。我，忘得真快。"

再次沉默。

"我要开车去哈德逊。"她喊道。

我迟疑了一下。"哈德逊？你想上来吗？"我问道。她要上楼的念头就像一种下流而罪恶的刺激一样席卷了我。让她看到我支离破碎的世界，我的袜子，我的浴袍，我肮脏的瑞格布恩①衣物，我的生活。

————————————————————

① 译注：Rag&Bone，以牛仔裤起家的美国品牌。

"谢谢，不用了。"她不介意在大厅里等我，只是不要太久。
她问我："在睡觉？"

"没有，我在洗澡。"

"什么？"

"洗澡。"

"什么？"

"没什么。"

"快点吧。"她喊道，好像我已经答应要去一样。

"其实……"我犹豫了一下。

一片死寂。

"其实什么？你有那么忙吗？"她脱口而出。

对讲机里的电流无法掩盖每个音节中爆发的讽刺。

"好吧，我五分钟后下来。"

她一定是从门卫那里抢来的电话，我想。

我想在街角那家希腊餐厅吃一顿平常的早餐都吃不上了。

一直放在收银机旁的等待人们拾取的报纸，我从来都不屑于拿起来并完成上面的填字游戏。只要他们看到我在雪地里蹒跚而行就会准备好欧姆蛋、薯饼、一小杯橙汁，还有一小包加工得很好的果酱。他们知道我需要什么。我会和女服务员说几句希腊语，假装我们在调情，说完就走，然后向外面凝视，让思绪飘散。我几乎能听到门的所有声响，插销长期被插上，接着是铃铛的响声和玻璃板的咯吱声，当人们快速地把门关上，因为寒冷而搓着手掌，扫视着窗边的一张空桌子，然后坐下来，等待的时刻，人们都会盯着外面，让自己的思绪飘移。

就在六个小时前，我还站在她的楼外，看着她消失在电梯里。

现在，她站在我的楼外，等待着。突然，昨晚我在床上对她说的话，一字不差地浮现在我的脑海里："你记得在106号街的那次散步吗？我希望它永远不会结束。"我希望我们一直走下去，走到河边，走向市中心，谁知道现在还能去哪里，经过她曾经告诉我帕维尔和巴勃罗住过的码头和船只，到达炮台公园城，然后穿过大桥走到布鲁克林，一直走一直走，直到天亮。现在她就在楼下。"你记得在106……"这句话在我的脑海盘旋，就像我昨晚没能弥补的秘密愿望。我想乘电梯下楼，系好浴袍，走入大厅，告诉她："你记得在106号街的那次散步吗？我希望它永远不会结束。永远不会结束。"我在匆匆擦干身体的时候，一想到要对她说这些话，我就想立刻与她在一起。

当我终于在楼下大厅见到她时，我抱怨说，在早上八点把人从家里拖出来不合时宜。

"你喜欢这样。"她打断我的话，"上车吧，我们在路上吃早餐。看！"

她指了指银色宝马车的副驾驶，两大杯咖啡被随意地放在副驾驶座上，而不是放在杯架里，这是她典型的对小事情的不耐烦。另外，还有一些看起来包装整齐的玛芬蛋糕。"就在你家附近买的。"她说。她不是为别人买的，而是为我，看来，这意味着她知道她会找到我，知道我很乐意跟她一起去，知道我喜欢吃玛芬蛋糕，尤其是这种隐约有丁香味的玛芬蛋糕。我在想，如果她没有来找我，她会闯进谁的房间？还是说我是一个"备胎"？为什么会有这样的想法？

"去哪儿？"我问。

"我们要去拜访一位老朋友。他住在乡下，你会喜欢他的。"

我什么也没说。又是一个"英奇",我猜想。为什么要带我一起去?

"他在战前离开德国后就一直住在那里。"她一定是从她父母那里继承来的这种说法。他们称之为"战争",而不是"二战"。"知道一切……"

"……的一切。"我知道这些说辞。

"差不多吧。他对每首歌都了如指掌。"

我想象着一个焦躁不安、穿着"时装"的老人,穿着磨损的拖鞋,围绕着一个大留声机蹒跚而行。"告诉我,亲爱的,几点了?[①]你知道哪片土地有柑橘盛开吗?"我想揶揄他。"另一个克诺维塔尔·雅克[②]。"我说。

她听出了我的怀疑和我试图表现的幽默。

"他在这里和其他地方生活的时间,比你和我加在一起乘以八的三次方还要多。"

"你别说了。"

"我要说。他回到了瑞士一个神奇的湖边小镇上——在所有犹太人都被世界围攻的时期,只剩下欧洲的一小片地方。在那里,我的父亲、汉斯与弗雷德·帕斯捷尔纳克相遇了,这就是为什么我父亲坚持让我在那里上一段时间的学。为了解答你的疑虑,麦克斯曾为帮贝多芬翻过书琴谱的人做过同样的事,那位也是贝多芬最后一个学生。我很崇拜他。"

我讨厌她盲目崇拜。但毫无疑问,她也讨厌我毫无意义的嘲

---

① 译注:电影《卡萨布兰卡》中的台词。

② 译注:Knöwitall Jäcke,侯麦电影中的人。

笑。"所以，请不要比作克诺维塔尔，"她重复了我的话，以减轻她的责备，"我们需要听一些他发掘出来的东西，非常惊人。如果你想知道的话。"

一股寒意突然在我们之间盘旋，为了避开它，让它消散，我们保持着沉默。这种沉默不仅告诉我，思绪在别处，或者说愤怒阻挡了我们之间的某些东西，还告诉我，她和我一样，不想引起别人的注意，正拼命地挣扎着挽回局面。

我想，这是一个好兆头。

这时为了掩盖沉默，或许是为了显示她生怕感到紧张，也为了显示她并不担心被我发觉，她开始播放亨德尔的CD。

她一定知道我在想什么。

我微笑回应。

如果她昨晚怀抱着一个镜像的我，在未开口说"你记得在106……"时，会怎么样？"我知道你在想什么。和你的完全不一样。只是紧张的气氛让你想读懂我的想法。"还是会更严厉——"你没有权利这样说雅克先生，看看你现在对我们做了什么"？

我们在河滨大道上。很快，我们就会来到112号街的雕像处。两天前，在那里的片刻，我曾享受过在暴风雪中被困的感觉，那段时间似乎永远持续下去。我试着回忆那个晚上，积雪封住的山岗，不知从哪里冒出来的阿尔卑斯山，还有电梯、派对、树、女人。现在我坐在克拉拉的车里，急切渴望把紧张的气氛抛在脑后。我看着蒂尔顿的雕像来来去去。两天前，它在雪中显得如此隽永，如此中世纪风格镌刻的幸福。现在，当我坐在车里飞驰而过时，它几乎不记得我是谁，也和我无法再拥有共同的想法了。我答应它，也许会在回去的路上重逢，我会停下来思考时间的流逝。看着这个雕像，它和我……我会用我的方式提醒她，那天晚上我们是如何站在阳台上看着永恒的，鞋子、玻璃、雪、衬衫、百乐宫，关于她的伤痛的一切都变成了诗。这就是诗，不是吗？那天晚上的散步，还有昨晚的散步，"你记得在106号街的那次散步吗？""我整天都在想你，整整一天。"

"今天的天气真糟，不是吗？"

"我喜欢阴天的日子。"我说。

其实，她也喜欢。

"为什么说糟呢？"

她耸耸肩，没回答。

大概是因为天气似乎是最容易说的话题吧？因为我们都会说一些缓解紧张气氛的话吗？有那么一瞬间，她似乎在别处，在远方。

然后，在几秒钟之内，她毫无预兆地说"那么……"，我立刻就知道她要说什么了，我就知道——"你昨晚想我了吗？"她问道。仿佛这就是她计划好的方向，在播放亨德尔的CD之前，在车里的气氛变得紧张之前，在用对讲机嗡嗡地叫我之前或者在拐角处买两大杯咖啡之前。她直直地盯着面前，好像忙得没有时间看向我，尽管很明显她会看穿我说的任何话。

没有必要再拐弯抹角了。"我昨晚梦见了你。"

她什么也没说，甚至没斜眼看过来。

"我知道。"她最后回答道，就像一个心理医生很高兴地看到，下一个疗程开始时病人已经有了预期的效果，所以在一个疗程结束时都几乎心不在焉地开药，"也许你应该打电话给我。"

不知道是从哪里冒出来的，或者说这是她用自己的方式来突破我所假定的陌生人之间的界限？当涉及微妙的话题时，她很坦然。

也许她和我一样都觉得承认是很容易的事，大胆发问更加容易，但解决起来可能是痛苦和折磨人的，就像人们隐藏的往往不是激情而是渐渐的兴奋一样。真理像玻璃碎片一样突出来，但它来自内心的小冲突，也许是因为它的起源更接近于恐惧而不是暴力。

我思考着。

"你会希望我这样做吗？"我问道。

沉默。然后她突然说："你左边的白灰色纸袋里有玛芬蛋糕和百吉饼。"

她知道怎么回。

"啊，我左边白灰色纸袋里的玛芬蛋糕和百吉饼。"我附和道，好让她放心。她明显故意地回避并没有让我失望，但我不会再追问下去。

我花了很长时间才检查完白灰色纸袋里的东西。我最后吃的是半天前克拉拉做的大蒜奶酪三明治。

"可以在车上吃东西吗？"

"可以。"

我掰下一部分奶油蔓越莓玛芬蛋糕的顶部，然后拿给她。她接过来，满嘴塞满食物，点了两次头，以示感谢。

"可以让我尝尝其他口味的玛芬蛋糕吗？"

她的嘴里还塞得满满的，差点笑出声来，她点头示意要我去拿。

"绝对要把……我左边这个白灰色纸袋里的其他东西找出来。"

她似乎在假笑中耸了耸肩。我们结束了紧张的时刻。

她的手机响了。

"说话。"她说。

有人在问她。"不行，我在开车。明天吧。"她挂断，然后关了手机。再次沉默不语。在路上吃早餐，我想。"我喜欢这样吃早餐。"我终于说出口。但她和我同时开口："你昨晚没有打电话是因为什么？"

所以我们又回到了这个话题。她不会放过这个问题的，这是个好兆头吗？如果是这样的话，为什么我感觉到我们之间有种非常尴尬和不安的冲动？尤其是在我刚才的坦白之后，我没有什么可羞耻的了。还是说，我的坦白是为了让她震惊到足以让话题立刻终结，表明如果我愿意，我可以说出全部真相，但前提是我们要把门关起来？我最不想告诉她我为什么不打电话，尽管只有这件事才是我现在最希望告诉她的。我也想告诉她昨晚的事情，当我想起酒吧里照在她皮肤上的光线时，我是如何醒来的；当她把我叫到楼下的时候，我还在想，我是如何想穿着浴衣跑下楼，表明我对她的声音有何反应的。

"因为我不确定你是否愿意我这么做。"我最后说。

为什么没给她打电话？难道我只是装作不想告诉她？还是我根本不知道该怎么告诉她？我能告诉你什么呢，克拉拉？我会遵守你的规则，即使我不想这样做。我没有打电话是因为我不知道在"是我，我今晚不想一个人"之后，我会说什么。

"我为什么不打电话呢？"我努力坦然地重复了一遍。出乎意料的是，救我的那句话正是她昨晚说的："只是蛰伏，克拉拉。我想像你一样。不想扰乱这个宇宙。"我知道这是在逃避。我和她一样，直视着我的前方，我的坦白带有一种早有预谋但又半开玩笑的调皮。我有蔑视"蛰伏"的意思吗？我是在用它来对付她？或者我是想表明我们的共同点比她猜想的还要多吗？虽然我不知道那是什么，但我什么都没有，却急切地需要她认为我有，好让我自己相信吗？

直到我说出她的"蛰伏"才意识到，我在车里、昨晚、聚会上，甚至生活中的真实状况，远比我想假装挣扎去表现一个顽皮的表情所要传达的真相更接近。

但我意识到，我还没有告诉她我为什么没有打电话，也许她正在等待我的答案。

"听着，我想我需要说点什么。"我终于开始说话，不知道到底要说什么，只是说话的时候声音里带着抗议和凝重。我觉得我服从了一种冲动，我想说出有意义的、无比诚实的话，这些话一定会驱逐我们之间所有的暧昧。

"你不需要说什么。"她突然说，我都忘了她讨厌用"需要"开玩笑。

"我只是想说，我们大多数人在这样或那样的修理厂里等待。"

她看着我。

"不，你没有。"

难道她又一次在我面前看穿我了吗？或者，我更愿意这样想：她不认可我的取笑，认为这是一种迟到的报复，报复昨晚她警告我不要破坏气氛吗？

为了缓解气氛，我又说："现在每个人都在蛰伏，包括那些过着幸福生活的人。说实话，我甚至都不知道这个词是什么意思了。"如果她问起，我一定会想办法解释，我只是用她的话做掩饰，就像一个孩子在寒夜依偎在成人的毯子里一样。借用你的话，钻进你的世界，钻进你的毯子里，克拉拉，仅此而已。因为虽然说出来很伤人，但你的呼吸比我的话更真实，因为你是直率的，而我是迂回的；因为你会毫不犹豫地冲过雷区，而我却被困在这错误的河岸的战壕里。

"我想我得再跟你要一块玛芬蛋糕了。"

我们都笑了。

她说，我们离哈德逊河不远，将沿着河岸一路向北，有一条她讨厌的塔克尼克大道。我们边开车，边忙着吃早餐，就像我们昨晚慌忙地吃晚餐一样。我开始想，也许让我们走到一起的无非是渴望与一个相似的人保持沉默，那个人要求很少，但会付出很多。我们就像两个病人，比较着体温表，交换着药物，很高兴我们找到了彼此，并准备好用另一种方式敞开心扉，那是我们以前很少用的方式，只要我们都心照不宣，康复期并不会持续太久。

"那么，你昨晚有没有想我？"我把这个问题抛回给她。

"我想你了吗？"她重复了一遍，看起来有些茫然，有种不言而喻的气势：问得太不合时宜了！"也许吧。"她终于回答道，"我不记得了。"她随后停顿了一下："可能不记得了。"但那种我方才假装出的狡猾表情告诉我，她的意思恰恰相反："可能没有。我不记得了。"随后停顿了一下，"可能吧。"

在我们之间再次爆发的角逐中，装作漠不关心会多得一分吗？还是通过炫耀她聪明地避开了一个明显的陷阱会多得一分？还是说，她通过再次证明自己是两人中最大胆、最诚实的一个，会多得一分？难道得分才是她最重要的事情？

我又看了看她。她是在忍住不笑吗？或者她只是对着我拼命想追上她的记分牌而咧嘴笑？

我递给她一块玛芬蛋糕，意思是，休战。她接受了。现在比起我们之间紧张的时刻，更没有什么话可说了。所以我向外望着河，直到看见一艘停在哈德逊河正中央的大货船，上面用大大的仿哥特式红黑字体写着"奥斯卡王子"的字样。

"奥斯卡王子！"我打破了沉默。"我想再要一块奥斯卡王子。"她说，她以为我无缘无故叫玛芬蛋糕"奥斯卡王子"。

"不是，是船。"

她看了看左边。

"你是说'普林茨·奥斯卡'？"

"他是谁？"

"没听说过他。巴尔干半岛某个已经不存在的国家里默默无闻的王室吧。"

"除了在《丁丁历险记》里。"我补充道。"或者在希区柯克的老电影里。"她反驳道，"或者他是个矮矮胖胖、单眼皮的南美'独裁淫贼'，在幼女的父亲面前折磨她们，然后再强奸她们的祖母。"我们两个人都没有通过这个笑话把气氛变得活跃起来。我们在路上飞驰，一辆车突然从右边拐进了我们的车道。

"普林茨·奥斯卡，"她对着车大喊，"白痴！"

她的宝马车猛地冲到快车道上，加速冲向前面的那辆车。克拉拉盯着那辆车的司机，又口出狂言："普林茨！"

司机转过脸来奸笑着，举起他的左手，轻轻向我们竖起中指。

克拉拉没有再浪费一秒钟的时间，笑着回敬，突然，摇摇她的手，做了一个非常下流的手势。"普林茨·奥斯卡，你个白痴！"那人似乎完全被这个手势打败了，在我们前面跑走了。

"这会给他教训。"

她的手势比那个司机更让我吃惊，看起来是黑社会的手势。她的手势似乎来自冥冥之中，我绝不会把她和那个手势联系起来，也绝不会和亨利·沃恩联系起来，也绝不会和那个花了几个月时间研究西班牙民歌，然后在凌晨为我们唱起蒙特威尔第的《我也望着你》的人联系在一起。我被震撼了，无言以对。她是谁？这样的人真的存在吗？还是说我是个怪人，这么容易被这样的举动吓到？

"还有没有普林茨·奥斯卡？"她伸出右手问道。她到底是什么意思？"'一点点'玛芬蛋糕。"

"马上。"

"我想可能还剩一个铺路石。"她说，"已经吃完了。"

她盯着那两杯咖啡说："可以在我的'奥斯卡'里再放一颗糖吗？"

她一定是感觉到了她的手势让我很不高兴，就把所有的东西都称为"普林茨·奥斯卡"，这是她化解我对她的手势的余震的方式。但她也提醒了我，我们一起创造一个属于自己的小世界是多么容易，有自己的暗语、反问和幽默。再过一天，我们的词典里就会增加五个新词。再过十天，我们就不再说英语了。我喜欢我们的暗语。

就在我们的前方一艘大型驳船出现在眼前，让我想起了聚会当晚停在106号街外浮冰间的巨型驳船。当时我就一直在想"崇拜"这个词。

"又一艘普林茨·奥斯卡王子。"我说，轮到我说暗语了。

"这更像普鲁斯国王。"她纠正道。好像我们看到的是一艘恐龙驳船，在它后方伸出一个巨大、丑陋、愚蠢的头。这种东西不可能自己穿越大西洋，可能是从另一条河过来的。克拉拉喝了一口咖啡。"你搅得不错。"

她取出了亨德尔的CD。

"巴赫的？"她说，好像在问我是否介意换成巴赫。

"巴赫的音乐也很好。"

她把CD塞了进去。我们听着钢琴曲。她说："我们到那儿的时候，还会听到这首曲子，所以请做好准备。"

"你是说在克诺维塔尔先生家？"

"别像个普林茨·奥斯卡一样，好吗？你会喜欢他的，我保证，而且他也会喜欢你的。"

"走着瞧。"我说，似乎被巴赫的音乐所吸引，同时又假装我在努力忍住对克诺维塔尔先生的轻蔑评价。

"如果他其实是个十足的讨厌鬼呢？"我终于忍不住说道。

"如果你喜欢他呢？我只是想让你了解他。这么说不过分。别再这么刁难了。"

我喜欢被告知"不要再刁难了"，这使我们的距离更近了些。我喜欢的不仅仅是让我们更亲近的熟悉和埋怨的气氛，甚至不是她最后说的"别像个普林茨·奥斯卡！"——意思是可怕的势利眼、可怕的幼稚、可怕的愚钝，我喜欢的恰恰是大家一直对我说的"别再这么刁难了"。她从很早以前就在说我的"语言"。就像在空无一人的公寓里找到了童年的声音，或像在克拉拉今早带来的玛芬蛋糕袋里闻到了丁香和祖母的香料配方的味道。

"来，拿着这块。"我找到了一小块藏起来的玛芬蛋糕。

"你都拿着吧。"我坚持说。她像第一次一样，用点头的方式感谢我。

克拉拉喜欢开着她的跑车超速行驶。薄雾中的锯木厂公园路忽然开阔起来，无尽延伸到未知的、看不见的地方，我希望可以永远这样。

"你数学好吗？"

"还行。"她为什么要问？

"那就完成这个序列。1，2，3，5，8……"

"简单，这是斐波那契序列。13，21，34……"

片刻之后。

"这个：1，3，6，10，15……"

这费了一些时间。

"帕斯卡三角形：21，28，36……"

她总是快人快语："现在试试这个序列：14，18，23，28，34……"

我仔细想了一会儿。但我解不开。

"解不开。"

"它就在你眼前了。"

我尝试了各种仓促的计算。什么也没算出来。为什么她总是善于让我感到如此笨拙和无能？

"不行。"

"42，50，59，66……"

"你怎么算出来的？"

"这是百老汇本地的站点。你看不到眼前的东西吗？"

"很少看到。"

"明白了。"

克拉拉·布伦施维克，我想说，什么是布伦施维克？"克拉拉，我昨晚没有打电话是因为我胆怯了，我都把电话拿出来了，但又觉得你不想让我打，所以我没有打。"

"所以你反而向我制造了爱。"

"所以我反而向你制造了爱。"

她选对了日子。今日一切尽是白色，太阳没有破云而出，冰霜从银灰色车身一直蔓延到白灰色车道，在我们之间布下寒意，但车里还是有一股暖意在我们之间，这暖意一部分是克拉拉的心情，一部分是她带来的早餐，一部分是圣诞节，还有一部分是萦绕"你昨晚有没有想我？"的昨夜余晖，就像圣人雕像上的光环。又一次沉默无言。

"我一直期待着你能打给我。"

"你反而出现了。"

"我反而出现了。"

不过，去拜访一个正用早餐的人并且也不担心他会说不，这是多么有胆量啊。她就是这样介绍自己的。她就像这样在电影院等待。她就像这样生活。她就像这样做一切事。我羡慕她。

当我们避开塔克尼克大道，沿着普通公路疾驰的时候，我希望她能再想出一些惊喜，也许明天吧。而后，在意识到这个想法的名字叫"希望"之前，我便扼杀了它。

这就是她对每个人的态度——先是跳出人们的视线，然后又闯进来；她会先开口说话，然后戛然而止。直觉告诉我，虽然她和我在一起的时候总不愿意接电话，而且昨晚已经到很晚了，但在我把她送走之后，她还是会找时间给英奇打电话。还有我们要去看望的那个老人。他根本不知道她会在这天早上出现，更不知道她是和一个陌生人一起来的。"你的意思是说，你就这样闲庭信步地开进他家，按几下喇叭，让他有时间洗脸、梳头、戴假牙，然后他就能大喊着：哟，猜猜是谁来了？"

"不，一离开艾迪家，我就要给他打电话。"

"谁是艾迪？"我问。我比以往任何时候都要茫然。"等着瞧吧。"又沉默了。我喜欢一无所知吗？不，我不喜欢。事实上，我才发现没有什么比这更让我喜欢的了。就像在玩捉迷藏，并且我从不希望眼罩被取下。

也许我喜欢被打乱的时间，因为我的日子和习惯都切成了零散的碎片。除非她把它们拼在一起，否则我什么都做不了，这是她的方式，让人捉摸不透。我昨晚不只是想到了你，克拉拉，如果你想让我告诉你，我一定会告诉你的，反正我也想说。

我不知道我们要去哪里，也不知道何时返程。我也不想抓紧时间去想明天的事情，毕竟也许没有明天。我也不想问太多的问题。也许我还在反抗，我知道"反抗"是那些早已投降之人彻底泄密的姿态。我想在车上表现得完全不紧张，但我知道，我的肩颈在上车的那一刻就僵硬着。昨晚看电影的时候可能就是这样，在酒吧的时候，还有我们散步的时候都是这样。一切都在催促我说点什么，不是说什么大胆而聪明的东西，而是说一些简单而真实的东西。一扇奇怪的门被打开了一条缝，我所要做的就是亮出我的通行证，推门而入。但我却觉得自己像一个怯生生地走向金属探测器的乘客，把钥匙、手表、零钱、钱包、腰带、鞋子、手机都放进去，然后突然意识到，如果没有这些东西，我就会像一颗坏牙一样赤裸而脆弱。脖子僵硬，牙齿断裂。我是谁呢？如果我的东西没在他们的小角落，没有清晨的小仪式，没有拥挤的希腊餐厅中的小早餐，没有我培养的痛苦和狡猾的小方法，假装我没有听出楼下尖叫着"我，舒科夫……"的女人——我昨晚带她上床的那个女人，在黑暗中，我把所有警告都抛诸脑后，要求她不要脱掉毛衣，这样我也可以溜进毛衣里，因为一想到我们赤身裸体地被毛衣笼罩在一起。我的一部分意识到，可以放心地打破闸门，让我的思想和她一起疯狂。现在我已经连续两晚搞砸了，十有八九，我会永远地失去她？

"你在走神。"

"我没有走神。"

她也讨厌走神的人。

"你安静点。"

"我在思考。"

"告诉我一些远方的事。"她停顿了一下，"告诉我一些我不知道的事。"仍然直视着前方。

"我以为你知道我的一切。"

我试图提醒她昨晚在酒吧的警告。

"那就说点我想听的吧。"

司机的特权是：不用看你一眼就能说出最无礼的话。

"比如说什么？"

"比如说我相信你一定能想到什么。"

我明白她想说什么了吗？还是我只是在想象？"比如昨晚送你回家，希望能多想出一个办法来避免说再见，因为还有很多话要说？比如不知道为什么这部电影似乎和我们纠缠在一起？比如想要一切重来？比如这样吗？"

她没有回答。

"比如你是想让我继续说下去，还是想让我停下来？"

我的意思是，这话听起来既像是雪崩来临前的警告，也是为了表明我只是在和她玩闹。无论我如何接近她，我都不会第一个消除她在我们之间放置的魔障幻影。

"比如你随时可以停下来。"她说。

这会教我在我们之间的滩涂上航行时寻求帮助。

"他们是在哪里培养出你这样的人的，克拉拉？"

起初她没有回答。"哪里？"她问，好像她不明白这个问题，"你为什么这么问？"

"因为要看清你太难了。"

"我没有秘密。我说过了。我和你在一起。"

"我想的不是秘密，而是你是如何让我说出一些我从未对别人说过的话。"

"哦，饶了我吧，普林茨·奥斯卡！"

我呆住了几秒钟。

"饶了你！"仿佛我让步只是为了迎合她，虽然我立刻觉得自己被怠慢了，却又松了一口气。

她笑了。"想不到脸红的是我，而不是你。"她说着，眼里含着泪水。

"允许我换个话题吗？"我说着，把在纸袋底部找到的最后一块玛芬蛋糕递给她。

"你想出来的话题，普林茨。"

我喜欢哈德逊河沿岸的这些小城镇，尤其是在这样一个灰白的日子里。二十年前，一些城镇可能还没有那些有码头和防波堤的工业小村大。现在，这些小城镇就像城市周围的其他地方一样，已经成了风景如画的周末村庄。在路边的斜坡上有一家小旅馆，我羡慕它的主人和那些在圣诞周坐在小餐厅里看晨报的人。

不，我更喜欢待在车里。

是的，但我想要和她一起坐在餐厅里，住在民宿里，或是在餐桌旁等着她下楼，然后坐在我旁边的座位上。假如今晚下了大雪，除了这里，我们没有别的地方可睡……

"那就告诉我一些别的事情，任何事情都行，普林茨·奥斯卡。"

"克拉拉，我很难跟上你的步伐，你一直让我变换'车道'。"

"也许是因为你有且只有一个目的地……"

"……并一再被警告说前方有维修……"

"……别忘了还有路障。"她纠正道，似乎也是在开玩笑。

克拉拉是个快车手，但并不鲁莽，我撞见她好几次改变车道，让不耐烦的司机先通过，但她并不是出于礼貌。"他们让我感觉紧张。"我很难想象她紧张的样子。

"我让你紧张吗？"

她想了一下："你想让我说有还是没有？两个我都可以。"

我笑了笑。在我的生命中，没有比这更让我伤脑筋的时刻了。我点了点头。

"嗯，很紧张，"她说，"我们之间发生了太多出世入世的事情。"

我什么也没说，我知道她的意思，但不知道她是喜欢这种亲密关系还是希望停止。

"公墓镇。"我打断她的话，指着西切斯特的一排公墓。

"我知道。"她说。

我看了看外面，意识到我们很快就能到埋葬我父亲的公墓。我不打算提这件事，只要我们一过小镇，我就不会再想了。如果我更了解她一些或者我不那么局促，也许我会请她从下一个出口掉头，沿途找一家花店，让她和我一起去那里短暂地祭拜一下。

父亲一定会喜欢她的。"恕我没有站起来。坦白说，这对腰背不好。"然后他会转身对我说，"至少这位女士，她的胆量和不入流的轻佻气质根本不是什么泼妇。"

我不知道是否有那一天，叫克拉拉停车，花几分钟时间去他的坟前看看。为什么我不这样做呢？如果我开口，她会毫不犹豫地带我去她父亲家，或者我父亲那里。为什么我昨晚没有打电话？为什么我就不能说：哪天你能听我讲讲我父亲的事吗？

我从未提起过我父亲。在我们回去的路上，我还会想起他吗？还是我会选择恨自己用第二次死亡埋葬他，沉默和耻辱的死亡，我已然知道这是对我的犯罪，并不是对他的犯罪，也不是对爱的犯罪，而是对真理的犯罪。悲伤的代价很大，只能一点点缓解；而那些沉默和耻辱，没有人会愿意去碰触。

过了一会儿，她突然向右拐上了一个出口，进入了一个像旧渔村的地方，一根看着有年头的桅杆标志着小镇的中心。在离加油站不到十码的一家僻静的五十年代糖果店前，她把车停了下来。"我们要停一会儿。"砖砌楼梯上一块褪色的瓦片，写明了这个叫"伊迪"的地方。

我喜欢一下车就迎上来的凛冽空气。

伊迪是一家完全无人光顾的蓝领工人的快餐店。

"诺曼·洛克威尔来到偏僻的小村落。"我说。

"要喝茶吗？"克拉拉问道。

"茶很好喝。"我说，决定跟着玩。

克拉拉立刻把大衣丢在面向哈德逊河的大窗户旁的牌桌上。"我去上厕所。"

我一直很羡慕那些毫无顾忌就能说自己要上厕所的人。

一位五十多岁的女服务员，她的名字用粉红色花体绣在蓝色条纹围裙上，她端来两个空杯子，杯子里挂着两个立顿茶包。她的左手食指穿起两个杯子的把手，右手拿着一个盛着热水的圆形玻璃水壶，里面装着热水。

"伊迪？"我问她。点头以示感谢。

"是我。"她回答着，把杯子放在牌桌上，倒上开水。

我坐了下来，面对着两扇窗中最不吸引人的窗外景色。一个漂浮的小屋，看起来像是一个废弃的冰钓小屋。意识到克拉拉那边有一个倾斜生锈的棚架式码头时，我改变了主意：也许溪谷下游那艘漂浮的驳船景色不是那么丑陋。我一直拿不定主意，直到我感觉到咖啡店后面有一个燃烧着木头的壁炉，突然有了飘窗的错觉。我把两个杯子拿到壁炉旁的遮蔽处，连这里的风景也更好看了。六分仪纪念品和超大号的海泡石烟斗之间挂着两幅小画：一幅是仿制的雷诺兹的肖像；另一幅是一头蹒跚的公牛，斗牛士用军刀刺穿了它的脊柱。

克拉拉走过来，坐下，用两只手捧起杯子，这个动作表明她最喜欢的莫过于手掌碰触着杯子的温暖。

"一百万年以后我都不会发现这个地方。"我说。

"没有人会发现。"

她坐着，像昨晚一样，两只手肘支在桌子上。

你的眼睛，你的牙齿，克拉拉。我想用手指触摸她的牙齿，也从来没有在白天看过她的眼睛。我寻找着它们，害怕着它们，挣脱着它们。告诉我，你知道我在盯着你看，你知道，你就是想让我知道，你也在想我们从来没有在阳光下相处过。

也许我让她感到不舒服了，因为她又故作姿态，抚摸着杯子，仿佛想减轻手上的冻疮之类的。我想搂着她的肩膀，这很容易做到，为什么不和克拉拉一起做呢？

她坐了起来，仿佛看透了我的心思，不想让我再迷失于此。

我说了一些关于老雅克的笑话。她没有回应，或者说是没有注意，也可能是对我闲聊的企图置之不理。

我羡慕那些无视所有闲聊企图的人。

一只手抚摸着她的肩膀。为什么我们不靠在一起坐，而是像陌生人一样面对面？也许我应该等她先坐下，然后坐在她旁边。我要是此刻调换座位将会显得多么愚蠢，为了看到漂浮的驳船和码头而发生的骚动将多么愚蠢，回到漂浮的驳船上——视野和这些事有什么关系？

她把头靠在密封的窗棂上，尽量不让自己碰到布满灰尘的格子呢窗帘。她看起来是忧郁的。我本来也想把头靠在窗户上，但后来决定不这样做了，她会认为我是在模仿她，尽管是我先想到的。这样做会显得太有预谋，相反，我慵懒地向后一躺，桌子下的脚几乎要碰到她的脚。

她双手交叉，盯着外面说："我喜欢这样的日子。"

我看着她。我喜欢你现在的样子。你的毛衣、脖子、牙齿，甚至你的手——温顺的、没有被晒黑的、温暖的、发着光的手，交叠放着，仿佛你也很紧张。

"那就跟我说说吧。"

"那就跟你说说吧。"

我摆弄着一个糖包。不同以往，似乎需要打破沉默的是她，而不是我。然而我却觉得自己就像一只刚刚蜕壳的螃蟹：没有钳子，没有知觉，没有飞快的脚步，只是一团伴随着幻觉疼痛的肢体那样不幸的东西。

"我也喜欢这样待在这里。"我说。和你在这里，在偏僻之所喝茶，在美国木屋镇中心一个紧邻废弃的加油站的草泥堆砌的房子里，有什么关系呢？"这里也一样，我喜欢。"我补充道，让我的目光落在冰封的白色海岸和远处的峭壁上，仿佛它们也和"喜欢待在这里"有关。"像我们现在这样待在这里。"我后知后觉地说道。"不过，当然这一切可能和你完全没有关系。"我狡猾地补充道。

她对我后知后觉的企图笑了笑。

"跟我一点关系都没有。"

"当然，绝对没有。"我坚持说。

"我非常同意。"

她开始笑了起来，笑我，也笑她自己，笑今天这么早就待在一起的喜悦，笑我们俩故意试图掩饰这种喜悦。

"第三个'特工的时间'到了。"她补充道，拿起一支烟，点燃。

牙齿，眼睛，微笑。

"如果这是一种安慰，那么我喜欢这样。"她说，眺望着河对岸远处的树林，似乎它们与我们此刻的欢乐有关，而与我们本身无关。她是在做我刚才所做的事吗？一边赞美着我们，一边把目光投向远处的风景，以此来减缓对我们的赞美，还是她想用一种我还不敢的方式提出这个话题？

"我相信你不会不在意，但我过去常和英奇来这里。"

"什么，来伊迪？"我为什么一直拿这个地方逗趣，为什么？

"当他们还小的时候，他和他的哥哥会在这里坐船、钓鱼、喝酒，然后在天黑前回家。我和英奇会开车到这里，停好车，闲逛一会儿，我会看着他怀念以前的日子，直到我们再次回城。真是一个失魂落魄的人。"

"你也是个失魂落魄的人吗？"

"不是！"她没等我把想问的话问完就发话了。这意思是，想都别想。战壕、坑道、流行性焦虑症的山谷都是聚会话题。

"你现在来这里是为了和他在一起吗？"

"不，我已经告诉你了，我们结束了。"

无声的问题。

"那你为什么现在提起他？"

"你没必要生气。"

"我没有生气。"

"你没生气？你应该看看你自己。"

我决定开个玩笑，拿起一个小小的金属牛奶容器，仿佛是为了确定一张生气的脸长什么样，检查着我的倒影，一次，两次，三次。

然后我看到，今天早上匆匆忙忙去见她，我完全忘记了刮胡子。这还是在我特意放慢下来的时间之后的样子，为了表明我不是跑下楼去见她。

她是想让我说我不高兴吗？那么，这是不是一种"开场白"，她每次说到他的时候，都要逼着我承认自己的感受，她就会再次提醒我，我已经越界了？她是在用不断提到前任的方式来提醒我我们之间的沟壑吗？

"我看起来一点也不生气。"我说，假装要争辩她的说法。

"就这样吧。"

为什么每次我认为可以安全地靠近一步的时候，她都会带我退到边缘？

"英奇只会坐在这里，盯着那边的桥看。"

"盯着桥？为什么？"

"因为他哥哥从上面跳下去了。"

我为他们三人感到惋惜。

"那他盯着桥的时候，你在做什么？"我问，不知道还能问什么。

"希望他能忘记。希望这不要再困扰他。希望我可以有所作为。希望他能说点什么。但是，他只是坐在那里盯着看，呆呆地看。直到我意识到，他是在用自己微妙而痛苦的方式告诉我，如果我想让他跳，他也会跳下去。"

是的，我明白克拉拉怎么能让任何人跳下去。

"那你为什么来这里？"

"我喜欢这里的咸味狗鸡尾酒的格调。"她也能故意表现得轻浮。

"认真点。你想他吗？"我说，仿佛是要帮她看到答案就在她的脸上。

她摇了摇头——不是否认，而是好像在拒绝我，意思是：你永远也抓不住我，所以不要尝试。或者说：你错得太离谱了，伙计。

"所以这个地方都是英奇的痕迹。"等着她开口的时候，我终于说。

"不是英奇。"

"那是谁？"我问道。

"这是第三个问题。你每小时收多少钱？"

她没等我回答。

"是我，这里都是我的痕迹。因为在这个地方，我终于明白，也许我不懂什么是爱，或者说我用错了方法。我永远不会知道。"

"你带我来这里就是为了告诉我这些吗？"

这个问题让她措手不及。

"也许是吧。也许。"她重复地说着，仿佛她从来没有考虑过带我来可能是为了揭开旧伤疤，帮助她见证击溃她的地方，又或许她只是想看看和另一个男人在一起会不会有不同的感觉——还是说现在还太早了，应该保持低调什么的？

"我就坐着看他飘啊飘，飘啊飘，好像他要带我到那座桥上跳下去，只要我想跟他一起跳。但很遗憾，我不打算上那座桥，也不打算跳下去。我不会和他一起跳，也不为他而跳，不为任何人而跳。我也不想每次来这里的时候都坐在这里看他想这件事，瞪着眼睛说要为我死，而我却又说不出来最想告诉他的那件事。"

"什么事？"

"我按小时付你费用！"

她停顿了一下，想喘口气还是整理一下思绪？或者她在忍住不去抽泣？还是忍住不笑？

"那就是他可以先去跳桥了。刻薄又可恶。不是说我不在乎，而是说我永远不会爱任何人，至少不会爱他。我真想跟着跳下去救他。也许吧。不，不会的。"她玩着勺子，在餐巾纸上画着图案，"其他的我们就不谈了。"

"我会跟着跳下去救你，用挂在伊迪便餐店衣架上的大衣把你裹起来，大声呼救，往你嘴里呼气，救你的命，给你端茶，喂你玛芬蛋糕。"我一开口就知道这话说错了，这是差劲的过往夹杂在隐晦的智慧中。

"茶、桌布和玛芬蛋糕我都喜欢。嘴对嘴，不行，因为就像我昨晚告诉你的那样。"

我惊愕地盯着她在想：为什么要说这样的话？我觉得自己像被带到桥上然后被推了下去。就在她最脆弱、最有人情味、最坦白的时候，冒出了铁丝网和尖利的獠牙。因为就像我昨晚告诉你的那样。

我要花多长时间才能忘掉这一刻？几个月？几年？

我们坐在全世界最舒适的角落里——壁炉、茶、毫无遮挡的古老码头、废弃的"雾号"、可能可以追溯到柯立芝[①]和胡佛[②]时代的安静的咖啡馆。在这里，你仅能从狭窄的厨房窗户后面听到遥远的声音在提醒你这个星球上还有其他人，所有黑白浪漫电影片段中梦幻般的温暖，都蔓延在刻薄又可恶的哈德逊河。我很紧张、尴尬、沮丧，试图显得自然，试图享受她的存在，但我始终在想，也许我在希腊餐馆里更好，和服务员聊天，点我最喜欢的鸡蛋，读报纸。现在所有的一切都错了，我不知道该如何补救。它一直在变得更糟。

"帮我个忙，好吗？"当我们沿着没有铺好的、结冰的路走向她的车时，她说，我们俩都盯着地面。

"什么？"

"你也不要恨我。"

"也"这个字，如此清晰地将我们一直回避的词语进行归纳总结，它击中了我的自尊心——只是我的自尊心，而不是别的什么——仿佛自尊心填满了我背脊上的每一块骨头，而她脱口而出的这句话将它击毙，像一头公牛还不知道是被什么击中的时候，就倒在尘埃中，没有四肢瘫软，没有挣扎，没有膝盖的颤动，只是被刺穿死了，一进一出。我不仅被看穿了，而且被看穿的东西正被用来对付我，仿佛是一个软弱和羞耻的源头——而这恰恰是因为她让我

---

① 译注：约翰·卡尔文·柯立芝（John Calvin Coolidge, Jr., 1872年7月4日—1933年1月5日），美国第30任总统（1923—1929）。

② 译注：赫伯特·克拉克·胡佛（Herbert Clark Hoover, 1874年8月10日—1964年10月20日），美国第31任总统（1929—1933）。

觉得她利用了它。自尊心比其他东西更容易伤人吗？为什么我讨厌被人看穿，暴露在外面，然后拿去晒干，就像弄脏了的内衣一样？

我既为我完全有能力产生的仇恨感到羞愧，也为我还不想激起仇恨的对立面感到羞愧，因为我在怀疑仇恨有多少对立面，虽然它就像冰下的湖泊和河流一样平静。她的"也"让我无论如何都觉得像是一种不体面的背叛、一种污秽的暗示。我忽然想脱口而出："嘿，你先去你要去的地方吧，我乘第一班火车回城。"那会让她当场得到教训。我再也不见她了，再也不回应门铃了，再也不开车去北部的破旧饭馆了。在那里，一个宿醉的"阿道克船长"很可能从厨房帘子后面偷看，就像一个老堕胎师出来喝杯朗姆酒，然后在伊迪便餐店的收银台旁的大理石板上磨他的工具。为什么今天早上要来？为什么要坐车去没人知道的地方？为什么要为"你昨晚有没有想我"傻笑？

"我没有惹你生气吧？"她问。

我耸了耸肩，意思是：你想让我生气也不行。

为什么我还是不肯承认她有让我生气？——为什么不说呢？

"同一天早上两次了——你一定认为我是个真正的蛇发女怪。"

"蛇发女怪？"我揶揄道，意思是：只是蛇发女怪而已？

"你知道我不是，"她几乎是悲伤地说道，"你明知道我不是。"

"你在搞什么鬼，克拉拉？"我终于问道，试着用她的话。

她完全停了下来，好像我要把她赶走或者得罪了她。我问了一些以前似乎没有人问过的问题，她要过很长时间才能原谅或忘记。

"我搞什么？"

"是的。"既然我已经问出口，就没有回头路了。

我们之间陷入了片刻的沉默。那些被匆匆拆掉的围墙，现在又重新建了起来，可是下一分钟又被推倒了，然后又被直接建起来了。

我们的关系是一种紧张、轻易、浅薄的熟悉，仅此而已吗？还是说我们完全相同，就像住在同一屋檐下的邻居一样，我熟悉她家的布局，不管是隐藏的保险丝盒还是亚麻衣柜里的架子？"也许我们搞的鬼并没有那么大差别。"我最后说。

她想了想说："如果这样想能让你高兴的话……"

在车上，她拿出手机打给她的朋友，说我们不到二十分钟就会到。"不，"她匆匆打了个招呼之后，然后说，"你不认识他。在一个聚会上。"我坐了下来，系好安全带，等待着，努力让自己看起来不慌不忙，好像靠在舒适的靠椅上昏昏欲睡。"两天前。"她向我抛来一个同谋的眼神，意在安抚我。她停顿了一下说："也许吧。"他一定是把同一个问题问了两遍。"我不知道。"她越来越不耐烦了，"我不会的，我保证。我不会的。"然后，啪的一声关上手机，看着我。"我想知道那是怎么回事。"她说，试图让我从她的回答中清楚地推断出问题的轻重。

我想换一个话题，问："你最后一次见他是什么时候？"

"去年夏天。"

"你怎么认识他的？"

"我父母早就认识他，是他把我介绍给英奇的。"

"朋友的朋友的朋友？"我明明很讨厌总是听到英奇，为什么还想逗趣呢？

"不，不是朋友。是他的爷爷。"

她一定很开心在这里得分。她抓住了缺失的问题。"我们从小就认识。如果你一定想知道的话。"

克拉拉从来没有用一般过去时谈论过英奇，他就像永远被锁在某个坚不可入的心牢里，她在离开他的时候就把钥匙扔进了第一道壕沟。她以一种奇怪的祈愿口吻说起他，就像那些失意的妻子说起自己无法振作起来的丈夫一样，应该试着变得成熟、不再欺骗，或者下定决心要孩子。她说到他的时候，满腹委屈，仿佛从一种随时都能宣称有未来的过去时态延伸到了现在。

找在这一切中的位置是什么？我应该问一问。我和她坐车出来到底是为了什么？陪着她，让她有一个温暖的身躯来聊天，以防她昏昏欲睡？喂她吃玛芬蛋糕的人？难道我要退化成那种可以让她敞开心扉、袒露灵魂、裸着身体到处走的好朋友，就因为你告诉他要放下"奇诺"？

我从来没有像现在这样看清我所扮演的角色，而我却任由它发生，因为我不想变得不愉快，这也是我不打算告诉她的原因，她对我到底有多"蛇发女怪"。罗洛说的没错。

"音乐？"她问。

我让她再放一次亨德尔的曲子。

"亨德尔？"

"给，这是给你的。"当她打开引擎时说。她递给我一个牛皮纸袋。"这是什么？"

"我相信它会给你带来不好的回忆。"

那是一个小水晶球，底部印着伊迪的名字。我把它倒过来，看着雪落在一个不知名的明信片小镇的小木屋上。它让我想起了我们在那天远离的所有人和事。

"但它对我来说并不是不好的回忆。"她补充道。她一定知道，当我们坐在伊迪温暖的角落里时，我愿意付出一切来亲吻她裸露的脖子和肩膀。

"雪中浪漫。"我盯着水晶球说，"你已经有一个这样的东西了吗？"

这是我最后的问题，而不是"你为什么这样开启？"

"没有，从来没有过。我不是那种收集票根或旧纪念品的人。我不喜欢制造回忆。"

"细细品味，唾沫横飞，你就像品酒专家一样。"我说。她看出了我的用意。

"不，我的专长是心痛。"

"提醒我千万别……"

"别做普林茨·奥斯卡！"

我们比想象中更快到达了老人的家。路上空空荡荡的，房门似乎都关着，好像哈德逊郡一带的每家每户不是在城市里冬眠，就是飞去了巴哈马。老人的房子位于一条半圆形车道的尽头。我曾想象过这里会是一间简陋的小屋或是一间破烂不堪的屋子，毕竟那些年岁已高的人早已放弃整修，对这些保持漠视了。这座宅子在山顶上，我马上就猜到从后面可以俯瞰河流——我的猜测果然没错。我们下了车，走到了前门。但克拉拉随后就改变了主意，决定从侧门进去，果真看到了河。我们站在一个门廊外面，门廊里有一张铸铁桌椅，这些椅子上的坐垫要么是在冬天的时候撤走了，要么是废弃且年久失修，完全坏了也没人去更换。但通往船坞的木板小路似乎是最近才重建的——所以他确实很关心这栋房子，门廊上的坐垫可能在冬天的时候被小心翼翼地收起来了。克拉拉试图打开门廊上的一扇玻璃门，但门是锁着的，于是她用指关节敲了三下。她又一次

186 ·

用揉搓手臂的方式来表现她很冷。我为什么不相信她？为什么不从
表面上看她？这个女人很冷。为什么我要搜索潜台词？为什么要小
心翼翼？为什么不相信她昨晚对我说的，今天早上至少重复了两次
的话？

"你不觉得按前门门铃比较明智吗？"

"只是需要点时间。他们害怕狼。但我一直告诉他们，这里只
有野火鸡。"

果然，一个格特鲁德式的老妇人轻轻地打开了门。我看到她关
节炎的手，严重的跛脚，脊柱侧弯的背。

她们互相拥抱，用德语打招呼。我和那只关节炎的手握了握。
"我是玛戈。"她说。她把我们领进室内。她一直在厨房里忙，一
张大桌子上放着几样食物，提示午餐即将开始。她说，麦克斯很快
就会过来。她们继续用德语聊天。

我完全迷失在这所房子里，一个陌生人。

我要是坐上了火车回纽约就好了。但愿我未曾走出淋浴间，
也没回应门铃，或是昨晚没去电影院。我可以在一秒钟内挽回这一
切。找借口离开，走出房门，拿出手机打给当地的汽车服务，冲进
他们的房子，匆忙再见，然后就走，再见，卡萨布兰卡。你，玛
戈，英奇，还有你那个跛脚一族，流行性焦虑症文明的崇拜者。

我以想看一看风景为借口，躲到了外面。然后我意识到我对他
们的风景也不感兴趣，就走进屋里，关上了厨房的门。

"我刚给你煮了咖啡。"玛戈说，她用右手递给我一个杯子，左
手递给我一包糖，夹在她的拇指、食指和中指之间，她那弯曲、不安
的手臂几乎是在恳求我走近她。我从她手中早早接过咖啡，免得被她
打翻。我不明白为什么是她端给我咖啡，而不是克拉拉，但随后我看

到克拉拉已经喝了一些，并准备坐在大厨房桌子的一个空位上。老妇人那恳求的招手姿态，既谦卑又像在忏悔，已经打动了我。

"克拉拉总是抱怨我煮的咖啡很淡。"她说。

"她煮的咖啡是世界上最差的。"

"一点都不差！"我说，好像有人问我意见，而我站在主人一边。

"哎呀，克拉拉，他真有礼貌。"她说。她还在打量着我，而且，到目前为止，她都是认可的。

"谁这么有礼貌？"一个老人的声音传来，是克诺维塔尔·雅克先生。

吻面礼——正如我所预料的那样——坚定地握手，高雅的老式微笑，并没有什么意味，急忙微微鞠躬，冲过来握住我的手。我立刻就认出了这个动作。除了转过身去的时候，所有人都在对你表示敬意。然而，与他的妻子不同，他没有一丝德国口音，完全美音——真高兴见到你！

"这些丑陋的鞋子怎么回事，麦克斯？"克拉拉问道，指着带有一排尼龙搭扣的明显的矫形装置。我明白，这是她询问他健康状况的方式。

"你看，我不是告诉过你它们很丑吗？"他转向妻子。

"它们之所以丑，是因为你的腿和膝盖，还有你那摇摇晃晃、饱经风霜的身体里的每一根骨头，都不正常。"她说，"去年是你的臀部，今年是你的膝盖，明年……"

"别再管我的身体解剖学了，你这恶毒的毒蛇。它已经给你很多好处了。"

我才意识到，这一切都是为了克拉拉。

"洛辛瓦爵士也许已经不在我们中间了，愿他安息。但在半夜里，你们可以听到他那无头的躯干在我们的卧室上方奔跑，想要在黑暗中寻找一条路。你注意到了，你这个没牙的蝎女，你会打开窗户，动起你的嘴。"

大家都笑了起来。

"啊，麦克斯，你真是太可怕了。"他的妻子说，看着我的方向，好像在暗示我不要在意他最后的评论。

"亲爱的克拉拉，我不正常吗，我就是这样。"

"抱怨吧，抱怨吧。他现在的新想法就是想死。"

他没有理会她。

"我真的有那么多抱怨吗？"他握着克拉拉的手。

"你总是抱怨，麦克斯。"

"但他现在抱怨更多了，一直都在抱怨。"玛戈回来了。

"这是犹太人的方式。克拉拉，如果我还年轻，"他开始说，"就有更好的膝盖，更好的充电器和战马……"

玛戈问我能不能帮忙，和她一起去外面。"当然！"

"把你的外套穿上，你还需要手套。"

很快我就明白了为什么，我得去拿些烧炉子用的木头，把它搬进厨房。"我们喜欢用木头烧火做饭。问我丈夫吧。我在说什么，问吧。"

我们一起向存放柴火的棚子走去。她抱怨着鹿，躲着它们的粪便走。当她踩到不是泥巴的东西时，就会咒骂，然后在一块大石头上刮鞋底。我不知道她是在对我说话，还是在嘀咕。最后，她出乎意料地说："我很高兴见到克拉拉。"也许这是一种开场白，或者她可能只是在自言自语，所以我没有回应。

我拿着两根木头回来了。在厨房里，玛戈打开炉子，里面有几个对半切开的金黄色的南瓜，上面闪烁着油光和香草。

麦克斯打开了一瓶红酒和一瓶白酒。"为了消磨时间。"他说，接着把白葡萄酒倒进四个杯子里，然后，他拿起一杯捏住杯底，转动了几下酒液，最后把酒送到唇边。

"一首十四行诗，一个奇迹。"他说。克拉拉、玛戈和麦克斯碰了碰杯，然后与我碰了三次，又碰了两遍，假装重复着古老的俄罗斯公式。谁也没说话，直到他开口："只需要一个非常小的、愚蠢的、圆圆的水果，你就有了天堂。"

我们都在品尝他的酒。

"现在尝尝另一种。"他说，一见我喝光了酒，他就继续给我往杯里倒。

"又是一个小小的奇迹。"

我们都尝了尝，脸上流露着赞许。英奇的爷爷正盯着我看，他怀疑他们已经分手了。他想先摸清她的底细，再看看能不能让他们和好。我现在绝对是这群人中多余的一个。我应该叫辆出租车离开，现在已经到了车站，并且已经走远了。

"我觉得这两款酒都很好，"我说，"但我在葡萄酒方面是个粗人，以至于很多时候分不清哪个是哪个。"

"哦，别理他，他只是在做他老样子的普林茨·奥斯卡。"她在对他们说话，又似乎是在对我眨眼，或者没有含义，她只是在眨眼。

她对我来说太聪明了，我想。她是如何转换、招手、拒绝，然后再转换的，应该就在你要放弃，坐第一班火车回城的时候，她会扔给你一个普林茨·奥斯卡，让你嚼着吃，然后把它摇晃着悬挂在你头上，看你是否会试着去狂吠和跳跃。

"她有没有说她为什么来这里？"他最后问我。

"没有，我没说。"她打断我的话。

"好了，做好准备，你们将迎来利奥·切尔诺维奇，切尔诺维奇演奏的是巴赫-西洛蒂。然后我们会听到他演奏亨德尔的曲子。然后我们就到了天堂，喝汤和酒，如果我们真的、真的很幸运的话，还可以吃一份玛戈的沙拉，里面有这种奇怪的蘑菇，如果我的嘴里再有一句下流话，她就会用它来让我永远闭嘴。"

"坐吧。"他说。我环顾了一下客厅里的许多椅子和扶手椅。"不，不是那边，是这儿！"

音乐开始了，好像是利奥自己打开钢琴，开始摆弄，然后把一条长长的、展开的、像打了孔的发黄羊皮纸一样的东西放了进去。

"他熟悉巴赫吗？"他问。

我看了看她，点了点头。

她被安排坐在紧挨着我的一张窄小的双人沙发上。我会等音乐响起时把手搭在她的肩膀上，那肩膀似乎比以往任何时候都更了解我，更想让我知道，它知道我在想什么。

"好吧，即使他知道前奏曲，这也是你一辈子都没听过的。从来没有。你也不会听到这样的演奏。首先，你会听到他用钢琴演奏巴赫前奏曲，然后是西洛蒂对巴赫前奏曲的转调。之后你会听到我让附近一所大学的两个学生重新灌制的曲子。如果你表现好，不打断太多次，并喝你的汤，我会让你听到利奥弹奏的亨德尔曲子。女士们，先生们，这是利奥·切尔诺维奇，就在几周前，德国人发现了他，把他带走，不知道如何处理他，所以把他杀了。"

开始了。一开始是非常微弱的嗡嗡声，然后是喘息的声音，就像空气在拥挤的气管中喷涌嘶吼，然后音乐响起。这前奏曲，我以前听过很多遍，但从来没有一次像这样：匆忙、踌躇、如此审慎。

然后我们听到了西洛蒂的声音。

"前奏曲太庄严了，"克拉拉说，"也许是太阴沉了，太慢了。"她一定要找出其中的问题，为什么我一点都不惊讶呢？

"不用担心，必须快点。当然，因为我们这些听过利奥演奏的人都记得他的速度非常快，太快了。但这并不重要。艺术只关乎一件事：用上帝的语言直接和上帝说话，并希望他能聆听。其余的是无用的东西。"

他放上CD，果然，我终于明白了，为什么我们在这冰天雪地的日子里，跋涉两个小时的路来到这所房子。

"要我再放一遍吗？"

克拉拉和我对视了一眼。当然可以。

"我去看看午饭。"玛戈说。

他没有犹豫，甚至没有等待我们的回应，就开始第二次播放曲子。

在许多年后，切尔诺维奇仍在对上帝说话，面对着即将面临的一切，他是如此熟练和灵巧，如此轻松和悠扬，又是这么深思熟虑。我一直在想，他弹奏这首曲子的时候，他手下的钢琴在我们面前的那块纸板上开了个洞，他怎么会不知道在未来的几小时、几天里，会喝到黎明的黑色乳汁呢？我听得越久，想到的似乎越是关于他的，而不是关于西洛蒂，但更多的是关于像麦克斯这样的犹太人，他们活过了大屠杀，却永远也活不过它的审判，更多的是关于死亡的赋格①，而不是巴赫的前奏曲和赋格曲。我知道这一切都无法

---

① 译注：fugue，盛行于巴洛克时期的一种复调音乐体裁，又称"遁走曲"，意为追逐、遁走。

挽回，也无法回头；我知道如果没有麦克斯和这栋老房子，没有亨德尔乐曲的冬天，没有克拉拉和我在一起的三天，前奏曲对我来说仍然是闪闪发光的空壳。它需要大屠杀才有生命力，它需要克拉拉在我的对讲机里的声音，它需要克拉拉在车里挥舞着淫秽手势时的笑声，它需要我们像这样在伊迪便餐店温暖的角落里、在蹒跚的公牛旁，以及她对禁止许多事情的告诫；它甚至需要我无法专注于音乐，仿佛不专注于音乐而想向她伸出手的想法，最终会成为音乐需要被听从、被记录、被记住的一部分。艺术可能只是节奏，它会用任何东西围绕着我们，一遍遍地围绕着我们，直到找到出路。

在西洛蒂之后还能听巴赫吗？

没有人回答。

我问是否可以再听一次。

他看起来很高兴。他在想，我被迷住了。

然后，当光辉开始再次席卷我们的时候，他借口去帮忙做午饭。

只剩下了她一人，我开始感到非常不安。周围都是空椅子，然而我们却在这里，我和克拉拉紧紧地挤在这个狭窄的沙发上。我想我应该找一个借口走开，或者是做出想离音乐近一点的样子，但我一直待在原地，没有呼吸，没有动弹，甚至连动一动的念头都没有。她也一定是感觉到了尴尬，才注意到我的不安。但她掩饰得比我好，因为她连动静都没有。也许她什么都没有注意到，我对她不安的解读，就像我对西洛蒂前奏曲的解读一样，或者是对她每次用的普林茨·奥斯卡是什么意思的解读一样，或者是对我们现在尴尬的双人沙发的安排的解读一样，不过是一种误读。她有没有办法知道我的感受和想法？或者说，她根本就没有想过这个问题？她被音乐弄得心烦意乱，甚至没有注意到她的大腿正和我的大腿相触，从臀部到膝盖，也就是我们身体的近百分之二十相触。如果我告诉她，当前奏曲在流淌的时候，我的思绪却集中在你和我的触碰上。克拉拉，因为我们也在同一个肾脏里，我们只需要座位稍微倾斜一下，就可以很轻松地让我的臀部与你的臀部相碰。我在你的身体里，当我们听着这首音乐，一遍又一遍，我的皮肤上到处都是你的味道，因为我想沐浴在你的味道里，擦在我的背上，湿润在我的脖子上，在我身体的每一个地方，你和我，克拉拉。

我知道，我的身体只要有一点动静，哪怕是动一下手指，都会突然把她从自己的思绪中唤醒，并告诉她我们的身体正在接触，从臀部到膝盖，所以我一动不动。当意识到自己的呼吸时，我甚至连吞咽都变得困难，我努力使呼吸稳定到一种单调的节奏，最后，如果可能的话，我会停住。

但随后另一个念头又冲进了我的脑海。为什么不告诉她发生在我身上的事，我的感受？为什么不动一动？晃动、挪动，至少表明我喜欢在这张双人沙发上，我所要做的就是抚摸她的膝盖，分开她的膝盖，然后把我的手放在那里，然后，就像文艺复兴时期的许多画作一样，让她的一条腿在我的腿中间滑行，用一种传说中的姿势，就像罗得和他的女儿们一样。她是和我在一起吗？还是她在其他地方？还是她与音乐融为一体，她的心在星空中，我的心在阴沟里？

所有这些感情都在我心里打转，我知道我永远不敢做任何事，尤其是我们单独在一起时。我决心并渴望在听音乐的时候，把胳膊搭在她的肩膀上，让一只手轻轻地落在那里，抚摸她的那个地方，然后把我的嘴伸到它渴望的地方，不是亲吻，甚至不是舔，而是咬。

我感觉到她紧张起来。她知道了。

克拉拉随时都会站起来去厨房帮忙。我现在是不是应该第一个站起来，以表明我并不沉沦于这个双人沙发，我并没有试图去碰触她，我真的不在乎？

"你想再听一遍吗？"

我盯着她问。要是我现在就断然告诉她，那就告诉她吧，不管了。

"音乐，你是想听，还是听够了？"

"再听一次吧。"我终于说。

"再听一次就是了。"

她站起身来，按了一下播放键，然后从CD机旁回来，重新坐到了我的旁边。

我们到底要不要碰手呢？

"自然一点就好。"一个声音说。

那是什么？

做自己。

意味着什么？

做自己就像是要一张面具去模仿一张从未戴过面具的脸。你怎么去扮演一个想不扮演角色的人？

我们又回到了臀部到膝盖触碰的位置，但让人感到很机械、无情、冰冷。我愿意随时会想到昨晚那一刻，当她在穿过公园之前停下来，告诉我关于切尔诺维奇的事，我们的手臂一直在无意中碰触着。

这都是我的想象，不是吗？

突然间，我发现自己想再次回到这里，哪怕只是再次触摸这一刻：凌乱的房间，霜，死去的钢琴家，她和我不同寻常地一起坐在我们发现的这个雪球小屋里，还有我们周围的所有东西，汤，英奇的哥哥，昨晚的侯麦电影，曼哈顿的雪和克莱蒙费朗的雪。事实上，如果切尔诺维奇永远不知道在演奏了西洛蒂的几天之后，等待他的是什么，他永远不会想到，在凝视着他战前欧洲的世界的两个晚上之后，我们会坐在这个房间里，就像最亲近的老朋友一样，听着一个钢琴家的演奏，听着我的祖父和克拉拉的祖父年轻时很可能听过的曲子，从来没有怀疑过他们的孙子……

当音乐停止时，我说我想出去几分钟。我没有问她。"我和你一起去吧。"她说。

"你们俩要去哪儿？"玛戈看到我们从厨房门离开，问道。

"带他去看河。"

脚下的地面很硬，雪下是成片的褐色泥土。克拉拉清理了一辆三轮车，她说那辆三轮车是属于麦克斯的一个孙子的，叫迈尔斯。

"秘密特工？"

"秘密特工。"我说，接过一支烟。

"我给你点上吧。"

她点燃了我的烟，然后在我还没来得及抽第一口烟的时候就把它拿走了。

"在我眼皮底下不可以！"

所以我不被允许吸烟。

"你觉得他们现在在说什么？我，还是你？"我问道。

"我们，最有可能。"

我喜欢被称为我们。

她说，夏天的时候，哈德逊郡是苍翠繁茂的，人们只需坐在这里，整个周末都在躺椅上消磨时间，食物和饮料会源源不断地被送来。她喜欢这里夏天的日落。我看得出，她是在描述和英奇一起的时光还有英奇之城。

我们漫步走在一条狭窄的巷里,两旁种着高耸的白桦树,一片尽是白色。灌木丛是暗淡的青灰色,除了房子周围的石雕和沿着树干砌成的墙以外,其他都是一种近乎青灰色的铜绿色。我想象着一个世纪前,一辆马车在这里停了下来。我们走着走着,靠近一个看起来很脏的木栅栏,它通向一个木制的舷梯,再往远处就是一个木制的楼梯。"泊船的地方就在下面,来。"

几年前,他们曾清理过哈德逊河。现在,如果你不介意水下逆流和鳗鱼,你可以在此游泳。很多树木、光秃秃的灌木丛、很多倾斜的墙壁衬托着这里的特点。

然后我们看到了河,在河的对岸,布满了白色迷雾,是印象派的冬景。

这让我想到了贝多芬晚期的弦乐四重奏。我问她是否听过布什四重奏。她说,也许小时候在她父母那里听过。

当我们靠近河边时,听到噼里啪啦的声音,而且声音越来越大,就像用铁棒在铁砧上敲打一样。咯吱,咯吱,咯吱,河面上的冰块正在破裂,咔嚓咔嚓地走着,一块浮冰正撞到另一块浮冰上,把我们从房子里看到的远处那片整齐的冰破坏了,一块又一块的冰在哈德逊河顺流而下,下面是深色的、肮脏的、黏稠的水。也许哈德逊河正在给我们带来它自己版本的钢琴曲——咯吱,咯吱,咯吱。

"我可以听上几个小时。"我说。我的意思是,我可以和你在一起几个小时,我可以永远和你在一起,克拉拉。其他人都是虚构的,也许你也是,但现在,当我听到音乐被冰演奏时,我的心思并没有在冰上,我知道你也没有。为什么和你在一起,尽管你有刺,我却觉得像在家里一样自在?

"我可以听上一整天。"我重复道。

我已经忘记了，在克拉拉的世界里，人们不会过分赞美自然、日落、河流，也不会在洗澡时唱歌。更不会牵手，我想。

"你不喜欢这样？"我问。

"我喜欢这样，挺好的。"

"哦，那你就告诉我你喜欢吧。"

她转向我，然后看着地面。"那么，我喜欢。"她说。稍作让步，便立即收回。

坚持蛰伏能坚持多久？

不知道是什么让我着了魔似的问她："这种蛰伏的状态会持续多久？"

她一定是预料到了这一点，或者她一直在想，也许她刚才也在想，就在我开口的那一刻。也许这就是她没有问我为什么要问。

"整个冬天，据我所知。"

"这么久？"

她捡起一块石头，远远地扔进河里。我做了同样的事，把我的石头瞄得尽可能远。"百乐宫自由是一块石头的距离。"我说，"然而……"

她说她喜欢石头撞击冰面的声音，尤其是较沉的石头。她又扔了一个，我扔了一个又一个。我们站在那里，看着它们落下。

"也许我需要时间。"

她没有把话说完。但我马上就明白了。

"你是个了不起的女人，克拉拉，"我说，"就是了不起。"

她什么也没说。

"很高兴听到有人这么说。"然后便听到她的这句话。

她忍不住了。"听到有人这么说，真好。"她模仿着自己的话。"还是很神奇的。"

我们向浮冰上扔了很多石头，冰块的叫声，像是企鹅跳到浮冰上觅食，以为我们扔给它们的是面包，而我们扔的是冰块和石头。

在我们回去的路上，我向她伸出了手。我甚至没有想过。当我们走上通往舷梯的木质楼梯时，她伸出她的手给我。然后她放开了，或者我放开了，或者是我们都放开了。

当我们回来时，玛戈已经做好了汤。她喜欢在浓稠的金黄色汤里加奶油。克拉拉也喜欢。玛戈说，这是为寒冷天气准备的汤。一张朴素的长方形桌子已经摆好了餐点，麦克斯坐在主位，玛戈坐在他的左边，克拉拉坐在他的右边，我坐在她的旁边。"我本想让克拉拉坐在我的左边，"玛戈说，她似乎心情很愉快，聊得很开心，"但我不想把你们分开。"

他们到底在想什么？他们知道了什么？

我好奇地看了一眼克拉拉，她一定预料到了，但她正聚精会神地看着她的汤，试图表明她没有听到，但我明知她不可能错过这谈话。她对汤赞不绝口，更妙的是，对鲜奶油、咖喱也赞不绝口。酒也得到了好评。

"我相信60分钟的烹饪时间，一秒都不多。包括甜点。"玛戈说。

"而我，"麦克斯插话说，"相信好酒会拯救你60分钟大餐中的任何东西，即使有的难吃到浣熊都不会碰。"

"要感激我在你身边给你腐烂的牙龈做吃的。"

"然后我要在客人面前放下我们所谓的食物。"

克拉拉第一个笑了起来，然后是玛戈和麦克斯，然后是我。

我猜，这是家常便饭。

我想，我坐在英奇的位置上。

汤、面包、奶油和酒，接踵而来，美味异常，很快我们就听到了麦克斯的新抱怨。他的膝盖，他年轻时曾进行过考古挖掘，现在他已经九十多岁了，在埃克巴塔纳附近为自己的愚蠢行为付出了代价。"我这个年纪的人，大多数是在用头脑活动。我的头脑是完好无损的，但身体正待检查。"

"你怎么知道你的头脑这么完好，老头？"克拉拉说。

"你想让我告诉你怎么做吗？"

"请说。"

"我警告你，这会很猥琐，我了解他。"玛戈加入对话。

"好吧，大约一个月前，因为这该死的膝盖——顺便说一下，膝盖就要被换掉了，所以这是它们最后一次见你，我不得不去做核磁共振。医生当然会问我是否要打镇静剂，是否有幽闭恐惧症。于是我当着他们的面笑了。我在第二次世界大战中连阿司匹林都没吃，仍然活了下来，现在我却要被注射镇静剂，就因为他们要把我放在一个有洞的盒子里？这不是我。所以我就进去了，但我一进去就意识到这就是死亡的滋味。机器开始发出可怕的砰砰声和轰鸣声，我想来点镇静剂，但问题是，我不能动，如果我动了，他们就会取消程序。所以我决定强打精神，继续做下去。但我知道我的心跳得快疯了，除了噪声我什么都想不起来，我想起了《唐·乔万尼》中死人雕像的地狱般的敲击声：咚，咚，咚！比以往任何时候都要清晰。我试着让自己想想唐·乔万尼，但我想到的却是地狱——这就是死亡。我需要想一些安静和舒缓的东西，但是安静和舒缓的画面却没有出现。这时，记忆拯救了我。我决定数一数，说出每一个和我睡过的女人的名字，一年又一年，包括那些在床上没给我带来什么快乐的女人。我常常想，如果她们没有吗哪①可给，也不想要我的吗哪，为什么要张开"红海"，更不用说那些不肯脱衣服的人了，或者是会做这个而不会做那个的人，或者是总有发动机故障的人，所以到最后，虽然你们可能已经同床共枕，甚至睡着了，但永远也不清楚你们是否已经登上了顶峰。不管怎样，我数了数，她们加起来……"

"一千零三个人！"克拉拉大声说，指的是唐·乔瓦尼在西班牙的情妇数量。

这时我们都鼓起了掌。

"还是九百一十个？"克拉拉问道，唐在土耳其的情妇数量。

"六百四十个。"玛戈补充道，指的是意大利的那些。

"二百三十一个，再也没有多一个女人了！"麦克斯，这是唐在德国的情妇人数。

"夫人……"我开始说，加重我的声音，直到带着滑稽的严肃咆哮起来，就像莱波雷诺列出唐·乔万尼在世界各地的情妇数量一样。

在我几乎不认识的人中间开玩笑太不像我了，更不用说唱歌了，所以我很惊讶听到克拉拉笑得最大声。我更惊讶的是，她接受了根本不算暗示的话，开始哼唱咏叹调的开头几小节，然后真的唱起了咏叹调，声音又一次不期而至，比我在派对上或点唱机旁听到的声音更刺耳，她似乎在用呼吸抚摸着我的脖子，一次，两次，每一个音节都是一次爱抚。"夫人，剧本是这样写的：美丽的人，谁爱我的主人……"再过几节，她的声音已经完全震撼和感动了我，以至于为了保持镇定，我发现自己用手搂住她，然后，把头贴在她

---

① 译注：圣经故事所述，古以色列人经过荒野所得的天赐食物。

的背上，再把她往我这里拥。她似乎并不介意。因为，更让人惊讶的是，她把我的手扶在她的腰上，然后，转过身来，在我的脖子上吻了一下，手停留在那里，就像昨晚那样，仿佛那只手是吻的一部分。

她的吻比歌声更让我不安。我必须保持安静，专心喝汤，表示这第三杯酒远比前两杯好喝。但我慌张得说不出话来。我摸到了她的毛衣，柔软的毛衣掩盖了她的言语、她的脸庞、她的转换。

那时我们已经各自喝完了两份汤，开始吃腌制的青菜，喝更多的葡萄酒。

吃完沙拉，玛戈起身，回来时拿着一个蛋糕。"这是果馅奶酪蛋糕卷。希望你们喜欢。"

她还把更多的奶油蛋糕端到桌上。"这是大家的最爱。"

她可能是想说，这是英奇的最爱，及时意识到便改口了——也可能是我在瞎想。但克拉拉坚定地专注于她那块翻过来的苹果派上，再一次告诉我，她又一次阻止我改变主意，安静地传达给我。

"麦克斯，要不要来点果馅奶酪蛋糕卷？"

"傻女人，你一定要叫它果馅奶酪蛋糕卷吗？你一定要一直叫它果馅奶酪蛋糕卷吗？"

"听话。"克拉拉低声说，"是的，为什么不呢，我也要叫果馅奶酪蛋糕卷。"

谁也不知道克拉拉和那对老夫妇之间有什么，我得在某个时候问问她，也许是在我们回去的路上，在我们之间必然会出现的那种漫长的沉默时间问问她。但是，我已经有些厌倦了这么多关于克拉拉和英奇过去的回忆。他们是一起长大的吗？他的影子会永远停留在我们之间吗？如果她和他分手了，为什么还要去看望他的祖父母？

为了表明她现在和另一个男人在一起，希望他们会告诉他？但只要有半点脑子的人，都能从我们在一起的行为中，立刻发现我们没有在一起。她的吻是在暗示我们在一起吗？这是她带我来的原因吗？把我从浴室里弄出来，给我送早餐，让我觉得自己很特别，给我讲那些关于保持低调的废话，她知道这会激起任何人的好奇心，自称是蛇发女妖——这一切只是为了给英奇传递一个信息，那就是爱情已经死了？

我在想，当她的爱情死了，她会变成怎样的魔鬼——她有没有告诉你，爱情已经死了，放手吧？她会把你丢回鱼缸里，让你在那里沉沦或漂流，还是会像那天晚上在派对上对英奇做的那样，一次放出几个气泡，扔给你小颗粒的食物，这样你就不会撑得肚皮发胀？虽然你知道，她也知道，他们把你捞起来，把你冲到所有鱼魂归处的终点，只是时间的问题。是我在编造这一切，还是我自己逐渐被套上了紧身衣，然后被灌进了泡菜罐子里，抬头望着那个即将向我合拢的洞？

我总能逃出去，去往城市的火车，去我心爱的希腊餐厅，吃着早餐做《纽约时报》的填字游戏。我还有圣诞礼物要买，如果我现在离开，商店还在营业。送圣诞礼物的时间有限制吗？

"再来一块果馅奶酪蛋糕卷？"玛戈问我。

我看着她，想知道她在英奇的问题上站在哪边。然后我想起，他们让我们坐在彼此附近，不是一次，而是两次。

"是的，我愿意再吃一块果馅奶酪蛋糕卷。"

"所有的年轻人都喜欢这种蛋糕。"玛戈说。

我看了看克拉拉。她又一次毫无表情。

"女士们，先生们，这已经很不错了。"麦克斯说，"来，玛戈。"

我抬头看了看他们，完全困惑。

"我需要打个盹儿，否则我就会衰老五岁。亲爱的朋友们，这就把我们带入了不真实的数字。不然我会在公共场合打瞌睡，坦率地说，没有人喜欢看老人点头、流口水、嘀咕那些最好不要说的话。"

"就好像他从来没有注意过自己的言辞。"

"啊，玛戈，你下午也不是不打盹。"

"——然后离开我们的客人？"

"来抱抱吧，别那么大惊小怪，女人。"

"他把它叫作拥抱——噗。"

"呸和噗还给你，愚蠢的老妇人。上楼来，看我在爱情中勇敢，在战争中无畏——"

"——炫耀着你的帽子和翎子？我不困。"

"别为我们的事操心了，"克拉拉打断她的话，"我去煮咖啡，把盘子收起来。"

"埃斯梅拉达会做的。不然我们付她钱干什么？"

"再一想，"克拉拉说，"我们还是现在就说再见吧。我们一会儿就要走了。可能又要下雪了。"

"是的，你不想被雪困住的话。"

克拉拉突然转向我，问："你想被雪困住吗？"

真是个非常了不起的女人。

"你很清楚，我最喜欢的就是这样。"我说。

"玛戈从来没有问过我是否想被雪困住。你是个幸运的人。"

"上楼去，洛辛瓦爵士。"玛戈说，"上楼去，带着你的旧帽子和翎子。"

克拉拉吻了他们两个，比跟他们打招呼时更亲热。

"等着瞧，你马上就会恢复活力的。"她知道他担心自己的手术，又补充道。

"别忘了听亨德尔的曲子。说了这么多，汤、酒和帽子，我都忘了。"

"别怪酒和我的汤，你忘了是因为你老了。"

"因为你老了。这大概是我走向永恒垃圾场前听到的最后一句话。但别忘了那首亨德尔曲子，那首曲子值得我等上七十年。"

"先煮咖啡吧。"

我看着她打开厨房的一个柜子，拿出煮浓缩咖啡壶。她很清楚要在哪里找到它。她试着扭开它，但它拧得很紧。"给，你来打开它。"她说，把它递给我。"他们已经不喝咖啡了。"她补充道，仿佛在记录他们已经衰落的又一事例。那包研磨咖啡粉在冰箱里，也是她知道的地方。就连她用来舀出三大勺粉末的银勺也放在一个旧木抽屉里，先是摇摇晃晃，一旦拉出来就会突然以一个不稳定的角度倾斜——那是一个谁也不知道有多少年没见过阳光的旧餐具"墓地"。"给，"她说，递给我两个杯子，"勺子，糖，牛奶？"

"牛奶。"我说。

我喜欢她让一切都显得正常、习惯、例行公事，好像我们已经这样做了好多年。

或者我应该警惕：当你知道你只是一个客人时，那些让你感到异常自在的人可以在几秒钟内把你带到门口，并告诉你，你并不比一个在炎热的日子里按响门铃要求一杯水的快递员好。

　　我在想，我们是要相邻而坐，还是对面而坐，或者直角而坐。直角，我决定，并相应地放下勺子。"我确信她在某个地方放了小糖果。"克拉拉说，她开始在冰箱和旧厨房的柜子里翻找。"找到了。"她说。

　　"啊，'束身衣'，不是果馅奶酪蛋糕卷后的甜点。"她一边说，一边拿了一盒莱布尼茨巧克力曲奇，扯下大提琴的包装纸，在盘子里放了四块，然后把盘子放在座位中间。她模仿老太太的口音模仿得那么好，我忍不住笑了，她也笑了。我让她重复她刚刚说过的话。

　　"不行。"

　　"来吧。"

　　"不行。"

　　"为什么不行？"

　　"因为我很尴尬，这就是原因。"

　　"就说果咸卷儿①。"

　　"果咸卷儿。"

　　我觉得我的腹部肌肉紧绷。我很想吻她，她说什么我都想吻她，她做任何一个动作都会把我拉向她。如果我们试图轻声说话，以免吵醒楼上的那对老夫妇，她恰好向我靠拢，那么我就得挣扎着不要像在饭桌上那样搂着她，但这次我会用我的手掌去揉她的脸，一次，两次，就一直揉着那张脸，摸着那张嘴，让我的脸与她的脸摩擦。用我的手，用我的嘴唇，用我的舌头去触摸她的牙齿，我有什么不愿意呢。

---

① 译注：原文是shtroodel ga'tow，意在模仿老太太说strudel gâteau（果馅奶酪蛋糕卷）。

206 ·

"来到这里你高兴吗？"我问道。

"是的，我很高兴能看到他们，我总是这样。他们就像两条盘着的蛇，拧在一起。你看，当一条走了，另一条也会走，就像一双旧拖鞋。"

"这就是爱情吗？一双拖鞋？"

"我不确定是不是旧拖鞋。但麦克斯和玛戈是一模一样的，而我和英奇则截然不同。英奇身上没有一根狡猾的骨头。英奇希望你快乐；你不在的时候，英奇会想你。如果你要求的话，他会跑过来，东西坏了会修理。如果你有那么一点暗示，你想让他从窗台上跳下去，他会为你而死。他是善良又健康——这就是为什么他永远不会理解我。"

"因为他不完全是和你扭在一起的？"

"跟我们不一样，他不是的。"

我很喜欢这个答案。

"所以你拒绝了英奇，因为他是一个健康的人？"

"所以我对英奇说，不，"停顿了一下，"给，把这块饼干吃了吧，不然我就吃了，等我胖了，相信我，我就会更苦恼、更郁闷。"

"苦恼和郁闷，你？"

"好像你没发现似的。你和我一样，我们全身都是缺口，就像这些菜，或是犹太人的盘子。"她笑了。

我照着她的要求收拾了盘子，然后把它们装进洗碗机。我们几乎是臀部对着臀部站着，谁也没有动，直到我们臀部接触到。我们都没有挪开。

她问我是否愿意再和她分一块曲奇。

"保证不苦恼、不郁闷。"

"我已经很苦闷和郁闷了。"

"因为我？"我完全是开玩笑说的，不可能是她听到的意思。但她却转过身来，用她那湿漉漉、粉盈盈的手，用手背在我的脸颊上摸了一次，然后又摸了一次，再摸一次。然后，她吻了我的嘴唇，离我的嘴唇很近，她可能会一直吻下去。这时，我的嘴唇碰到了她的嘴唇，一次，两次，用自己湿漉漉的手掌摸着她的脸，就像我在整个午餐期间一直渴望做的那样。

她任由我抚摸她的嘴唇，但她的嘴唇在克制，我知道不要勉强。

"所以你要再跟我分一块莱布尼茨巧克力曲奇。"

"我别无选择。"

"英奇称这些为'巧克力蕾丝边'，我们过去认为这很有趣。不知道有没有什么东西可以让我们带着上路。"

她在柜子里摸索着，但什么都没有，只有M&M's，可能是为万圣节上的小孩买的。黄色的大袋子用一个巨大的扣子封着。"我们拿几颗吧。"

我们找到一个小的拉链袋，把M&M's倒在里面，这是业余保险箱破解者的默契。

"谢谢你。"她说。

"为了M&M's？"

"不，谢谢你和我一起来这里。为了了解。为了其他一切。还有，为了理解。"

"特别是理解。"我用嘲弄的幽默强调地重复了一遍。

谢谢你的理解。她说话真有一套。什么都说，什么也都不说。

"我告诉他，我是个不适合他的女人。但他听了吗？然后我告诉他，他是个不适合我的男人。他还是不听。他还会继续抗争。我了解他，他今晚会打电话给他们，问我是否来过。他们会说来过。然后他会问我是不是一个人来的。他们会说不是。他还会问和谁在一起，他们不知道，他就会给我打电话，永远不会结束。你现在还高兴来这里吗？"

"你来回答吧。"

"我想你必是很高兴的。"

她擦干手，把毛巾递给我，开始把酒收起来。

"克拉拉？"

她回过头来。"嗯。"

"我想告诉你一件事。"

她正把酒塞塞回两瓶酒里。

"你想告诉我一件事，"她的声音还是一样的克制，她现在抱着胳膊盯着我说，"你以为我不知道吗？"她看着我的脸。

"你以为我不知道吗？"

她说这话的样子让我心碎。我几乎能感觉到胸口升起一阵阵啜泣。这是一个人在做爱时说的话：你以为我不知道吗？你以为我不知道吗？

我正想补充什么，但已经无话可说了，她已经说得很清楚了。

"那我们就听听亨德尔的曲子吧。"她说。

我们走进客厅。她打开CD机，然后低下身子，跪坐在地毯上。她已经穿上了冬衣。我坐在她对面靠墙的椅子上。在同一个房间里，什么也不说。然后音乐开始了。

我不明白到底是什么让我们大老远跑到这里来听这个萨拉班德舞曲。也许是因为我以前从未听过它。"是不是太慢了点？"我终于冒昧地问，想说明我也能看出机器可以给音乐加速。

她摇了摇头，什么也没说，把我的评论当成了简单的、冒犯的话。然后，毫无理由，或者是出于一个我无法理解的原因，她抬起眼睛直直地盯着我，但却是模棱两可、死气沉沉地盯着我，这让我怀疑她虽然盯着我看，却也不是真的在看我。不过毫无疑问，她是在盯着我看。我也用同样的看似没有焦点的目光盯着她，但她并没有注意到我的目光，或者说没有注意到我。我想，这就是那些完全被音乐所陶醉的人的表情。而我只是假装，就像我假装被美食、美酒、风景、艺术、爱情所陶醉一样。当别人听音乐的时候，他们与音乐融为一体，只是盯着你，从你身边走过，并期待着没有任何互动，没有含蓄的眉来眼去。

难道我们就这样盯着对方看，直到音乐停止吗？

看来是这样。

于是我离开了椅子，一边继续盯着她——她还在用目光追随着我——一边紧挨着她跪在地毯上，我的心跳加速，我们的目光都没有离开对方，我不知道自己是否打破了某种我没有完全认同的默契。她不知道我在做什么——只是我突然发现她的下唇颤抖了一下，她的下巴似乎微微抽筋，还没等我明白是怎么回事，她的眼睛里就充满了泪水，开始哭泣。我甚至羡慕她的这种自由。

"克拉拉。"我说。

她耸了耸肩，好像是说没办法了。

"我不知道我身上发生了什么。我不知道。"

我伸出手，把她的两只手握在我的手里。

"我真是一团糟，不是吗？"

"是这首曲子。"

她什么也没说，只是摇了摇头。

"也可能是英奇，"我抛出一句话，"或者是看到麦克斯和玛戈。"我试图帮助她缩小眼泪的原因，就像父母帮助孩子找到他手臂受伤的确切位置一样。

"我们要拿走这张CD。他们还有其他的拷贝。"她终于说。她是想表明她很能自制，"可怜的人，他带着他那死气沉沉的音乐和他那腐烂的身体，还有那些关于永恒垃圾场的谈话……"

她又哭了起来，这次是认真的。

"你漏掉了果馅奶酪蛋糕卷。"我想转移她的注意力，让她笑，虽然我并不介意她继续哭。泪水似乎把她身上的每一根钩子都带走了，并且让她更有人情味，这是我以前很少看到的。这让我完全失去了方向感。我又尝试着开了一个玩笑，这次是以艺术和幼稚的早教艺术为代价。

她温和地笑了一下，但并没有被转移话题。

"音乐总是让你哭吗？"

但我的问题是在稍稍转移话题，她也不上当。

"我还没准备好。"她终于说。

我很清楚她的意思，还不如把它说出来。

"因为我准备好了？"我问道，仿佛要卸下我可能会有的任何伪装。

我们在用否定的方式来表达肯定吗？还是反过来呢？说"不"是为了说"是"？

"什么乱七八糟的……"她说。

"好吧，至少我们知道我们是安全的、混乱的。"

她把这话听进去了。我以为我终于安慰了她。

"我不知道我是否——安全。也许我们都不是。"

即使在泪水中，我也能注意到阳光、风吹过的声音——生锈的带刺铁丝网悬挂在乡间长长的篱笆上。

我拿出手帕给她。

她抓住它，仿佛那是一壶七月的冰水，擦了几下眼泪，然后紧紧地捏在拳头里。

我担心她会拿这一刻来对付我。

"你是我认识的唯一一个——"她犹豫了一下，让我以为她要对我说一些甜蜜的事，"还在用手帕的人。"

"大多数人都用什么，手吗？"我问道。

"有些人用。大多数人用纸巾，其他人则是用手套。"

我可以感觉到，也许幽默是行不通的。

"我只是怕我可能永远也见不到这个房子了。"

她又快哭了。

"如果我们说好一个星期后再来呢——一起？"

她直视着我，什么也没说，脸上还是那副模棱两可、死气沉沉的表情。这告诉我，她要么是不相信我的动机，要么就是她根本不想提醒我，我的计划是多么不切实际。据我所知，她下周还有其他的事情，与我无关的事情——这应该是她再次提出告诫的时候，但她现在既没有力量也没有勇气这样做。

"为什么不呢？你要来接我，给我送早餐，在车上给我唱歌。"

"你真是个普林茨·奥斯卡。"

当她把手帕还给我的时候，我能感觉到它的潮湿。我把它放回口袋里，希望它永远都不会干。

"你是最适合和维施奴克里施奴①在一起的人。"她最后说，"昨天是你，今天轮到我了。"

"再这样说下去，你马上就为我做下一件事。"

"什么破事？"她说。

在回来的路上，我们一遍又一遍地听着亨德尔的曲子。我知道，这将成为我们的歌，将成为属于12月26日的歌。在未来的岁月里，无论我身在何处，我依旧会演奏这首萨拉班德舞曲。像人类学家把骨头碎片一个个地拼凑起来那样，我就能把这一天的我仔细拼凑出来，我去过哪里，我最想要的是什么，我是如何爱上它，并且几乎已经要触碰到了它。当我们沉静地听着音乐时，我想到了她和我是如何从斜坡走到河床上，听到冰层破裂的声音，那也将永远地掺杂在亨德尔的音乐中，并会让我想起在地毯上的那一刻，我意识到，自从认识她以来，我从未这样做过，我的余生几乎可以放在那首曲子上，只需要不断起伏和错乱的呼吸，就能让我的生活走向一个方向或者另一个方向。

"克拉拉·布伦施维克。"我说。

"是的，普林茨·奥斯卡？"

"克拉拉·布伦施维克，我永远不会忘记你"，我本想这么说，但我又觉得这话听起来太伤感了。"克拉拉·布伦施维克，我很容易爱上你——如果我还没有爱上你的话。"不，这太过了。"克拉拉·布伦施维克，我可以一辈子都这样——我和你，随时随地，永远在一起。用我们今天的方式度过每一分钟，冬天、汽车、

---

① 译注：Vishnukrishnu，印度教神话人物诸神之首，Krishna是Vishnu的第八个化身。

冰块、石头、汤，因为一百年后，这些时光是我们拿来回顾的一切，也是叙述给别人听的一切。坦诚说，再过一百年，他们都会忘记或者不再关心，或者不知道如何去铭记，而我不想最后如我父亲一样，怀揣着对爱情和美好生活的梦想却被现实残酷掳走，然而仍要起航追寻。我不想三十年后路过你的住处，抬头对自己或者那天与我同行的人说：看到那栋大楼了吗，我的生命就在此停滞了，我的生命就在此分崩离析了，我的生命就在此开始与我针锋相对。看，现在看着这栋大楼和你说话的这个人，自从多年前的那个冬天开始，就一直在等待；牵着你手的手是幻觉，我的其余部分都是假肢，我只是一个影子，她也是影子，就像魏尔伦的诗一样，当几十年的时光从我们身边略略划过时，我们将屏住呼吸，原地不动，仍然会说着影子般的爱的悄悄话。真正的我已被冰封在这个街区，可能会比我活得更久，直到变成一个家族传奇，在纪念日仪式上被重新提起，从悲剧变成欢笑和嘲笑的源泉。'那么，给我讲讲那个以大油轮名字为代号的人吧。'他们会说，就像我问我父亲关于被砍掉脑袋的祖先一样。"

"你想说什么？"她说。

"没什么。"

"这不是你想说的。"她说。

"是的，我知道。"我回答道。

我们笑了起来。"我们是不是非常非常聪明，普林茨？"

"是的，是的。"

同样的事又在那天发生了两次。

在回城的路上，我们沿着乡间小路飞速行驶。

几近日落之时，我们看到了一条暗淡无光的色彩带，出现在我们已经盯了一整天的白色哈德逊河上。我们开了大约半个小时，那个小镇开始映入眼帘。我们都没说话，似乎我们都忘记了要说话，打算默默地行驶过去。开车的克拉拉看了我一眼。然后她开始加快速度，我看得出她在笑，她在虚张声势。

"要开过去吗？"她问。

"不，我止想请你停车。"

"立顿茶有那么好喝吗？"

我点了点头。

"你知道我们没有那么好。"她说，"我知道，但一杯茶永远不会伤害任何人。"

我们把车停在了早上停车的地方。我像之前一样点了两杯茶。克拉拉去了洗手间。我选择了木板墙边的同一个座位。壁炉里的火还在燃烧。而她也清楚我会在哪里。只是这次她一坐下来，我就叫她挪过来，因为我想坐在她旁边。她似乎并不介意。她没过多久就问我："跟我说说她吧。"她真的想知道吗？我问道。是的，她真的想知道。仿佛是为了诱惑我，她依偎在座位和玻璃板之间的角落里，身后就是哈德逊河的黑暗景色。我说，我大学毕业后就遇到了她。

"你一生的挚爱？"

"不，不是我一生的挚爱。"

"那你为什么要告诉我她的事？"

"让我说完你就知道了。她是个舞者，但白天做编辑工作，也是个好厨师，每周看三次孩子。她比我大。"

"大多少？十岁？"

"不要打断我的话。她给我做的饭菜是我以前从未吃过的，用的酱料似乎需要主厨和副主厨花上几天的时间来准备，但她会在几分钟内搞定。后来我几乎要成了一个素食主义者，因为那时候每天晚上都要吃牛排。我花了很长时间才明白为什么她要给我吃这么多蛋白质。而她，从不吃东西。她一直在吸烟。所以我们会在茶几上摆上那些美妙的菜肴，我一直吃啊吃啊吃啊，她就坐在我旁边的地板上，看着我狼吞虎咽。她可能有暴食症或者厌食症，也可能两者皆有，只是我永远不会知道，因为她总是偷偷地暴饮暴食。她还对镇静剂、泻药、抗抑郁药上瘾。"

"她有什么好的？"

"有一阵子什么都好。"

"然后呢？"

"我不再爱她了。我试着继续爱她，但我做不到。从不爱她之后，我开始不想听她说话，之后也不想碰她，讨厌她的笑声，讨厌她回家时钥匙的响声，讨厌她半夜醒来时的拖鞋声，讨厌她到客厅抽烟，她坐在黑暗中，因为我说灯光让我烦躁，讨厌她关掉电视时的咔嚓声，这意味着她要回到床上来。太可怕了。太可怕了。所以我离开了她。"

"你对别人也不好吗？"

"我认为我不够好。她也知道这一点。有一天午夜时分，她说：'我是一个你不会记得曾经爱过的人。你会离开我，不会再去想我们。'她说的没错。"

我沉默了。

"好了，继续说你的故事吧。"

"去年深冬，有一天晚上，我突然接到她的电话。我们已经有三四年没联系过了。她说她想见我——不，是需要见我。我知道她没有偷偷给我生孩子，我知道她不缺钱，我也知道她没有查出，以至于她不得不告诉她所有的旧情人。她只是需要见我，仅此而已。

'我生命中的男人'，她这样叫我。这让我有些高兴。我们约好了吃午饭，但最终没成行，然后又约了一次，也没成行。之后她就再也没有打电话给我，我也没有。几个月前，通过一连串的巧合，我发现她已经去世了。她去世的消息仍然萦绕在我的心头，或许我只是不想放下。"

"然后呢？"

"没有什么然后了。她发现自己病得很重，需要联系一个对她重要的人，说几句以前从来没有勇气说的话。现在，隔阂已经解除了，容不得骄傲和其他废话，她只想在一起待上几个小时。"

我们沉默了片刻。

"我以为她是寂寞了，于是列出了旧情人和老朋友。"我又说。

"我不知道我到了那个时候会给谁打电话，但肯定不是英奇。你会给谁打电话呢？"

"这是另一个问题。而且我们在餐厅和烧烤店不会去做这些。"

"我听到了'流行性焦虑症'。"

我看了她一眼，暗示着，"你应该知道"。

"我当然知道"，她也用眼神做了回复。

她直起身子，两只手捧着杯子，抿了一口茶。

我想抓住她的双手，把它们合在一起，夹在自己的双手之间，然后打开，就像翻开赞美诗一样，亲吻她的两只手掌。

我告诉她，我喜欢看她喝茶。

"我还喜欢你的额头。"她说。

我望着窗外，觉得这个便餐店有一种不可思议的魔力，好像它知道我们要在一起，并在这里感到无比的舒适的时候，它就必须像爱德华·霍普画中的任何东西一样平凡无奇、一样破旧，比如立顿茶，一直蹭着她头发的格子仿亚麻布窗帘，还有我们喝茶的厚厚的有缺口的陶器杯。我在想，我和她是不是像霍普画中永远在疗养的人——那些空虚、惊愕、僵硬的人，认命于隐秘的伤痛，也许这些伤痛永远无法愈合，但也早已不再引起任何悲伤与痛苦。我不确定自己是否喜欢这个比喻。但我意识到，这正是如她所说的保持蛰伏。像霍普画中的人那样待在原地，笔直地坐在离所有事物都稍远的地方，就像惴惴不安的狐猴一样，即使不感兴趣，也冷漠地打量着名为生活的熟悉风景。

"我知道她为什么打给你了，不过……"

过了好一会儿我才意识到她指的是我的旧情人。

"为什么？"

"没有为什么。我就是能看出来。"

"时间不早了。"我说。

突然，我一说这话，我就知道她清楚为什么我这么说。

"什么时候开始？"

"七点十分，你不知道吗？"

"我被邀请了吗？"

我看着她。"现在谁是普林茨·奥斯卡？"

"所以我们要去看电影？"

"是的。"我说，仿佛我终于屈服于她一整天努力提出的要求。

"所以我们要去看电影。"

过了一会儿，我才明白她说"所以我们要去看电影"时，她声音里那几乎难察觉不出的轻快调子是什么意思。她要么是在表演，要么是在真切地表达像孩子一样的兴奋，就像孩子们的父母在一个疲倦的周日下午突然决定穿上外套，赶着大家去看电影。"我们要去看电影。"我跟着她重复了一遍，就像一个放学后来看我的同学被邀请一起去看电影，而不是在晚上回到父母身边。

我们还有不到一个小时的时间，开车到市里找一个停车位，或者我们可以把车停在她的车库里，然后叫一辆出租车。"这样可以。"她说。我可以先去买票，而她把车停在附近。

"我们能不能打电话给剧院，让他们在我们名下留两个位置？"

"哪个人的名字？"

"你的名字还是我的名字？"

"你知道要留什么名字。"她说。

我们现在正沿着高速公路飞驰，不一会儿就看到了乔治·华盛顿大桥的灯光，在辽阔而宁静的哈德逊河上闪闪发光。"这座城市就在眼前。"她说，说话的感觉就像发现了一座熟悉的灯塔指示着回家的路。我记得今天早上早些时候车里的紧张气氛，还有灰白色纸袋里的玛芬蛋糕和百吉饼，还有我们听过的巴赫曲子，以及所有这些都那么像来自另一个时空。"看你的右边。"她说，她在我之前就已经发现了它。它就在那里，就在我们今天早上早些时候离开的地方，锚定在哈德逊河，普林茨·奥斯卡号，这是我们的灯塔，我们的北极星，我们的徽章，我们的替身，我们的代名词，我们被下了咒语的词语，代表我们无法定义的东西——我生命中的爱情，我亲爱的，亲爱的普林茨·奥斯卡，亲爱的，你这艘陷入困境的船，船只目录中所有船只的王者，给我们一个信号，告诉我们，哦，水手长，今夜如何？告诉我们，你载客到达的这片梦想之地，告诉我们，我们将会怎样，我将会怎样——你能听见吗？

　　它看到我们来来去去，有那么一分钟，它似乎照亮了甲板，从哈德逊河的远方向我们欢呼，仿佛在说，你们这些凡人，你们这对幸运的、神圣的人，在你们本可以对我视而不见的年岁里，却在今晚仍记得我。好好看看这个潮湿的、生锈的废金属盆子，卡在了我的寒冬中。不要以为我不知道什么叫年轻、希望、恐惧与渴望，来了又走，并且有可能再开车来了又走。我见过很多河岸，在我之前，许多幽灵船在这个世界来来回回。哦，千万不要成为幽灵船，用层层锈迹标明你的岁月，直到水渗过，你只剩下一摊烂泥，在经过许多错误的转弯和浅道后搁浅，成为一具空壳，直到船舵不再完全属于你，锈迹也不再完全属于你，你不会记得你曾经是一艘船……真正的旅程是你的，不是我的。哦，不要把我带走，不要像解开已死之人的扣子一样取下我的螺栓，要把我看作光明和道路。记住这一天，因为这种时刻一生只有一次，而剩下的三十年，除了记住这一刻，别无他用。

　　"普林茨·奥斯卡。"她终于说。

　　"是的。"我回答。

　　"普林茨·奥斯卡。"

　　"是的！"我重复了一遍。

　　"没什么，我喜欢这样说。"

　　这个女孩爱上了我，而她自己甚至不知道。

　　我想起等待着我们的夜晚——两部电影，踏雪走进同一家酒吧，在那里我们会坐在相同的座位上，而这次是并排坐，点同样的酒，说笑着听同样的歌跳舞，也许会跳两次，然后如履薄冰地步行回家，经过斯特劳斯公园里那个熟悉的位置，在那里我想告诉她，也许不会告诉她，关于我为什么会熟知在公园的这个位置，所有的这一切之后，是在她家门口敷衍了事的晚安吻。这个吻试图看起来敷衍，尽管也许不是，最后，在看着她消失在鲍里斯看管的门厅电梯里之后，我走回公园，今晚也会停下来，坐在我的长椅上，如果它不湿的话，就盯着喷泉，看着百老汇附近这个一无所有的公园中间的树木，思考我最喜欢今日哪个部分，是和克拉拉一起度过一整天，还是一个人来到这里，想想刚刚和我一起度过一整天的克拉拉——希望没有答案，因为所有答案都正确，除非它们能反过来证明问题是错的。很多事情都是对的，然后又是错的，然后又是对的，直到我们只有夜间谈话，周围点着蜡烛，我们的影子和自己擦肩而过，就像我们在伊迪便餐店里，在那个酒吧里，在午餐时，我们听着音乐，洗着盘子，一起坐在剧院里，对彼此说暗语。

那天晚上，在回家的路上，我收到一条短信：

"普林茨·奥斯卡，我知道总有一天，我必须要给你发条信息。"

第四夜

"你怎么搞的？"我本打算问她。这是可以让她放下防备的办法。我喜欢她谈论自己的样子。我喜欢她哭的样子。我们坐在伊迪便餐店的暗处，我一边抬起她的双手一边轻吻着它们。看完电影已过午夜，她说在老地方有美味的薯条，因为她知道我想去那里。不仅如此，我们还要回同一个位置紧挨着，继续聊之前关于侯麦的话题，关于他对于男男女女的看法，关于他只关注那些显而易见但找不着方向的话题。我喜欢她在看电影的中途从电影院跑出来，在一个报纸小摊买了M&M's，因为我们忘了带之前在玛戈的厨房装的那一小袋M&M's。同时她还能找到空隙去买了两大杯咖啡。"早上和晚上。"她说。我估计她还花了点时间查了留言。"他打了几次电话？"我问。"就八次，还不算他给我家里的留言。"难道她不好奇他到底留了什么消息？她早知道他都会说些什么。我宁愿看到她亲吻他、她怜悯他，也不愿证明她能把善良掺进恶毒里。

晚上我们说过再见之后，我对自己发誓，不要期待第二天她会打电话给我，不期望何年何月之后才会再听到或见到她，而且绝对、永远不去想打给她，除非我有合适的理由。几小时后我想出了一个最棒的理由，可我没有理会它。

　　一开始我想打给她，告诉她我……我很高兴和她一起度过了一天，这一天里的话题标记了我们的进程——巴赫，果馅奶酪蛋糕卷，我们忘了拿的M&M's，再次谈论侯麦，还有普林茨·奥斯卡号突然出现在哈德逊河边等待着我们」，以及分别的吻，这都是可遇不可求的。

　　但是，我打过去说些什么呢？说我在雅克家没说出口的那些笑话？就像她预言的那样，我度过了完美的一天？还是跟她说，我还有太多话要说？所以，说吧。我不知从何说起。这会没完没了吗？我只想你现在跟我回家，今晚，就在此刻。你当时为什么不问我呢，普林茨·奥斯卡？因为我不能，因为你被你自己的阴晴不定、犹豫不决阻止了。因为我想不出来你在哪儿，看不透你是谁。普林茨·奥斯卡！克拉拉·布伦施维克！晚安。晚安！然后是片刻的沉默。克拉拉·布伦施维克……什么？克拉拉·布伦施维克。不要说。你不想让我说吗？不。然后你说了。普林茨·奥斯卡，现在不要提这个了。告诉我，你为什么不想我们谈这个，告诉我，告诉我，告诉我。

　　我该在回家的路上打电话。

　　我该在出租车里打电话。

　　我该到家之后立刻打。

　　我应该在你坐电梯的时候打给你，当你和鲍里斯谈话的时候叫你的名字，大声喊你的名字"克拉拉"！

　　我应该在收到你的短信后马上回复你。"有一天，我一定会发给你一条信息"，用典型的克拉拉语气写，像象形文字一样没人能破解，就连发信人也不行。那一天我给你发短信意味着什么呢？意味着这并不是她想写的短信，她某天写的信会很长、很长，而这仅仅是个预告，是"请继续关注"的信号。会不会有续集呢？又或者意味着，我希望我能有更多的话可说，我希望我能有勇气继续说，我希望我能告诉你你想听到的——你为何不问我？天哪，你为什么不直接问我？我希望你能从字里行间体会到，我知道你会喜欢的，因为当着你的面什么也不会说的。这就是为什么我必须再说一遍，因为我不喜欢说话拐弯抹角，特别是跟你，所以我尽量把话说得简单些。

我一直读着这条短信过了一个多小时，就好像它是一张我不小心弄丢的纸条。我该马上回复她的问题。但是，直到三点我都没有回复，我不想让她认为我是那种在凌晨看信息的人。到了四点，当我从记不清的梦中醒来时，我觉得我该用一些诙谐的内容来回消息，譬如用法语说"这也并非是条信息，去睡觉吧"①。但我又想，不如让她心急火燎。

但我没想到，在我们二人之中，我才是一直心急火燎的那个人，而不是克拉拉。她从不会着急。她可能会随手写好了短信，然后就去睡了；或者她就想让我认为，她只是随便地写了短信，然后就去睡觉了？

她为什么要这样呢？想隐藏什么吗？还是要提出什么建议？或者只想让我一次又一次地猜她到底是什么意思？

不，这是我自己在胡思乱想，只有我。

---

① 译注：原文是法语Ceci n'est pas un message non plus。

我被可怕的焦虑困扰了好一阵。如果她熬夜等着我的消息怎么办？如果她先离开了，和英奇进行了马拉松比赛一样的讨论之后，终于在电话响了很多次之后接起了，她总会变得无精打采，然后总会变成"好吧，如果你想的话就过来吧"。我想知道她会不会拿起电话，看看是不是我打给她的？

到了早上八点，和每个荒谬的期望相反的是，她没有在我的楼下按门铃，我决定是时候放弃希望了，出门去那个曾经心爱现在却不再那么心爱的希腊餐厅。现在，昨天错过的机会和鸡蛋还有报纸在一起，就像个失败和绝望的提醒。在洗澡之前，我看了一眼手机，它提醒我："不，你不可以为了打招呼就打电话给这个世界上的克拉拉。你打电话的时候得有目的，有个计划——即使是一个临时的计划。你有吗？""我没有。""但你想打给她？""我想打给她。"

吃午餐吧，我想。不，晚一点再吃吧。不想太吵，不想有太多人，得去个好地方吃午餐。

克拉拉，吃个午饭怎么样，普林茨·奥斯卡。

得让她认为这是我天生的短信"声音"。轻松、洒脱地发生。
我洗完澡出来的时候，她已经回复了——这是一个不会不甘愿透露她早就在线，并且很着急地回应的人。

在哪儿？何时？什么？如何？为什么？

她跟了牌，还加了注。

这意思是：你要玩文字游戏，那就来吧，看谁先弃牌。

她最后落笔的"为什么"是这一句里最为棘手的。

> PIRANESI 餐厅 下午两点 意大利菜 67号公路
>
> 因为一个糟糕的理由
>
> 你不想知道的理由
>
> 说一个
>
> 亨德尔 侯麦 昨夜
>
> 那是昨天
>
> 我希望今天和昨天一样我还要继续说吗

我快要确认什么了，虽然我还不知道那是什么。

短信让人感觉更亲密，也让人觉得更疏离，有时甚至比口头表达更甚。说话虽然有口音，但更响亮、更尖锐、更清晰，如暗礁一般的简短意图，即便有误也很少被误读。再来一轮，我们就会吵架，而不是接吻了。

> 我知道一个更好的地方，两点来接我。

我正要说"一言为定"，但之后决定用一个乐观却刻板的语气，从"好的"，换成应许的口吻"我会去的"，又改成假情假意的"在哪儿见"，但在最后，我平静下来，用了一个更温柔且隐晦的词，"到时候见"，最后我改回了一开始的"好的"。

一切都非常谨慎多变、矫揉造作。我和她都这样的吗？还是只有我自己这样？

226 ·

之后我去了希腊餐厅，做了我昨天想要做的事情：坐在磨砂的大窗户旁，和一个名为希腊儿童的服务生聊了一如往常的话，喝了杯像是根本喝不完的平淡无味的咖啡，吃了炸薯饼，读了报纸，连昨天的也读完了。

然后我去了一家音像店，买了亨德尔钢琴组曲和巴赫-西洛蒂的CD。我一回家就开始听它，然后试着回想起，冰是如何随着序曲的节拍开裂的，这首序曲让我整天魂牵梦绕。

我走进星巴克，和她昨天点的一样，满是摩卡香味的咖啡，接着一个个地打开CD盒。我喜欢圣诞之前的人群，游客们在林肯中心转来转去，许多纽约人都来这里休息。我还剩两个礼物要买。然后我发现，我真正想做的事，其实是给克拉拉买个礼物。"为什么给我买礼物？"因为……因为这是个糟糕的理由。因为你改变了一切。因为从你触及我生命的那一天开始，它就变了颜色，就像那些情绪戒指一样，甚至因为你轻触了我身体哪一部分的皮肤，哪一部分就会永远燃烧。看这儿，看见这胳膊肘了吗？我们从酒吧走回去的时候你轻轻点了一下。它一直都没有忘。看见这只手了吗？它曾在你哭泣的时候抚着你的指尖。放在我的额头，你曾说过你喜欢它，那之后我的想法就不再一样了。因为你让我喜欢上了我的生活，喜欢上了我自己。如果一切都停在这里，我没有遇见过你，就像一个住在北方的人从没有尝过任何热带水果，番荔枝、杧果、番石榴、木瓜，我会给它们都命名为"十字车站"，或者是"通往坎波斯特拉的小城"，或者是"百老汇支线的车站""91号街下面的幽灵车站"那样的名字。在那里，你和我，克拉拉，就像两个阴间的影子，喝着同样的血，在回到所谓的"人间"之前，需要在一起待一会儿。

然后我突然想到：我是一个会被你忘记的人，不是吗？

我会是一个你永远不记得见过的人。

我可能会死，而你不会知道。

我给她买了布什四重奏，演奏的是贝多芬的《A小调》。我用一个永久性的记号笔潦草地写下赠言：这首《感恩之歌》是给你的。

署名：是我。

戏剧性的。

微妙的。

甜蜜的。

愚笨的。

正在发生的。

我喜欢它。

我有种感觉，她会莞尔一笑，但仍然会忘掉。

下午两点，我到达时，克拉拉已经在楼下等我了。

"昨天晚上的电影根本不合情理，"另一个鲍里斯为她开门时，她说，"他并不想让她屈服，他想要的是她，但他知道他永远也得不到她，所以这个阴险的小变态只能让她屈服。这是个低俗的转折。事实上，他渴望她，却不想承认。更糟的是，他可能根本不想要她，却认为他应该要她，这使他陷入了既想要她，又不想要她的两难境地。也许，他从来也没有想过要她。"

"你好吗？"我打断了她。

她开始大笑。

"我很好。你觉得我说错了吗？"

"我觉得所有侯麦的男主角都……噢，该死！"

她把巨大的彩色羊毛披肩裹住头，塞到下巴下面。

"赶紧围起来！"她没有挪步。

"围起来。"我重复道，解开围巾，笨拙地打成她喜欢的结。

"我来吧。"她说。

然后，她把手臂挽在我的手臂上，突然往北边走去。我们本该坐出租车或是坐巴士的——那儿有最美的风景线，她说。我们走着吧，她说。我立刻感到沮丧，开始怀疑又会变成一次长途跋涉，或者走到任何地方之后看到的都会是她和英奇经常光顾的餐馆，在那里她和英奇做什么、吃什么、见哪位。

"我很清楚你在想什么，但这与此无关。"

"那我就放心了。"我说。

"我得把一切都考虑进去，不是吗？"

"我们可不想生气噘嘴。"

"谁生气噘嘴啊？"

"我认识的某人很容易激动。"

"我不想说话。"我回答。

沿着废弃的滨河大道，我们想起了那些驳船和巨大的油轮。

"我看见有个东西在高处，"她说，"你觉得它是我想的那艘吗？"

"可能是。只是可能。"但我们都知道这不可能，我们只是在还原昨天的暗语。

步行时，我不停地看着河边大道上的建筑。我已经很多年没有走在这条人行道上了，它一点也没有改变。现在，这里到处都是克拉拉。

走在路上的某个时候，她的电话响了起来。她找遍了厚外套的每个口袋，终于找到了。"我没戴老花镜，你是谁？"她说着，把手机递给了我。"我是里卡多。"她夺过手机，挂断了，然后收了起来。"里卡多是谁？"我问。我总觉得她周围都是男人，但为什么她从来没有提起过里卡多？

"别的什么人。"她解释说。停了一会儿，然后说："是英奇。"

"或许用了一艘船的名字？"

"不。"她不认为我有趣。

餐厅里空无一人，在离厨房最近的一张大桌子上，服务生已经在忙着吃午饭了。一个服务生独自坐在一张小桌旁读《罗马体育报》。

克拉拉一走进来就直呼他的名字。原来，他是餐厅的合伙人。"有意大利面吗？""有很多。"他没有抬头。她溜到吧台后面，打开了那台看着像是旧冰箱的东西，拿出一瓶冰镇过的葡萄酒和两只玻璃杯，让我把瓶塞打开，然后她一边走进厨房，一边脱下外套，解开裹在头上的皱巴巴的披肩。

我小心地、听从命令似的打开瓶塞，倒了酒，然后跟着她一起到厨房。显然，水还是热的，她让斯韦托尼奥把意大利面"扔"进去，然后开始热酱汁。如果她喜欢，那儿还有几片鸡肉可以炒炒。"谢谢，他是斯韦托尼奥。"她转向我，没有作任何多余的介绍，但我能明白他们的情谊可以追溯到很久之前。我应该从中看出什么吗？"斯韦托尼奥让我过来这里，还要自己做这些。我却给他买了全年最好的歌剧票。我吃了亏，是不是，斯韦托尼奥？""谁敢和克拉拉争论呀？"他说。

她找到了煎锅，从大冰箱里拿出被保鲜膜包裹的鸡肉片，然后往锅里倒了些橄榄油。斯韦托尼奥切了些蔬菜。"你就站在那儿吗？""不，我在观察。"我回答。

"去旁边待着吧。看着，午饭九分钟之内就做好。比你计划的要快，对吧？"

"我需要柠檬和……一些香草。"但她在自言自语，并不是在与我对话。

我看到一个服务员把一张桌子放在了一个离其他人很远的地方，就在一个落地窗的旁边。我拿出CD，把它放在她座位那边的桌子上。

"这是什么？"她出来看我是不是还好。

"一个礼物。""送给我的？""给你的。""为什么？"

我看着她，忍不住说："因为……"

她将包装好的CD随身带到厨房。她正看着斯韦托尼奥将面捞出来，盛到两个深盘中的时候，我走到她的身边。"酱汁，芝士，"她模仿着餐厅服务员的样子叫道，"请给我一些胡椒。"他将炒过的鸡肉放在一个盘子里，盖上另一只盘子，盛出蔬菜，几秒钟之内我们就坐在了彼此对面。有人为我们俩端来了一大碗沙拉。

"这是什么？"

"这是我最喜欢的音乐。"

"是的，但你写的'是我'是什么意思？"

"我的感觉，我的思绪，我的希望，我在听这首歌之前的一切，以及我在听这首歌之后的一切，都在里面。也许就是这样，也许这就是我想让你看到的我。"

我们喝了酒。

"你想让我留着它，为什么？"

"我没法解释。"

"你是没法，还是不愿意？"

"我也解释不了。"

"我们做得还不错，普林茨。我换个方式问你吧。"

突然间，我觉得自己处于危险之中，暴露在外，要被打个措手不及。

"为什么给我这个？"

"因为我几乎给我所有认识的人都买了圣诞礼物，除了你。"

"这是真正的原因吗？"

"不，不是。"

"普林茨·奥斯卡！"她的声音里有嘲讽一样的责备。

"克拉拉·布伦施维克，你让我很难撒谎，却也说不出实话。一切似乎都扭曲在一个精心制作的猫笼里。"

"怎么会？"

"我们觉得这事关重要，但并非如此。情绪化总让我们偏离正题，免于纠结这件事重不重要，但回到重不重要这个话题的时候，我们又变得情绪化，又偏离了正题。"

她盯着我。保持着沉默。"什么重要呢？"

我早该知道。

"我真的必须告诉你吗？""要这样如履薄冰吗？"

我摇了摇头，表示我没有。"但我当时确实如履薄冰，否认这一点毫无意义。我的脚在流血，舌头也被束住了。"

"请你一定告诉我，然后让我们继续吃这个意大利面。"

"嗯，我该怎么说呢？突然觉得很困难……"

"为什么？"她的声音温柔而不急躁。

"一部分是因为我从来没见过像你这样的人。我从不希望别人了解我，像我希望你了解我那样。和你在一起的时候，我不想假装什么，然而，无意中，和你在一起时，我总觉得自己在躲闪。但你却像我从未有过的双胞胎。所以我选了这首曲子。其他的都是大千世界的东西，还是免了吧。"

"不，我要想听无足轻重的琐事。"

"吃意面的时候不行。"

"我们晚上可以吃印度菜，如果你想的话。"

"你今晚有空吗？"

"你有吗？"

我看见她右侧身体靠在落地窗上。我用左边靠在窗上。这就像昨天一样，甚至更好。我不介意这种沉默。这使我想起了那次我们一起听亨德尔时久久地凝视着对方。她用拳头托着下巴，看着我，问道："继续说些无足轻重的琐事吧。"

我感觉到我的肩膀缩成了一团，这让我很不舒服，好像我在隐藏什么，但不清楚那是什么。我甚至不敢直视她的眼睛。在我们谈话的间隙里，在她的坦率和我的羞怯之间，都开始聚在我的脸上。为什么当我对她毫无隐瞒的时候，却显得忐忑不安？

"关于贝多芬……"我说，好像这是自从看着她解开礼物以来，我一直在试图说的话，"也许我想要的只是有人替我说话……"

"说什么？"

"克拉拉，我们谈的每个话题，从船到巴赫、侯麦，再到打结和果馅奶酪蛋糕卷，这些话题每一次都使我们走到相同的境地，好像我们之间的一切似乎注定要不断徘徊、探索、推敲——而我们已经决定——你已经决定——让这扇门一直关着，对吗？"

"轮到我的时候我会回答的。"

"也许贝多芬是我绕过这扇门的路。也许我应该向侯麦电影中的角色学习，当他们讨论到一些亲密话题或有关刚见到的人时，他们就会感到尴尬，宁愿避而不谈。"

我当时正在找掩护，却没意识到我刚刚放弃了自己的藏身之处。

她打断了我："所以这对你来说很尴尬？"

我想，这就是我们的相处方式。她的问题有些野蛮和残酷，好像她在回击我对她说过的冒犯的话。但她似乎想揭发我，只是为了纯粹的、不正当的乐趣。两天前的晚上，她警告我不要暗示任何这方面的事情——为什么她要在我明显想要避开它的时候提起它呢？她的那句"所以这对你来说很尴尬？"是对我作为一个男人的一切的直接控诉，让我觉得自己像个狡猾的骗子，在已经被警告远离草地的情况下，还在灌木丛中乱打，应该受到惩罚。

但我知道她是对的。她能看穿我，把注意力集中在我最害怕的一件事上：每次她盯着我眼睛的时候，我们之间的尴尬都会涌出来，这让我很难与她对话，或者很难承认我们之间确实存在着尴尬。我甚至不想让她知道，一旦我觉得自己带偏了话题，我是多么容易脸红。我是在隐藏欲望吗？或者说，我不应该有欲望？

她为什么要问我这个问题？为了让我放松，还是以防我想得太多？为了怂恿我，如果我想得太少？她想夺走这一刻的光彩？说出真相？让我怀疑我们之间的一切？或者，正如我完全愿意接受的那样，这一切只是我的臆想吗？

我看着她。我知道我可以冒着一切风险说一些有点荒唐或聪明的话。这个世界上的克拉拉很少给男人第二次机会。说错话了，就没机会了。什么也不说，一样没机会。在第一次派对上，她穿着深色裙子和深红色衬衫，带着她令人畏惧的美貌和松了好几个扣子的衬衣，随便找一个她愿意献殷勤的男人。此刻，我正盯着她那件敞开的淡绿色衬衫。难怪她戴着这么大的披肩。下面什么也没有。她为什么要敞开衬衫？我该不该看着她？我当然要看。

"这真的很尴尬，普林茨。这是另一个出神又入世的时刻吗？"

哪壶不开提哪壶，我想。

"你是说，我的沉默？"我问。

"我是说，你盯着我看，还一言不发。"

"那我们换个话题，好吗？"我说。

"又转移话题？不行，你得和我说说这些尴尬事。我想知道。"

我清了清嗓子。

她把盖着鸡肉的盘子拿开，给我夹了两片鸡肉，给自己也夹了两片。"给你三个小土豆，给我三个，再给你一个，因为每个要长篇大论的人都值得多要一个土豆。再给你五个芦笋，给我三个，因为我得空出点地方来听我将要听到的事。最后，给你一点肉汁，我得稍微多来点，好把这些消息消化下去。好了，你说吧，我听着呢。"然后，她觉得好像漏了点东西，补充说，"可别扫了这么好的兴致。"

"我刚才在想，我真是走运才去了汉斯的聚会。"

"是。"她谨慎地鼓励着我继续讲。

"我是说，对我来说很走运，对你来说就不是。"

"那是当然。"

我们笑了。我们知道为什么会笑，却假装不知道。我意识到我们都在假装。这非常典型。我喜欢这样。我们可真的是太聪明了。

"也许和你在一起我一点也不觉得尴尬，但我觉得我应该尴尬。也许此刻隔在我们之间的尴尬所带来的刺痛，让我们迟迟无法变得亲密。或者等它发生，或者失败。"

"然后呢？"

"有种感觉告诉我，我们都觉得这很容易成为最好的部分，这就是为什么我们都不愿意反对它。这可能就是玫瑰花园，之后可能是战壕。"

我说的是真的吗？我撒了谎吗？为什么我自己一个字都不相信？

"然后呢？"她坚持说。

"这就是我希望贝多芬能介入的地方，让这一刻永远持续下去，这顿午餐，这段对话，甚至是这些尴尬的感觉，我希望一切都不会改变，一切都能长久。"

"然后呢？"这时她在开玩笑，我很喜欢。

"我有一个想法：一年以后，当我们再去参加汉斯的聚会时，我们会以陌生人的身份去吗？"

"嗯，我和汉斯可不是陌生人。"

"我不是说汉斯和你。"

她用胳膊肘顶我。

"我明白你的意思。我们很有可能会争论起来，也许有强烈分歧，背叛彼此，我们可能会挂断电话，发誓再也不说话。但我不会怀恨在心，我们很快就会和好，所以那个会坏了事的混蛋只会是你，不会是我。"

"坏事？坏了什么好事？"

我终于设法使她陷入困境。

"看吧，你正在把事情搞砸，这次是假装的。"

这次看来是瞒不下去了。

"那么，如果我就是个混蛋呢？那怎么办？"

"你的意思是我会不会让步，试着理解你，感受你的痛苦，站在你的视角看待问题，而不是用我狭隘自私的观点吗？"

她为什么要转移话题？

"这么说吧，如果事物突然消亡或者即将消亡，而随着它们的消亡，它们存留的欲望也将随之消失，你会怎么做？"

无意中，我觉得我又一次把她逼到了墙角。

"我会让你知道它们就要消亡了，但我不会再多做什么。"

"所以，我们有可能在明年汉斯的聚会上见面——我说什么来着？——光是到下周，即便我们相处了几次，但我们仍是陌生人。"

我听起来很烦躁。

"你为什么要这样？"

突然间，她一点也不轻佻了。"我们正在享用这顿最美味的午餐，这可能是我这一年来吃过的最好的午餐了。看看我们：我们像在下棋，比下棋还糟，至少棋子会动，但你却让我们僵持在这里，就像桥下堵着的两块冰。白痴都会越过我们的路障，找到各种捷径。一两个伴侣把事搞砸了，我却要被责备。还要我继续说吗，还是换个话题？"

"别，请继续说，别换话题。"

"你是说，别像你那样。"这话像一个小飞镖，又轻又快地击中了我。又轻又快，就像我喜欢她一样。我不去管它。"你看，我知道你想要什么。而且有趣的是，我可以给你，但我也了解你：你想要的承诺比我带给你的要多，还有我做不到的承诺。反过来，就这点而言，你也做不到。我们不要愚弄自己了。这儿可不是玫瑰园。"

我被她的坦率震惊了。

"我说错话了吗？"她问。

"不。和往常一样，你一针见血。有时候我想知道为什么我不能像你一样说话？"

"想知道为什么吗？"

"我很想知道为什么。"

"很简单，普林茨。因为你不相信我。"

"为什么我不相信你？告诉我。"

"真的吗？真的想让我告诉你吗，世俗先生？"

"是的。"

"因为你知道我能伤害你。"

"你知道这个事实？"我正努力挽回我的尊严。

她点了点头。

为什么我不能像她一样？

我伸出手，握住她的手，然后低下头，摊开她的手掌，吻了一下。我是多么爱那只手，爱它原本的样子，就像我感觉到的一样，就像它闻起来一样。它属于那件衬衫，属于那张脸，属于这个女人，她一直属于我，但可能永远不会要我。我感到她的手在我的手里变得软弱无力。她受不了我碰它，也不会再这么做。

"为什么？"我说。

她耸了耸肩，意思是：天知道。

"我并不认为我是个好人。当我开诚布公与别人说这些的时候，他们只想去证明我是错的，他们越想证明我是错的，我就越想推开他们；但我越想推开他们，我就越内疚，从而变得更好、更顺从；可他们就越认为我被改变了。不能这样一直下去。最后，我学会了憎恨自己和他们，因为那些本不应该持续超过几个小时的事情。"她想了想，"也许只用几个晚上，我和英奇可以一直做朋友的。"

"这是到目前为止你说过的最变态的话。"

"对人友善会让我想伤害他们吗？或者伤害他们会让我想要变友善？"

"两者都有。我不会问你为什么要告诉我这些……"

她没让我说完。"也许我的错是不得不说出一切，却不知道我是否应该保持安静；而你的错——除非我完全错了——是听我说话的时候却不知道我是否真心。"

"摇摆不定？"

她望着我，目光中带着感激之情。

"确实摇摆不定。我得摊牌，别激我，好吗？"

太典型了。我点了点头。

"我说你不相信我。我相信你有你的理由，但我不会问你的理由是什么，我也了解你：你永远不会问我，我们在一起干什么。总有一天你会不得不问的。"

"当那一天到来的时候呢？"

她噘起嘴唇，又若有所思地耸了耸肩，什么也没说。

她没有回答。"三门问题？"我问。她点了点头。

"那是我的错。"我说。

"不公平。那也是我的。"

我想，我懂了。她是对的。总有一天我会问她是什么意思。而那一天，我突然意识到，其实就是今天，就是现在。可是当下，我没有勇气去问。

"午饭餐厅请了。"一个墨西哥服务员说。他和其他的服务员和厨师早已吃完午饭，收拾好了员工的餐桌。他放下了两块貌似是提拉米苏的东西和两杯咖啡。

"现在几点了？"

我们都有点呆住了。现在是下午四点半。

她说她需要走走。我也想走走。喝完咖啡，穿上外套，她给披肩打了那个复杂的结，跟正看着报纸体育版面的斯韦托尼奥道别。我们走出去，发现夕阳很冷。关于她的一切，今天的一切，都完全不同寻常。不付午餐钱，在他的餐馆里帮厨，随便走进去然后接手——一个家，一个厨房，一个餐馆，一种生活——这一切都在平常的日子里发生了。这不仅是克拉拉的风格，也是克拉拉的世界，一种似乎无边无际、奢侈无度的生活，她的世界每一寸角落都充满了节日气氛，与我的不同。然而，尽管我们有种种不同，我们两个在这里却似乎说着完全相同的语言，喜欢完全相同的东西，过着几乎完全相同的生活。为什么我们住在两个不同的房间里，相隔街道和街区，而我们竟然要共用一张椅子？然后我想起了英奇，瞥见了他的地狱。他也一定以为他们是完全相同的人，然而他的存在证明了，有相同的想法，和某人形影不离，不过是孤独投射在生活的四面墙上的众多投影之一而已。

我告诉她我们今晚可能没时间吃印度菜了。

"为什么？"她问。

我们都笑了。她知道为什么。

距离七点十分还有两个多小时。我们在去往百老汇的路上，她在一家算命店前停了下来，用西班牙语问店主在不在。一个不到十四岁的女孩进去叫了她的母亲，她的母亲很快就出现了。

"一起还是分开？"她问。

"你决定吧。"克拉拉对算命的说。

那个女人让我伸出手掌，我勉强照做了。我以前从来没有做过这种事。这让我感觉和进入一个邋遢不堪的文身店没有什么不同，我有些不安，担心可能结束出去的时候再也不是原来那个自己了。值得一试，我想。那个健壮的女人用一只手握住我的左手，用另一只手的小指指着我没注意过的东西。我的一个至亲有严重的腿部疾病，不，只是右腿。"是兄弟姐妹——过了一会儿——不，是父母，"她说，"非常严重的腿伤。"她说着，抬起头来盯着我。"完了。"她纠正道。她还没来得及说什么话，我就把手拉了回来。"你有一条很棒的掌纹，"她说，"作为对坏消息的补偿。"她转向克拉拉的手。桶是满的，但我什么也没看见。这是个隐喻吗？然后她对克拉拉耳语了几句。克拉拉抬了抬肩膀，要么表示她不关心，要么表示她不知道。我们走了出去，变成自惭形秽、垂头丧气的人。

"索斯特里斯夫人[①]对你耳语了什么？"刚离开看手相不远我就发问。

"你不会想知道的。"

"不公平。"

"事实上，你知道，但你又真的不知道。"

"英奇？"我问道，我心里明白，吃过午饭后，我就已经和盘托出了。

"我不说。"

克拉拉说，想买块糖。现在是下午五点。

我们有两个小时，但奇怪的是我们都不觉得该消磨掉这两小时。我们本可以走路，在商店停下来，买礼物，继续走下去。克拉

---

① 译注：Madame Sosostris 是阿道司·赫胥黎小说《铬黄》中的女术士的名字。

拉，继续走下去，直到明天、明年，直到永远，好吗？

"我可以泡茶。"她说。

我没法拒绝。"你的意思是走进一家咖啡店，冲进厨房，拿出两杯立顿茶包？"

"不，在我家。"

我必须控制突然涌起的一阵恐慌和狂喜。我不愿上楼，一个原因是担心自己会受到诱惑，另一个原因是，我从来都不敢去奢望。

鲍里斯——如果他还记得我的话——一定怀疑过这样的事情会发生。鲍里斯扶着门时，她跺了跺脚，我也跺了跺脚，用一种有点慌乱的问候感谢了他。我不自觉地感到不安，但尽量不表现出来。

我们走进电梯。这就是我遇见那个穿蓝色大衣的女人的地方。

电梯里的感觉和气味都不一样了，我没闻过这种味道，这是一种下午三四点在一个陌生的地方的气味。我本想假装我是第一次来这里，聚会已经开始了，随时都可能见到克拉拉。在我还没察觉到的时候，我们已经到了她的楼层。

她打开了门。然后脱下外套，解开那打了复杂结的披肩，把我领进起居室，从这里可以俯瞰哈德逊河。我觉得自己又回到了聚会上，只是所有的东西都被清理干净，重新布置，看起来完全不一样了。隔板从楼上冒了出来，家具被搬走了，艺术品看起来不一样了，也更老了，哈德逊河感觉更近了。当我走近那扇大窗户的时候，我觉得就连河边的车道也不一样了，比起果戈理、拜占庭和蒙得维的亚的遥远景色，眼前的一切更让我觉得触手可及。

"把你的外套给我。"

她接过我的外套，让我感动的是她处理这件外套的方式，这似乎是如此出人意料，仿佛如果她不恭敬地爱护我那件愚蠢的旧外套，它就会断裂或皱起来。这是一个信号吗？不，这什么都不是，我不停地告诉自己。

"来，我们去厨房吧。然后我带你四处看看。"

她要带我去看她的卧室吗？

厨房和这个公寓一样，几十年来都没有翻修过。她解释说，她的父母一直住在这里，直到事故发生的那一天，从那以后，她就没有心思也没有时间修理太多东西，有的墙需要打通，有的要搭起来，有的电线要拔出来，有很多东西要送走。为了证明她说的，她给我看了煤气灶，让我点燃它。

"要转动旋钮或按一下什么之类的吗？"我问。

"不，你用这个。"她说着，从一个大火柴盒里拿出一根火柴。

"水沸腾时这东西会响吗？"

"不，它会报时。"她指着一个很时髦的烧水壶，像是一个礼物，"大翻修要花很多时间。而且我也不想改变它。"

我突然发现，她的整个公寓也很低矮。

我们站在没有灯光的厨房里等水烧开。

"我没有饼干，没什么能给你吃的。"

我想，这个女孩永远在节食。

她站在那里，双臂交叉，向后靠在橱柜上。我开始注意到，我们也有过同样的沉默时刻，她看上去有些不安。我想知道为什么。难道她总是用无礼、唐突和激动，以掩饰自己的不安吗？难道她就是这样吗？或者她真的是天性无礼、唐突，而这正是她有时感到不安的原因吗？我同情她，这就是为什么当我看着微弱的阳光照在她的身上时，我说："现在只需要一只死掉的雏鸡，一个放着即将腐烂石榴的蓝边碗，旁边还有个透明的水罐，你就能得一幅荷兰大师的《靠在橱柜上的女孩》了。"

"不，是《厨房里泡茶的女孩和男人》。"

"也许是《女孩怀疑厨房里的男人》。"

"女孩不知道该怎么想。"

"在厨房里的女孩很漂亮，男人非常非常高兴。"

"在厨房里的女孩和高兴的男人。"

"男人和女孩在说蠢话。"

"也许男人和女孩看了太多侯麦电影。"

我们笑了。"和你说话，跟和别人说话完全不一样。你是如今唯一一个让我笑的人。"此刻我除了直视她的脸，也没什么可以说的话。

她打开一个橱柜去拿糖。我看到了大约二十种不同的钢制刀具。她解释说，她的父亲喜欢在周末做饭。现在它们都裹得严严实实，堆在最上面的架子上。我舀了一茶匙，她舀了两茶匙。我看得出她很不安。

"女孩要放男人送给她的CD，"她说，"然后二人就去法国。"她就是这样提到侯麦的电影的。

烧水壶响了，我说："听起来像第二次世界大战的空袭警报。"她说她没有注意到，但是，它听起来确实像空袭警报。

我问她有没有茶壶，因为我要像《慕德家一夜》里那样泡茶。她说她只有茶包，但肯定有一个茶壶，可能很旧、很脏。

我说，茶包也行，然后把热水倒进两个杯子里，一个杯子上写着翁布里亚，一座城市的名字，另一个杯子上写着苏荷区一家商店的名字。"让它静置一会儿，然后我们把水倒出来。"

"你知道你要做什么吗？"

244 ·

"看起来毫无头绪，但我会在每个杯子里放一袋伯爵茶。"

茶香味弥漫了厨房。

我们到客厅去吧，她说着，拿着杯子和CD。她打开一个柜子，打开播放器，不一会儿就听到了柔板奏出的赞美诗，美妙得令人心碎。"我喜欢伯爵茶。"我说。她也是。"特工时间到。"

这张新沙发正对着窗台，这样人们在喝酒的时候就可以看到哈德逊河。"多么美丽的景色啊。"我说。我喜欢这里的茶，喜欢哈德逊河，喜欢贝多芬的曲子，也喜欢侯麦，还有下午茶。外面的雪地上还没有车胎和脚印的痕迹，这就是克拉拉放学后经常和朋友们一起玩雪橇的地方。

"现在再告诉我为什么那张贝多芬的署名是你。"

"又是那张贝多芬！"我很享受这一切。

"试试嘛，普林茨。是你，因为——？"她问，装出屏住呼吸的样子。

"因为《海里格丹格桑》是贝多芬在康复期间写的，就像我，像你，像每个人一样，都在低谷。他曾濒临死亡，但庆幸自己还活着。"

"然后呢？"

"贝多芬的八个音，他的八个简单的音符，还有持续的长音，他悠长的莉迪亚的颂歌，他喜欢这样，不想结束，因为他喜欢重复，喜欢不回答，喜欢推迟回答，所有答案都很简单，因为他没有答案。他追求的是时间的长度，一个永远不会过期的宽限期，像记忆，但又不是记忆。他会不断重复和延长这个过程，直到剩下五个音符、三个音符、一个音符，没有音符，没有呼吸。也许艺术就是不会死亡的生命，而活着是颂歌式的生活。"

我们之间的沉默告诉我，在克拉拉的心里，她立刻用另一个词代替了"生命"这个词。因此她沉默。

"莉迪亚式的茶,莉迪亚式的日落……"我又说了一句,想在我们之间激起一点幽默感,她几乎要偷笑了,意思是:我知道你在干什么,普林茨。"是的,都是。"她说。

我看了看房间。估计沙发和扶手椅上肯定有二十个枕头,在窗边的一个角落里有两大株植物。扶手椅看上去很旧,但并不落俗套,就好像房间里的其他物件一样都在努力适应这张新沙发,却要装作不费力。每个插座似乎都挤满了像葡萄串一样的插头。

"这是你小时候做作业的地方吗?"

"我在餐厅做作业,就在那边。我喜欢在这个地方看书。即使有客人来访,我也会坐在角落里的长沙发椅上,偷偷溜到圣彼得堡去。这也是我弹钢琴的地方。"

"完美的童年?"

"平淡无奇的。我没有糟糕的记忆,也没有值得称道的记忆。我只是希望我的父母能活得久一点。不过,我并不想念他们。"

我试着想象她的卧室。我不明白她为什么决定在汉斯的公寓而不是在这里写她的硕士论文。

"因为他们给我做了早餐和午餐。当人们为你做饭、照顾你的时候,你会惊讶地发现时间过得真快。我花了六个月的时间在那里写论文,没有注意到任何人。"

我记得那书桌和房间,我在那等她拿来开胃菜,我一直在想这个房间。我担心她不会回来,但她回来了,带着她说的好吃的,他们被摆成诺亚方舟的样子,成双成对的,意思是:一个给你,另一个给我,还有另一个给你和我。就让我们坐在这个小壁橱里,按照我们想的样子改造世界,这一小片天空延伸到桌子上,所有陌生人站在那儿，围着嗓门嘶哑的歌手闲谈着，就像那些外星人一样，只剩下他们的影子在我们周围。我发誓再等十五分钟就离开聚会，不多待一分钟，但在看到克拉拉端着大盘子回来的时候，我开始觉得这比做梦更好。当我发现我的十五分钟其实已经延长到过了凌晨三点的时候，就像每个人都让我相信的那样，即使我在这里的第一个夜晚就离开，对任何人来说都太早了。那间小房间似乎是我最接近克拉拉的地方。现在，我又回到了原来的地方，下了几层楼，几层沉没的城市之下，我们仍然在地表上，仍然在海平面以上。我想知道英奇的灵魂在这座建筑的地下世界漫游了多远。

"然而，在那个小房间的上面，是阳台。"

诗人是沃恩，坐标是在贝拉吉奥，两者之间，一个女人用麂皮鞋踩着一根香烟，香烟顺着积雪铺成的车道往下飘，伊格尔和伊万站在那里，就像流离失所的双面间谍抽着烟回忆着冷战。

还记得吗？我能忘记吗？

层层叠叠的房间和阳台，似乎是一种模糊而神秘的设计，预示着关于我、关于她、关于我们在一起的时光的某种东西，这些东西我还不是很了解。我离她地板上的那个东西更近了，还是比三天前更远了？每一层楼的回声是更微弱还是更响亮？或者是那回声在召唤我，从一层到另一层，像蛇和梯子，像贝多芬过度延长的赞美诗，来了，又消失了，然后又回来，无尽的又令人着迷且不朽的？

这太尴尬了，她在餐厅里说过。我不想继续这样，但我知道她在恳求我说点什么。

房间和窗户在同一条对角线上的排列让我想起了元素周期表中的元素，所有的元素按照一种非常神秘的逻辑排列整齐，然而，一旦按数字排列，对那些懂得密码的人来说，它并不比命运本身更难预测。钠（原子序数11）是最上面的一层，和温室一起，在它的正下方是钾（19），我差点晕过去，在它的正下方是铷（37），是阳台和放着血腥玛丽的地板，在铯（55）下面是克拉拉的世界。难道一个人不能按照周期表来组织自己的生命，并且假设如果计算出了11，19，37，55的元素顺序，就可以很容易地预测出下一个元素是87号钫吗？还有不到两小时就到侯麦的法国了，不是吗？

她喜欢即兴创作的东西。我喜欢设计。

"这个房间对应着一楼的什么？"我问。

"大堂。"

"下面呢？"

"储藏室，管理员挖的。"

"再下面呢？"我问道，仿佛想确定我会不会像一艘名为飞翔的荷兰人幽灵船，永远被困在货梯里，等着命运决定它会把我带到哪里。

"自行车房。洗衣房。中国。"她回答说。

此刻，我试着确定没有比低谷更低的地方，没有比欧米茄①更后面的希腊字母，除了我看到的这个她，没有别的克拉拉，但看她的样子是在告诉我，根本没有最低点，她是无尽的，地球上有多少埋藏的地层和传说就有多少克拉拉。那我呢？

"有个男人在回忆第一个晚上，想着如果他下错了楼，去了另一个派对会发生什么。"

"那个男人会遇到不同的荷兰女人。"

"是的，但是这位荷兰女士是怎么想的呢？"

---

① 译注：Omega是第二十四个希腊字母，亦是最后一个希腊字母，指事情的终结。

"那位男人在试探，所以荷兰女人说，放马过来吧。"

我真喜欢她的心智。她像是我的南方直指的北方，她是知道我所有秘密的人，如一副手套的两只。

"普林茨。"她说。她站了起来，把我们俩的杯子放在厨房里，同时从客厅的另一扇大窗户向外看了看哈德逊河昏暗的景色。

"怎么了？"我问。

"我想你应该过来看看。"她说着，我吃惊地看她拿出了一个看起来像"二战"时期的望远镜的东西。"看那边。"她指着乔治·华盛顿大桥。

"是如我所想的那样吗？"我问。

"我觉得可能是吧。"

"等五分钟，也许它会经过。"

我们焦急地等待着，听着贝多芬的最后一章。

但船并没有越来越近，而且我们知道，它也可能是停驻了；天已经黑了，看不清它的名字。时间也太迟了，如果我们不赶快起身的话，就会错过电影。于是她系上披肩，告诉我去哪儿找外套。我在浴室里听到她在钢琴上弹了几小节亨德尔。这意味着，或者说像我希望的那样，我们可以待在家里，我们可以叫外卖，我们可以静坐到天黑，永远都不用打开灯，因为只要动一下，魔咒就失灵了。我建议我们坐出租车。"绝对不行，我们走着去。"她回答。

"写下的名字，是你。"她在电梯里说。

过了一会儿我才意识到她还在反复谈论那张贝多芬。

"对，是我。"我几乎是害羞地说道，毫无疑问，好像今天早些时候我已经不假思索地承认了这一点，现在希望我能收回这句话。

"下次，我会在我的钢琴上给你弹几首萨拉班德舞曲。那些都写满了我的风格。"

"什么意思?"

"萨拉班德有快有慢。有人说萨拉班德舞是向前两步,向后三步。如果你问我人生故事,萨拉班德跟我的人生一模一样。"

我们抄近路沿着西区大街走,与河边不同的是,这里的雪已经被铲过,路边的雪被堆得很高。一路上都是下坡路,当我们到电影院时,排队买票的人比我们预想的要多。不过有人说票还没被售空。

当我们拿到票的时候,想的只是千万别让我们分开坐。"如果分开呢?""那就不看了。"她说。我们认出来了前几晚的一些人。克拉拉说她要去附近的星巴克买点东西,这已经成了她的习惯。我们都喜欢她昨晚买的那块柠檬蛋糕。排队的时候,我开始和站在我们前面的一对情侣聊天。女士看过很多侯麦的电影,男士看得不多。原本他们昨晚想来,但她没能说服他。她认为今晚的电影或许可以向他展示这位导演的天才能力。我认为他是个天才吗?我问我自己。可能是。那位男士却说:"在现实世界中,从来没有人那样做过,更不用说那样说话了。""好吧。"克拉拉插嘴说,她一回到队里就回击了他的观点,"莫奈的画一点也不像真实世界,我们也不希望像。现实世界和艺术有什么关系呢?"

这似乎让他闭嘴了。

也许这个可怜的人只想跟着话题聊聊天。这明显是他们第一次约会。

"我想知道今晚7点10分,剪了小平头的人在哪里。哦,他来了。"

我把我们的票给了他,她对他笑了笑。"菲尔丹科。"她用嘲弄的德语说,脸上带着滑稽的假笑。他像两天前一样沉默地咆哮着。他能感觉到她在取笑他。

他最后说："我不喜欢你的态度。"

"我喜欢你的态度。"她反驳道。她不知道该叫他菲尔丹科还是菲尔登科。因此，她决定叫他菲尔东科。她自顾自地笑着，直到我们看到菲尔东科的脸透过厚厚深色幕布的缝隙，窥视着观众席，然后用他的手电筒的光束指向我们后面的一个空座位。"女士，"他说，克拉拉仿佛立即成了高贵的女士。"座位，你看得见吗？"我趁着片头响起时问道。"什么也看不见。"然后她又说了一遍菲尔东科，我们俩都笑得停不下来。

在电影《绿光》中途，情况变得完全不可收拾。她打开钱包，把一个东西拧开，嘬了一小口，递了过来，强迫我喝它。"什么东西？""奥本威士忌。"她低声说。我的邻座转过头来看了看我，然后又看着银幕，好像决定再也不向我们这边看了。"我想我们被发现了。"她小声说。他告诉了菲尔东科，"你看，菲尔东科会生气的。"我们压抑住笑声。

后来不知为何，电影突然停止播放。一开始，人们还文静地坐在自己的座位上，然后他们开始不耐烦，最后爆发出越来越大的嘘声和奚落声，就像在高中礼堂里一样。我告诉她，菲尔东科就是集售票员、引座员、卖爆米花的和放映员于一身，这让她大吼道："菲尔东科，快把这玩意儿修好！"每个人都盯着我们看，看得越久，她就笑得越厉害。"把这玩意儿修好！"她大声喊道。大家都跟着大笑起来。这就是那个用混杂的英语说话的女人，那个几个小时前靠在橱柜上的女人，那个在我们的尴尬与沉默中不安的女人。一样的克拉拉，新的克拉拉，旧的克拉拉，让别人回到座位上闭嘴的克拉拉，那个注视着、哭泣着的克拉拉，那个在工作日下午放学后，蹦蹦跳跳地从106街那座楼里冲出来，在弗朗兹西格尔纪念雕像前和孩子们一起玩的克拉拉，或者在朝斯特芳斯公园山坡上滑着雪橇的克拉拉，他们都坐在一把长椅上，骗着他们的父母——知道消息后她默默地哀悼了她父母，但后来马上就换上衣服去参加派对——但这都比不上当她拿着一本书，偷偷地加入她的父母和朋友们，面对着看得到哈德逊河的窗户一起喝茶的几个小时那么舒服。就在莱茵河沿岸的这个中世纪小镇上，一切都那么好、那么安全，是她的父母和祖父母让大西洋的这一边都复苏了。这么多的克拉拉？有没有专属于她的元素周期表呢？当她在那些小格子间上下穿梭的时候，她那福利亚舞曲和她隆重的萨拉邦舞曲就像被包在一起放进帕尼尼三明治机里一样，就像她住街区的拐角卖的古巴三明治一样？或者，她跟我一样——不过比我好得多？我不敢自认很了解她。

"现在我们干什么呢？"我问。

"不知道。你想干什么呢？"

"我想我们应该喝一杯。"

我们赶在改变主意之前，匆忙离开了电影院，她几乎没有时间把她的披肩放在头上再打上她的结。

"那个复杂的结怎么办？"我问。

"别管复杂的结了。"她一边说，一边钻进我的胳膊下，然后又钻进我的腋窝下，我都还没来得及用胳膊搂住她。"我们叫辆出租车吧。"我说。"老地方吗？""当然。"

但出租车不往上城区这边驶来，所以我们得走到对面，去找那些往市中心开去的车。两天前，我就是在这个角落看见她的。

现在是红灯，我们不得不在此等待。在百老汇大街中央的那个交通岛上，她哼着歌，开始在寒冷中嘎嘎地念着咒语："菲尔东科，菲尔东科，给勇士以希望，给战争以诺言。①""谁的？"我问。"拜伦。"她不停地说着那个词，直到她看到一个戴着南瓜大小头巾的司机路过，这让她用法语口音在夜里喊"粗租车，粗租车，女士的粗租车"，而不是直接喊"嘿，出租车"。看着满脸胡须的出租车司机从我们身边疾驰而过，后座上坐着一个和司机一样裹着头巾的乘客。这让我们在严寒中放声大笑，我突然想：这太蠢了，但这是我迄今为止和另一个人最快乐的时刻。我不假思索地转过身来，吻上了她的嘴。

她立刻缩了回去。即使是一只突然被火烧到的手，也不可能顷刻就缩回来。我的唇还没有触到她的唇，她就说出了"不"这个字，仿佛她已经知道要发生什么，并且准备好了答案。她让我想起那个令她的手指放在外套口袋里防狼喷雾的喷头上，准备先喷再问的人，之后才发现这个在某晚走向她的男人，和其他迷路的游客一样，只是想问个路。

生平第一次，我觉得自己好像是在侵犯一个女人，或者被判定为企图侵犯她。如果她在这个时候打我一巴掌，我都不会这么震惊。

这不仅是我第一次在吻一个女人的时候被拒绝，而且这个第一次的时机来得那么自然而然、那么不由自主、那么毫无预兆。她这么粗暴地回绝我，这感觉像是对我们在过去四天里分享的每一刻的侮辱，这是对坦诚的侮辱，对友谊的侮辱，对人性本身的侮辱，对我的一切的侮辱，对我自己的侮辱。我突如其来的一吻让她这样震惊吗？这个吻真的有那么冒犯吗？我的吻，或者我……如此令人厌

---

① 译注：拜伦的诗，这里改成了售票员的名字。原文是：Tambourgi! Tambourgi! thy'larum afar. Gives hope to the valiant, and promise of war, Tambourgi。

恶吗?

我不知道她会如何看待这一切,我要确保这不会破坏我们之间的关系。所以我道歉说:"我希望没有冒犯到你。"

"没必要道歉。我早该料到的。是我的错。"

我似乎没有我担心的那么内疚。但我的天真更令人难堪。我将我们之间的意乱情迷误解成了其他不存在的东西。

"克拉拉,我真的希望你别生气。"

"我没有生气,我说了。你表现得像个十四岁的孩子。没必要像孩子那样道歉。"

就这样吧。我从心底里道歉。真是自作多情。

"我想,我应该帮你叫辆出租车,"我说,"然后我也回家。"

听了这句话让她变得比被我吻了更不安。"别这样回家。"

"你不该拒绝我的。"

"你不该吻我的。"

"是的,我不该。"

"别回家,别这样。"她看着我,"真冷。去喝一杯吧,我不希望发生这种事。"

"为什么?"

"为什么?因为我们在一起玩得很开心。因为,如果你觉得我们都参加了汉斯的派对是件好得不得了的事,你不觉得我也会这么想吗?你不觉得,如果你从来不想让别人像我了解你那样了解你,那是因为我可能也想从你身上了解同样的东西吗?"

"为什么不让我吻你呢?"

"我不需要解释,甚至不想解释。太冷了。我们叫辆出租车吧。"

"为什么不告诉我你宁愿把我推开也不愿吻我,就好像我要羞辱你，或得了瘟疫似的。"

"你吓到我了，好吗？你不会理解的。我们现在能不谈这个吗？"

"我们从来没谈过。"

"这不公平。"

她听着我说。但此刻我却不知道在思考什么，只知道我很高兴，因为我可以朝回家的方向走去了。

"这是我的地狱。这是我的地狱。"她不停地重复，"你让事情变得更糟了。"

"你的地狱？想想我的！"

我对自己摇了摇头，对她摇了摇头。

"好吧，这儿太冷了。我们都需要喝一杯。"

我不明白，她偷偷溜进我的腋窝，一只胳膊搂住我的腰，但又好像什么都没发生过。"出租车来了。"

我们向出租车打招呼，上了车，看着出租车突然在雪地里打滑，不慌不忙地掉头，马上就飞快地驶向市区。"突然变得这么冷，天气太糟了。"克拉拉穿过玻璃隔断说。司机安静沉着地熄灭他的烟，听着柔和的爵士乐。"美国天气。"他带着非常重的口音回答。"真的吗？"她回复道，试图听起来像出租车司机表示对于美国天气的看法的好奇。"你听到了吗？"她对我说，"美国天气。"

我们在105号街下了车，忍不住大笑起来。

我们冲进屋里，在长椅上找到了我们习惯肩并肩的位置，她称之为"我们的长椅"。我点了两杯单麦芽威士忌和炸薯条，她急忙去了卫生间。

几分钟后，她回来了。"你不会相信有人在那里面留下了什么，"她说，这次她真的大笑了起来，"这太恶心了，就好像整个世界都来这里的洗手间拉屎似的。"

她得去别的地方吗?

不,她肯定去过男洗手间了。

"男洗手间里有男人吗?"

"有,"她说,"这个家伙。"

她指着酒吧里一个瘦长的年轻人说,他可能需要喝点酒来恢复精神。"别那样看着我,"她大声对他说,"你什么也没看见,如果你看见了,算你走运。"

干杯,当我们的酒端上来的时候说道,又一次,然后又一次,然后又一次。

我看着她,情不自禁地说:"我们是只单纯大笑,还是真的很高兴呢?"

"你今晚有没有碰巧看侯麦的电影?小姐,请给我们一个硬币。来,我们跳舞吧。"

我们在凌晨两点后离开了酒吧,这似乎已然成了每晚的习惯。寒冷也没有让回家的路走得更慢、更长。即便冷风刺骨,我们两个却不愿加快脚步,我们也没有感到不舒服和不愉快。我们喝得比平时都多,走路的时候,我的胳膊搂上了她的肩膀。我们之间会不会有什么事情是不自觉的呢?

真不知道怎么说再见。接吻是不可能的了。不接吻,太做作了。正常的轻吻,又实在敷衍。"我知道这很尴尬,"她说,"但我想我们最好还是不说晚安吧。"不出所料,我们在同一个频率上。

所以我们根本不应该亲吻,应该放弃所有说晚安的动作。我想,这主意不错,几乎是在欣赏她的能力,避免了又一个在她家门前的尴尬时刻。同时，对我失败的吻，对那首歌，对今晚跳了四次的探戈，也只字不提。我为什么不吃惊呢？"也许你是对的。"我说。也许她确实是对的。她双手深深地插在大衣口袋里，飞快地跑向鲍里斯站着的地方，我等了几秒钟，看她进去了，便转身向百老汇大街走去。"嗯，今晚过得不错。"她说。我显然清楚她是在用俗套的好莱坞式的约会台词，却没有连带着一丝讽刺。

晚些时候，当我走到公园的时候，我开始思考，也许应该不再与克拉拉见面，现状已然足够了，不应再继续下去。太多的混乱，太多的怀疑，太多的暗箭难防，一切都浸泡在腐蚀性的混合物中，它会剥去你的皮肤，让你像一只初生的软体动物一般赤裸。结束吧，我想。她可能会介怀，但在所有人中，她会比你恢复得更快。几个小时之内，她就会遗忘一切，甚至忘记她已经遗忘了这一切。但对我而言，这需要一段时间。也许是时候重新考虑一下让自己蛰伏起来了。

几个星期以来，我第一次发现自己很想买一包香烟。我要称之为特工吗？是啊，为什么不呢，至少目前是这样的。但我的名字再也不会是奥斯卡了。

夜晚的公园，一如既往地受欢迎，就像即使在下雨天，在午餐时有十分钟空闲，你也愿意走去教堂。因为你不信教也不用参与什么仪式，只管随心所欲地走进去，没有什么要求，没有什么期待，也不需要付出，你只是坐在空荡的长椅上静思，想象着你能吟诵出一首无声的赞美诗。

今天凌晨一点前，我曾路过这里，心想着，今晚送她回家后，我一定要来这里看看。如果事情进展得顺利，我就向公园送上晚安的念想。公园会懂得我的心，蒂尔顿会明白的。如同当我那晚赶回市里，没能向父亲送上离别的思念，他也会理解的。但是事情并不顺利。现在我回来了，和她的距离没能比第一个晚上更近。上两层楼又下了三层，停滞不前，一直都是停滞不前。我讨厌这种感觉。我在刺骨的寒冷中坐了一会儿，我清楚得马上走了，但我仍然在努力唤醒派对那晚的熠熠光彩，以及那晚的光彩是如何让一切都变得心明动人。没有魔法了，没了，都不在了，我的魔法师带着闪耀头也不回地——回家了。回家吧，奥斯卡。回家吧。

我站起身来，看着凌晨三点的城市，此刻我爱这座城市，比任何时候都更多。但它对此一无所知，是吗？它也帮不了什么忙，只能眼睁睁地看着，不时抬起头来看看，就像吃草的斑马群一样，眼睁睁看着三个捕食者悄悄地在平原上搜寻着它们的孩子。回家吧，奥斯卡。

我决定在我们刚刚出来的酒吧里再喝一杯，于是坐到吧台前。也许我只是想留在她的附近。里面几乎没人了，只有一个女服务员和坐在酒吧里的两个男人，再往里坐着一对夫妇。我这辈子是否还能在回到这里的时候，不想起她？不恨我的一生？不恨自己？

那时我正坐在那个瘦高的年轻人刚才的位置上，他在无意中曾与克拉拉共用卫生间。她对他不客气的样子逗乐了我。就连他也比现在的我好很多。我看了看我们之前坐的位子。他们已经把角落里的蜡烛吹灭了。整个场景让我想起了空荡的剧院，当管理员同意让你回到座位上去找落下的小雨伞的时候，《李尔王》和《温德米尔夫人》的演员们和清场的工作人员早就回家了，就连薪酬很少的清洁拖地员，都已经坐在开向城市边缘的地铁上，算计着时间，等着回家坐下吃妻子给他们准备好的保温过的饭。

到处都是我们存在过的痕迹。她和我就是在这里谈论起侯麦的电影，点的酒比平常还多，她的头靠在我的肩膀上，我有时搂住她的肩膀，我们都不敢越界。仅仅是看着那张可能还带着我们的印记的长椅，一切就都回到我眼前了。

我点了一杯饮料。"该死的冬天。"酒吧招待说。坐在酒吧远处的那个没牙的老男人显然喜欢他这样说。"该死的冬天，"他重复道。"当然！"我立刻想到了"美国天气"，当笑声涌上我的喉咙时，我差点被呛住。我最近有和谁笑得这么开心吗？究竟是什么使我这么喜欢笑呢？那是一种滑稽的、闹剧般的、孩子气的、愚蠢的笑声。

"美国天气！"她对出租车司机重复了一遍，做了个鬼脸，好像在说"真想不到，美国天气！"那时我多想吻她啊。

我拿出一美元放在自动点唱机里。也只有我才会回来再放一遍我们的那首歌了。点唱机也并不会因为我放错歌而厌恶我。但这首歌没有错。我怔怔地站在酒吧门口，听着这首歌，一点也不在意那些曾看我们一起跳舞的人，会怎么想如今我独自一人在做什么，歌词唱到"嗯，孤独。所以，她没有让他用他的方式和她在一起，是吗？在他们所有的醉意和舞蹈后"——我不在意，对我而言，一切都无关紧要了，除了两天前她带着善意把手放在我脸上的那个瞬间。是的，善意。此刻想起时让我的眼泪又涌出来——那不是自怜自哀的眼泪，不是自恨自悔的眼泪，也不是为自己而流的眼泪，甚至可能也不是为了爱，尽管那一定是为了某些类似爱的东西，因为两个人、两个物体、两个细胞、两颗行星，不可能靠得那么近，还不被"爱"干扰、改变。我可以哭出来，每次长时间的困惑都会让我哭泣。或许我独自在此，只是想记住她在我耳边唱完歌后，用手抚摸着我的脸庞，几秒钟后又问我要一块硬币的时刻，还有那忧郁的男高音，几乎让我违心地在想，这一切肯定是爱，一直都是爱，她的爱，我的爱，我们的爱。我又一次放了一遍这首歌。奇怪的是，在我们回家的路上，她为什么一句话也没说。对我的吻也只字未提，更没有提及我们在酒吧里相拥的时刻。什么都没说，整件事都被搁浅了，被遗忘了，不被提及，只剩离题与迂回和拐弯抹角。

从今天下午，我们在厨房里被一团尴尬的云雾所笼罩时起，就再没向前一步。是谁把那云那雾放在那里？又为什么没有赶走这番尴尬？而我只是呆滞愣住。"我想我们最好还是不要说晚安"——是谁说过这般晦涩而窘迫的话？"我想我们最好还是不要说晚安"。

当我坐在吧台前，开始喝我的苏格兰威士忌时，我终于明白。

真是个糟糕的傻瓜！我用力踢了旁边的凳子一脚。随后为了掩饰，假装是在盘腿时不小心撞到了它。"我想我们最好还是不要说晚安"，并不意味着我们不应该吻别，而是意味着"我还不希望我们说再见"，她为什么没说"别再见，还早"。"别再见"这个词很难说出口吗？她为什么没说清楚？还是她说得很清楚了，只是我没能听到，因为我不敢相信自己得到了一直想要的东西，因为我太想要了，所以觉得自己不配拥有。

或者，我完全明白了她的意思，却假装不相信，好让她再重复一遍。又或许，她要加重语气。但是克拉拉们都不会这样做吧？

突然，我想给她打电话，这比任何事情都重要。我想打给她，听她睡着时发出的沙哑声音，在聆听的时候，对那沙哑的声音说，我很难对着白天里你那闪耀的声音开口，说那些只会在不受约束的半梦半醒间喃喃自语的事：我不在乎是否叫醒你，现在我想和你在一起，在你的床上，盖着你的毯子，穿着你的毛衣，今晚是如此寒冷，实在不得已，我也可以睡在隔壁的房间里……只是我不想离开你，今晚不想。

我现在该给她打电话吗？在已经过了凌晨三点的时刻？

在散步后，打给她可能更容易，也更合时宜。但在凌晨三点？只有万不得已的紧急情况，人们才会在这个时间打电话。是的，但这不算紧急情况吗？只有醉鬼才会说这是紧急情况。可是，我醉了，如果说有什么紧急事件的话，现在就是。好吧！打电话给她，告诉她："今晚我不能没有你。"这听起来更像是自杀遗书或者是求婚。难道它们不是殊途同归吗？我问道。我突然想到奥拉夫，让我忍不住想笑。

我迫不及待地想读那些随时会到来的电子邮件或短信。毫无疑问，她肯定会用残酷的、刻薄的、令人反感的典型克拉拉的语气。但如果只是为了不做她昨晚已经做过的事，她不会马上发邮件的。她会让我久等，这样我就无法入睡，即使我睡着了，我也会醒来即刻去检查邮箱。之后我才意识到，如果我对她的感觉，或者说对命运的感觉是准确的，那么她今晚根本不会给我发信息。让沉默发挥至极，让沉默成为毒药，让沉默成为信息。

但她仍有另一种折磨我的方式，让我在不确定的情况下，去怀疑一切都只是发生在我脑袋里，仅仅在我的脑海里而已，这些围绕着我的扭曲谜团与她毫无瓜葛，而是我与自己、与她、与生活本身的纠结关系拟人化罢了。

但我不会上当，我并不是偏执狂。我想——这一切都是她对我造成的。所以我决定关掉手机。

然后，当我正把这些想法扼杀在脑海时，量子定理突然冒了出来。我有两种选择，但不能同时皆选。如果我重新打开手机，要么没有收到她的短信，要么就是看到她说了一些能让我不知所措好几天的残忍的话。但如果我不检查短信，保持关机，我永远也不会读到那条开头像这样的信息：

"亲爱的奥斯卡，不用打电话，不用写消息，也不要脱掉你的鞋，只要你尽快过来就好，我不关心现在是几点，也不关心你是否愿意，更不关心今天、昨天、前天晚上说了什么，我只想让你在今晚和我在一起。我保证，直到楼下的门铃响之前我都不会入睡，不用打电话，不用写消息，也不要脱掉你的鞋，只要按下那个门铃，按下楼下的那个门铃。"

像俄耳甫斯一样，我忍不住打开手机查看信息。但是，就像俄耳甫斯一样，只要我一打开手机查看，她要发的信息就会瞬间消失殆尽。

第五夜

有一个问题从我醒来就挥之不去，无论是洗澡，去街角的希腊餐厅，还是回来长长的路上，我一直在想：她今天会不会给我打电话？或者她只是故意不打电话？

早餐过后，为了让自己停止期待——还是因为怨恨自己一直期待？——我决定再次关掉手机，然后发现自己在百老汇闲逛，假装今天早上时间充足，无事可做。但是我不想太早回来的原因再明显不过：我想向自己、向她、向老天证明，我并不急于知道她是否发过短信、打过电话或来过我家，因为今天早上我最不想知道的就是她一点都不想给我打电话或见我。最终，让我处于羞愧边缘的是——因为这是我最想做的一件事——听到她承认她自己也在经历同样的折磨和痛苦。如果她开车来，她会发现无人应答；如果她打电话来，她会被转到语音信箱；如果她碰见我并问我去了哪里，我会含糊其词。然后，我突然意识到这正是她想要我经历的——我从中得了些许安慰。她想让我对这些疑问思来想去，因为她自己在

264 ·

同一时刻也在对这些疑问思来想去。

在我的脑海里——也许只是在我的脑海里——这一切都归结为这个问题：谁先拿起电话打给对方，谁就有主动权，谁是沉默的受害者？她只是沉默，还是像我一样假装喋喋不休？哪里是心照不宣的结束和杳无音讯的开始？答案藏在这个三门问题之中。

然而，还有最后一个希望，即使它在漫长而拧巴的一天结束时才到来：未说出口的七点十分。然而，关于七点十分只字未提，要么是一种信号，要么是没有信号，但没有信号本身也是一种信号。

如何打破这沟通的中断？

我可以坐斯塔顿岛渡轮，只要我站在自由女神像前冰冷的甲板上，打电话说"猜猜我在哪里"——然后给她发一张照片来证明这一点。但我也想象着她粗暴且姗姗来迟的回答：你的意思是？或者我可以站在布鲁克林大桥上，或者坐在圣约翰大教堂的长椅上，离她家不到十个街区。你的意思是？

或者——像我做的——下午2点左右，给她发一张斯特劳斯公园纪念雕像的照片。"这是你能找到我的地方。"我会等一会儿，很久的一会儿。你到的时候带个冰镐来。

我等着她给我回电话，但她没有。所以事情已经糟糕到比我担心的还要严重。她不和我说话。也许她也已经关掉了手机，但那也是一种信号，不是吗？——尤其是如果她因为同样的原因而关了自己的手机，这将成为最响亮的信号。

我设想了一系列希望的场景。最好的场景是，她给我发一张她当时在哪里的照片。然而并没有短信。这是她解释为什么不能见我的方式。出于某种原因，我想象她给我发了一张丹铎神庙的照片，或者波道夫·古德曼商场，或者是去达里恩的路上，或者是浴室盥洗池。

然后我开始希望她的回答可以是利奥·切尔诺维奇演奏巴赫的形式。

然后她会给我打电话，说："什么？"

"你说'什么？'是什么意思？"我会这样回答。

"是你打的电话。"

"你有时间吗？"

"怎么了？"

"你要是忙的话，我回头再打给你。"

"你想说什么？"

"我打电话来道歉。"

"为了……？"

"你很清楚为什么。"

"你已经道过歉了。还有什么？"

"没别的了。"

"好冷啊，我不敢相信你竟让我出家门来这里。"

她知道她会吓我一跳。但是我一看到她在斯特劳斯公园出现，我们就会狂笑起来。部分原因是她在取笑我们透支了互不理睬；另外就是，我们心烦意乱的沉默只不过是一场暗暗的较劲，一场虚假的冷战。笑着承认这一点，然后继续前进，真是一种解脱。

"你在工作吗？"我希望她会说没有。

"是的。但不应该花这么长时间，昨晚你让我喝太多酒，我几乎无法集中注意力。"

"你还生气吗？"

"要看是为了什么。"

她看到我开始慌张，微笑了起来。我们指的是同一件事吗？可能吧。看情况。也许不是。

"你吃了吗？"她明确表示她在转移这个微妙的话题，尽管我不太清楚那个话题到底是什么。标准操作。

"没有。"

"我也没吃。"

"想吃民族菜吗？"

几分钟之内，我就知道，我们的生活中会有从她人物贮藏库大脑中跳出来的新的角色、新的命名方式、新的小癖好。这个女孩我几乎无法理解，除了认为她是我反过来的形象，是她自己的复制品的镜像。

我们沿百老汇往下走，盘查了沿途几个可能作为午餐地点的餐厅，然而，出于这样或那样的原因，每个都没选。事实上，我们俩都不饿，想去一家私密的咖啡馆坐坐。我想念那个六分仪、超大号海泡石烟斗和一头横冲直撞的公牛的照片。每年的这个时候，到处都是人，很多住在附近二星级酒店里的游客和年轻人充斥着整个街区，每个地方都挤满了人，空气中弥漫着一股骚动，我们走得匆忙而轻快。

克拉拉决定买一些糖果。这个年龄的人还买糖果吗？"我喜欢糖果，好吗？"某一刻，我们决定乘坐穿城巴士前往东区。但是我们真的想撞见更多拥挤的人群吗？我说那边是古根海姆博物馆。我们真的想去古根海姆博物馆吗？其实不想去。我建议我们可以去法国。但是要在下午的这个时候去吗？肯定不行。

"对了——今天晚上的电影……"她开口道，"我知道这会让事情变得不愉快，但我今天晚上可能去不了了。"

她指的是"让事情不愉快",还是"让我不愉快"?

"真扫兴。"我说,假装我听到这个消息的平静程度,丝毫不亚于收到我不情愿邀请的人给我"无法出席"的回复。"你不去就没意思了。"我找不到比这更愚蠢的回答了。

我很受伤。问题是伤在哪里?我不介意一个人去——我一直喜欢一个人去看电影。我只是不喜欢不得不取消我觉得理所当然的事情,即使我还没有完全承认这一点。

我一直知道我最终会发现,她有另一种生活,我在那种生活里没有任何角色可以扮演,而我在她这段蛰伏的生活中扮演的角色也很小,除了麦克斯和玛戈,没有人知道我的存在。我不喜欢发现这点。或许我不喜欢的是不得不把生活拉回到遇到克拉拉之前的样子。三个晚上,我就无法自拔了,是这样吗?

我们之间陷入了一片死寂。三个晚上,我就无法自拔了。

我担心会发生这种事,但是竟然这么快?

"我会活下去的。相信我。"

再度陷入了沉默。"嗯,你不打算问我为什么不能来吗?大多数人不问意味着非常想问。"

我尽量克制不问,以免显得好奇或暴躁。我又不想让她感觉漠不关心,我不知道该怎么办了。也许我不想知道我不在她身边时她做了什么,只关心我们一起做的事情——或者说我希望相信的事情。她和别人做了什么并不重要,尤其是如果这不妨碍我们在一起的话。在这件事上,我花了一段时间才意识到,我的思维和行为都和普通的善妒的男人一样。

"你真的不想知道,还是你不想问?"

"没关系啊。很明显,你很想告诉我。"

"其他人。"她说。她同时保持模糊和过于具体的方式。

这给了我重重的一击，好像她拿起一把大锹，往我脸上扬了一锹土。街道一下变得灰暗，天空变得灰暗，聚集在百老汇巴士站周围商店的欢乐人群都变得灰暗了，生活也止住了它的笑容，变得阴沉和灰暗。

我再次决定不再和她有任何瓜葛，是将决心付诸实施的时候了。这是该发生的时候了——这样的男人可能会屈膝，可能眼高手低，但是现在是抽离的时候了。在这种情况下，为什么要费心去吃午饭？

"你家里有茶吗？"

我惊讶地看着她。

"有，全都是唐宁茶。只是'卫生检查组'明天才到，家里很乱。"

"有干净的角落吗？"

"应该有。"

"有吃的东西吗？"

"放了好久的火腿，长着绿毛的奶酪，还有最下面抽屉里的长成小树的土豆。不过，什么时候都有酒。"

她怎么能这样做？从冰点到滚烫。突然，我们的生活中爆发了一场派对。

我们在百老汇停下来，决定囤点食物。商店里全是人，我们要了两份奶酪，一份，不，两份；法棍面包；一个熟透的牛油果；一些火腿，生的和熟的都要。为什么买牛油果？来配火腿和芥末吃。我家有芥末吗？有，但是放很久了。天哪，最后一次有女人到你家是什么时候？告诉你了啊，很久之前。再买一些水果？冬天的水果还是夏天的水果？重要的是，它们都是从遥远的地方进口的，被放在一个巨大的黑色容器里催熟，容器被堆放在一艘破旧的叫作普林茨·奥斯卡号的油轮上。这些油轮在大西洋上穿梭，给那些准备坐在圣诞原木旁，喝着水果潘趣酒唱颂歌的人带来颜色各异毫无味道的浆果。"好吧，好吧，我明白了。"她说。"我们有牛奶吗？""有。"我说，并做了一个谦卑的羞愧表情，但它可能已经变成酸奶了。在最后一分钟，我们想起了会让世界变得不同的东西：鱼子酱和酸奶油。我们又一次在玩过家家。"来一些垃圾食品怎么样？""垃圾食品和糖果。"她说。

我们还没有买完就已经装满了两个大购物袋。"我突然饿了。"她说。

"我也好饿。"

"进去之前，我想问厨房干净吗？"我们走进我住的那栋楼时，她问道。

她是在问我的床单干净吗？

"贝内加斯女士一周来打扫两次。但是她不能碰我冰箱和书房里的任何东西。"

我下了电梯，忘了告诉她电梯门关得非常快，突然看见克拉拉抱着购物袋被关上的门狠狠地推出电梯。"该死的门。神经病。"穿过走廊走到我公寓的路上她一直在骂电梯门。

她喜欢我的地毯。她说，她有个主意。"我们去角落里的房间野餐吧。你去准备酒和音乐，我准备其他的。"

有那么一会儿，我们并肩站在一起，眺望着公园的景色。外面又是一个开始放晴的阴沉的白日。

她在壁橱里发现了一块桌布，问："这是什么？"

"在鲁西隆买的，想作为礼物，但是发生了一些事没给出去，就一直留着。"

往厨房走的时候，她发现了我四岁时和父亲拍的一张照片。这是我们去柏林旅行时拍的，我们在蒂尔加登公园，他和我。旁边是我父亲和他的父亲在同一地点拍的黑白照片。"犹太人的归来。"

"犹太人的复仇。"

"你长得很像他。"

"我倒希望不像呢。"

"你不喜欢他吗？"

"我很爱他。但是，我觉得他不知道追求幸福。"

"照完这张照片后发生的事情，应该很难想象任何幸福吧。"

"他有机会的——我觉得。"

"你觉得？"

"是的。"

"然后呢？"

"他放手了。"

"什么意思？"为什么突然对我父亲感兴趣？

"意思是他认为自己不配。意思是爱且仅爱了一次，但是他从来没有足够的接近或者冒险去追求一个可能除了他的爱别无所求的人。意思是这意味着他已经等了太久，久到不知道生活愿意解除为他设置的障碍。"

"纠结先生？"

"你希望这么说的话。"

"他什么时候去世的？"

"去年。"

她凑得离照片更近了。

"我是照片拍摄这年的夏天出生的。"她说。

"我知道。"

让她知道我也仔细算过。我开始想象，当我漫步在查士丁尼大教堂的大圆顶下时，我是否知道在曼哈顿的某个医院里有一个会被取名叫克拉拉的人……

我没有告诉她的，也不敢暗示的事。我也在想，我父亲他知道吗？当一个不知姓名的摄影师忙着给我们拍下这张照片时，他知道我希望有一天让他见一见的那个人，正站在他的照片前问我关于他的事情吗？他知道五年前的一个星期天，我们一起在拍卖会上买的波斯地毯会激发克拉拉在我的家里野餐吗？

"你怎么对他的私生活了解这么多？"

"因为我们几乎没有秘密。因为他很不开心，有时候他承受不起秘密。因为他经历了人生中所有的错误，所以他跟我讲了很多，他希望到时候我自己不会犯同样的错误。"

"那你犯了同样的错误吗？"

"这是个三门问题。"

"是时候还没到吗？"

"这是另一个三门问题。"

"然后呢？"

"然后——既然我们要讨论这个问题，那么我们现在说话的时候，也在决定这个问题的答案。"

"深刻。非常、非常、非常深刻。"

我们异口同声地说道："维施奴克里施奴。"

她拿起从鲁西隆买的桌布，利落地抖开铺在地毯上，用手展平，桌布发出大风天里的信号旗一样的沙沙声。我放上我最喜欢的戈德堡变奏曲，打开一瓶红酒，看着她从厨房一盘接一盘地往外端吃的。最后令人不解的是，没有餐巾，无论是布的还是纸的都没有。我们到处找了个遍。那个叫贝内加斯的女人可能用来擤鼻涕了。"有纸巾吗？我到处都找遍了，"克拉拉说，"根本没有纸巾。"她检查了厨房里所有的橱柜——"没有。"她说。我说："只剩下一个解决方案了。"我还没说完，她就爆发出歇斯底里的笑声。

"你能想到更好的办法吗？"我问。

她摇头，仍然抑制不住笑声。

"这是你的家，你去拿。"

所以我就去找了一卷纸，拿到我们的野餐布上，放在她旁边。

"我不敢相信你竟然让一卷卫生纸盯着我吃东西。祝你健康，新年快乐。"

我伸出手，后来被证明变成了一个长长的吻放在了她的耳朵下方。"祝你好多次，好多次，好多次。"

我喜欢她脱下靴子，面向我躺在地板上，光着两只古铜色的脚，一只叠在另一只上。她用纠缠严肃的目光盯着我，或者是无情、坦率、善良的目光，我永远也分辨不出来，因为目光里带着笑意。有一两次她发现我盯着她的脚看，我看得出来她喜欢这样。因为她知道我在想什么，我也知道她知道，我很喜欢这种感觉。一周前这双脚还在沙滩上，现在它们在我的地毯上。我们不再只是朋友，我们之间的友谊显然比普通的男女友谊要多得多，但我不知道这是什么，不知道将要走向何方，也不知道它是否已经到达顶峰，这就是我们将要在一起的全部。几天以来，我第一次愿意看到，我们之间不是一片布满弹坑和地雷的灰色贫瘠的无人地带，而是别的什么地方，尽管没有被标明，也像耶稣降生时一样寂静无声，充满了希望和痛苦的欢乐，这种欢乐和12月25日圣诞休战一样短暂，敌军士兵爬出战壕点燃一支香烟，但却忘记再点燃一支香烟。

在某一刻，我说我想让她听我能买到的所有西洛提斯。

"哪个最好？"她问道。

"你的。"

"正是我要说的。"

"野餐"持续了两个多小时，尤其是自从她打开电视后，我们俩谁都没有打算但还是看了《教父》，从谋杀索洛佐和那个邪恶的警察开始，一直到接近尾声时，迈克尔·科利昂把所有人都消灭了，然后告诉妹夫，也要杀死他时，"啊，你和我妹妹的胡闹。你觉得能糊弄住考利昂吗？""啊，那个能糊弄住考利昂吗？"她又说了一遍。之后，我们听了新版本的汉德尔。我们又讨论了侯麦，但避开今晚的电影没有谈。我不想知道我们野餐后她要去哪里，我不想问，也不想知道细节。知道可能比渴望知道更痛苦。

"他说的什么？"我问。

"啊，你觉得那能糊弄住考利昂吗？"

我喜欢她说这句话的方式。"再说一遍。"

"啊，你觉得那能糊弄住考利昂吗？"

但是，就在她准备给我加红酒的时候，她打翻了自己的杯子。杯子一直稳稳地放在一本大字典上，里面剩下的一点酒在地毯上形成了一汪小小的红色池子，很快就消失在波斯地毯的深色调的菱形花纹里了。她突然的道歉让我想起了随性而热情的克拉拉，那个她在麦克斯的餐厅里转过身吻了我。我试图让她平静下来，告诉她不

274 ·

要担心，然后冲进厨房去找抹布。

"按，不要揉，要按。"她反复说。

我试着按照她说的做。

"你还是在揉，没有在按。"

"那你来嘛。"

"让我来。"她说，先是悬在地毯上模仿我揉的动作，然后向我展示正确的做法。

"现在我需要盐。"她说。

"我给了你装盐的瓶子。"

她笑我。我把盐放在哪里了？

我给她拿了一大盒犹太盐。克拉拉在酒渍上倒了好多。

"为什么你有这么大一盒盐，但家里却没有食物？"

"之前有女生住在这里并且经常下厨——这也解释了为什么有这么大的香料罐子。这些日子食物也在蛰伏期。"我补充道。

"她做了什么？"

"做大餐。"

"不，我是说她做了什么才被赶出玫瑰园的？"

"告诉我应该按，而不是揉。"

"她现在在哪里？"

我耸了耸肩。"走了。"

我看着她小心翼翼用手指抹平整洁的一小堆盐，小堆上有四个手指一样长的压痕，我知道我永远也不会忍心去抚平。我会永远留着它，并要求贝内加斯太太不要碰或用吸尘器吸走这堆盐。如果她真的把它弄没了，至少这块污渍让我记得今天。就像人们在陨石撞击地球的地方贴上铭牌一样，但是除了刻有名字的陨石坑之外，没有留下任何痕迹。她是流星，我是被撞出来的陨石坑。12月28日，克拉拉和我在地板上野餐，这是证据。等她一离开，我知道我自己就会盯着她手指抓出的那些细小折痕，对自己说"克拉拉曾经在这里"。

"希望不会留下污渍。"

"希望，"我说，"会的。"

"普林茨！"她责备地说。我们俩都明白。短暂的停顿后，她突然惊叫："盘子！"

我们把盘子拿回厨房，她把盘子扔进了水槽。

"我们忘了甜点。"她说。

"不，我们没忘。我买了'巧克力蕾丝边'。"

"我没看见。"

"这是个惊喜！但有一个条件——"

"什么条件？"担忧从她的脸上荡漾开来。我知道我让她紧张了。

"条件是你说：'啊，你觉得那能糊弄住考利昂吗？'"

我的心开始狂跳。

"你想的事都行！"

她把三包饼干打开，两个一对摆好。如果你在每个脚趾间夹一块，我就把嘴凑过去每个都咬一口——我想的事都行，你说的。

"还想喝茶吗？"我问。

"简单喝一杯吧，"她说，"我快要走了。"

我不知道是什么让我觉得她会忘记和其他人的约会。我真傻。但是她记得又是多么无情。我甚至放肆到开始相信她喜欢打破我们的小常规，喜欢摆脱我，喜欢看着我希望她全然忘记约会，就是这一点把我猛地拉回到现实，提醒我她没有忘。

但我也知道，这样虚妄的期待就像给风暴雨找一个什么目的地，或者深究一个两个小时之前一起打过网球的朋友突然死亡背后的深意。

我们用微波炉烧了水——两分钟。然后将伯爵红茶泡在沸水中——一分钟。不到七分钟，我们就喝完了茶。像一场糟糕的性爱草草收尾。"非常、非常糟糕。"她重复道，一点都不特别，也无法让人享受。

然后，她站起来，走到一扇窗户前，看着又一个寒冷灰暗的冬日白日慢慢过去。她再没有提侯麦。我也没说话。

我把公寓的门半开着，陪她走到走廊的尽头，在那里我们尴尬地沉默着等着电梯开门。我们在说再见的时候从来不约下一次，现在也没有什么不同，但没有说任何关于明天的事让我们之间的气氛变得紧张，给我们的沉默蒙上了一层不自然的、近乎敌意的色彩。这就像我们所回避的不是我们不愿意正式化的友谊，或者每次都给它一个新形式让它把我们拉得更近；我们所回避的是不打算再见面并且拼命回避这个话题的罪恶感。电梯来的时候，我们又回到了突然而唐突的轻吻告别。

"回见。"我说。

"回见。"她说。

当电梯门在我们之间开始关上时，我知道这是我最后一次见她了。

"该死的门。"我听到她被门夹到时大叫起来。我又忘了提醒她电梯门的事了。我能听到她一直笑到楼下。

某一刻在我的公寓里，我回到了今天早上那会儿，我还不知道我们今天会不会说话，更不用说会不会把这种杂糅友谊再延续一天了。下午的时候，我记得我把那段时间定为一天中我终于让自己崩溃，并可以打那个可怕的电话的时候。然而在和她待了三个小时之后，我现在并没有比早上感觉好多少，早上那会儿我的决心就像最后一座灯塔，留到最后的最好吃的一口，因为在那之后就没有什么可期待的了。

我看着窗外。沉闷，沉闷，沉闷。

喝茶时间到了，我想。但是我刚刚和她喝过茶了。我能感觉到空气正在向我逼近，就像大家对伦敦的印象一样，这是一个未名的黄昏前的时刻，可能持续十五分钟到一整天。我该出去了，但我无处可去。我应该打电话给朋友，可他们中有一半人不在城里，另一半可能没时间。有瑞秋和她的妹妹，但打电话给她们，她们做的第一件事就是挤对我不勇敢、不争取，最重要的是不诚实。此外，没有带着克拉拉，我也不想再见到她们。

我决定拿本书，动身去健身房，跑会跑步机，或许游几圈泳，然后在七点十分到达我一直计划好要去的地方，但我现在感觉除了让计划泡汤我做不到更好了。也许我会在电影结束后吃晚饭——讽刺的是，在泰国汤餐厅。有时候独自一人并不糟糕。

她把牛油果切成薄片，斜着叠成一排放在法棍上，加上两层火腿，然后是奶酪、一滴黄芥末，最后把面包放在烤盘下压平，舔舔沾在手指上的黄芥末。"这是给你的，普林茨。"她说，用盘子递给我三明治，里面装着傻瓜都不会称为友谊的东西。

还有鱼子酱。她坚持要自己把它涂在酸奶油上。"为什么？"我问。"因为你不知道怎么做。""我可以做得很好。""那就是因为我想自己弄吧。"

"因为我想"，这几个字瞬间解开了所有保护我不从她那里受伤的东西，直戳我心。

下午比我预期的过得快。让我感到惊讶的是，事情并没有像我担心的那么糟糕。人总能挺过来，我所要做的就是克服那挥之不去的差点失去她的遗憾。我能挺过来。她或许像施洗者约翰一样，是一个预兆，更糟糕的事情要发生的预兆，悲伤的预兆，好比一张未经冲洗的照片，更不要说挂出来晾干了。

当我到电影院时，我注意到排队比平时要短。今天放映的不是侯麦比较好的那几部电影，稀稀落落的人也印证了这一点。买完票，我决定去隔壁买一大杯咖啡，并且没有问自己为什么还买了一个糖果。然后我买了她抽的那个牌子的香烟。我想要昨天晚上看电影的时间停止，就像一个运动教练，特意拿着秒表记录比赛结束的时间，来标记这一周，这一年的高光时刻。

菲尔东科·马达达斯特也在，还穿同样的衣服，结实的身材，同样的发型，同样的怒容，同样的衬衫。然而，没有她，他一点也不好笑，只是一个自命不凡、粗俗凶恶的家伙。他拿过我的票，盯得我发慌，好像在说"她放你鸽子了，是吧？"然后，他拿过了别人的票。

我找了个位置坐下来，两边距离其他人有三个座位远。看电影时喝咖啡是她的独家发明，我习惯喝冷饮，从来不喝咖啡，而是带迷你小瓶酒。我很想知道她众多前男友中的哪一个教的她带迷你小瓶酒去电影院。她和我一起重温了多少个和旧爱的小习惯？

在电影开始前的黑暗中，我突然想起第一次和克拉拉看电影，在她去打电话的时候，我把大衣放在我旁边的座位上，假装那天晚上我是一个人来的，以便更好地享受她回来打破这个假设时的感觉。如果我把今晚的记忆藏起来，希望之后再从记忆中提取出来，就像一个执行改变历史任务的时间旅行者，现在埋下一把自动手枪，在明天的古罗马挖出来一样。

接下来开始出现演职员信息，我的思绪开始飘忽不定，想起几年前和我一起看这部电影的另一个人。这不是一件坏事，也不是好事，但绝不是坏事。开场的场景和我记忆中一模一样，我很高兴的是，尽管我可以详细回忆起这部电影，但它还是很有新鲜感，把我的思绪带到想要去的地方，如果影院里的噪声没有比平时更多的话：一个迟到的人犹豫不决不知道要坐哪里，一对情侣关于换座位的闲聊，菲尔东科的手电光束从我头上掠过，最后是关门的砰砰声，还有门后似乎卡住了的汽水自动贩卖机不断发出的叮当声。咣咣的闷响传来。我听到有人又再尝试用贩卖机——叮叮当当，叮叮当当，再叮叮当当——然后我听到几个汽水罐撞击贩卖机底部托盘的哐当声。"你中大奖了。"有人喊道。观众笑了。我想这应该是克拉拉的台词。但就在电影刚开始的时候，门再次开了，一对情侣走了进来，他们用典型的顾及他人、上西区式的方式缩着头。外面的光闯进来了一下，门一关上就消失了。另一个碍眼的家伙一直找不到座位——也让我分心。然后我听到了咳嗽声——不是紧张得咳嗽，而是故意咳嗽，就像在提醒那些人，这里还有其他人在呢。该死的咳嗽又一次打断了演员表和配音，演员表一结束，配音就开始了。"咳，咳。"——我确信我幻听了——但咳嗽声在低语"普林茨·奥斯卡"，我肯定不是幻听，但我怎么……几秒钟后，这次没有咳嗽，但有轻微的声音，几乎在询问："你在吗？你能听到吗？""普林茨·奥斯卡？"所有的观众都看向了门的方向。这太不可思议了，但是在挤满了人的电影院里，还有谁会说这样的话呢？我举起手臂，希望她能看到。她看到了，立刻朝我的方向走来。"非常抱歉，真的非常抱歉。"她用并不真诚的口吻，对从座位上站起来为她让路走到我身边的人说，"该死的菲尔东科不让我进来——"就在那时，她突然爆发出无法控制的笑声，引得全影院里的人都发出嘘声，而我从拥抱她那一刻就无法松开手，抱着她的头，亲吻她的头，她默默地开始脱下披肩的时候还把她的头压在我的胸口。

"我现在可以看电影了吗？"

我的嘴唇一定吻遍了她的喉咙。"你知道我有多开心吗？"

她脱下外套，打扰了更多的人，坐下来，拿出眼镜。"我郑重声明，是的，我知道。"

然而，我知道我必须放开她，可我不想放开她。我喜欢这样。我知道，一旦放手，就再也不能触碰她了。很快，我们之间几秒钟之前还在冒泡的水一下就结成了几英里的裂着大缝的冰，在她的大陆和我遥远的海岸之间，形成一个古老的无人地带。因此，我几乎漫不经心地把手放在她的肩膀上，尽管我知道她会注意到这个故作镇定的手势，并且很可能会取笑它。所以这对你来说很尴尬，是吗？

当她发现我的咖啡时，她立即伸手拿过喝了起来。"为什么没有加糖？""因为我喝咖啡从来不加。""我不敢相信你竟然没给我买咖啡。所以这是你的报复——不给可怜的女孩买咖啡？有吃的吗？"

我把糖果递给她。

"至少，还有那个！"

她咯咯地笑了。

"什么？"我说。

"在想我，不是吗？"

坐在我们后面的人让我们小点声。

克拉拉转过去，威胁说如果他不把脚从她旁边的座位上拿开，她就用手里的咖啡给他洗头。

在她出现在电影院之前，我想无论如何我都要一个人待一个晚上了。我会直直地看着前方，当我走到空旷的街道上时，不怎么害怕等待着我的凄凉感。我一直在告诉自己，事情不会那么糟糕，就像她用另一种尖锐方式来提醒我一样，她有一个不属于我的生活，有其他的朋友，有其他人；她也会有一天糟糕地开始和糟糕地结束。不可怕的是，每个人现在如此彻底地孤独，看着时间延伸到明天，更多个明天一个接一个地到来，就像冰块噼里啪啦掉进缓缓流淌的哈德逊河，奔向大西洋或者奔向北极的冰川，直到它们将大地抛在身后。并不可怕的是，每个人都错了，就像我的生活一样，就像今天一样，因为一切都可能突然变成错误，大错特错，但又如此容易被容忍。

我决定电影结束后去上城，可能会路过她家，尤其是现在我知道她的窗户朝哪边了。漫步上城，重温上城的景象。这一切都是跟踪找到她的住宅楼、她的街道、她的世界的借口吗？我真的是那种跟踪到别人的住宅楼、找别人的窗口、跟踪别人的人吗？跟踪她，监视她，和她对质？啊哈，看！或者更好的是，偶然碰见，幻想在晚上这个时候和她偶遇！

也许我去上城第106街只是一个借口，我想让自己忙起来，在晚上给自己找点事做，就像在圣诞节过了三天才去买圣诞节礼物，让我在无聊的时候有点可以期待的事情？

此刻坐在她旁边，在我们常坐的长凳上，我意识到，自从得知她不和我一起去看电影之后，我所做的一切就是努力板着脸，对她，对自己，对任何人——野餐的时候也尽量显得没有那么享受，这样我就不会觉得这是一年中最精彩的时刻。把那一刻放在冰上，把友谊放在冰上，和我的每一个微不足道的希望相依为命，就像鱼子酱总是冰镇的一样。

我们一走出电影院，谁也没说自己要去哪里。相反，我们开始像往常一样朝同一个方向走，为了避免任何疑惑，我们过街走在百老汇街的右侧，以表示我们心中除了那个地方没有其他地方可去了。我迫不及待地想去那里，在长凳边继续我们的仪式，点我们的第一杯饮料。也许她也迫不及待地想要再续前缘——虽然我完全不知道她在想什么。当我们穿过百老汇时，她把胳膊滑进我的臂弯，说她等不及想喝一杯了。

"你要被我带成一个酒鬼了。"

"对，还有其他事。"她说。

我以为她指的是她越来越喜欢埃里克·侯麦，并没有想要求她解释。之后我想她可能另有所指，但因为我害怕知道到底是什么，就没有要求她解释。

我们刚坐在常坐的位子上，向女服务员示意，她马上就知道我们点的"和往常一样"，一切开始自然地铺展开来。起初我以为她在来之前已经喝了些东西，但想起那几乎是四个小时前的事，足够她清醒过来了。她照旧点了脆脆的薯条，然后加盐，用番茄酱把它们淹没。我本想点一份沙拉，但后来决定也点一份薯条，我喜欢加蛋黄酱吃。把吃的安排停当，她就张开了手。

"拿来！"她说。

我给了她一美元。

"多点。"

她走向自动点唱机，很快几小节肖邦就传了出来，这是我们探戈的前奏。

我已经向自己保证，不会问她去过哪里、做过什么、和谁在一起。但是她看起来有些怨恨我的沉默。我们跳完舞后，她终于脱口而出："好吧，你不打算问我发生了什么吗？"

"我不敢。"

"因为你太有礼貌，还是因为你不在乎？因为你不想知道，还是因为其他的？"

"其他原因。"我说。

她今晚情绪异常兴奋，我担心会出现最坏的情况。她要告诉我一些我已经知道但自己不想知道的事情。我很想转移话题打消她的念头。我能感觉到它可能会是"我们已经决定重归于好"，或者"我怀了他的孩子"，或者她在提醒我，我正在做她警告我不要做的事。虽然对克拉拉有所了解，她的话还是能不断超出我的意料。

"我认为我们不应该在一起这么长的时间。"她没有说"约会"，这么说可能会让我们的关系超出她想要的范围，她说的是"在一起"，这将让事情变得足够模糊，不会给我们天马行空、只凭兴起的五天赋予更深刻的意义。我已经预料到她会一边微笑，一边结巴地说出那温柔的五个字之前，用热切、渴望的目光望着我，同时观察我有什么反应："你不会不开心吧？"该死的，如果我不开心，我会说"去他妈该死的，我不开心！"，但我了解我自己，最终我什么也没说。

饮料到了。我们小心地碰杯，因为如果不小心算错了，还得再碰杯九次。我们齐声说出了那串俄语。

"但是，你到底想不想知道？"

我几乎无精打采地说："我想知道。"不仅仅是为了抑制我的好奇心，也是为了抑制她声音中活泼的语调。

"来之前我和英奇在一起。"

"那么，你俩是一对？"

她惊奇地看着我。

她似乎在问我怎么猜到的。我会说，从一开始就很明显。

"我之前答应和他一起吃晚饭。我们从餐前酒开始，这就是我不得不早些离开你家的原因。然后我们不欢而散——我知道我们会吵架，所以我就离开了。"

"就这样？"

"就这样。"

"你故意想要离开？"

克拉拉直直地看了我一眼。

"我不会骗你：我确实只是在找借口，他很快就给了我。我知道我会在电影院找到你。"

我不太能把她所说的背后的逻辑串起来。

"你们两个结束了吗？"

"结束得很彻底。"

我几乎要问出口和他这样的结局是不是遗憾，但是她看起来非常开心，好像没有什么问的必要。

"轮到你了。"她说，向我侧身靠过来。

我知道她的意思，但假装不明白。"轮到我什么？"

"我走以后你做了什么？"

"去了健身房、电影院——就这样。"

她想听我说某些事情，但是我没有回应。然后她开始做她第一天晚上做的事情：把餐巾包在酒杯底部。这是她说话之前整理思路的方式。我知道她要说什么——你的生活中应该有其他人，而不仅仅是我。我不想误导你。还有就是，我还在蛰伏期。可能不是这样的顺序，但是这些将会是她谈话的要点。因为从我和父亲的长期相处中，我能感觉到这种谈话要发生的时刻。

女服务员刚才经过，克拉拉又点了一杯。我想，喝得太快了。

"那么是让我把事情挑明？"她说。

我所能做的就是盯着她的眼睛，直到她低下头。

她和英奇分手的谈话是这样开始的吗？"想让我把事情挑明？"一天说两次？我讨厌让我感觉完全暴露的谈话——即使我不知道我会暴露什么，即使我知道"暴露"作为一个抽象的概念，要比压抑自己的情绪好得多。我还有什么心思是她猜不到的？

"我打算两天前在邮件里跟你说的。"

她为什么这么谨慎？

"你怎么没发呢？"

"因为我了解你：你会这样读，那样读，把它旋转180度、360度和540度，仍然一无所获。跟我说我错了。"

"你没有错。"

"看，我了解你吧。"她想指责我没有留意她的警告，警告我不要奢求从我们的友谊中得到她从未许诺过、更不可能兑现的东西。她之前已经说过了，不必重复，它萦绕在我们一起度过的每一分钟，现在即将公之于众。我知道那个"不是你的问题，是我的问题"的演讲。我已经跟自己发表很多次了。

"有一天你问我，我们是否有可能再去汉斯的派对时，已经完全是陌生人了。我也偶遇过一些已经没有来往的人，我是可以接受的。我甚至不介意去恨他们，如果这是抛掉过去的代价。我知道自己有多善变。但是，如果我们真的变成陌生人，我会学会恨你。眼看着你在我踏进房间时马上转身离开，请记住：无论如何，我都不会忘记这个星期。"

"为什么？"

"因为同样的原因，你也不会。"

"这听起来开始像一场蹩脚的告别。"

"这么说吧，也许这是我们的地狱。我们拉得越近，就会分开越远。我们之间有一块巨石。我认命了；或者说我没有勇气战胜它。至少现在的我没有。坦率地说，我认为你也没有这种勇气。"

"别这么说。"

"为什么？这是事实。"

"是你四天前把巨石放在那里的，不是我。"

"也许吧。但我不知道它会变成让你开脱的理由。"

这是真的吗，还是克拉拉早就看穿了我在回避？这块石头也是我开脱的理由吗？我推迟、怀疑和过度解读很多东西的习惯，仅仅是我拉近距离的方式吗？我在遮掩什么疑惑、什么恐惧？即使我一直责备她轻率的态度、她一连串的朋友、她刻薄的言语。就像在责备不足挂齿的冰山一角，而真正阻隔我们的是水面下几英里的结实的冰块，而那冰块就是我？

"听着。"我开口道，换了位置。也许我在试图改变我们谈话的方向，或者也许我想让我们两个意识到终于要说一些重要的话，来阻止我们可能要走的下坡路。也许我想通过说非常严肃、非常认真的话打断她——这是需要直言不讳的时刻。但事实上，我不知道我要说什么。

"那天晚上，我把你看得一清二楚，从那以后，我再也没有迷过路。我甚至还没提到这个话题。我已经说过了：我们就像被困在桥下的两块冰——你在蛰伏，而我束手束脚的，不敢冒任何风险。不过，我想说，我从来没有经历过类似的事情，就是你对我的了解比我对自己的了解还要多。在一起的时候，一部分快乐就在于：发现你和我是长在两个身体里的一个人，就像同卵双胞胎一样。"

这比我洗澡时唱歌还让人难堪。同一个人长在两个身体里——我真的这样说了？

"我们不是双胞胎。"什么都逃不过克拉拉的眼睛，"我知道你想这样认为，但我们不是。我们非常相似，但也非常不同。我们中的一个人总是想要更多——"

"当然，这个人就是我，对吗？"

"我也是，如果你足够留心去发现的话。"

"我足够留心——你怎么会这么想呢？"

"你应该能预料到啊，普林茨。"

克拉拉让我再点一份薯条。

"你不会要把这些全都自己吃光吧？"

"你点一个核桃派，两种一起吃。配鲜奶油——喷罐的那种。"她随手把头发往后一甩，表示她今晚要彻底放纵。

女服务员听到喷罐奶油肯定是怪笑了一下。但是后来证明，克拉拉让我向服务员要这个，正是要看它的震撼效果。

然后她做了一件她从来没有做过的事。她握住我的手，放在了她的脸颊上。"好多了。"她说。好像她只是在自言自语，或者是在和一个她想和好的朋友说话。我让我的手放在她的脸颊上，然后抚着她的脖子，就在她的耳朵下方，几个小时前她到电影院时我疯狂亲吻的地方。一时激动之下，她一定对我的吻毫无准备。即使现在，她似乎并没有多想；她靠在我的手里，就像一只小猫，我可能会无意之间揉了下她的脸颊，但之后就会一直想揉。"但我必须跟你说一点事。"我所能做的就是盯着她，什么也不说，只是不停地抚摸她的脸，我发现可以一直揉她的脸。然后，我不假思索地让我的手指触摸她的嘴唇，又从嘴唇移到她的牙齿上——我好喜欢她的牙齿，我知道这已经越界了，超越了她向我索要的单纯的手贴脸颊，但我已经不能控制那只手了。而她，先吻了吻我的手指，然后小心翼翼地把它咬在牙齿之间，然后用舌尖触摸它。我好喜欢她的额头，也摸了摸，她眼睑的皮肤，我也好喜欢，一切，一切，还有那个让沉默来来去去的微笑。微笑在她脸上消失的那一刻我的心偷停了一拍。我们在做什么？"我想谈谈，"她开口道，"因为我想让你知道一些事情。"我不知道她是什么意思，但我知道如果让自己的一面让步，就准备好用另一面收回一切。"现在要请出一位'特工'。"她说。

"等一下。"我把手伸进外套口袋，拿出一盒还没拆封的她抽的牌子的香烟。

"你在开玩笑吧？"她轻轻敲了敲包装，然后拆开，"我不会问它为什么会出现在你的口袋里的。"

"别问了，你知道为什么。"

我一直很羡慕那些敢把自己的牌明放在桌子上的人——即使他们没有一副好牌——羡慕那些为了消除暧昧而愿意有一说一的人。她是对的：我不信任她，我害怕被误解。现在任何时候，她都有可能告诉我我最害怕听到的事。"你知道我想说什么？""我想我知道。""是什么？"我爱上了这世上最古老的把戏。被她坦率的目光和即将到来的责备而折磨，我发现自己很想抢占她的先机，哪怕是自己说出来，而不是听她说出来。我们应该冷静一下，也许去和别人约会，不要误解为它并不是"约会"的事情。这不是你的问题，是我的问题——我已经期待这个演讲好几天了。然后，作为结束这一切的方式，我最后说"我知道在我和侯麦之外，你还有整个人生"，这么说是为了表明我没怀有嫉妒或任何幻想。但我也想让她听出来，同样，关于我的生活她也知之甚少，一样的话对我也同样适用。

"我可以说得直白一点吗？"所以她并不想让我模糊她要说的重点，"昨天下午你来的时候，我本可以问你，我知道你会答应的——但这更像是准许，就像昨晚你试图强暴我之后你坚持的那样，我会同意的，但那只不过是不冷不热的同意。当我们昨晚离开酒吧的时候，你知道我已经心猿意马了。"

我正要假装惊讶，但是她打断了我。"别费心否认了。你知道的。"

这远比我预料的要坦率。她在逐步铺垫，我突然感到一股焦虑的浪潮席卷了我，因为我还不确定她是否会把我们这几晚在一起时没有说出口的一切都说得清清楚楚，或者她是否只是把我的内脏取出来，揭露我是一个狡猾、神经质、饥渴的男人，我一直都知道我是这样的人。

"如果我们都愿意，为什么称之为'准许'？"我插话道。

"因为你我都知道有什么东西在阻碍我们，但我们又都不知道那是什么。如果我不在乎，我会说我不想受伤，但我根本不在乎受伤，就像我不在乎你是否会受伤一样。如果我不在乎，我也会说这会毁了我们的友谊，但我也根本不在乎友谊。"

"我认为我们确实有过友谊，或者正在往一种友谊发展。"

"友谊是给别人的，我们都不想要友谊。作为朋友，我们的关系太近了。"

那么，没有任何希望了吗？突然间，我能想到的只有"心碎"这个词。你伤了我的心，克拉拉，这些残酷而尖刻的话让我心痛，让我心碎，我的心真的在狂跳。这是如此的悲伤，以至于我生命中第一次，我突然发现自己快要哭了，因为一个女人在我有机会问她任何事情之前就拒绝了我。或者我已经问过了？我不是已经问了好几天了吗？男人真的会这样哭吗？如果会，我怎么从来没有过？我将永远为此而恨你，因为你伤了我的心，因为你迫使我低头，就像强迫一个未被判决的囚犯看他的狱友被残忍地处决一样，只是在他目睹了那场暴行之后，才被告知，他们根本没想处决他，事实上他可以自由离去。

她一定注意到了，也许今天下午她已经看过一次英奇这样了。"请不要这样，"她说，"因为如果你哭了，我也会哭。这样的话，所有的信号都会误读，所有的系统都会崩溃，一切甚至会退回到我们开始这场谈话之前。"

"也许我宁愿待在谈话开始前的地方。这场谈话的走向我不喜欢。"

"为什么？你一点都不惊讶。我也一点都不惊讶。"

我还不知道发生了什么，整个人就被席卷起来。天下大乱时，可能会把我们说过的一切都带上一架破烂陈旧的飞机上，但我已经没有什么可失去的了，没有尊严，没有弹药，没有水，我觉得值得把这最后一丝骄傲扔进火里。在非常寒冷的日子里，一个冻僵的波西米亚诗人可能会把他的手稿扔进火里，以保持温暖，找到爱，抛弃艺术，给命运一点颜色看看。

"我们都面对现实吧。"我说，"你只是没有被我吸引。我对你没有身体上的吸引力。我不是为你而哭。说出来吧。你的话不会把我撕成两半的，但是它会澄清事实。"

"你总是在开玩笑，即使是认真的时候也这样。这与身体的吸引力无关。如果说有什么的话，那就是因为我被吸引了，我们才走到了现在这一步。"

这一点我完全不知道！我是不是彻底地误解了她，以至于她这样说给我迎头一击？或者这是轮到她和我开玩笑？她随便出牌，只要回避这沉默。她很有可能和我一样痛恨沉默。

"所以，你觉得，你这样会让我觉得受到了奉承？"我说。我是在说反话，或者也许我想让她用清晰明了的语言再说一遍。

"和奉承没有任何关系。我也不想奉承，你也一样。我们谁都不想。"

"为什么，你知道你想要什么吗？"

"你知道吗？"

"我想我知道。我从一开始就想要，你知道的。"

"才不是。你敲了门，但你甚至不确定你是不是想有人来开门。"

"那你呢？"

"我没敲门，我把门推开了。但我也不能说我迈步进门了。"

"也许是因为你不信任我。"

"也许吧。"

然后我突然意识到。"你不怕受伤，或者被拒绝，是吗？"我说，"你害怕的是你可能找不到想要的东西。你害怕失望。"

"你不是一样害怕吗？"

"怕死了。"我回答。我夸张了。

"怕死了。"她重复道,"这对我们俩都不是奉承,不是吗?或者说,我们只是两只成年的容易受惊的小猫。只是两只容易受惊的小猫。"

我也不喜欢这场谈话的走向。

"不管是不是害怕得要死,都可以这样说——"我说,"我一直在想你。一直,一直,一直。这是我生活的事实。我很高兴这一周是充满魔力的假日周——我们在艾迪的雪花水晶球里度过日日夜夜——但是我其实每时每刻都和你在一起。我和你一起吃饭,一起洗澡,一起睡觉。我的枕头听你的名字都听烦了。"

我的话似乎并没有让她感到惊讶。

"你叫它克拉拉吗?"

"我叫它克拉拉,我告诉它我这辈子从未告诉过任何人的事情。如果我再喝下去,恐怕我告诉你的事情会让我明天很难再面对你。"

我们之间的沉默告诉我,我出牌出猛了,犯了一个可怕的错误。现在如何收场?

"如果你需要知道,那么,我想说,我对你的感觉几乎没有不同。"她几乎是不情愿地说,跚跚的悲伤拉紧了她的声音,相当于在无话可说的时候无助地耸耸肩。她在虚张声势吗?还是她在加大赌注?"我一个人的时候会叫你的名字。"

这就是那个洗澡时不唱歌的女孩吗?

"为什么你之前什么都没说?"我问。

"你什么也没说过,纠结先生,我的三门问题先生。"

"我在遵守你的规则。"

"什么规则?"

我比以往任何时候都更困惑地看着她。她不是多次提醒过我,有些界限是不可逾越的吗？警告，路障，微妙的警示？

薯条到了。她在上面挤了一摊番茄酱，然后又挤了更多。她想说些什么？然而，开口之前，她捏起一根薯条，在给它进行番茄酱洗礼前一直盯着它，像是迷失在游移的想法和疑虑中。她手里的那根薯条好像变成了一个护身符或神圣的遗物，或一个守护神的骨头碎片，被要求在这个艰难的过程中引导她。

"我会告诉你下面的事情，你可以自由地选择相信或不相信我，嘲笑或不嘲笑我，但我已经准备向你坦白。"她说，"今天下午，我离开你家的时候，觉得自己犯了一生中最大的错误，因为我觉得自己永远都无法弥补。我见到英奇的那一刻，就想随便找一个理由逃跑，我不确定能不能找到你，不确定你是不是一个人，甚至不确定再见到我你会不会高兴，但我还是想碰碰运气，我就来了。如果你愿意查一下的话，我给你留了一百万条信息。"

我确实没查过，正因为我不想看到没有收到她发来的信息。

"我一直希望你能打电话来，这也是为什么最后我离开家去了健身房。"

"这就说得通了，不是吗？我猜你也是出于同样的原因关掉了你的手机。"

否认是没有意义的。"是的。"

"就像我说的，普林茨：我准备好了。"

我不知道她到底是什么意思，但我不敢问。很明显的是，她的话有一种"该你出牌了"的果断坚决。

"你能不能现在就吻我，不要吵了？"

她向我靠过来，伸手抱住我的脖子，往下拉了拉我的高领毛衣，直接吻了我的脖子。

"我已经盯着你的皮肤看一个小时了。我需要尝一尝。"她说着，用手掌抚摸着我眼睛周围的皮肤。

"我已经盯着你的牙齿看好几天了。"

这是许多吻中的第一个。她的呼吸是面包和维也纳黄油饼干的味道。

最后招待是女服务员免费给我们的，这个星期她每晚都值夜班。我们坐在长凳上，无法移动，担心任何移动或变化都可能打破魔咒，把我们拉回在拐角处等待的疑惑和心碎。当克拉拉从洗手间回来时，她用胳膊环住了我，并立即再次亲吻我的嘴。我不敢相信事情发展得这么快。

"你尝起来棒极了。"我说。

然后她告诉我："别让我觉得这是我的幻想。因为我了解你。我也了解我自己。我想要这样，但我也知道你会引诱我做什么，我祈祷，祈祷你不会。"

我不知道她是什么意思。"你对我没有任何信任、任何信心吗？"我问。

"没有。"在极度温存的时刻，她说出来的话刺痛了我。

我突然想到，她一定也对我有同样的想法。如果她问我是否信任任何人，我也会说同样的话。

某一刻我说我得去趟洗手间。"如果你去超过一分钟，我会极度焦虑，以为你从一条老鼠横行的小巷里逃走了，然后我就会离开——因为我承受不了。"

"我只是去尿尿，好吗？"

但是在去洗手间的路上，确实有个念头划过：今晚我要和她上床，然后明天我们会四目相对。我想知道她在床上会不会比在长凳上更有激情，或者她会不会突然变成那种需要做这做那，多点这样、少点那样的类型。会不会只要电梯门关起来，离开守门人的视线，她就会用嘴巴脱掉我的衣服了？还是会有烛光，我们身后的斯特劳斯公园和窗外的奥斯卡王子看着我们，我们一起赤身裸体地站着，像两只不眠的椋鸟看着夜空，一遍又一遍地听着贝多芬的《感恩之歌》？还是和她在一起的感觉一样：像在喷着滚烫的间歇泉的寒风凛冽的雷区？在洗手间里，我在镜子里看到了自己的脸，对自己微笑了起来。我喝了三杯苏格兰威士忌。"嗨。"我终于大声说了出来。"嗨。"它回答道。然后我低头看了看我的奇诺先生，我耐心的沉默的养子。"谁是真爷们儿？"我终于问出了口。"你是真爷们儿。"我看着它履行着不是最重要的职责时说道。"谁爱你？""你呀。"它说，光头上还带着假笑。"这是你的时刻，今晚是你的夜晚，你这个无畏的无赖。"

我站在小便池前时，把额头靠在连接着冲水阀的冰冷发亮的钢管上，上面聚满了水凝珠，我只是站在那里，享受着它冰凉的感觉。我把额头挪到六边形的大螺母上，我差点笑出声来。我生命中最美好的时刻发生在小便池前。请不要让我停止爱她，不要让我压制这一切，或者醒来过分满意而无动于衷。不要。

当我回到克拉拉身边时，她看起来非常警觉。

"你的脸怎么了？你摔倒了吗？"

我不知道她在说什么。我坐下去的时候全部力气都用在看起来不摇摇晃晃。"你额头上看起来有个伤口——不，是瘀伤。"她充满爱意地抚摸着。这个能用两个音节让我毙命的女人，对我的额头表现出如此温柔？我摸了摸额头，毫无疑问，有一个凹痕。流了很多血吗？怎么会这样呢？然后我想起来了。大螺母——我一定是一直靠在钢管的大螺母上。

"只是看着它就让我想抚摸你。你怎么花了这么长时间？你到底在里面做什么，普林茨？"

"克拉拉·布伦施维克，你吓着我了。"

我们又接吻了。在我们爱抚和做爱的迷思中，我明白了为什么人们会把嘴凑到一起。我一直在想，就像一个来自遥远星球的外星人在尝试过人类身体后对自己说的那样，所以这就是为什么他们接吻。我以前都在做什么？我想问。这段时间我的生活中有谁？这些女人在我的生活中扮演了什么角色？为什么，出于什么原因，什么样的快乐，什么样的目的，小小的爱被给予，但收到了更少的反馈？每个都是用来打发周日时光的吗？我在什么样的玫瑰园里沉睡过，在喧嚣的爱情交易所里我们能交换到什么？或者这都不重要，只要我们让船只进港，让交易继续，让码头熙熙攘攘——人物、事件、地点、货物、买、卖、借——然而，当夜幕降临流行性焦虑症的沼泽时，每个人最终都是孤身一人。

为什么还要问这有什么不同呢？

在男厕所里，我花了一点时间查看是否有我的信息。她打了八次电话，但没留过言。当她说她打了很多次电话时，我为什么觉得她对我撒谎了呢？"因为你不信任我，因为你害怕我"，怕什么呢？害怕。害怕我没有你在乎。害怕与爱上别人不同，你不知道这将走向何方。害怕与你迫切想要相信的截然相反，你永远不会希望这一切结束。害怕我就是你要找的人，普林茨，害怕我们之间的阻碍和干扰是我们从一开始就被束缚的原因。今天你比你知道的更喜欢我，但是令你害怕至极的是明天你会更喜欢我。

我认识她才五天，我就已经知道这是星球和生活的宿命，被来来去去的命运、神和星云一样的幽灵所摆布，为时间无法补偿或召唤回来的爱而纠缠。克拉拉，你像跳在我身上的诅咒，我得用自己的鲜血才能把你清洗掉。

克拉拉，我在撒谎，我不害怕失望，我害怕我将要拥有的和不值得拥有的，或者不知道该做些什么，更不要说学会每天努力争取。是的，恐怕你比我好。害怕明天我会比今晚更爱你，然后我将如何自处？

"明天是巴黎的满月。"她说。

我没有应声。她抢在我之前打断了我的沉默。

"你在想我想你在想的事吗？"

她知道，她都知道。

"你不知道会不会有明天？"

"你知道吗？"

"我没承诺过。"

"我也没承诺过。"我在吹牛。

"普林茨，有时候你不知道自己在说什么。"

又开始剑拔弩张了。

"不过，说真的——"

"是的。"一如既往，一个小小的威胁，让你脉搏跳动加快，然后让你陷入恐慌。

"说真的，所以你不会怪我现在没有说：我比你知道的更爱你，比你陷得更深。"

我们又接吻了。我们都不在乎有没有人看我们。这个酒吧里，没有人会盯着情侣看。这就是今晚要和我做爱的女人。她要和我做爱，不是像这样，而是不止像这样。现在阻隔我们的只有我们的毛衣。然后我们赤身相对，她的大腿紧贴着我的大腿，面对面，脸贴脸。接着我们在酒吧继续聊天、说笑，一边做爱一边聊天，一次又一次，直到天亮，筋疲力尽。这个想法来自如此遥远的地方，以至于我可以很容易地把它搁置一边，这是我第一个也是唯一一个想与之做爱的女人。

外面下雪了，酒吧门廊上的雪让我想起了我们第一个共度的夜晚。当时我们离开派对，她穿了几分钟我的外套，然后还给了我。之后我艰难地走下雕像旁边的楼梯，走上滨河大道，心想也许我离开派对太早了，应该多待一会儿，谁在乎他们知不知道我好喜欢那个派对，很想留下来吃早餐！后来，我改变了主意，走到斯特劳斯公园，在那里我所做的就是坐下来思考，回忆我们做完弥撒回来的那几分钟，她给我指了指她常坐的长椅。我生活了这么多年，从未有过这样的感觉。

"等一下，"在离开酒吧前，她说，"我需要系上披肩。"

不消一会儿，她的脸几乎完全裹在披肩里。只有她眼睛和前额的一部分露在外面。

在街道的拐角处，我搂着她，让她紧紧贴着我，就像我们一起散步时她习惯的那样。然后，不管她的脸要在外面冻多久，我把手滑进她的披肩，捧起她的脸，把披肩一直向下推，让她整个头露出来，再次亲吻了她。

她把背靠在面包店的窗户上，让我吻她，然后我能感觉到的就是我的胯部贴着她的胯部，轻轻地推，然后又推，她先让步，然后又轻轻地推回来，这是我们一直以来的彩排，这也是一次彩排。这就是为什么会有性，这就是为什么人们做爱，进入彼此的身体，然后睡在一起。就是这个原因，而不是我整个成年生活想象或被教导的任何其他原因。今晚我还会发现多少我不知道的事情？人们做爱并不是因为想做，而是因为有一种比时间还古老，却比瓢虫还小得多的东西而做爱，这就是为什么世界上没有什么，比让她感觉到我硬硬地顶着她，或者我们的臀部按自己的节奏扭动起来，更自然或者更不尴尬的了。我人生中第一次没有引诱谁或者假装没有引诱，却已进入状态。

但也许我进入状态太早了，我的思绪却没跟上，就像一个跛足的孩子拖了走在他前面的人的后腿。

"这是我常来的面包店，我在这里买咖啡。"她说。

这很重要吗？我想。

"玛芬蛋糕也是在这买的吗？"

"有的时候也在这买玛芬蛋糕。"我们又接吻了。"如果他们知道就好了。"她补充道，指的是店主和店员。

在公园里，她站在雕像旁边。"这难道不是世界上最美丽的雕像吗？"

"没有你，它什么都不是。"我说。

"我的童年，上学的日子，一切都有它。我们今天早上还在这里见面，现在又来到了这里。现在它也有这么多关于你的记忆了。"

克拉拉的世界。

在这个寒冷的夜晚，我开始害怕我们到达这里，并想要推迟它的到来。和之前的几晚不一样，那时到达这里意味着在敷衍的亲吻和敷衍的拥抱之后说再见，但是今晚不一样，我要说出我一直没有勇气说的话，说出我甚至不确定我想说的话："克拉拉，我好想上楼去，我只是需要一点时间。"

当我们走近她家大楼的门时，她看了我一下。她感觉到了什么。"我做错什么了吗？"

"没什么。"

"那怎么了？发生了什么事？"

我是女人，她是男人。

我停在人行道上，她仍然在我的怀里。找找不到合适的词，所以我脱口说出了我想到的第一句话。

"太快了，太突然了，太仓促了。"我说。

"你什么意思？"

"我不想操之过急，不想把事情搞砸。"

也许我不想让她认为我和其他人一样，并且铁了心向她证明这一点。

或者不想看到粗鄙的鲍里斯给我那个得意扬扬的"总有一天你会上了她"的笑？

还是我只是想让这段感情持续得久一点，让它在藤蔓上成熟？

"所以你要在这种天气里，丢下我一个人回家吗？如果有必要的话，你睡沙发吧。"

"我们看侯麦的电影看得太多了。"

"你在犯一个非常严重的错误——"

"我只需要一天时间。"

"你需要一天时间。"

她从我的胳膊里抽了出去。"有什么我应该知道的吗？"

我摇摇头。

"你……"我能看出来她在寻找合适的词，但是找不到，"你有什么心理阴影吗？我不是你喜欢的类型？"

"我的天真小姐，我没有什么心理阴影。至于第二种猜测——完全不着边际。"

那时我们俩都很冷，幸好鲍里斯把大厅的门打开了一条缝。

"再亲亲我。"

出于某种原因，鲍里斯的出现使我局促不安，但她并没有。尽管如此，我还是吻了她的嘴巴，然后又吻了一次，她仿佛还记得那个改变一切的动作，她把我的高领毛衣卷下来，露出我的喉咙，在那里吻了一个长吻。"我喜欢你的味道。""我爱你的一切，一切——就这么简单。"她看着我。"傻瓜。"她在引用电影中慕德的话。

"我知道。"

"别忘了。明天早上的第一件事——给我打电话。"她补充道，像往常一样伸开拇指和食指比了一个打电话的动作。"否则，你知道我的：我会感到焦虑恐慌，不知道会发生什么。"我试图逗她开心。"普林茨，我不应该告诉你，因为你不值得，但你是今年发生在我身上最好的事情。我说了。"

第六夜

那天晚上，在斯特劳斯公园，我差点点燃一支香烟。天太冷了，坐都坐不住，而且又开始下雪了，所以我只在那里站了一小会儿就离开了。总有一天，我会厌倦这样做。总有一天，我会路过这里而忘记停下来。

我一到家就给她打了电话。不，她没有睡。她也不想失去这种感觉。不，同样的位置，在窗户旁边，穿着男式睡衣。她听起来又困又累，但和我离开她时没什么不同。我仍然能闻到你的味道，她说，这会像和你在一起一样。我觉得她要睡着了，也许是我扰得她睡不了。"不，先别挂，我喜欢你打电话来。""也许我做了正确的事。"她说。"打电话？"我问。"也包括打电话。"

电话里长时间的沉默。我告诉她我从未对任何人有过这样的感觉。"我有过。"她说，片刻后，又加上了一句，"对你。"我仿佛能看到她疲惫的脸上荡漾着微笑，微笑时的酒窝，用手掌轻抚额头的手。我想和你一起赤裸相对——她又不是没同意。

我们说了晚安，但谁都没有挂断电话，所以我们不停地催促对方挂断电话，每次说了晚安，接下来就是长时间的沉默。"克拉拉？""在呢。""你没挂电话。""我现在要挂了。"长长的沉默。但她不肯挂电话。"你花了一个小时回家吗？""差不多。""你简直疯了，普林茨，就这样回家了，你本来可以让我很开心，我也会让你很开心。""晚安。"我说。"晚安。"她说。但是我没有听到咔嗒一声，当我问她是否还在时，我听到电话那头传来一阵憋笑。"克拉拉，你疯了。""我疯了？你才疯了。""我为你疯狂。""显然还不够疯狂。"

我不想因为第二天早上打电话太晚而错过她，但是我也不想打得太早。我等了一会儿才洗澡，为了慎重起见，我把两部手机都带进了浴室，以防她给其中任何一部打电话。至于早餐，我不可能在和她通话之前离开家。这个时候我想到一个主意，买各种玛芬蛋糕和司康饼，整齐地叠放在顶部折下来的白色纸袋中。没错。两杯咖啡和各式各样的玛芬蛋糕、司康饼和好吃的东西，叠放得整整齐齐……

在我去淋浴的路上，看到了地毯上的盐堆，上面仍然带有克拉拉手指压出的印迹。天哪，她不到24小时前还在这里——就在这里，就在这间公寓里，光着脚坐在地毯上，脚趾间夹着巧克力饼干。这个似乎是不真实的、无法理解的。昨天我们是在一起的，我不停地重复。

我看着那块污渍，担心它可能不再鲜活，失去意义，就像她也可能开始向后退，像一个可以退潮的湖滨小镇，越退越远，几个小时前，它似乎散步就可以走到。

我买这块地毯时，我的生命中还没有出现克拉拉。五月下旬的那个星期天，我在搬到这里之前在一次拍卖会上为这块地毯出价。

现在，这块酒渍与这块地毯不可分割地融合在一起，就好像她、地毯和我的父亲——他希望我学会如何在拍卖会上买东西，因为这是必会的——三个看似完全不相关的个体在各自的轨道上奔跑，注定在这块酒渍处汇合，蒂尔加登公园笼子处的照片，如果不是和一个出生在数千英里之外的夏天的婴儿联系在一起，也会失去意义。

我喜欢以这种方式解读我的生活——以克拉拉为线索——仿佛有什么已经按照比生活本身更明亮、更灿烂的原则安排好了它的每一个事件，那些事件的意义只有回头看时才更显而易见。当时看来纯粹的运气和随机事件突然有了发生的原因。巧合和偶然并不是真正的混乱，但是我最好不要用太多的问题破坏它的发展主动力。

她建议在我家吃午饭，这是多么巧妙、多么自然、多么明显。我从来没有想过，她在聚会上接近我的方式是多么简单。让我对她念念不忘，一整晚都试着和她说话，最终放弃努力，听她跟别人说一些随意、刻薄和残忍的话。

我看着地毯上的盐，仍决定绝不碰它。这是我们在一起很开心，在一起一整天而一刻都没有厌倦对方的证据。

当然，我担心我感受到的快乐，就像某些树一样，已经在陡峭的悬崖边生根发芽了。它们可能会伸长脖子，尽可能地把叶子伸向太阳，但地心引力握着最后的决定权。请不要让我成为砍倒这棵树的人。我这么讽刺尖酸，更不用说恐惧、骄傲、怀疑和一种随时准备怨恨自己的邪恶性格。如果只是想证明即使没有给我的那么多奢侈生活我也可以过活，我可以第一个把那棵可怜的树苗推到水里。别这样。如果非要的话，让她去做。

我又一次想起了昨晚，我们的胯部是如何一起跳舞的。太快了，太突然了，太仓促了。我真是个白痴！

　　对比一下这个：你是今年发生在我身上最好的事情。你可以把这话带到一个股票经纪人那里，在牛市中买入看跌期权，仍然可以大赚一笔——我把这些话揣摩得发亮，就可以一遍又一遍地回味。就像有的人捻一串六边体解忧珠时，会忍不住一次又一次地捻上面那个令人愉悦的球形物体。即使我忘记了这些话，我也知道它们并没有走远，就像一只在你身后关着的门上蹭背的猫一样。我会推迟让它进来，因为我知道一旦改变主意，它就会立刻冲进来跳到我的腿上——你是今年发生在我身上的最好的事情。

　　我想象着克拉拉会戴着眼镜，穿着她的男式睡衣和白袜子出现，除此之外什么也没有。"所以这会不会太快了，太突然了，太仓促了？"她会问。"太快了，太突然了。"我会说，竭力打消解开她睡衣拉绳的念头——脱下她的睡衣，不脱袜子，摘下眼镜，让我在晨光中看着她一丝不挂，我的北方，我的南方，我的奶油蛋糕卷，奥斯卡和布伦施瓦克像一对盘在一起的爬行动物在干燥的撒哈拉沙漠以南的土地上扑腾。我想知道咖啡会不会变凉，掰开玛芬蛋糕掉下来好多渣子，黏糊糊的小圆面包、蛋糕上的糖霜、躺在床上，伸手去拿咖啡，直到欲望再次将我们包裹，我们称之为"做奶油蛋糕卷"。

　　今早洗澡，没有碰我的奇诺。

　　"昨晚你和我做爱了吗？"她会问。"肯定没有。"我会说。没有。

　　快九点钟的时候，我刚要出门，电话铃响了。我希望我仍然可以用昨晚那种疲惫、亲密、不设防的声音来接电话。如果那种声音不能自然而来的话，我可能还会假装一下。但电话是一个快递员打来的。那么迫切激动地接起电话，让我知道我多希望电话是克拉拉打来的，就像昨天一样，像前天一样，像这周的每一天一样希望是她打来的。我也好奇她的声音会不会像昨晚一样慵懒、嘶哑，对与我们无关的一切都毫不关心——或者她会不会又回到她快乐、活泼的自己，轻快、敏捷、警觉、刻薄、不受约束，所有这些都会刺痛我的心。

快递员很久都没上来。"他已经上去了。"我打电话问门卫的时候他说。我等着。现在已经九点多了。我又等了一会儿。然后我又按呼叫器，让门卫看看他为什么花了那么久时间。我挂掉呼叫器。电话又响了。"喂！！！"我说。"你不知道我要打电话吗？"显然，我肯定是听起来有点生气让她误会了。我猜她的声音完全是清醒的。"巧了，我正要给你带玛芬蛋糕和咖啡过去。"但是我确定从她的声音中听出了一些别的东西，我不确定为什么这样觉得，但我确定不是什么好兆头。"那太好了，但我要大老远跑去市中心一趟。我现在正要出门。"

为什么我不相信她拖拉又不耐烦地说大老远跑去市中心一趟，是在暗示那一项不想去、让人痛苦、肯定会毁掉整个上午的任务。

她为什么打电话来？为了保持联系，延续昨晚的余温，确定我们之间什么都没有变？还是因为我迟迟不打电话，让她陷入了焦虑？或者她先发制人，用真相作为掩饰，所以她不耐烦地匆匆带过，而又假装平静地提到大老远跑去市中心一趟？

让我愤怒的是，我总是让事件和其他人决定我如何度过一天。被动？胆怯？还是常人都会有的羞怯不自信，作为害怕被拒绝的天然保护？我本可以主动提出和她一起去，但我没有。我本可以告诉她等她完事我想马上见到她，但我没有。克拉拉可能感觉到了，可能会怀疑我不是那么渴望见她，但这没有道理：如果我不渴望见到她，为什么主动提出给她送早餐呢？但是，为什么我轻易就接受了她要去市区的决定，丝毫不争取呢？是掩藏我的失望吗？

我知道我这一整天时间——和克拉拉——像沙子一样在我手指间流走。她毫不妥协的语气扼杀了我试图扭转甚至试图挽救局势的欲望。

"午餐时间你会在哪里？"我问。

我期待她会说在一个吃饭的地方。

"呃，我正在和一个朋友吃午饭。"

我一点也不喜欢这个答案。她用了"朋友"这个词避免提到名字。我知道她知道我会看穿她的意图。这又是一个针锋相对的例子吗？更糟糕的是——也是让我飞蛾扑火一样的原因——即使她试着不具体说是哪个朋友，她也知道我会认为她是故意的。

"一结束我就打电话，怎么样？"

但她说的也不是什么中立的表达。可以意味着"这下你高兴了吧？"，或者可能意味着"看，我可以很和气。现在乖乖的，在我收回之前接受这个提议"。在我看来，她愿意和我妥协，但不会更多，尽管我们都知道这根本不是妥协。这听起来像是在一个人失去耐心并诉诸警告之前，对一个喜怒无常的孩子做出的最后让步。"怎么样？"的意思很可能就是接受它！

我想现在就要见她，在早上十点之前；而她的意思是下午三点才给我打电话。

我已经感觉到，最早也得是在电影院见面了——如果能见上面的话。那这么长时间我干点什么呢？希望？担心？和她吵架？坐在那里发呆，看我的墙壁、我的地毯、我的窗户，就像一个被掏空的霍普画中的人物。在百老汇来回穿梭？打电话给我并不想见的朋友和我一起打发时间？

这难道不是我一直在做的事情吗——独处——并且讨厌这样的每一分钟？

"真扫兴！"

她也听到了。不只是声音中的失望，还有我痛苦的程度和我假装没事的可悲尝试。

"真扫兴？"她轻描淡写地说，这一直是她化解紧张的方式。

与此同时，两箱酒到了。我签了送货单，试图让我的声音正常起来。但是，即使是在快递员面前，我也无法掩饰声音中的呜咽。

"我正要过去呢……"我还是没忍住把脑中的想法说了出来。但没有意义。她已经让步答应打电话给我了。没必要再逼她。

"那会儿你会在哪里？"她问道。

"不开灯，守在电话边。"

我们大笑。但是我已经确定，今天任何时候我都不会进入一个可能让手机没有信号的建筑。

当时是9：30。在我们在一起的第三天的9：30，我们已经讨论过黑斯廷斯战役了。现在却感觉非常遥远。就连司康饼、咖啡和让我完全放下防备的亲密举动，都让我感到非常遥远。我今天想要克拉拉，不能没有克拉拉，过滤掉本和她没有任何关系但结果却和她脱不了干系的事情。从现在开始的一整天我会一直想她。在城市里走来走去，会在每一家商店、每一栋建筑、任何东西上看到她。碰到熟人，会希望你和熟人在一起。遇见一个朋友，不想谈论你以外的事情。与邻居共乘电梯时，如果他们寒暄"你今天好吗？"，我会一股脑地向他们倾诉愁肠。

我们已经同意在下午三点钟左右打电话。我忍不住说道："不要让我等太久。"

"我不会的。"

语气坚定，但很草率，并且还有点情绪——意思是，别纠缠了，亲爱的。从她承诺的语气中，我推断出她不仅可能不会给我打电话，而且因为我提问的方式，她已经下定决心了。我只剩下牢骚满腹又闷闷不乐。我还不如说：如果你不打电话给我，我就去死。

"太好了。"我说，试图用一种果断、亲密、商务的口气。

"那太好了。"她回应道，戳破了我自以为完美的答案。

我们挂了电话。

我想立刻给她打回去。给某人回电话，坦率地告诉她让你烦恼的事情——破灭的希望、燃起的担忧、悬而未决的愿望，甚至在你还没有时间照顾它们、溺爱它们、更好地了解它们之前就被扼杀了，这有什么可怕的。碾压、撕碎，这对于她来说是多么容易。喝酒、缠绵，本应该是我和她在一起的上午会做的事情，是我们的上午。如果我们一起过夜，她绝不会把那个朋友大老远地拉去市区。如果我留下过夜，我们可能还在睡觉，做爱后睡着，醒来再做爱。最终，我会偷偷溜出去买玛芬蛋糕和司康饼，然后回到我们洒满欲望的床上做爱。我身上的面包味道沾满她的床，沾满她的嘴巴，她的声音慵懒、温柔、沙哑，和昨晚抽了好多烟后的一样。克拉拉会说我是今年发生的最好的事。那个似乎要告诉我什么坏消息，但最后在黑暗中呼唤我的名字的克拉拉——我相信她，现在仍然相信——克拉拉用法语叫我白痴，而且真的觉得我是白痴，用德语、俄语、英语都是一样。

这肯定是一年中最难熬的一天。我讨厌这一年——现在我有充分的理由把她抛在身后，忘掉她，忘掉那场派对、斯特劳斯公园、利奥和奶油蛋糕卷，以及随着巴赫-西罗蒂前奏曲的节奏在冰冻的哈德逊河上咯咯作响的冰块。忘了吧。如果我不能忘记，就学会去恨。突然，我想找到一种方法，不仅去恨她，而且去伤害她。或者，与其说是伤害她，不如说是看着她受苦。她想玩狠的，我也会。我不接电话，或者是和别人去看电影，然后去同一间酒吧——就这么定了。但是我们好像还有个约会。想得美！如果你想攻击别人，就把你的恶意洒向他们的生活，摧毁和清扫他们珍视的一切。当你醒来时，当你结束和他们的关系时，除了地毯上的污渍和盐，还有一个叫艾迪工厂的作坊做的玻璃小饰品，你嘴里的味道沾满他们的呼吸，你嘴里的味道在我的嘴巴里，你嘴里的面包、你嘴里的食物、你嘴里的面包屑，我会一个接一个地捡起来，把它们留在你的门口。我想让你打电话给我，想要我，对我耐心和友善，而不是这个胡诌的在市区的朋友。

但是我在想什么！如果我昨晚做了她让我做的事情，而今早没有等来她的电话，会怎么样？如果她在做我一直在做的事情呢？如果我没有暗示我是"纠结先生"本人，昨晚我去洗手间的时候，是什么让她求我不要让她在酒吧久等呢？

我看得出，今天不会好过。我必须让自己保持待机状态，找一个安静的地方，就像一只即将冬眠的动物，保持静止，不做任何计划，只是等待她的召唤。

快到11点时，我受不了了。我把家整理了一下，哪怕只是为了开始工作。但是我并不想在家里工作，所以我放下一切，决定付一些账单，试着回复一些电子邮件，但是我无法集中精力。我拿起钱包和钥匙，穿上外套，然后出了门。

没有克拉拉的生活正式开始了。在电梯里，我听到她的大笑声，于是我对自己重复道：没有克拉拉的生活正式开始了。

我知道不应该绝望，很有可能今晚我们又会一起看电影，但我也怀疑有什么裂缝已经开始出现，我最好现在就开始演习失败。

我突然想到，以演习失败来缓冲失败，可能会带来我希望避免的失败。

你简直是疯了啊，普林茨。

这个想法把我逗笑了。设想最坏的情景很有可能就会导致最坏的情景发生。每当我一想到可能失去她时，我会感到的愤怒，如果她从我的声音或我的脸上感受到这一点，她就会疏离我。

我沿着中央公园西大道往下走，然后决定横穿到东区去大都会博物馆。我喜欢在辔道上散步，喜欢冬天早晨白色的城市，白蒙蒙一整天，把太阳遮得严严实实；我喜欢冰冻的、浅灰色的地面，当我一步一步地嘎吱嘎吱地穿过公园时，它让我心无旁骛地走路，就像一个再次学习走路的残疾人。她的脸在我眼前晃来晃去，我的脚步声嘎吱吱、嘎吱吱，现在我有点喜欢今天了。如果我们在一起的话，肯定也会享受这样的，她总是有办法让下一分钟比上一分钟过得更活泼有趣。她和我一起嘎吱嘎吱、一步一步地走着，都想第一个踢碎躺在路上的冰柱。

你永远不会原谅我昨晚的行为，对吗？

昨晚的事情我从没怪过你。但也许你说得没错。

别总这么说。

我能感觉到它的到来——白雾逐渐将我包围，像舞台烟雾一样扩散开来，把整个城市包裹在一片蛋壳黄和杏仁白的压抑色调中，与远处工业生产的脏脏的灰白色连成一片。我眼前游弋着令人压抑的白日的惨白。

我打算一整天都一个人待着，明天可能也是。最糟糕的是，我不想和任何人在一起来逃避孤独。我可以打电话给别人。但是我不想见他们。我今天可以去看场电影，但是这过去四天之后，看电影只会正中我的命门，现在尤其。电影好像从我坚定的盟友，站到了她的一边。她周围的人怎么那么好约？为什么在我想方设法接近她的时候，她的周围围着那么多人？答案让我害怕：很简单，因为她不是你，不是你的双胞胎；她可以是你的同类，也可以是其他人的同类。她和别人在一起是什么样子，她会和别人谈什么或者做什么，她都不会告诉你。

毫无疑问，我会一整天都独自一人，审视一切。这可能和她没多大关系，这与渴望、等待和希望有关，永远不知道为什么或想要什么。这个由血肉和坚强意志组成的生物，强大到能把一根钢棒用眼睛盯弯。难道她是另一个隐喻，一个不在场证明，一个在我和生命之间合拍的证据，一个接近却总也得不到的替身吗？我溺水了，游不到贝拉吉奥，身处边缘是我的生活方式，而她……好吧，她把我整个翻了过来。是的，这是一个下流、小气、肮脏的词：她把我整个翻了过来——从一个极端到另一个极端。我们针锋相对。

最糟糕的是没有任何解释。

当我到达东区时，我看着交通灯一个接一个地变红——嘟，嘟，嘟——它们那斑驳的红色光晕突然一直延伸到第六十街，投射出一个浅浅的黄昏，似乎抹去了白天的这个弥天大错，在日落前恢复了表面的和平。

但是当我看着灯突然变绿，发现天色比我想得早很多时，我发现距离她承诺的下午三点钟的电话还有五个小时，我要在大都会博物馆打发漫长的五个小时，好像五个漫长的冬天的下午一样长。看着游客们比肩继踵地在走廊里游走，我脑子里冒出了一个无法回答的问题——你疯了吗，普林茨？

我看着排列在第五大道上的绿灯。它们看起来很愉快，就像办公室前台眨着假睫毛，对失去一切的客户发出温顺、敷衍、乐观的问候，桌子一端是一品红，另一端是常青树盆景，喜庆而阴郁，就像所有的节日问候，就像今天，就像圣诞节，就像圣诞派对，中间有或没有克拉拉，或一碗潘趣酒。如果你身着单薄，这些灯无法温暖你。它们就像派对闪灯一样在城市中闪烁，既没有带来快乐，也没有带来爱，也没有带来光明，也没有带来确信，也没有带来和平，也没有缓解痛苦。所有这些话纠缠着我，不是拯救，挥着双手，为什么我会失去理智？

告诉我，克拉拉，如果我知道我疯了，我真的会疯吗？

问浮石吧。

告诉我为什么。

这是量子的东西，亲爱的，因为答案既是肯定的，又是否定的；你可以，你不能，但不能同时是两者。

但是，如果我知道答案既是肯定的又是否定的，但不是两者同时存在，我还会失去理智吗？

希埃洛尼莫[1]不知道，希埃洛尼莫不会说。

我知道我在做什么。拼凑记忆的碎片，像我父亲在越来越大剂量的吗啡的作用下开始失忆那样，他就会引用歌德和拉辛的长篇大论来表明他记得原文中的每一段。我像一个跛子蹒跚着去够手杖一

---

[1] 译注：Hieronimo，托马斯·基德《西班牙悲剧》的主人公，在剧中希埃洛尼莫装疯卖傻并用演戏的办法来试探真相。

样努力回忆着那些诗篇。

当我到达大都会博物馆时，那里已经被游客挤得水泄不通。每个人都像平面的纸板小人一样围着我转圈，当他们说法语、德语、荷兰语、日语和意大利语时发出洪亮的声音，尤其是他们的孩子。人们在大厅里焦躁不安，就像在上帝之国的大厅等待轮回的灵魂。我猜，这一次他们都渴望成为纽约人，突然想到我会不惜一切代价成为阴暗苍白的城市——蒙得维的亚、圣彼得堡、贝拉吉奥——的本地人，他们今天早上看起来多么遥远。把此生擦除干净，重新开始，少一点灾难，少一点欲望，少一点受伤。

你是有什么心理阴影吗？我不是你喜欢的类型吗？

真的吗，女士？

突然间，所有这些漫无目的、神经兮兮的外国人在我周围穿梭，像三明治人一样身上绑着广告牌，正面和背面有大型扑克牌肖像，有些人是国王，有些人是王后，还有些人是杰克。英俊的红桃杰克和黑桃皇后。蛇发女怪和大王。你是蛇发女怪，我是国王。在世界的某个地方，他们用石头砸死像你这样的女人，然后这个人割开自己的喉咙或者从悬崖上纵身跳下。

我从未像现在这样痛恨自己。这是我自找的，不是吗？因为我堂吉诃德式的屁话"太快了，太突然了，太仓促了"，而她用下流、小气、肮脏的方式把我整个翻了过来。我的愚蠢和她的专横。专横对愚蠢，犹如针尖对麦芒。快走对大船，大船滑一边。整个一生可以用哔哔哔和咔咔咔来总结。

我正在失去理智，我意识到这一点之后，越发觉得自己疯了。我试着把思路转移到其他事上，并把注意力放在任何可能令人愉快的事情上——只需要一个好的想法就好，在我的王国里能找到一个好的想法就好——但是我所有的想法虽然出发点都很平和，可唤起的全都是邪恶的形象，三个好的想法变成了三只瞎老鼠，还有三个钻石皇后从我身边走过，用一种奇怪的语言叽叽喳喳地说个不停，后面跟着一个黑桃国王和两个带着小电子装置的杰克，两个都在生闷气。国王拦住了我，指着胆小的二号的妻子问去洗手间的路。我被吓得转过身去了。我说，你们舒科夫真粗鲁，先生。我非常抱歉，真的非常抱歉，找说。找多么想念她，找多么爱她，我多么想和她一起大笑。克拉拉，我只想和你一起笑，拥抱你，和你做爱，和你一起笑。如果我们在生活中什么也不做，每天都没有朋友、没有孩子、没有工作，只谈论沃恩、汉德尔和奶油蛋糕卷，用一生的废话把我们的爱像奖章一样刻在被革命夺走一切的俄罗斯白人将军乞丐似的破烂制服上，对我来说仍然是正确的生活。我不知道当我告诉她这些时她会说什么。我一定要告诉她，一定要告诉她，因为对我来说，这个胖胖的丈夫或是溺爱孩子的父亲比整个博物馆里的任何东西都重要，因为我只想拿出我的手机，告诉她我和黑桃国王的偶遇，以及他的第二号妻子因为尿尿困境而屈膝。

突然，我觉得有必要停下来，抓住一些东西，确保我周围的世界不会转个不停——必须离开博物馆。我冲到寒冷的室外，看到我面前的大都会博物馆的台阶像西班牙台阶一样一直延伸到第五大道，在我面前变成了灰白色，就像威尼斯冰冷的河水淹没了堤岸，延伸到椒盐卷饼小贩那里，他们的小型卡车似乎被拴在了不断后退的人行道上。我看到了一个小贩，走向他，这让我有了方向。当我最终到达他的摊位时，我看到他在一个大椒盐卷饼上涂了芥末。这景象让我觉得反胃，像是恶心，但不是真的恶心，更像是一场被遗忘的噩梦后晕船的感觉。尽管很冷，但我脸上的汗水还是越积越多。我抓住一根杆子，一个骑车人用链子把他的自行车拴在杆子上。我能听到心脏在狂跳。巴士上在为能不能给一个拄着拐杖的老太太让座争辩，这并没有让我舒服一点，仿佛我的心脏和巴士正忙着争吵，就像《克罗伊茨奏鸣曲》中的钢琴和小提琴，互不相让，针锋相对，一点一点，一点一点，一点一点，所有松散的部分拧在一起，变成一个硬邦邦、热乎乎的椒盐卷饼，上面放着一团绿色的芥末，整个椒盐卷饼就像一副双筒望远镜一样放在我的鼻子上，我的眼睛就是你的眼睛，你的舌头和我的舌头是一个舌头，你的牙齿在我的嘴唇上，你的牙齿……你的牙齿……你拥有……你拥有……你拥有多么美丽的上帝赐予的牙齿。

毫无疑问，我正在失去意识，但显然在假装很镇定。没有人盯着我，甚至没有人注意到我，我不想让自己难堪。我终于明白了为什么在公共场合心脏病发作的人要承受多方面的痛苦：疼痛、羞耻、害怕在每个游客、每个送信人和热狗小贩面前摔得粉碎。我不想大便失禁。如果我不得不心碎而死，就让我轻轻地走，在黄昏时消失在狭窄的街道上，结束这始于错误的人生。我要死了吗？

这个疑问在我脑中划过的刹那，我马上就决定赶紧去西奈山医院。我跳上一辆出租车，告诉司机带我去急诊室。我带我父亲去过几次，所以我对这个流程很熟悉。只要告诉门卫你胸口痛，他们就会为你一路开绿灯。的确，他们立刻让我躺在了病床上。隔壁床是一个10岁的小男孩和他的妈妈，小男孩的腿在流血，一个护士正耐心地用一把外科镊子取出玻璃碎片，轻声地告诉他还有几块，之后还有几块。他是一个勇敢的男孩，一滴眼泪都没流，一滴都没有。护士不停地用牙买加口音的话语安慰他，极其轻柔地用纱布擦拭伤口。

住院实习医生穿着一双卡骆驰洞洞鞋。

我解释说我心跳很快，还犯恶心。

一张奇怪的胶片罩在了我的眼睛上，仿佛雾在逼近。雾在逼近，雾，很多雾，我不知道该是哪一个。

"有没有眩晕？"他问道。

"非常晕。"我回答，回想着从大都会博物馆一路泼洒到利多潟湖的台阶，"去过利多吗，医生？"

他开了常规心电图。

我本以为他会开超声心动图或者是血管造影——我快死了，不是吗？

十分钟后："一切都很好。你非常健康。"

"我以为我心脏病发作了。"

"你当时是恐慌症发作了。"我看着他，"也许你想的事情太多了？"

"没有哎。"

"家庭问题？"

"我是单身。"

"爱情的烦恼——心碎？"

"可能是。"

"可不是嘛。他们说这个感觉叫'心碎'。"

我正想告诉他所有的事情，这时我意识到"可不是嘛"的意思是"不必说，我们都体会过"。

如果这一切都像他说的那样普遍，为什么我以前没有经历过呢？

因为你从未爱过任何人，普林茨。

那么，在过去的二十八年里，我都做了什么？

没有好好活过，普林茨，几乎没有体验过男女之情——在等我，就是这样。第一天晚上，当我们站在阳台上，一起看着光束时，你活了过来。你和我，普林茨。你看着我用麂皮鞋把烟头踢到人类无法测量的地板上，你和我一起倚在栏杆上，就像一条五线谱上的两个音符，有着一样的想法，你盯着我穿着深红色上衣的胸部。

我一直在哪里？

你去哪儿了？你在等着。你越来越喜欢等待，而不是等待的爱。

你看，医生，我只是假装像其他人一样，如果他们努力寻找爱，就会找到爱。但是我不像他们。我只是假装。我喜欢她。我想要的是爱，不是别人。

"拿着这个。"他说，像魔术师在你耳朵后面变出一枚硬币一样，在手里变出一片赞安诺。他看着我就着一小塑料杯的水吞下，轻轻地拍了几下我的肩膀，然后手停在我的肩膀上，以示同情和男性的感同身受：我们都面对过这样的事情，兄弟。距离上次有人摸我的肩膀是不到十二小时前。"你会没事的。休息一会儿。"他抓起一个凳子坐在我旁边，再次给我量脉搏。有人这样坐在我旁边真让人欣慰。

他让我想起了拉洪警官。拉洪警官，我差点忘了，他现在站在我旁边，就像警察一样，在急诊室里围着你的担架，填写规定表格和文件，他们的对讲机大声地发出刺耳的声音，他们与菲律宾护士长谈论昨晚这个或那个曲棍球运动员，一边试图安慰你。他的出现让我想起了一个不再是我的我。晚会后的那个晚上，在我蜕变之前，拉洪是最后一个见到我的人。也许那天晚上我回到了斯特劳斯公园，坐在那里，像蛇寻找一块隐藏的、凹凸不平的岩石来挤压和摩擦旧的蛇皮。也许这就是为什么我喜欢每天晚上回到那里，昨晚也想回到那里，因为那个我要么不想放弃旧的蛇皮，要么还没有完全蜕干净，回到过去比前进更安全。向前两步，向后三步。我也是一样的，克拉拉。我会在那里疗伤，而不是在医院里。突然，我非常想回去坐在公园里，坐下来找到我自己，坐下来思考为什么我总是回到克拉拉的世界。

也许我昨晚没和她上床是对的：如果她在和我做爱后扯下这些，我会用她父亲的菜刀割断我的喉咙，先自杀，然后再杀了她。

或者也许我和她没有什么不同。她只是抢先了我一步。我记得昨晚在酒吧的洗手间里，独自一人的时候，我计划着和她做爱后溜走。这是关于今晚的，我一直告诉自己，但不要承诺明天。我们是彼此的镜像，这就是我如此想要她的原因，因为她是我的镜像。

"也许和别人倾诉一下会有帮助。"实习医生说。

"我从未和别人'倾诉'过。"我说。

"真让人惊讶。"他说。

他为什么感到惊讶？因为我明显是一个自我折磨、缺乏安全感、容易自我憎恨、抑郁的人，绝对不会让我一个人留在11楼开着的窗户前？

"不，只是任何人在某一时刻都会遇到挫折。"

我遇到挫折的时刻是现在吗？挫折，这是对发生在我身上的事情礼貌的说法吗？我想知道他们打算把我留在医院多久。

直到我的心跳恢复正常。

开了更多的赞安诺药片，还有更多的处方：不许摄入咖啡因，不许喝酒，也不许抽烟。

和世界上最美丽的女人在一起的六天，我像一艘沉船，驶向疯人院。

突然，我听到我的电话响了。

"电话……"我说。

"请你不要在这里使用手机。"

我可以想象克拉拉对这种可鄙的轻描淡写会如何作答：你现在要求我吗？还是在某个虚构的时刻，在一个不确定的、礼貌的模糊的未来要求我？

"我必须接这个电话。"我告诉医生，电话来自——我低声说了这个词——心碎。

"好吧，那你快点说，不要再被紧张的心情困住了。"

"我已经被困住了。"我指着仍在吸着我身体的心电图线说。

"我完事啦。"她说。像往常一样，她开门见山，然后再打招呼。

我环顾四周，忍不住窃笑：但我没有。

"哦？"

"我有点忙。"然后我意识到这个笑话有点离谱了，"我身体的每一部分都捆着线。"

"你在说什么？"

她在大喊大叫，我希望那个医生能了解一下我说的这几天遇到了疯女人是什么意思。

"我在医院。"

一连串的问题。她说马上赶过来。

"没必要。我能照顾好自己。我马上就可以走了。"

"你在哪儿呢？"

"在普林茨街，"——添加了重音——"要招呼一辆出租车开往上城。"她用我的绰号是个好兆头，还是说，她只是为了掩饰自己还在市区？

我把手指放在手机的话筒上。"我还有多久才能走路?"我问。

这位年轻的住院医生近乎失望地笑了一下。是时候拆下这些电线,穿上我的衣服,填好表格离开了。

"你可以到我家楼下等我吗?"

"我可以。"

"我可以",这到底是什么意思?她也必须顾左右而言他吗?每个人不都是这样吗?

她过来是因为她迫切要来,只是想来,还是不冷不热近乎冷漠的客套?

最后,她说:"不要让我等太久。"

"你怎么进医院了?"她问。

她坐在我家大楼大厅的沙发上,已经脱下了披肩和外套,她一定已经等一阵了。当她站起来的时候,她看起来美极了:身姿绰约,她淡褐色的眼睛美得让人不敢直视;颈间点缀着钻石项坠,上次看她戴已经是很久以前了。所有这一切都在提醒我,不管我们昨晚走过什么桥,今天早上都被炸毁了。乌鸦座从船上掉了下来。

"我就待几分钟。确定你没事。"

她想上楼吗?

"好的,但只能待几分钟。"

我感到虚弱又疲惫,没有精力进行感情的讨价还价。看到她就在我们24小时前野餐的地方,我感到如释重负。她带着一身冷气,没有坐着。计价器一直在跳动。

"那么,你打算告诉我发生了什么吗?"我们一上电梯她就问。

从她提出问题的方式来看,我可以猜到她已经猜到了答案。隐瞒真相是没有意义的。

"称之为多年在战壕中得的弹震症吧。"

"在哪里？"

"在沼泽里，在码头上，在战壕里。"

她点点头。似乎已经知道我指的是什么了，又或许没有。

"这是一次恐慌袭击。"我最后说道，希望她能从法语发音中辨认出来我想说什么。但她摇了摇头。

她慢慢走出电梯，又一次被门粗暴地推了出来。"现在别闹了。"她转向电梯，然后踢了踢相当于它胫骨的地方，"畜生。该死的畜生。"

我们突然大笑起来。

我打开家门。谢天谢地，我今天早上整理了一下这个地方。隔壁有人在煮汤。我多么希望今天早上我们能一起吃早餐。

我打开了灯。天暗下来得太早了。她脱下外套，丢在一把椅子上，又一次表明她不会待太久。

"我去泡茶。"

"他们给你开药了吗？"

"是的，他们给我开药了。"

"我才消失几个小时，你就把自己弄到急诊室了。很好。"

我看着她，不用说什么。

"你在怪我，是吗？"

"不，不是怪谁。但今天早上你电话里的语气与昨晚完全不同，我整个人都慌了。"

"所以你就是在怪我。"

"这不是怪谁的问题。我好像是认不出我自己了，也认不出你了。"

"没错。"

"没错什么?"

"我们会变。我们两个的想法会变。"

"这么快?"

"也许吧。"

"昨天怎么回事?"

"应该问你吧?"她停顿了一会儿,"此外,我不能让自己一直困在昨天。"

她走到她藏巧克力饼干的地方,找到了昨天放在那里的盒子,随意拿出来两块。她表现得好像在自己家一样,这让我有点激动。不过,我突然想起来我遇见她的那晚,还看到过她拿出一个盘子,堆上四到六块饼干,摆成诺亚方舟的阵型。

我们俩都没有要去烧水,因为她直接去吃饼干,显然已经不想喝茶了。一杯像糟糕的性爱一样草草收尾的茶,非常糟糕的一场性爱,我记得。

"听着,我不想吵架。"

显然,当我问起昨天的事时,我一定提高了嗓门。

"你凭什么觉得我想吵架?"

"呃,你显然不太高兴。"

"知道我为什么不高兴吗?"

"为什么不直接告诉我,反正你也打算告诉我的。"

从她说话的语气中,我可以看出她经历过无数次这样的谈话。她害怕,可能在我之前她就能发现逃生的所有路标、捷径、十字路口、切线和路线。

"我确定你已经知道我要说什么了。"

"我想我知道。但是你说吧。"她补充道，并暗示如果这能让你舒服一点的话。

"或许毫无意义。"

"或许不是。"——意思是，随你便。

"可以说我很遗憾你变得这么快。"

她盯着手里的饼干，就像一个被惩罚的孩子，或者像是在试图拖延时间、整理想法、得到正确答案，或者她只是等待一片云飘过去。我多么希望她告诉我，我完全错了，她和昨天晚上一样一点也没有变。我不应该想象让她说一些我想听到但她根本不会说的话。

"这可能是我的地狱。"

"什么地狱？"

"总是让人失望。"

"你怪他们吗？"

"不，我不能怪他们。因为是我创造出机会，让他们失望的。"

在她看来创造机会让别人失望，比失望透顶到住进医院要糟糕得多。

我盯着她说："告诉我一件事。"

"什么？"

她的"什么"来得太快了，好像在用看似自信坦率的"你随便问，吓不到我"掩饰心虚的"现在要怎么样"。

"是因为我们昨晚没有上床吗？"

"如果是那样让我看起来残忍又恶毒。这与昨晚无关。"

"比我想象的还要糟糕。"

"可能我们只是有点意乱情迷，或者我们虽然最后想要同样的东西——但出于完全不同的原因。"

"你的原因和我的不一样？"

"我觉得不一样。"然后，她软下来她的语气，但并没有改变她的意思，"也许不一样。"

"你警告过我不要这样。"

"是的。"

"我也听了。"

"你做到了。"

"直到你告诉我，我不应该。"

"直到我告诉你，你不应该。"

"我们简直是一团乱麻，不是吗？"

"一团乱麻。"

"非常——非常大的一团乱麻。"

我站在她面前，突然用双手捧起她的脸，抚摸她的嘴唇和淡褐色的眼睛，对我来说，这比阳光、语言和这个房间内外的任何东西都更重要。我吻了她，并且确信她会像我渴望的那样热情而绝望地吻我，因为我们之间的出口已经敞开，明天无处可逃。如果成真的话，对我来说会是漫无边际、漫无目的地做爱，既安全又慵懒——这一次，以我一贯的善意和机智，而不是昨晚的东西。

她像昨晚一样吻了我的脖子。我喜欢她的臀部随着我的臀部一起摆动的方式，喜欢我们紧紧地拥抱在一起，不让我们之间有一点空气。片刻之后我们才注意到，我们几乎在跳舞，或者说是在以我不知道的方式做爱？

我解开她的衬衫，我的手在它下面游走。有史以来第一次，我的手触摸到了几天来日思夜想的乳房。她完全没有抗拒，但也没有回应。由着我这样做。片刻之后，就在片刻之后，她已经在扣她的衬衫了。

"别这样。"我请求道。我想看到你一丝不挂，在你走之后再想起你，想永远不要忘记你一丝不挂地站在这个房间里，在日落前的昏暗中和我的身体互相摩擦，带着面包和老维也纳的味道，还有你家旁边的面包店的味道，昨晚在那里你和我，只有你和我。

"我真的得走了。"

我从一开始就知道。在楼下我就发现她是精心打扮过的，不仅是为午餐打扮，那顿她似乎很高兴因为打电话发现我在医院而中断的午餐，而是为了接下来她要去的、跟我只字未提的约会而打扮。

我看着她，她亲吻我的热烈程度丝毫不亚于她在派对上亲吻英奇或者贝丽尔，她可能只会这样亲吻——这就是为什么那么多人对她欲罢不能吧？别人把对她来说是零钱的东西当成了大额钞票。和她做爱可能也是如此。仅仅是一个态度——她称之为性同意——对于别人来说是尽情享受，一生中只有一次值得向孙儿炫耀的事情，当他们长大到可以询问那个用船的名字称呼你的女人的时候。

我想知道有没有或可能很快会有，第三方会收到一个打包着叫普林茨的家伙的以分钟计的急件，在一个打包着英奇的邮件之后，在被拒绝、亲吻、打发走之后收到。很快，我就会在她的答录机上留言，或者在她看电影的时候给她打电话，她会跟和她在一起的人嘟囔，让那个人帮忙看一下来电显示，然后小声骂着我的全名。"是普林茨。"她会说。

我想出言不逊，说一些让她受伤好多年的话，或者至少像污渍或瘀伤一样粘在她身上，那样肯定会毁了她整个晚上。

克拉拉，我觉得这是我最后一次见你了。

克拉拉，你从我的门走出去，我们就好像从未认识过一样。

克拉拉，我不想让这一切灰飞烟灭——我想挽回——你也帮着一起挽回吧，在我或你的自我觉醒之前。

克拉拉，你能读懂我现在在想什么吗？

"现在别走。"我说。

"你不想让我去？"

"我不想让你去。"

"你还不明白，是吗？"她要告诉我她想留下来吗？"听着，昨晚是昨晚。正如你所说：太快了，太突然了，太仓促了。我们应该就这样结束了。"

"我不想结束。这不只是昨晚的事。这是我们都知道的比我们任何一方都重要的事情——这是关于我们的生活，我不知道还能说什么。你是我的生命。"

"你是我的生命。"她重复道——显然不是在她的世界会听到的那种话。不是在洗澡的时候唱出来的，也不是落日时分在脑中的狂想，还有什么？

我恨她。

"你喜欢让我说蠢话吗？也许我很蠢。"

"也许我很蠢，"她模仿道，"连续两次我来你家，普林茨。现在轮到我端着了——我不知道你会不会喜欢。"

"要不要配点茶。"我用幽默打断她的话，虽然很蹩脚。

"喝茶的时间早过了。这就是我要说的，无论你接不接受。"

"说吧。"我的声音中带着一丝逐渐消失的讽刺，但我已经做好了最坏的打算。

"事实是这样的。我不是唯一一个这么说的人。算命师也说我

关心你，随你怎么称呼这种关心——爱你，如果这么说让你高兴的
话。然而，你只是想占有我，如果错把占有我当成爱有助于你理解
的话，你就把它称为爱吧。我想让你进入我的轨道，而不是出去。
我知道如果我想从你那里得到什么，我就必须为此付出什么。而你
根本不知道你想要什么，当然也不知道你准备给我什么。你还没有
想那么远，因为你并不真正在乎——你在乎你的自我，也许还有你
的身体，但是其他的，你完全糊里糊涂。到目前为止，你给我的只
有受伤的、楚楚可怜的小狗脸，以及每次我们沉默时都问不出口的
问题。你觉得这是爱。不是的。我现在所拥有的是真实的，不会消
失。这就是我要说的话。现在我可以走了吗？"

她说服了我，我开始相信她。她爱我。

我不爱她。她知道她想要什么，我不知道我要什么。很有道理。

"待一会儿，好吗？先别走。"

"不，不行。我约了人。"

"人？是那个住在市区的朋友吗？"我试图表明我在揶揄她。

"不，是另外一个朋友。"

"你也喜欢他吗？"

她狠狠地瞪了我一眼。"你想吵架，是吗？"

"我根本不想吵架。"

"那你想要什么？"

她是对的。我毫无头绪，但是我确定我有想要的东西，而且与
她有关，或者是通过她才会找到。或许我想要的是她，而我所有的
疑虑只是让自己看清这个简单事实的最后防线。我想要她。但现在
我注定要失去她。我已经打光了手里的牌，一张都不剩了。

"我希望你再给我一次机会。"

"江山易改本性难移，你是肯定不会改变的。另外，再给你一次机会是什么意思？这是你在电影里学的吗？"

"你总能刺伤我，让我泄气。"

"那是因为你总是拖拖拉拉的。当你准备好了，我想要这个——"她说，突然把她的右手放在我的裤裆上，把那里的一切握在她的手掌里，没有松手，还一直在揉捏，"我要你——不要楚楚可怜的小狗脸，不要下流的滑稽动作，也不要你闪烁其词的旁白。当时当地、心无旁骛。为此，我已经告诉过你，我会坚持到底，做你想做的任何事，任何事，任何事。当我们准备好了。"她的手不捏了但是还没有放开。"但别再搞砸了。用你的愚蠢的游戏或者临阵脱逃还是什么其他的狗屁方式，要不然这会成为你下半辈子的心结——我敢向你保证。"说完，她把手伸进我的裤子，"你想要我的乳房？我想要这个。"

"现在我可以走了吗？"她问道，好像我在用我的下体拖住她。

我点点头。

"今晚我们还去看电影吗？"

"是的，看。"

我讨厌我的声音。

"为什么？"我问，不知道我为什么问她。

"我想我已经告诉你原因了。"

"你现在在做什么？"我忍不住问。

"现在我要去见一个我不值得他对我那么好的人。"

我买好了我们的票，在电影院外面等着，喝着我的大杯咖啡取暖。我在忏悔。她迟到了，我预感到她会迟到，并试着不为此分心。我知道再等上五分钟我会更加焦虑，这种焦虑可能最终会让我心烦意乱，我试着隐藏自己的不开心，一旦它以曲折的言不由衷的方式发泄出去，肯定会激怒她。我试着控制自己的焦虑——请不要放我鸽子，克拉拉，不要放我鸽子。但我也知道，并不是因为害怕被放鸽子导致了焦虑感激增，而是因为我想象着她对她这个朋友做对我做的事，手揉捏抚摸他的下体，说一模一样的话。不，不会完全一样。她会彻彻底底地和他做爱，然后跳上一辆开往下城的出租车出现在电影院，浑身兴奋，连演员表也不想错过，"一整天都在想你，你没有不高兴吧？"——谁知道我们第一次看电影的下午她做了什么。

但是，如果我真的介意她约的人，最好也别总想她是怎么摸我的，或者至少不要因为回忆太多次而耗尽那一刻的激情。我想泡在咖啡里，偷偷抿几口，然后跑去安全的地方，像小鸟啄下一小小口那样小心。我是那种会把好吃的留到最后吃的人，她是享受当下尽情狂饮的人。没有一个女人会在征得同意前把手放在别人那里。即使是昨晚我爱抚她，尽管是在凌晨三点的面包店外，我也完全没有她这样直截了当。我想知道她是否只是象征性地摸了一个男人的下体，这也解释了为什么她在放开我的下体之前会稍微摩擦一下我的胯部，好像是为了舒服一点，或者她用手掌压着我、挑逗我、试探我，让我兴奋，让我看她能做什么。

在等待的焦虑和逐渐淡去的她触摸我私处的记忆之间，萦绕着一些模糊的记忆，提醒着我之前在大都会博物馆外面发生的事情，那些我不想去回忆、设法忘记，但却存在的事情。就像一个等城门打开伺机而入的敌人，但是如果他愿意，可以直破城门或者挖洞入城。今天早上，我几乎要倒在地上了——游客、小吃摊、小孩儿、到处乱转的人群、扮成扑克牌国王和皇后的三明治人，他们好像把空气吸光，直到我好像飘浮在氦气中。我永远不会忘记这一天，这一天开始时充满欲望。但看看现在的我，抿着甚至不应该喝的咖啡，谦卑、低落、脆弱，一旦赞安诺失效，我立马有可能遭受新的一轮恐慌症。我确实要怪她。

为什么我允许这种事情发生？因为我曾经希望，因为我曾经信任，因为我没有发现她身上有什么可恨的东西。因为一切，一切都是美好的，并可以带我到从未见过的属于我的地方。如果没有美好的样子，我的生活将会变得不值一提吧？

"你没想到我会来吧。"她在电影院前踏出出租车说道。

"嗯，也许你也动过不来的念头。你是想让我担心吗？"

"别说了。"

她从我手里拿走第二杯咖啡，在她心里毫无疑问那是她的。

我还掏出了一卷曼妥思糖，这让她欣喜若狂。也许是为了弥补没有感谢我买咖啡，她才故意为了糖小题大做。

"要一个吗？"她撕开包装问。第一颗是红色的。她一直喜欢红色的，讨厌黄色的。"我要吃这颗红的。"我说。但是她已经把它放进了嘴里，带着一脸嘲弄的微笑，好像在说"我料你也不敢来我的嘴里拿，那你就别想吃咯"。我想亲她的嘴巴，找到糖果，用舌头偷走，她会让我这么做，又转念一想，我可能会在嘴里玩一会儿再还给她。突然，当我沉浸在我们想象的吻中，想象她的手指热情地梳理着我的头发，一个想法将我攫住：他们今天下午可能没有做爱，但是他们靠得很近，非常近。

与此同时，她对她去过哪里、做过什么只字不提。她对这件事的沉默证实了我最糟糕的猜测。整整两部侯麦电影的时间里我都一直在猜测，用我对侯麦的狂热毒化了一切。

当我们午夜时分离开电影院时，我很明显在郁郁寡欢。"你在气什么？"她问道。我说："没什么。"没有听起来要故意掩饰什么或者故意装神秘，只是一句郁郁寡欢的"没什么"。

"你不喜欢放的电影？"

"喜欢。"

"你不舒服吗？"

"我很好。"

"那就是因为我了。"

前方是一片荨麻地，我想光脚蹚过去。

"我说错什么了吗？"她问道，"说出来吧。让我们说清楚。"

我过了好一会儿才鼓起勇气。

"我只希望你今天下午没有离开。我感觉很糟糕。"

"我得去见个人。"

我试图摆出一副平静、冷漠的面孔，但我没忍住问。

"我可以问是谁吗？"

"谁？当然，问吧。"

"你去见谁了？"

"你不认识他。他是我一个很熟的朋友。我们谈论你来着，谈论我们俩。"

我试图找到自己的方向，但不知道怎么才能找到。

"一切都让我困惑。我从未如此困惑过，我也从未告诉过任何人我如此困惑。从来没有。"

这是我对她说过的最诚实的话。这种交流方式对我来说是全新的，我不确定自己是否喜欢。

今晚我该如何放下对她的戒备，不想这件恼人的事情，试着夺回昨晚的吻？

当我们到酒吧时，最坏的事情发生了。一个穿着深蓝色西装、白色衬衫（虽然没有领带）的男人坐在我们常坐的桌子的邻桌。他一看到克拉拉，就站起来拥抱她。当然，她还是没有介绍，直到他转向我介绍自己。在他的桌子上，散乱地放着一本黑白照片集一样的书。

他正摆弄着一杯超大的马天尼，牙签上的一整串橄榄一个都还没有吃。接下来是一个尴尬的时刻，克拉拉和我决定要怎么坐。只有她和他在同侧长凳上挨着坐才显得合理。他那桌的长凳和我们平时坐的凳子是连在一起的，但是这样我就没法坐在她的旁边了，然而我们习惯坐在同一侧。如果像我们平时坐的那样，就相当于她坐在我们中间，但他就显得坐得太远了。所以我只能做了唯一的选择：坐在她对面，对着他们两个坐。

她犹豫了一下，我认为是个积极的信号，但她选择坐得离他很近。后来我们发现自己坐到了他那桌。我对她没有坚持让我坐在她旁边感到愤怒。然而，克拉拉片刻的犹豫让我很高兴，就像女服务员装腔作势的热情也让我高兴一样：瞧，谁来了！那个叫维克多的男人似乎没有注意到克拉拉短暂的犹豫，也没有注意到女服务员的大声问候。

我想知道他觉得我和克拉拉是什么关系。我们只是朋友吗？如果不只是朋友，我们是什么关系？他们是什么关系？他解释说，他和助理工作了一整晚，然后决定来这喝一杯。想在早上交照片前最后再看一遍。不知何故，他不是很高兴。他刚演完两场演出回来，一场在柏林——盛大，盛大！——另一场在巴黎——棒极了！——三周后再去伦敦和东京——你还能奢求更多吗？"主题是什么？"我问，试图和他聊天。"《黑色曼哈顿》。"他的发音是"黑色曼哈荡"，这暴露了他的法语口音。克拉拉瞥了我一眼，眼中满是揶揄的欢乐。我们知道我们会把这个记住，日后再拿出来恶搞。

维克多，笔挺的蓝色西装，法式袖扣，浆白色衬衫，他对这个项目无比兴奋。这会成为明年圣诞节咖啡桌边的话题，他试图轻描淡写地解释道。但是他明显非常自傲。就连他白得发光的衬衫和没有戴领带而敞开的领口，都成了他不在时的笑谈。不嘲笑一下书封上面那加粗的名字，维克多·弗朗索瓦·齐乐吗？他名字的首字母缩写VFC让我想笑。

《黑色曼哈顿》的话题让我们一直热聊、大笑到凌晨。每个人都对《黑色曼哈顿》有着自己的理解，我们轮流描述自己心中的黑色城市，虽然我们谁都没看过黑白电影。"我们想要一窥黑色城市，因为它将我们带回了另一个也许从来没有存在过的曼哈顿，它仅存在于电影及电影带来的想象中。一个我们很想在其中生活的黑色城市。在你动身寻找之时就瞬间灰飞烟灭的黑色城市。一个存在于我们心中而不是实际中的黑色城市。"我说。"呃，我们还是不要太天马行空了。"他说。

她纠正了他的发音。不是"曼哈荡"，而是曼哈顿；不是"乎些佑林"，而是午夜幽灵。他觉得克拉拉是在开他的玩笑，因为英语发音很滑稽，并且他带着自信的笑声，把一只胳膊搭在克拉拉的肩膀上。每次他大笑的时候，克拉拉都会被迫往他那边靠，迫使她把头靠在他的肩膀上。克拉拉可能意识到了他的胳膊搂着她，于是自动向他那边斜了斜，好像是对拿他开涮的致歉；或者是在表示：

按下控制按钮，她立马就是你的了。

他的胳膊搭在她肩膀上没动，然后发现我正盯着他的胳膊。我扭头把眼睛移向她，她发现我在盯着她，她像他一样下意识地看向另一边。他们两个谁都没动，她没有把头从他的肩膀上抬起来，他也没有把手拿开。这就好像两人都在那个位置上分别冻住了一样，要么是因为现在分开太迟了，要么是因为他们想表明没有什么不舒服或不合适的地方，而且——来想想看——如果他们绝对没有什么可隐瞒的或者感到羞耻的话，他们就可以做他们想做的；如果准备好了，就会停下来。

他们这样，她这样是在故意气我吗？是她怂恿他这样做的吗？还是她太软弱不能开口让他把手拿开？这是她在像我发送信号吗——你对我没有所有权，如果我想靠在他的肩膀上，或者摸他的手，甚至摸他的下体，那么我会当着你的面做——受着吧。

或者是前恋人之间残存的熟悉？

或者是男女之间并非纯洁的友谊，就像我们之间并不纯洁的男女之间的友谊一样？

或许是我想多了，还是想得太少了？我的疑虑，就像毕达哥拉斯定理的证明一样，突然比天上的星星还要多。

或许是赞安诺失效了，早上的焦虑又回来了，我又在胡思乱想，同时还得努力在他们面前保持严肃——万一都是我瞎想的呢？

哪个更糟：自己胡思乱想让自己痛苦，还是看着他们亲密无间而不知道发生过什么？

辗转反侧，没有辗，只有转……

克拉拉，我让你失望了，是吗？

哦，希埃洛尼莫，希埃洛尼莫，他们让你在这里胡思乱想些什么，你的脑子一团糨糊，莎草在湖边枯萎。我能感觉到恐慌症又要发作了。

我借口说去洗手间，想清醒一下，我往脸上洒了些水。我喜欢臭烘烘的洗手间里冰凉的水。我又拍了拍我的脸，打湿了我的颈背、手腕，还有耳朵后面。我还记得上次螺母压在我头上的感觉和它在我额头皮肤上压出的凹痕。可怜的，可怜的无赖。我试图冷静下来的行为反而让我兴奋了起来。现在这样我该如何优雅地离开？昨晚她拉下我高领衫的衣领，然后吻了我的喉咙。我的手慌乱地想找个地方抓住，想控制住兴奋异常的下体，美好的记忆中我们还在那个美好的面包店外接了吻。好开心、好开心、好开心的时光。今晚，她的心在另一个男人身上。她这个水性杨花的女人，故意犹豫一下才坐在他旁边是多么高明的伎俩。啊，你以为能糊弄住普利茨·奥斯卡吗？为什么没有发生在昨晚呢？为什么不能是昨晚呢？把时间倒回去，打破这个噩梦，修正每一个错过，把时间调到那个关键的节点，在我拐错弯的地方，发现自己站在斯特劳斯公园的雪地里，在我们接吻后听到她说："我们今天早上在这里见面，现在我们又在这里了。"啊，崔斯特瑞姆骑士[①]，你个皮笑肉不笑的秃头懦夫。我还以为在最尊贵的马上发出灿灿金光，你却就是个"奇诺"，一个换轮胎的小破车。我以为你能战无不胜，你却羸弱不堪。它慢慢软了下去，不再趾高气扬。

我出来的时候，她没看见我走过去。他们还在说话。

像一个派对，我没有参加的派对。

---

① 译注：Sir Tristram，又译为崔士坦、崔斯坦，是英国史诗亚瑟王传说中的传奇人物之一。

他们正要点第二杯酒。我决定不点了。她有点惊讶。我不想要番茄酱配薯条吗？

这是她在问我，现在不走吗？

这是个好问题。

"今天真是漫长的一天。"我说。我想，我说这话的时候还暗含了其他的东西。糟糕，糟糕的一天。

他没有问为什么。他的沉默和想继续谈话的急迫告诉我，她可能已经告诉了他西奈山医院的一切了，他甚至不想假装不知道。

干得好，克拉拉。

"而且我真的不应该喝酒了。"我补充说，想起了年轻医生的建议。

"再坐会儿吧。不想喝也没关系。"听起来像是出于礼貌的马后炮。但我知道，对于克拉拉，随意并不代表敷衍，她是在和我打暗语。不拘礼节代表和他的亲近，而不是我。她可能一直在求我留下来，我却故意把她的随意和不拘礼节当真。我消极应对，知道我意识到她看似随意地请求，也许也是说给我听的：她想让我留下来，因为这样看起来会好些，但是这对于我来说，没有什么区别。

我站起来离开的瞬间，非常清楚自己想要什么。我期待她看到我站起来穿上大衣，会立刻改变心意，不点喝的了。我期待她会和我一起走，我送她回家，就像我们习惯的一样。路过面包店，斯特劳斯公园。这一次，我会主动上楼去，即使她没有问我要不要上楼。

"希望你身体快点好。"她说。她当时假装这一切都是因为我身体不舒服想要休息。我看着她，意思是，所以你真的不走吗？
"我想再待一会儿，再喝一杯。"她说。

我和他握手告别，在克拉拉的脸颊上一边亲了一下作别。

我再也不会和她有任何瓜葛了。再也不见她了。永远，永远，永远。

这是我人生中最糟糕的一天。最糟糕的事。我可能需要几天，也许一周忘记这一切。我是否低估了它的破坏力？一年，直到下一个圣诞节前夜——这一天发生的事会在每年这个时候都拿出来庆祝一番。

我没有往下城走，还是往上走去了斯特劳斯公园。以后再也——再也——再也不来了，我想。这是我最后一次来这里。我记得烛光萦绕的雕像，周围摆满了笔直的锥形烛托，记得结着冰的树枝，为爱流血。我还记得在大教堂的路上，她离开朋友们把我带到了这个安静的地方，就当我们靠得非常近的时候，她突然说想要一小杯冰凉冰凉的高度伏特加。她也会路过这里，每次也会想起我，想起和我在一起的时光。有一天，她和她的丈夫在一起，站在她客厅窗户前看雪掉落在哈德逊河上时，她会崩溃，然后告诉他一切。她用悲伤的声音呼唤我，慢慢老去、枯萎、走向生命的尽头，生命填满磨难和回忆，把这些讲给她在斯特劳斯公园遇见的第一个乞丐，那个人曾经在我最好的年华爱过我。

这个残酷而光怪陆离的城市，黑色曼哈顿，一切都是黑的。雪只是一张帘幕、一个谎言——因为它也是黑的。雪也伤人，因为它有欺骗性。反着微光的沥青告诉你它黑暗、坚硬，混合着压实的闪光的玻璃碎片。雪像骨髓，像融化的沥青，不同的是它的内部是柔软的，像丝绒、像面包，以及一切让你一触碰就会就范的美好的东西。但是它的下面是黑色的、模糊的、胶着的，这就是今晚所有经历的感觉。黑色的，模糊的，胶着的。

我在周围站了一会儿，希望她会改变想法跟我走，但没有一个人朝我这边走来。斯特劳斯公园周围空无一人。怒发冲冠，迷路的东方三博士不在，菲尔东科·马达达斯特也不在，拉洪警官和乞丐女可能来过又走了。只有我们的影子，或者说只有我的影子。诗人莱奥帕尔迪是对的，人生苦闷又无聊，世界满是肮脏。

第七夜

我希望有一天她会问,当这一切都没有发生时,你那天晚上为什么离开?因为我生气了。因为我厌恶自己。因为我不知道该怎么办。我不想静静地坐着,和他争夺你。我要输了,而你似乎决定要助他一臂之力。我坐在酒吧里眼睁睁地看着这一切让我更加痛苦。我觉得可笑、软弱、无能。克拉拉,我恨你让我恨我自己。我很生气。生气你不让我在那几个晚上有一丝喘息,我所做的只是看着机会的洪流浩荡而去。我怪你压抑那些完全合理的冲动,然后又把它们怪在我的身上。我怪我自己把问题归咎于你。那是我的问题,永远都是我的问题。

那天晚上我看到你如何漫不经心地与其他男人打得火热,而丝毫没有愧疚感——看到了吗?一只手哦,一只手,命运像一个会跳出来的盒中玩偶,用扫帚把儿在我的头顶横扫而过。是的,我们有可能走下去,但是看啊,我们都会变。你居然让我在顾影自怜中找到些许安慰,我永远不能原谅这一点。

我会想在公园里等你，我忍不住给你发短信说一些关于VFC先生要么搞笑要么下流的话，可能说得太过分，以至于断了我们之间所有的再联系的可能——如果我没有在酒吧断了所有可能的话。你会拿起手机，如果没有戴眼镜的话，你会把手机递给VFC让他帮忙看下是谁发的，然后从他手中一把抓回，丢到大衣的口袋里——是普林茨！

我站在白色的灯光里，试着像第一天晚上在这里一样，想感觉到兴奋和新生——但并没有。我朗诵了更多莱奥帕尔迪的诗句，想要找到些许安慰和支持。我知道即使找不到，也会感到诗句的美，在这个最阴郁的十二月的黑夜，已经足够了——但是什么都没有。然后我看见一辆黄色出租车，我招手让它停下来，上了车，感受到了旧车坐垫让人安慰的温暖，伴着隐隐的咖喱和孜然的味道。我在一个黑色幽默的黑白世界里，正被从中释放出来。

我一上车，就告诉司机载我去河畔第112街。"那要一路开到第104街。"他说。然后把车掉头往上城开去。我会介意吗？不，我不介意。我只想回到大暴雪那晚下了巴士迷路的地方。大雪断断续续，等你几个小时后和我一起走出来的时候还没停。现在我要回到什么都没发生的时候，不管那天晚上我的脚步有多笨拙，只有我和两瓶傻里傻气的酒，走上塞缪尔·琼斯·蒂尔顿的雕像旁的台阶。

当出租车经过她家楼下时，我抬头看她的窗户，看她是否已经到家了。但是车离楼太近了，看不到那么高。

我刚好在看到圣伯纳德的位置上下了车。我曾经想象那只狗会出现，一边想着中世纪德国圣诞节小镇城市迅速变暗、变灰、变得空空荡荡，比杂货店在冬天关上卷帘门还要快。谁会在夜深人静时一个人走在圣雷米，只有疯子、先知和想遇到其他人的人吧？

遇到别人，想什么呢！

我沿着第112街向东走，朝着百老汇走去，享受着悬而未决的快乐，因为我知道我在朝哪里走，但又不想承认这一点。顺便说一句，如果我决定去汉斯的新年派对，这就是两天后我的路线：走到大教堂，在百老汇右转，再走六个街区，最后在第106街右转。这是我今晚打算做的事吗？还是只为了兜兜转转地路过她家？或者，最好在她离开酒吧回家的路上遇到她？

你在干什么？

我在雪地里散步。或者只是在发泄。

发泄？

就像在学习和自己和平相处，既然你已经不在我的生活中了。

已经不在我的生活中？

看样子——

看样子是你把我丢下的，不是我。

是的，但是看样子……

看样子你应该哪儿凉快哪儿歇着去。如果我在她回家的路上遇见她，很有可能会遇见他们俩。即使他不上楼去，也会把她送回家的。他们在一起走时，她会挽着他手臂，还挠他的胳肢窝吗？

当我走到第106街时，我知道会和预想的一样，我开始放慢脚步。我不想看到他们两个，也不想让他们看到我。他们离开酒吧之前又喝了一杯吗？然后我意识到为什么我在躲什么——因为我就是在躲着，不是吗？——我羞于这样在她家周围偷偷摸摸，偷偷摸摸地跟踪他们，跟踪她，像个跟踪狂。我简直就是个跟踪狂！

如果我不得不在这么晚的时候撞见她，我希望她是一个人。

怎么了？

344 ·

我睡不着。不想一个人。这就是"怎么了"。

你想让我怎么样？急切、怜悯、疲惫语气。

我不知道我想要什么。我要你。我要你和我渴望你一样渴望我。这就是"想要"的意思。

今天下午我为什么放她走？我在想什么？一个女人来到你家，显然说明她在乎你，她抓住你的生殖器，而你只是站在那里，战战兢兢、慌慌张张，试图掩饰那里的汹涌澎湃。

但如果她不是一个人，如果我撞见他们两个，我就会欢快地说"睡不着"并且耸耸肩，补充"我正回酒吧，想你们千万别已经走了呢"。我想象他们俩并肩站在我面前的人行道上，交换着不可置信的眼神，三个人看起来都心神不宁。晚安，克拉拉。晚安，曼哈顿。然后我立马回家，到家的第一件事是打电话给她说"黑色曼哈顿，是我"。

在第106街和百老汇的拐角处，我决定往南走一个街区，走到第105街，然后通过滨河大道回到第106街。我想——或者我告诉自己——最后一次，好好看看她家那栋楼，特别是如果我两天之后不去参加派对的话。下一次来这边可能是几年以后了，或者是好多好多年以后。

但我知道这只是再来看一眼的一个借口。

沿着第105街一排白色的连排屋走，周围安静极了，好像沉睡在来世，漫天大雪中有壁炉、煤气灯的火焰和被雪掩盖的马厩。没有人扫雪，雪地看起来干净完整，像洛克威尔笔下雪夜的小镇。

相比之下，当她家那栋高大的建筑出现在第106街的拐角处时，它好像带着怒容，哥特式的窗户和雕带知道我在雪地里的行踪，像两只警觉的杜宾犬，虽然趴着一动不动地假装在睡觉，却保持着时刻警惕，我再靠近一步就会立马扑过来。然后我看到了门卫鲍里斯亮着的灯和边门。我看不清他具体坐在哪里，但是每次我们走到门附近他都会即时出现让她进去。如果我不小心，他就会发现我。我抬头一看，令我完全惊讶的是，她客厅里的灯全都亮着。多么可耻，我想，我在监视她。

所以她一定是在我磨磨蹭蹭朝百老汇走的时候到家的。这就意味着，要么他们第二杯酒喝得很仓促，要么就干脆没有点，在我走后也径直离开了酒吧。也许，她今天早上离开的时候忘记关灯了。她是那种会把灯开一天的人吗？我觉得不是。很有可能她是刚刚到家，开了客厅里的灯，也许在看电视。当然除非她不是一个人。

我在第106街和河滨路交叉路口向北走，试图瞥一眼她家其他房间的情况。其他房间的灯也亮着，虽然分辨不出来是不是从客厅透过来的灯光。我甚至不确定那窗户是不是她家。上次她说带我转转她家，最后却忘了。我当时试图听起来不显得太好奇或者太急切，冷漠地回应了她，可能因为这个，她最后也没带我到处转转。我记得我很想看看她的床，但又刻意不表现出来。她每天都叠被子吗？还是乱乱地丢在那里？

我需要在第107街的街角决定：是沿着滨河大道走回去，还是走过百老汇然后再兜回到第105街。在雪天里走，大概需要10分钟。

散步让我很平静，让我可以思考事情，让我在脑海中和她对话，找到有一天这一切可以过去的方法。虽然我知道这样的散步往往不会激发答案，没有人能真正解决，更不要说是如此复杂混沌的情况。散步只是为了让我的腿和眼睛有点事干，而不去胡思乱想。我现在能做的事情就是思索"思考"这件事，这意味着深入内心，忽略其他一切，包括我的思想。这意味着做一件被别人称为白日做梦的事。也许这一切并不是无法挽回——即使以这平静和谐的方式思考，就像健忘症和失语症一样，也是一种治愈的形式，身体在拯救心灵，无比温柔地麻痹它，一个接一个地抹去糟糕的想法。就像我在医院看到的那个护士一样，帮腿受伤流血的孩子把玻璃一片一片地取出来，用一块折叠的纱布不时轻柔地擦拭，用镊子灵巧地取出，轻轻放在塑料托盘里，试图不弄出响声吓到小男孩。我此刻只想放飞思绪，画面像飘在瘀青上的羽毛，思绪像溃疡上流淌的碘酒。我想象着我们和好之后在一起，和那些她说的想让我见见的朋友一起跨年。侯麦电影节的最后一晚，我们一起度过。

现在我只是在散步。散步来告别，在监视。散着步，看着孩子时期的她、学生时期的她和作为克拉拉的她来来去去，最后与大楼上的石雕融为一体。散着步，拖延自己在克拉拉的世界存在的时间，而不是回到家中，孤零零地和自己的思绪为伴。那些思绪已经变成从荒诞的地府中冒出来的斜睨奸笑的鬼怪，我从来不知道有这样一个世界存在，直到它化身三明治人在我身边乱转。面对现实吧，我在这里散步是希望找到重返她生活的入口。像一个祈祷者一样，祈求着、忏悔着。散步，拒绝接受这是爱的终点，拒绝接受明显的事实而故意挑毛病，一步接一步，一片接一片，一点一点地接受真相，像喝毒药却不想死的人，一小口一小口地喝着。

几年后，当我再路过她家楼下时，我会停下看看楼上。我不知道为什么每次都要抬头看看，也不知道想看到什么，但是我知道我会抬头看，因为以现在这种茫然而温和的心情，漫无目的地抬头看楼上，本身是回忆和灵魂的凝聚，是上帝仁爱的实证。我会在那站一会儿，回忆起好多事情：派对那晚，我以为我做了正确的事；在她家大堂外没有停留就离开的那晚；第一次感觉到我的夜晚开始编上了序号的那晚；还有那晚，我知道她会在我说出"好，我和你一起上楼"的那一刻改变主意。那晚，我望着她的窗外，希望我的生活可以在她的客厅里从头开始，因为我生活中的一切似乎在这个房间里开始和克拉拉、驳船、我们独特的暗语、伯爵红茶联结起来，就像我们坐在一起谈论贝多芬的这首曲子为什么很符合我的气质，而我的另一部分开始编一套说辞把谈话继续下去。我真的不知道那首贝多芬的四重奏为什么符合我的气质，就像我不知道为什么侯麦的电影很符合我的气质一样，或者我为什么想要这么多个冬天的下午都和克拉拉待在一起。我想弄清楚，为什么人生中最好的事情有时候会进两步退三步。

我抬头一看，意识到一切都在那里：恐惧、欲望、悲伤、羞耻、痛苦、疼痛和疲惫。

现在，我发现她住的街区的尽头离百老汇只有一扇亮着灯的窗户，俯瞰斯特劳斯公园的女仆房间时，我突然意识到，虽然我们从来没有真正拥有过这里的任何东西，但我仍然觉得我们似乎也失去了这里的一切，仿佛某种被如此虔诚地希望得到的东西已经变成了对失去的东西的记忆，而没有生活过，一个有着从未有过的过去的愿望。我们曾是这里的恋人。曾经，是什么时候呢？我说不出来。也许是永远，也许是从未。

我又一次沿着第105街往下走，那是一条平静安宁、有着白色柱子的小路。连排屋皱着眉头怀疑地打量着我。

你怎么又来了？

我在这里是因为我不知道我为什么在这里。

她的灯还亮着。太亮了。她到底在做什么？我应该努力地看有一个还是两个人影在窗帘后面掠过吗？当她的手机响起时，她会来窗这边吗？我监视的千万别是别人的窗口。

她会是那种开着灯睡觉的人吗？如果她习惯开着灯，因为喜欢回到家看到整间屋子是亮的，就像我有时做的那样，忘记我是一个人住。或者她在不同房间来回穿梭，所以整间屋子看起来都是亮着？又或者她家里到处都有灯，因为她讨厌独自一人面对黑暗，而这是她表现自己孤身一人并且很讨厌孤身一人的方式？

突然，她公寓的灯熄灭了，她上床睡觉了。一个可怕的想法闪过我的脑海：他们上床睡觉了。

但是在第106街，我注意到她厨房的灯还亮着。谁会和爱人上床，却留着厨房的灯不关？

没有人。

除非是突然激情来袭来不及关。

她在做什么？

喝白兰地还是热甜酒？在吃小点心吗？人类的亲近有多容易，为什么跟克拉拉就这么难呢？

我仍然想不通为什么厨房的灯亮着。

开着厨房灯可能意味着什么？睡觉前我会开关几次我厨房的灯？

然后我突然意识到：我永远也不会知道为什么那盏灯这么晚还在亮着，也永远不会走进那间厨房看一看。突然之间，那盏厨房灯就像远处的灯塔，远比风暴本身残酷。

鲍里斯！

他走到室外抽完他的烟，站在那里发了一会儿呆，然后把烟屁股弹到了路中间。我确定他没看见我。

当他走回大厅时，我过了街，发现自己正朝第107街走去。

我不能在人行道上待太久。她可能会从厨房往外看，看到我监视着她的窗户。据我对她的了解，她可能一直望着窗外，直直地盯着我。或许他们两个在直直地盯着我。所以我快步走了过去。但是，当我过快到达她街区的尽头时，我意识到无处可去。为了不绕着百老汇来走很长一段路再兜回来，我慢慢走回滨河大道，再一次转回到第105街，再回到第107街，来回走，一次又一次，总是装出一副行色匆匆的样子，丝毫没有意识到世界上没有任何理由，可以解释为什么有人会在滨河大道上走过八次，在如此深的夜看起来如此行色匆匆。

我的帕萨卡利亚舞曲，有一天我会告诉她，不是利奥的前奏曲，不是你的萨拉班德舞曲或你的福利亚咏叹调，不是贝多芬的柔板。只是我的帕萨卡利亚舞曲，我走过你的街道，正在失去理智，希望我能找到力量不再寻找你，永远不再给你打电话。

我想，也许我应该打电话，不是为了说什么，而是提醒她我没有离开她的生活，没有完全离开她的生活。我就让电话铃响一次，然后挂断。但是我了解我自己：给她打完电话，发现没有那么难，就很想再打一次。这可能是英奇会做的事情。第一次打电话花了很久做心理建设，第二次二十分钟后就打过来，然后每五分钟打一次，然后一直打。如果她想和我说话，如果她是一个人，她会回电话的。如果她不回电话，那么，要么她关掉了电话，要么她不打算玩这个游戏了。最后，她会让他接电话，让他告诉打电话的人她在芝加哥："说我在芝加哥。"

是我促成了他们今天上床吗？

突然，客厅的灯又亮了。

她睡不着。她很生气。她很不开心。

我应该打电话，不是吗？

350 ·

　　如果她知道我在楼下呢？她是那种凭直觉就能做到这一点的
人。她知道我此刻就在楼下。

　　或者更糟：如果她只是想让我这样想呢？

　　或者更糟：如果她甚至没有想我呢？

　　然后灯熄灭了。

　　只剩窗边一盏淡蓝色的灯，是夜灯吗？克拉拉是那种有使用夜
灯习惯的人吗？或者是另一个房间透过来的昏暗微弱的白炽灯光，
或者是来自附近路标的反射光？蜡烛？上帝保佑，别，别是蜡烛，
别是一盏熔岩灯。克拉拉·布伦施维克永远不会有一盏熔岩灯！

　　啊，在熔岩灯的灯光下和克拉拉·布伦施维克做爱。

　　黑色，黑色的想法。

　　那天晚上我没有打电话。第二天早上，我被玻璃上透过的光叫
醒，有下雨的声音，胆怯而小心的雨，肯定不是歇斯底里的倾盆大
雨，就像八月午后的雨，随时都可能停止，让一切恢复到几分钟前
的样子。感觉像下午。如果我睡上六个月后醒来，我不会介意的。
最好让时间而不是我来处理这件事。

　　晚上我睡一会儿就醒来一下，做着断断续续的梦，好像睡眠的荒
原上燃烧的野火。尽管我一个梦也记不起来了，除了一个模糊的整体
印象在我脑中徘徊，就像一场大火过后烧焦的土地上冒出的浓烟。天
快亮的时候，我感到胸口像前一天去医院之前一样剧烈地跳动，之后
我一定是又睡着了。如果我要死去，就让我在睡眠中死去吧。

　　早上，我知道这种感觉到底是什么了。我一点也不惊讶，但让
我吃惊的是它来势汹汹，一门心思坚持不懈地啃噬着我身体的每一
个部位。没有任何的含糊、疑虑混沌，让我可以更亲切地称呼它。

它不是一闪念，而是像戒律一般威严，一定是从睡梦中的某个地方开始的，从一个噩梦蹒跚着闯进下一个噩梦，最后在今天的晨光中现出真身。我想要她，全世界我想要得到的只有她。我希望她不穿衣服，她的大腿缠绕着我的，她的眼睛注视着我的眼睛，她的脸上挂着微笑，我完完全全地进入她。"要我，要我，普林茨。再来，再来，再来。"她在我的梦中用一种似乎是英语的语言说，但也很有可能是波斯语、法语或俄语。这就是我想要的，却没能拥有，就像眼睁睁看着生命从体内流失。身体里一束并非真实的液体直直地射到了我的脖子上。它不会杀了我，我也不会死，事情会像以前一样继续下去，我肯定会康复的，但是没有她，就像看着我的发小被送上绞刑架绞死时笑着喝酒，直到轮到我时，我仍然会笑着。

我用自己的身体撞击着房门，用一种即将犯下的罪行的果决凶狠把门推开。在这罪行中，我既是重罪犯又是受害者——开门，开门，否则我就把门撞开——要我，要我，再要我，她说。对此我终于作答，我会毫不保留地要你，让我犯错吧，让我哪里做得不对吧，让我伤害你吧，就像我想让你伤害我一样。克拉拉，让你狠狠地伤害我，因为这就像两条拴在码头上的船一样，就像在死囚牢房里等了几十年，让我臣服于你吧，因为我知道，自从我吻了你，而你拒绝了我，我就一直渴望着，我想让你用那天晚上我吻的嘴唇收回那句话，收回诅咒，从你嘴里吐出来，我会把你吐出来的东西拿走，因为在它是你的之前，它是我的。

我有点不想承认这一点，也不想屈服于这种冲动，因为现在屈服就像让敌人开列条款，墨水干之前，我就会后悔签署这些条款。这不像是我们的第二个晚上，当我闭上眼睛想象她和我在床上时，一切看起来是如此的简单和自然，以至于第二天我都懒得对她掩饰。那种开诚布公哪里去了，为什么我不能再像那样和她说话了，为什么我们有这么多共同点，我却如此放不开？我越了解她，我的冲动就越受束缚；我的身体越是不热情，我讲的话就越混乱。会不会是我年纪越大，就越生疏？现在我知道别人没有什么好害怕的，我开始变得害羞，我越会说话，就越不坦诚。在欲望的炼金术中，知道的越多，害怕的就越少，但是害怕的越少，就越不敢。

现在，我躺在床上，她在我梦里说的话仍在我耳边回响，我觉得好像有什么东西打破了水闸，嘲笑着我的压抑，淹没了我放在我们之间的每一个临时放在那里的沙袋。如果我向她投降，如果她知道呢？我早上一起来就告诉她。

我决定打电话给她。更妙的是：给她寄一张洛辛瓦爵士戴着插着羽毛的软帽的照片。早上好，问候和敬礼，从船头到船尾，右舷和左舷，所有人上船，当心乌鸦，我是船长……

打电话问我们能不能再续两晚前的前缘？

我渴望你。

现在还有人用"渴望"这个词吗？

几乎很少。

那就换种说法。

我知道你想挂断我的电话，你有充分的理由这么做，你可能觉得我喝醉了或者疯了。但是和我说话吧，别挂电话，说你了解，说你非常了解，因为你自己也正在经历。如果你了解这些的话，我就知道你将如何接受你灵魂中刺耳粗鲁的窃笑，把它们像辫子一样散开来，变成激情、祈祷和感恩的青丝。

我在大腿之间夹了一个枕头，想象着她的腿缠在我的背上，然后我就知道，我不可避免地把自己全权交付与她。我把我的所有都给了她，她的牙齿、她的眼睛、她的肩膀，她的牙齿、她的眼睛、她的肩膀，她的牙齿、她的眼睛、她的肩膀——在这之后，我就再也不能说没有什么了，或者说是那天的早上让我这么做的。

后来，我冒雨出去买了三份报纸，在拥挤的希腊熟食店吃了早餐，然后去哥伦比亚大学散步，也许走得更远。我喜欢下雨天，尤其是下着小雨的日子，天有一点点灰，但不会一直低低地压在城市上空。这样的日子让我感到快乐，也许是因为它们比我阴郁，相比之下让我看起来快乐一些。这是散步的好天气。我知道没有必要查邮箱，甚至没有必要等她打电话来。她不会打电话，因为她知道我也不会打给她。我不会打电话，因为我也知道她不会打给我。但我知道她想过打给我，因为我自己也想过。她想让我先让步，然后再怪在我身上，这就是我不会打给她的原因，也是她不打给我的原因。正是这种折磨人的互相猜疑麻痹了我们，也拉近了我们的距离。她曾经说过，我们是不是太聪明了。

克拉拉，你是我生活的写照——我们想法一样，我们笑得一样，我们是一样的。

不，我们一点都不相似。只是爱让你这么说。

当我走近斯特劳斯公园时，我知道我们绝对没有兴趣再往上城走了，这次去哥伦比亚大学或经过哥伦比亚大学的探险是一个回到克拉拉世界的诡计。

斯特劳斯公园的雪已经开始融化了。我站在她那天来见我的地方。那天我们关系的基调是如此不同：在寒冷的天气里，快速奔向餐厅，斯韦托尼奥，去她家，喝我们的茶，在厨房里，她把两个杯子放在柜台上的神圣时刻，带着一种从沉默的深处涌出来的听天由命、不安的神情，说道："我没有饼干。什么吃的都没有。"

我回到第105街重温昨晚的足迹。我不知道为什么要这么做，就像我不知道为什么昨晚在同一个地方走了那么多次一样。但昨晚一切似乎都笼罩在一片诡异的雾中，我躲在后面，不想看到空虚在朝我逼近。我知道昨晚的我支离破碎。今天，我完好无损。我想，事情一定正在变好，我一定已经开始恢复，开始克服最困难的部分。人心是多么善变。我正要责备自己太轻浮，突然看到了她的窗户。我被一种压倒性的恐慌猛推了一把。这恐惧提醒我，我认为已经愈合的伤口其实还没有被割开，这就是为什么感觉没有那么痛。刀子还没有完全插进去，一切还没有开始变得不可收拾。

透过她的窗户，我看到了几天前我在她客厅里看到的非常高大的植物。当时我还没有注意，现在我想起来我们一直在讨论侯麦和贝多芬的时候，她就坐在叶子下，我一直盯着它看。

我决定步行去市区。我还没过马路，一股冲动让我路过面包店，注意到里面的窗户被雾气遮住，我停了下来。我想吃一个羊角面包。队伍很长，上午的时候总是这样，假期尤其如此。

这是两天前来过的地方。为了唤起我们接吻的记忆，我又往玻璃边靠了靠，为了不引起面包店里面人的怀疑，我假装在使劲看里面排队长不长，几乎要把鼻子贴在了玻璃上。克拉拉好像又在我身边了。我们不可思议的臀部摆动，现在回想起来和当时一样鲜活。什么都没变。想到这家面包店不仅比我记忆中的那晚记得清楚，而且按照所有伟大的面包店的节假日传统，它为我记住了那个夜晚，并给了我最美味的一片，像是国王的一餐。人永远不会忘记这样的一餐。克拉拉会变成那种会痊愈但是一定会留下疤痕——甚至毁容——的病，我仍然会称之为一种福报，因为它让我通向上帝。

如果我想在接下来的几周内见到她，最简单的办法就是来这里，而不是在她家附近走来走去。我也可以两边都去，就像人们去墓地祭拜一样，既然已经去了，在别人的墓碑上也会放一些花。

我开门走进面包店，轮到我的时候，临时起意决定买一个大水果馅饼。然后，想了想，又加了四个酥皮点心。

"我就说肯定是你。"一个男人的声音说。我转过身，发现是我几个月没见的朋友。他正和他的女朋友一起吃早餐，坐在一张小圆桌旁。"我看见你从外面往里偷看，我一瞬间还以为你要冲我把脸压扁呢。"

他向劳伦介绍了我。我们握了手。他问我这些天在忙什么。"没什么，"我回答，"我要和几个朋友在第95街吃顿下午饭——所以买点蛋糕。"

在我买了蛋糕之后，才有了见朋友的念头。

"圣诞节过了快一周了，我还没找到适合送给他们孩子的玩具。"我补充道。"你朋友的孩子多大？"劳伦问，显然对孩子很感兴趣。"一个两岁，一个四岁。"我回答。"几个街区外有儿童商店。"她是教师吗？她摇摇头。

我看着她。多可爱的人啊。"几个街区外有儿童商店"这十个字说明她一辈子都是个善良、贴心和善意的人。我们开着要给几乎不认识的孩子买礼物的玩笑。她没有带包，只有一件大衣，扣子扣得整整齐齐，双手深深地插在大衣口袋里——紧张而不舒服，她似乎喝完咖啡很久了。他们看起来似乎有话要说。

"我们也要往那边走，"她说，"我们一起走吧。"

他们会帮我挑选玩具，我介意吗？一点也不。

她愿意帮助完全不认识的人，真是太贴心了。然后我意识到这根本不是我想做的事，我要说在第95街见朋友。我买点心是想要鼓

356 ·

起勇气给克拉拉打电话，然后告诉她我会带一个馅饼和四个酥皮点心来。

如果我现在不甩掉他们两个或者告诉他们我不想去了，我今天上午可能永远都不会去看克拉拉了，永远都可能不会再见了，而且——谁会知道——生活可能因为两个玩具和一个关于我手里的水果馅饼无伤大雅的谎言而发生完全不同的转折！就像那些微小随机的巧合决定了一首伟大的音乐的诞生或者电影中一个角色的命运——一个微不足道的东西，一个毫无意义的谎言，足以让你的生活脱离轨道，发生完全意想不到的转折。

所以我带着一个蛋糕和四个酥皮点心去了一个我完全没有想过要去的地方，准备去买我完全不想买的礼物。

在玩具店，我们三个分开各自逛了一会儿。他对自行车很感兴趣，而她悠闲地看婴儿床和婴儿家具，手还插在大衣口袋里。我发现自己就在她旁边。

"我觉得你可以买一辆消防车。"她指着玻璃柜台下的一辆玩具车说。

"我怎么没看见？"它就在我的眼皮底下。

"可能因为你视而不见？"

"可能因为我视而不见。我的一生，是吗？"

"我不知道，我怎么知道呢？"她说。

这个巨大的消防车是塑料的，圆滑而没有锋利的边角，让它看起来很友好，但又不是刻意而为的卡通形象，不太可能取悦一个四岁的男孩。

"梯子会动吗？"她问店主。

"它可以旋转，看，女士。"店主带着浓重的印度口音说，展示了整个梯子组件是如何360度旋转的。

"但还有不带旋转功能的版本。零件越少，就越不容易断。"他冲一个五十多岁的女士和她怀孕的女儿说。她们两人的发型像假发一样整齐划一。她们想买家具，但不想在婴儿出生前送货。"我们有点迷信。"母亲代表女儿说。"我明白。"店主带着一种恭敬的同理心回答道，他一生都生活在比这更令人毛骨悚然的迷信之中。

几分钟后，店主回来了。"你想要哪一个，带旋转功能的还是不带旋转功能的？"

如果克拉拉在，她应该已经要忍不住模仿他的印度口音了，我们会笑倒在地，给我们的专属的暗语增加一两个新词——"想看看旋转功能吗？如果这是我刚刚做过的事，我将向您展示一下旋转功能。"

但和劳伦，我不确定可以开这样的玩笑。我摆弄着旋转的梯子。

"你认为他们会喜欢哪种功能？"我说，转向她，尽可能小心翼翼地试图逗她笑。

她微笑了一下。

"你曾经是个四岁的男孩，不是我。"

"我想我从未超过四岁。"

"我不知道啊，我怎么会知道呢？"显然，这是她发现我试图急于拉近我们的距离而不回应的方式。然后，可能是担心她在无意间中伤了我，她补充道："你还不错啦。大多数男人还达不到四岁。"

我们站在鱼缸前。我注意到她正盯着一条漂动着的扁平的阿留申鱼，上面有很鲜艳的蓝色条纹，看起来像一朵即将绽放的仿真鸢尾。她看到我盯着她，把目光移开，开始轻轻地用指甲在鱼前面的玻璃板上敲。这条鱼没有退缩，而是一直盯着她。她朝它笑了笑，盯着它看得更紧了，然后回过头来看着我。

"它一直在看着你哦。"我说。

"那可是不寻常的事。"她几乎是心不在焉地回答，带着一种淘气而忧郁的微笑，这可能比太平洋上所有的鱼更能说明和她住在一起的那个人。

我看着她，好像在和克拉拉说话，忍不住说道："我不知道啊，我怎么会知道呢？"

她耸了耸肩，很有风度地接受了我的针锋相对，继续和这条鱼调情，这条鱼突然变得慌张起来。

"哦，不，它走了。"她说，假装一副伤心的表情。然后她看着我，好像在确认确实发生了异常悲伤的事情，而不是她凭空想象出来的。她的手指仍在触摸玻璃，陷入了沉思。

如果她是克拉拉，我会心疼她，我会吻她，因为她的悲伤难以置信地动人。

"我可以打电话给你吗？"我问。

"当然。"她回答，她的脸仍然粘在鱼缸上。我不确定她是否明白。

"我的意思是：我可以打电话约你出来吗？"

"当然。"她重复道，语气仍是漫不经心，继续投入地看鱼，似乎在说，你说第一次我就听懂了。

她的号码特别好记。整件事发生在不到十秒钟的时间里。

"你还想看什么吗？"

我摇摇头，决定买两个可以旋转的玩具车。店主让他的儿子把它们包装成礼品。"分开包装，不要放在一起，不要放在一起。"我说。我准备放声大笑，试图控制嘴唇笑得发颤。她一定以为我满面笑容，是因为这样的礼物一定会让两个小男孩很开心。

"当你拿着这两个大盒子出现的时候，想象一下那两个男孩的心情。"她说。

我试着这样做，但只能回忆起我的童年。圣诞节已经过了几天，一个陌生人拿着一个包装好的盒子走进我父母的客厅。我不确定这个盒子是给我的，所以我抑制住我的兴奋，为了更好地掩饰我的兴奋，我跑回了自己的卧室。与此同时，陌生人把我的迅速离开误认为冷漠，或更糟糕的是傲慢。我想让他哄我从卧室出来，而他想看到我表现出兴奋和感激。当我再也控制不住自己，问别人盒子是不是给我的时候，父母告诉我说"可能"，但是客人已经走了，并且带走了礼物。

"也许这就是我们这么喜欢圣诞节的原因。它让我们重新变回了孩子。"我最后说。

"那是好事？"她问道。

"那是非常好的事。"

我非常喜欢她。

"我等不及想打电话约你了。"我说。

她心不在焉地耸了耸肩，好像在说"你们男人，都一样！"她一点也不狡黠，除非心不在焉本身是狡黠最不常见的形式。她可能想说"你说你想要打电话，但你并不会打"。"今天下午打给我吧。我没什么事。"

当我朋友回来时，他似乎对我们能如此迅速地买到两个玩具而感到惊讶。他搂着她的肩膀。她只是再次把手插在大衣口袋里，似乎在全神贯注地看地板上的图案。多么复杂的女人，我想。然后我纠正自己：也许一点也不复杂，也许她是三个人中比较坦率的一个。也许克拉拉也是。只是我想要他们变得复杂，好像发现她们狡黠是我让她们喜欢我的方式，预设她们懂我说的，我也懂她们说的。

有一阵儿，我们俩都把双手放在包装台上。无意中，我们的手碰了一下。她没有拿开她的手，我也没有拿开我的手。你会认为因为我们都完全被消防车吸引住了。

我们分开了一个街区。我看着她的手伸向他的手，在红绿灯变灯、跳过融雪过马路之前，牵住了他的手。

然而，她会在一分钟内背叛他，我想。回想起克拉拉，她在派对上亲了英奇那么多次，却一直在告诉朋友和陌生人她能多么轻易地甩了他。我确定她对我做了一样的事情：一边听汉德尔，一边对我哭泣，叫我过去喝茶，想让我和她共度良宵，然后第二天早上第一件事就是用大老远跑去市区的借口欺骗我。

我自己也好不到哪里去。

在第95街上，我有一刻非常犹豫。我应该去吗？我被邀请了吗？我不记得了，但我想我在那里总是受欢迎的。我会和他们一起吃午饭，即使他们已经开始了。我会把玩具给孩子们。我们会一起吃蛋糕。然后，四点钟我会打电话给劳伦。本周早些时候，我本打算带克拉拉一起来，把她介绍给瑞秋和她的朋友，一点一点地向她敞开我的生活。不，我要在三点之前给劳伦打电话——让我忘记克拉拉。

在按响他们那座赤褐色房子的门铃前，我已经能听到里面很大的聊天声，甚至听到了我自己按响的门铃声，以及房子里的声音因此发生的变化。然后我听到几只脚的啪嗒声和突然爆发的问候声。一个带着礼物的陌生人——这让我想起了我的童年。

我们吃了很多东西，喝了很多酒。

　　瑞秋从厨房出来，亲了亲我。她妹妹说要做一个什锦盘。一对印度夫妇带来了美味的炖肉，现在还有很多没吃。

　　我把这座房子叫作隐士居，因为这里有一些良好健康的东西，尽管从来不清楚谁住在这里，谁不住在这里，谁在这里过夜，谁只是路过。这里总是有充足的食物，总是有新朋友和小孩儿，总是有一群宠物，一片欢声笑语，美好的陪伴和谈天说地。在这个避难所停下来，再次见到每个人，我感觉真是如释重负，就好像我只是顺道拜访了一个生病的朋友，或者只是需要买点东西或者借本书，重新联系，再次回巢。

　　有时我坐出租车路过这里，会从宽敞的餐厅的窗户往里看，确保一切都好。有人总是从厨房带出来吃的，餐桌周围总是有人。有一次，当我路过的时候，我甚至看到了他们留在窗外冷藏的两瓶白葡萄酒，这是我父亲教我的小技巧，我教了他们。有一次，酒被偷了以后，瑞秋就决定放冰箱了。

　　像往常一样，我径直走进厨房。那里感觉更安全，给我时间融入进来，适应好久没见的面孔。我发现了一根巨大的未切割的法国黄瓜，马上把它插进了裤兜。瑞秋说："有人因为炫耀如此巨大的财富而进了监狱。""它只是在休息的时候就这么大哦。"我说，厨房里所有人哄堂大笑。有人突然打断笑声："他们又吵架了。""他们应该离婚，他们是混蛋。"瑞秋说。"谁是混蛋？"她的妹妹问。"我是。"那个刚和妻子吵架的男人说，他冲进厨房去拿杯水。"我是混蛋，我是。我是那个混蛋。看见了吗？"他说，把头撞在墙上。"地球上最大的混蛋。"

　　妻子忍不住跟着他进了厨房。"至少没人瞒着你。"

　　"什么？"他问道。

"你是个混蛋！"

"你们这些人真无聊。"瑞秋的前夫插嘴说，他正在为大家准备晚餐，"我们能不能至少假装还是朋友？看在上帝的分儿上，明天是新年。"

瑞秋在厨房忙着切我带来的水果馅饼。厨房里只剩我们俩的时候，她转向我说："我希望你对福尔舍姆一家友善一点。"她的声音里带着责备。

"我很友善啊。"

"是的，但我知道你会说些令人讨厌的话，虽然是无意间的，你会模仿他们或者取笑他们的孩子，我知道你会做些什么。"

克拉拉会鼓励我除此之外什么也不做。福尔舍姆一家总是在星期天来访，我称他们为夫妻，是婚姻上诉联合阵线的简称。她演坏警察，他演超级警察。她从来没有犯过错，而他是完美的。

"你怎么消失了？"瑞秋一边问，一边继续把东西放在一个大托盘上。朱莉娅走进来。"问他。""问他什么？""问他这一周都去哪儿了，为什么不接电话。"

我决定把劳伦的事告诉瑞秋，这样就不用说克拉拉的事了。然而，在我的故事进行到一半的时候，她让我跟着她到客厅，重新讲这个故事。"告诉所有人？包括那些我不认识的人？""包括，尤其是那些你不认识的人。""我知道，我保证不对福尔舍姆一家友善的惩罚。""这是我消失的代价。"她说。

我喜欢被当众嘲笑。

他们听了关于玩具店的故事，当我模仿旋转功能时，他们笑了。

"就这样——因为她敲鱼缸的方式？"有人问。

她用两个手指，食指和中指，依次轻叩——这让我想吻她。

瑞秋端来切好的水果馅饼，让我把两个大咖啡壶带进来。房间中央放着一个很大的玻璃盘子，盘子上放着一个未切开的给孩子们吃的摇摇晃晃的果冻圈。每当有人走动时，它就会晃动。

"什么鱼缸？"福尔舍姆夫人问。

"他遇到的那个女孩。"

"他在什么鱼缸里遇到了什么女孩？"丈夫问。

"你打算什么时候打电话？"

"大约三点。"

"打电话时需要我们帮忙吗？"

"不用，谢谢你。"

"那么，我们能在旁边听吗？我们保证，绝不发出声音。"

我喜欢这样的戏弄。

朱莉娅拿来了一盘各种各样的剩菜。吉塔，那位印度女士坚持要我再来一份比尔亚尼菜。她的纱丽下面穿着蓝色牛仔裤，她的丈夫正忙着给他们五岁的儿子解释钢琴上的音阶。我在一张矮凳上坐了下来，把方盘放在腿上，后背靠在大电视机上，开始吃东西。有人给了我一杯红酒。"餐巾。"瑞秋说着把一张折着的餐巾扔给我。我喜欢这样。

一位客人开始讨论正在举办的侯麦电影节，今晚将是最后一夜。我用缄默表明了我的立场，因为我知道一旦提起侯麦，我就会忍不住把我和克拉拉的那些夜晚一股脑地说出来。一开始他们没觉得有什么不对劲，但过一会儿他们就发现了猫腻，开始问我问题，而我闪烁其词只会让我暴露，这让他们一直逼问我。而朱莉娅这个时候也似乎想起来我很喜欢侯麦，我说"是的"，继续盯着我的食物。"这个星期你去看电影了吗？""是的。""看过哪些？"我还没来得及回答他们所有人的问题，福尔舍姆先生说他曾经看过一部侯麦的电影，但不知道好在哪里。"不是所有人都会喜欢他。"朱莉娅说，她突然想起几年前和我一起看过一部侯麦的电影。我试图转移话题。福尔舍姆夫人认为触摸未成年人的膝盖是一种病态和扭曲，她的丈夫也非常同意："侯麦喜欢女人的膝盖，胜过女人。恋物癖！""我也这么认为，"福尔舍姆夫人附和道，"恋物癖。"

朱莉娅岔开他们的评论，告诉他们的儿子如果不吃果冻就不要用手摸，想吃的话也要先征得同意。在厨房里，她跟我说他是世界上最讨厌的孩子。"你为什么不告诉我，"她对我说，恶狠狠地瞪了男孩一眼，"我们本来可以一起去的。""我在最后一刻临时决定去的。"我说。"你今晚去吗？""不会去吧。"我回答道，惊讶于自己竟然毫不犹豫地对我最好的朋友撒谎。"也许你可以和劳伦一起去。"

这个想法让我明白，我不再认为我只能和克拉拉一起去。如果克拉拉今晚真的去了，那么她会发现我和劳伦在一起。即便我不是和劳伦在一起，也是和朋友在一起，坦白地说，我宁愿和好朋友在一起，而不是和一个易怒的克拉拉在一起，她总是提醒我她多么不需要我，用她生命中所有的朋友和男人提醒我，用她来往于上城、下城的事实提醒我，让我觉得自己像一个渺小遥远的星球，从卫星降级到暴躁的小行星。天知道她对朋友们说了些什么。或许她和我一样？——不跟任何人说我们的事，因为害怕看到最后一丝的友谊可能被流言蜚语扼杀。什么都不说，微笑，下一话题。什么都不要说，因为你渴望告诉世界，但又害怕没有人能理解，但是如果真的有人理解了，那么你们之间就没有什么特别的了，不是吗？什么都不要说，因为你不想看到希望消失、淡去，就像一个翻滚的火球撞向地球，最终掉落在荒凉、黑暗的西伯利亚冻土带上。什么也别说，因为我们两个完全可以当成什么都没有发生。

然而，当克拉拉在我们所有计划都失败的情况下见面时，看到我和劳伦，她会伤透心的。这是神圣的。

或者克拉拉会大笑起来，声音大到让我最好在和劳伦去看电影之前三思而后行。

然后我突然想到，克拉拉也很有可能和别人一起来看电影。这个想法让我瞬间崩溃，我感觉自己像自由落体一样坠入愤怒和绝望的深渊。如果我看到她和另一个男人在一起，我会说什么？他们一坐下，她就靠在他的肩膀上；或者他们一起站在入口处，喝着咖啡，决定坐在哪里，跟检票员闲聊美国天气。他们看完电影后，如果还在下雨，会在剧院的正门外躲雨。

那么，我会在哪里？

为了预防新一轮的焦虑，我想出了一个绝妙的折中方案：我愿意完全放弃劳伦，条件是克拉拉不要和另一个男人在一起。

当我想象克拉拉站在我的立场，猜测我今晚可能会想和另一个女人去看电影的时候，我就有了这个想法。然而，她一定已经意识到，如果她不和别人一起去的话，我会放弃带人去。我只能看到她整理思路，当她看到我们的想法惊人地一致时，她对我出神地微笑。这种想法唤醒了我。想着她在想我在想什么，享受这件事，就像我享受其中一样，让我想起了凌晨三点我们在面包店的拥抱。我现在想和她在一起，我们两个半裸着在瑞秋家楼上的一间卧室里，最后我们锁上卧室门的时候踢翻了玩具消防车，用力做爱，再用力。

"也许我根本就不会给劳伦打电话。"

"为什么不呢？"

另一个人插嘴："把劳伦的号码给我，我给她打电话。"

"跟她说什么？"

"首先告诉她，欢迎她随时来这里。这里总有给新朋友准备的一个盘子、一把勺子、一把刀和一把叉子。"

我多么喜欢这些单词的发音：一个盘子、一把勺子、一把刀和一把叉子。没有他们我会在哪里？

曾经有一段时间我也是这里的陌生人，瑞秋可能会对朱莉娅说同样的话：告诉他，这里永远有给他准备的一个盘子、一把勺子、一把刀和一把叉子。

克拉拉是对的：朋友很重要，但他们有时是我们独处的障碍。为什么我没有过这样的想法——朋友很重要——为什么我要在一个冰钓木屋的冰层下艰难地寻找？一个盘子、一把勺子、一把刀和一把叉子。

如果他们现在说的是克拉拉就好了。

"你一直不说话，我不喜欢你这样。"瑞秋说，她的话打破了我周围的沉默。

"我在吃东西呢。"我回答，试图表明如果我安静下来，也是因为我答应对福尔舍姆一家友善一点。

"你今天太奇怪了。我知道你有什么事没说。"她继续对我说。

"然后呢？"

"我认为我们应该把他扔进毯子里。"

"谁去拿条毯子？"

瑞秋四岁的儿子第一个跑上楼，我还以为自己已经用消防车收买了他。他带着长五英尺、宽三英尺的小毯子回来了。

有人坚持要找一条真正的毯子。

"好吧，我说。"我说道。

就在那时，我意识到我现在最想做的一件事就是和每个人谈谈克拉拉，包括福尔舍姆一家，我想告诉全世界这个女人，六天前她用三个字撼动了我的世界，把它变成了果冻。

瑞秋的前夫给我添了酒。

我喝了一小口，停顿了一小会儿，因为我不知道如何开始，"有一个人，"我说，"至少有过这么一个人，我认为现在已经没有了。"

"幻影一样的女人。我喜欢。然后呢？"

"我们在圣诞夜相遇。"

"然后呢？"

"没什么。我们约会了几次，什么都没发生。现在一切都结束了。"

安静。

瑞秋的前夫说："你偷了她的'珠宝'吗？"

福尔舍姆夫人说："这是什么可怕的问题。"

我说："我没有。但是她主动要给我看来着。"

瑞秋的前夫说："然后呢？"

我说："改天吧。"

一个叫大卫的人说："他疯了。"

瑞秋的前夫说："你喜欢她吗？"

我的回答让我大吃一惊。"非常喜欢。"我说。

朱莉娅说："那她怎么了？"

我说："她轻浮、傲慢、易怒、刻薄、危险，也许是完美的。"

瑞秋的前夫说："我看到了一个漫长的冬天，去山洞，芝麻开门，掠夺'珠宝'，对付小偷。"

片刻的沉默。

瑞秋说："你不打算打电话给劳伦？"

"我不会打电话给劳伦的。"

瑞秋说："不太好。"

那天下午晚些时候，我们决定去遛狗。在去公园的路上，我走到瑞秋身边，告诉她我和克拉拉一起看电影的晚上，在酒吧的几个小时，在自动点唱机旁跳舞，穿过斯特劳斯公园往家走；当我坚信一切都完了的时候，以及当我被证明是错的时候，那种令人心动的感觉，当生活把一切都给了我，然后又全都收回去，牌局结束的那个晚上。

我们往公园走去，和往常一样一帮人走在一起。我们向网球场走去，到那天黄昏时分，网球场似乎已经陷入了黑暗之中，两盏微弱的灯照不到通向结冰的水库的桥，水库几乎消失在昏暗的灯光下。我所需要做的只是当冰开始裂开时逃跑，跑去别的地方。但是我们已经到了别处，迷失在冬天的森林里，远离第93街和中央公园西大街的高楼，置身于柯罗的冬天景观之中，在曼哈顿的中心，暮色已经把颜色模糊成苍白的土色调，好像在另一个国家、另一个世纪，我们的两条狗在一个法国小镇的路上蹦蹦跳跳。曼哈顿的这个地方从来没有看见过我和克拉拉在一起，也不应该让我想起她。但是因为这里让我想起了那晚和她在阳台上的情景，我的脑子立刻被她占领。我想，从这里去法国应该不错。沿着第95街走下去，沿途买点简餐，有的是时间过去。就在我以为不想她并不是难事的时候，她就在那里，就像她在派对上、车里或电影院里离我一样近。我希望她现在和我们在一起——布景是对的，但是剧本和演员都错了。

"我就是没有和她上床。"我解释道。

"因为？"

"因为这一次我不想仓促行事。我希望这次和之前都不一样。我不想和以往一样。也许我希望这段恋情能持续更久。"

瑞秋听着。

"求爱之后应该做什么？"我问。

"谁知道。而且，你问错了人。"

我一定是困惑地看着她。

"我们又在一起了。"她说，"我们曾经是朋友，结婚了，离婚了，又成了朋友——现在他又想结婚了。"

"你呢？"

"我不反对。"

遛狗绳荡来荡去，她抱着手臂，用靴子轻轻地踢了下一块泥巴。"这其实听起来是个好主意。"瑞秋淡淡地说。这本应该是一个欢天喜地的赞同。然后，我看向别处，就在我准备接话的时候，瑞秋又说："你觉得我们的幻影女士现在在做什么呢？"

"我不知道。她可能和朋友在一起。或许是和另一个男的。谁知道呢。她肯定没做的一件事就是坐着等我的电话。"

"你要打电话吗？"

"不，我们约定永远不打电话约会。见面全凭一时兴起，保持轻松和即兴。"

"你要怎么做？"

370 ·

"我不知道我能做什么。"

"但你必须做点什么。"

我没有回答。我想耸耸肩，但我知道她也会看穿这一点。

"很难界定我们有过的是什么。起初我以为她什么都不想要，后来发现她想要某种友谊，然后她可能想要更多，但不是很确定，现在我们是陌生人。"

"我看你很清楚你想从她那里得到什么。"

她的声音带有讽刺意味。

"我想我知道。"

"你觉得你知道。换句话说：她可能也不知道你为什么一直和她见面。我想她对你很感兴趣。她想要友谊，她想要爱情，她想要一切，又一切都不想要。她和你一样。你们两个任何一方都没做错什么，虽然你们什么都没做。但你不该拒绝她。在为时过晚之前想办法解决吧。"

我傻笑，意思是：你建议我怎么做？

"也许，她还不想结束这一切，她可能想在你们的关系变味之前结束它。不管怎样，你不能不打电话给她。"

这时，她的两条狗又回来了。其他朋友正在向我们走来，福尔舍姆先生点燃了烟斗。

"幻影女士，"她重复道，"我喜欢这个叫法。"

然后，她转念一想："帮我一个忙。走到那棵树旁，那里没人能听到你说什么，拿出你的手机，打电话。"

"说什么？"

"随便说点什么！"

"她可能不会接电话。"

"为什么？"

"因为如果她打电话来，我会这么做。"

"你只要打过去就行了。"她不耐烦了。

她正在抚弄她的牧羊犬。

也许克拉拉没有对任何人提起过我；也许她和我一样花了一下午的时间，与她的朋友谈论一个捉摸不透、难相处、易怒和透明的人；也许她曾在码头的小船泊地边散步，我想象她今天和巴勃罗和帕维尔在一起，用和瑞秋问我是否喜欢克拉拉后一样沮丧的耸肩来讨论我。我如果说非常喜欢，瑞秋可能认为我在夸大其词，这会让我觉得我确实是在夸大其词。也许也有人和克拉拉说，我们之间很可能不会有任何结果，但我们正迈着如此僵硬的步子向那个结果走去，根本不知道它会走向何方。我僵硬地走了几步，从瑞秋身边走开，走向她指的那棵树。在这里，与我的初衷背道而驰，我会强迫自己走到任何人都听不到的地方打个电话。我会说："我只是打个电话。"几秒钟后，依然是痛苦的沉默。"你只是想打电话？"她会重复，"现在你已经把电话拨出去了。"

她那边有很多声音，可能是在码头吃午饭。我以为她会待在家里织毛衣吗？

"你在哪里？你好吗？"

"我好吗？这就是你要问的吗？你觉得我会好吗？"

我们有点彼此听不清楚对方的声音，或者说我们是在假装听不见对方。不管怎样，这都有助于缓和我们之间紧张的关系，让我们的话语显得紧张而活泼。她在一个船屋。我在公园里。就像我们一样，我会说："一个在河边公园，另一个在中央公园。"我试着拉近我们的距离。"我好无聊。你无聊吗，克拉拉？"我问。"无聊极了。"我们谁都没有说实话，我们只是夸张地表示我们希望在一起吗？我想过去吗？她想让我去吗？除非我想过去。"告诉我地址。"她不知道确切的地址，但她在第79街外的码头上。我去那里的话，然后会有人出来打开通往船屋区域的门。

一个盘子、一把勺子、一把刀和一把叉子。瑞秋。我现在最依恋的人莫过于这个催促我打电话给克拉拉的女人。谁能胜过一个保证给你一个盘子、一把勺子、一把刀和一把叉子的人呢？相比之下，其他一切看起来都是那么不可靠、那么脆弱、那么破旧——那么不值一提。

"你至少留言了吧？"当我告诉瑞秋我联系不上克拉拉时，她问道。

"是的。"我说。

"所以，如果她不回电话，我们会知道。"

"我想……是的。"我的话听起来太含糊了。

"你真的留言了吗？"

我看着她。

"不，我没有。"

"真有你的。我们回家吧。我新买了一种超级香的斯里兰卡茶，家里还有好多蛋糕。"

那时天已经黑了。

当瑞秋打开门的时候，葡萄酒炖牛肉的味道扑面而来。她的前夫——不再是她的前夫——正坐在黑暗中看历史频道，喝着威士忌。他没想到我们回来得这么早。有人说，茶免了吧，我们改喝酒。他箭步冲到书柜旁边的一个壁橱，拿出了玻璃杯、瓶子、小点心，包括我最喜欢吃的辣烤开心果。有人放上一张光盘，就连福尔舍姆一家都变得可爱起来。我开始期待今晚，因为从一个尽头是铺满最黑的碎石的深渊的不开心的下午，变成了一个愉快而温暖的夜晚，可以持续到凌晨，就像克拉拉答应过要来，随时会按响门铃一样。如果克拉拉真的来了，就太好了。我突然想到七点十分，现在离七点十分不到两个小时了，我还有时间决定——万一我真的打电话了呢？

不，我不会打电话的——再也不要问这个问题了。

但喝了一杯苏格兰威士忌后，我记不起为什么我一直拖着不给她打电话或者为什么我犹豫了。我走进空空的餐具室，拿出手机。我想，我是出于好意，只是想请她和我们一起吃晚饭。就这么轻巧简单。

她像我想象的那样接了电话："说吧！"

她心情好的时候会这样。我告诉她我和朋友在一起，希望她能和我们一起喝酒。我没说晚餐的事，我想可能会吓跑她。

"我去不了。"

这让我大吃一惊。我打出了我唯一的王牌。"我太无聊了。无聊透了。我想见你想得要死。说你能来。"

"很抱歉，你很无聊。但是我过不去。我很忙。"

她的声音里没有道歉，没有解释，更没有假装的后悔，只有生硬、冰冷，岩石一般。

"真扫兴。"我说——我哄她让她的声音有一丝笑意的方式。但她没有回应。她的声音似乎失去了温暖和幽默，一切都是面无表情的，像一条眼镜蛇刚刚咬过猎物，看着猎物确保它已经倒下了。

她没有提到七点十分，我也没提。

对话没有超过半分钟，这让我不知所措——这正是我一直逃避给她打电话的原因，不知所措比受伤更糟糕，比被冷落、被责骂、被侮辱更糟糕，比只是被忽视还糟糕。不知所措让我就像是完全瘫痪了，之后什么也做不了，报废了，变成了被取出了内脏的僵尸。我把电话关机，不再抱有希望，也不想认为这部手机会带来什么好消息，它再也不会有其他电话了。活该，活该。

但是当我穿过餐厅回到客厅时，我看到巨大的乡村餐桌已经摆好了，和往常一样，摆着一系列不配套的玻璃杯。然后我想起来，我要告诉他们为一个人加一个位置。然后我去打电话。"是那位客人吗？"瑞秋会问的。"是的，是那位客人。"我没有告诉任何人她的名字。"那么我们应该把那位客人安排在哪里，在你对面怎么样？"我喜欢瑞秋的讽刺。不过，这张桌子永远也见不到克拉拉。克拉拉永远见不到瑞秋。

那天晚上，晚饭后，我们第二次去公园遛狗，我确实往百老汇那边走了走。我在第106街闲逛了一会儿，然后绕着她的街区溜达了一圈，然后又溜达了一圈。两次路过，她的灯都是关着的。显然她不在家，可能不会回来，或者已经上床睡觉了。然后我走到斯特劳斯公园，站在那里，想起一周前雕像上的蜡烛，回忆起拉洪警官和黑色曼哈顿，以及莱奥帕尔迪关于生命充满痛苦和无聊的短诗。她说"很忙"——多么难听的词，多么致命、断然、傲慢、不屑一顾的"很忙"。

我想，我已经没有了最后的体面。我站在这里，感觉自己与幽灵融为一体，从死亡的堤岸上看生活，站在死者的一边看生者，这种感觉很好，就像站在河边听，不是巴赫的音乐，而是序曲里坚硬、冰冷、岩石一般的断裂声——坚硬、冰冷、岩石一般的她和我。在时间之外，我们交往得很好，就像死者会交往得很好一样。只是在时间之外。

有一阵子，我想起了那个曾发誓要在她心仪的窗外坐一千零一夜的男人，却故意在第一千零一次没有出现。这是他唾弃她的方式，也是他唾弃自己的方式。最后，恨和爱相伴，像两条毒蛇一样缠绕在一起，咬伤那只伸过来喂它们的手，一个用毒液咬伤，另一个用解药咬伤——顺序没有区别，但是一定是咬了两次，每次都很痛。我回忆着从第一天晚上到最后一天，我和克拉拉所做的一切是如何被怨恨和骄傲所支配，其中充斥着恐惧和告诫，而最重要的一个词——爱，也注定要保持缄默，直到它也变得坚硬、冰冷，如岩石一般。我从未说过这个词，是吗？我对着雪、对着夜晚、对着公园里的雕像、对着我的枕头说过。我现在想说，克拉拉，不是因为我失去了你，而是因为我爱你，因为我看到了和你在一起的永恒，因为爱和失去也是伴侣。

第八夜

"菲尔东科·马达达斯特，打个招呼吧。"

那天晚上，当我终于打开手机时，语音信箱告诉了我从一开始就知道却永远无法让自己接受的关于克拉拉的事情：我对她的一切判断都是错的。她属于另一个物种，或者是我属于另一个物种，抑或我们俩都属于另一个物种——这解释了为什么我们在细碎的事情和永恒的事情上看法一致，但是在中等层面的日常生活上却似乎无法达成一致。无论是她的生活，还是我的生活——这就是生活。有两个克拉拉：一个是戏弄我的，在我极度想见她的时候突然出现；另一个克拉拉，她的下一句话我无法预料，让我惊奇万分，因为她的话像崭新的硬币一样在我周围翻腾闪光，我永远不知道它会落在哪一面。这是一种恭维，还是一种威胁？或者是她以微笑开始的另一个讽刺，但同样可以轻易地把我放在急诊室的担架上？

"菲尔东科·马达达斯特，打个招呼吧。"她以这句话开始，声音中带着强忍的恶作剧，好像背景中有笑声，她一定是遮住了听筒，不让我听清。我现在已经知道了这是她调笑眼前的幽默的方式，通过这样做，传达出一种快乐和活泼的表象。"他一直怒视着我，直到我说："你看什么呢？"那个可怜的家伙太慌张了，把爆米花撒到了我身上。你应该能看到他道歉，当他一直呆呆地看着我的时候，他那凸出的眼白退缩着忏悔。"一段沉默之后，"是的。如果你想知道而且没弄清楚，这是我告诉你的方式，我，克拉拉，在埃里克·侯麦电影节的最后一个晚上去了法国。而你，普林茨——嗯，没有人知道你给我打完电话去了哪里、做了什么。菲尔东科向你问好。"再次故意幽默。"不用说，我非常伤心。"有趣的是，我能听到她抽烟的声音，所以她一定是从家里打电话来的。"有趣的是，我们挂了电话不到半个小时，我就打电话给你了，告诉你我会来喝酒。所以，是的，我很抱歉。但你应该感到内疚和耻辱。"

接下来是另一条信息："顺便说一句，我给你打了一百万次电话，但是您老先生又把手机关掉了。"

我仔细地看了看屏幕，确实显示她打了一百万次电话。

还有第三条信息："说一下，我知道你昨晚不高兴了。对不起。我要去睡觉了，所以不要打电话。如果你想打电话……随便啦。"

刺痛和爱抚，从来都是一起出现，就像毒液和解药。

当我走出家里的电梯时，又一个语音留言，是在第三条一个小时之后来的。

"所以你真的不打算打电话？很好！"

这让我不禁微笑。

"这感觉比毒瘾还要糟糕。"

几秒钟后，她挂断了电话。然后她打来又挂断了。最后，一个语音留言："我的意思是，不要打电话。仔细想了一下，还是不要打电话了。"然后是一阵沉默。这足以让我怀疑一些模糊的东西，但没什么好惊慌的——直到我意识到她可能意味着"再也不打电话了"。"你真可怜。"她补充道。不知这话从何而来。

然后，像往常一样，没有声音了。她挂了电话。这是我从她那里听到的最后一句话。我的整个生命，我们整个星期都可以用一个词来概括：可怜。突然，我又麻木了。

可怜，就像一个古老的诅咒落在我身上，一旦说出，就不能撤销，我要做的就是克服或忘记。它深深伤害我，在我身上留下痕迹，并给我留下终生的烙印。直到我下地狱时伤口还在流血——可怜。

我很可怜。这就是我：可怜。"可怜"，她说得对。只要看我一眼，别人就会立刻明白：可怜。我把它藏得很好，但迟早它会露出尾巴，一旦别人看到了它，就会在任何地方看到它，在我的脸上、我的微笑里、我的鞋子上、我握手的方式上——可怜。

一如既往，最后一句话总是她说的。

我试图在她对我的评价中找到漏洞，我打开门，看到我可怜的家，可怜的卧室一直亮着灯，因为这让我觉得那里有人，在等我，随时会光着脚从床上跳起来，问我："你去哪里了？"可怜，因为我需要这个幻想让我更愿意回家。可怜，因为我希望穿着我的睡衣衬衫不穿下装的人是刚刚彻底拒绝我的人。可怜，因为她看穿了当沉默变得无法忍受时，我所有为了填补沉默而使出的小把戏、推延、抗辩、挣扎。可怜，因为在那些沉默的时刻，我感觉自己像一个扑克玩家，我的虚张声势即将被看穿时，必须不断提高赌注，继续装下去，直到忘记自己是不是在虚张声势或者忘记到底为什么虚张声势，并最终明白我必须而且别人也希望我弃局。可怜，因为即使仅是今天的几条语音留言，我又被她带着经历了一次整个过程，从假装的欢笑，到受挫的表白，到尊严扫地；我发誓我握有主动权的时候，她最终轻而易举、恶毒又轻蔑地打击了我。这感觉就像一个比针尖细得多的微小无形的针刺，起初它几乎没有碰到我，一旦它刺穿了我的皮肤，就会不停地向里伸，它越来越大，直到变得比大白鲨的牙齿更宽、锯齿更大。一开始纯洁无害——电话里的笑声，友谊的幻觉，然后一个恨天高的细鞋跟直直划伤我的脸。

她浑蛋。我可怜。

我走到播放机前，放上一张汉德尔的CD。我是多么喜欢这首曲子——冰裂开的声音，克拉拉的眼泪，那天下午我们在乡下，徘徊在餐桌旁时突然的一吻。

你希望我不要打电话给你？嗯，我现在打电话。

你把我吵醒了。

我把你吵醒了。

你让我睡不着觉。

我们扯平了。

你想从我这得到什么？她听起来极度愤怒。

我想从她那里得到什么？我想从她那得到她。她的裸体。在我的床上。或者更好的是，我想听到我的呼叫器响起来，看着她走出电梯，披肩还裹着脸，就像我们在面包店接吻时一样，当电梯门在她身后砰的一声关上时，她咒骂电梯门，"该死的电梯门"，我提醒她电梯门并不怕她。还有该死的手机。她有凌晨两点来我家的胆量。我现在有胆量给她打电话吗？有，还是没有？

可怜。

我有一种想要证明自己错了的冲动，但又改变了主意。

洗完澡，我穿上浴袍，立刻抓起电话，管他是不是凌晨两点多呢，不管怎样，反正都这样了。

我喜欢在身上的水还没干的时候打电话，这样会让这通电话有一种冲动和随意的气氛，仿佛是世界上最普通的事情。我可以把注意力放在我的脚趾、我的耳朵或者她的声音上，整个过程轻松又坦率。

"我睡不着。"她一接起电话，我就说。

"谁在睡觉吗？"她清了清嗓子反驳道，好像在说：这几天谁睡得着啊。这似乎擦除了她声音中的一丝敌意。但是她的声音听起来有些困倦、嘶哑、粗糙、无精打采，就像你夜里醒来时发现在你枕头上睡着的女人呼吸的味道。她会为在凌晨两点多睡觉被抓包感到尴尬吗？

"而且，我知道会是你。"

为什么不是英奇？我差点问，这时我意识到她的回答可能是"因为他就在我身边"。

所以我没问。

我本可以问她为什么知道我会这么晚打电话。相反，我告诉她我刚洗完澡，正要去睡觉。"我想打电话，因为我不想把昨晚的事情悬在那里。"

她愉快地半哼了一声。她也觉得事情已经糟透了。所以这绝对不是我的想象。

"你说话方便吗？"我问。

电话那头一片寂静。她可能又睡着了？

"你是问我是一个人吗？"

半睡半醒中，都如此犀利。

"是的。"

我的意思是问她愿不愿意谈一谈，像往常一样。她一语道破我的真正意图。

"你想谈什么？"她相当于在说你打来的电话，你说吧。我的听众无比重要但形单影只。一秒一秒，短暂的片刻，计价器一直在跳动。

"我本来想说——"但我不知道自己要说什么，也没想到会跳这么快，"我只希望我们回到一周前。希望我们还在派对上，永远不要离开，永远被困在那里。"

"看你想出来的东西，普林茨。"这是梦话，"你的意思是，就像电影里的布努埃尔一样——"

困倦让她变得异常温和了吗？

"永远被困在那里，永远被雪困住，就像在慕德的房子里。"然后我说，"我希望现在是两天前的晚上。"

"你说的是三天前的晚上。"

她一纠正我，我的心就开始怦怦直跳。在黑暗的客厅里，我面对着外面的黑夜和黑暗的中央公园。"我现在看着窗外，瞥见地毯上的盐，我只希望你现在和我在一起。"

"你想让我现在和你在一起吗？"

为什么她听起来如此惊讶？

"我希望你现在和我在一起……永远都在一起。我说出来了。"我补充道，好像用一把钳子夹住我的牙龈，成功地拔掉了一颗阻生牙。

"你想要我是因为？"

我知道我的坚决不会持续很久。她的问题中出现了尖锐而不友好的东西，就像我刚刚在她的声音中察觉到的像用手指掐灭烛光下的美好那般。讽刺，我喜欢并感到熟悉，它从一开始就把我们拉在一起，让我们觉得我们是两个迷失的灵魂，飘浮在一个沉闷单调的世界里，却不是朋友。但它现在切断了我们之间最初的温暖，就像一根尖尖的马刺刺伤了一匹忠诚可爱的小马的肚子。

"我不知道因为什么，答案太多了。因为我从来没有认识过像你这样的人，从来没有像这样和别人在一起过，从来没有这样亲密过，也没有这样展露无遗过。从来没有这样过，每次我都把牌翻过来给你看，让你看我的牌面。我不知道为什么要告诉你这些，可能因为你永远不会原谅我。我只是想告诉你我是谁，以及我现在这样做就硬了。"我知道我一直在拖着不说这个词，好像在最终决定说它之前，试着测试我的话有没有问题。

"硬了？"

我感觉到我让她完全措手不及。她是要求我不要说污秽的话语吗？

"普林茨。"她听起来很伤心，或者极度失望，或者她还在说梦话，或者她已经看穿了我，看到了这个词背后的代价、渴望和痛苦——性，这是容易承认的；性的心碎，这是不可能的，也是困难的。或许，这只是她正在思考一个更温和的方式，是她对一个长篇大论的申斥的开场白。

"为什么，普林茨？"我说，模仿着她声音中的紧张，不确定我是在收回说出去的话，还是淡化自己承认欲望，或者是让她觉得她的表面理解看上去很傻。或者是我试图让她说一些她没说过的，可能永远也不会说的话，或者她一秒钟前想敷衍过去，现在需要讲得清清楚楚，让我们两个都完全明白。

"为什么？一部分因为这样是在伤害你，我不希望你受到伤害。"她在纠正我。

"还有一部分是因为？"随便她要说什么，现在我已经做好了迎接一切的准备。

"还有一部分是因为——"她显然在犹豫，好像她要加大赌注，打破我们之间新的、危险的、痛苦的局面，"因为我不想你明天早上打电话跟我说，克拉拉，我昨晚和你做爱了。"

我崩溃了。我感到受伤、痛苦、尴尬，就像一尾龙虾，它的壳被柳叶刀切开并取卜来，但它裸露的身体在被抛回水中被同伴嘲笑和羞辱之前，被举起来让每个人都可以看到。

"你不必取笑我，也不必这样伤害我。"这是我第一次告诉她我受到了伤害，"就像你说的，我可能真的很可怜，而这显然是我言过其实、多愁善感、郁郁寡欢的性格在作祟……"

有片刻的沉默，不是因为她尽职尽责地听完我的话或迁就我的小脾气，而是好像她迫不及待地想打断我。

"我让那种感觉消失了吗？"

一瞬间，她又一次赢了我。

"的确如此。"

我听到了她在微笑。

"你笑什么？"

"你为什么……"过了一会儿，出乎意料地，她好像看到了我没有看到的内部联系，"你现在穿什么？"

"穿着浴袍，躺在床上。"

我的心已经开始狂跳，感觉快要发疯了。我讨厌这样，但我也喜欢这样，仿佛我正从一座非常高的桥上凝视着一条河，我知道我被牢牢地系在一根蹦极绳上，那种恐惧比纵身跳下去更可怕。虽然忍不了这种沉默，但我发现自己说出了脑中闪现的第一句话。

"你还记得挂在浴室门后面那件蓝白条纹的浴衣吗？"

我花了很长时间才说出这一句，平淡无奇、吞吞吐吐、令人窒息的复杂句子。

"是的，我记得，是一条又旧又厚的粗布——闻起来很香。"

就穿着那件，我想补充。

她说，闻起来很香。

她怎么会闻它？

"没理由。好奇。"

"你经常这样做吗？"

"我和狗一起长大的。"

一个有意找的临时借口。她一定已经感觉到我在努力发起快速反击。

"如果我更了解你的话，我就会少去那儿了。"

"你比我一生中认识的任何人都了解我，"我说，"你所想的一切，我都已经想到了。"

"那你应该为自己感到羞耻。"

"你和我享受着同样的羞耻。"

"也许吧。"

"克拉拉，我用不了十分钟就能到你家门口。"

"今晚不行。但我喜欢这样。也许轮到我说了——什么来着？——太快了，太突然了。"

我知道她还记得，这让我很激动。

"而且，我吃了好多药，感觉像行尸走肉一样，要睡着了。"她补充道。

"我可以接受拒绝。"

"这不是拒绝。"

这是我们之间感觉最好的一刻吧？是克拉拉在说话，还是药物的作用？她的气息又扑到了我的脸上。我想让她湿润的嘴唇亲吻我的脸。

"你为什么不来喝酒？"

"因为你给了我最愚蠢的理由。"

"那你为什么不说呢？"

"因为我很生气。"

"你为什么生气？"

"因为你总是很狡猾，总是逃避事情。"

"你永远都没有一个明确态度。"

"我没关手机啊。"

"那你为什么不给我一点暗示？"

"因为我们之间暗示得够多了，因为我厌倦了含糊其词。"

"什么含糊其词？"

"普林茨，你现在就在含糊其词啊。"

她是对的。

长久的沉默。

"克拉拉？"

"嗯。"

"给我讲点好听的。"

"给你讲点好听的。"她停顿了一下，"我在剧院喊你名字的时候，我希望你在那儿。"

她让我好心痛，我甚至无法说出为什么会这样。"你今晚也要来喝酒吗？"

"我本来想的啊，您这位'关掉手机给她点颜色看看'先生。"

这一次她让我无法呼吸。

没有任何预兆，眼泪开始涌了上来。我到底是怎么了？我从来没有这样过，更不要说是在光着身子打电话的时候。

"有的时候，我害怕你比我了解你更了解我。"

"我也一样。这也让我害怕。"

沉默。

"你为什么让我这么做？"我问。

"因为明天我见到你时，我不想我们像今天这样。"

"如果明天你又变了呢？"

"那你应该知道我不是故意的。"

"但是，我们不是已经经历过了吗？"

"是的，你那时也应该知道。你现在在想我吗？"

"在想。在想。"我重复道。

"很好。"

第二天，也就是一年中的最后一天，天空再次阴云密布，晨光泛着亮白，像过去一周以来一直的那样，天空低低地浮在城市上空，像一件皮毛一体大衣的内层羊毛，严严实实地裹在太阳周围。让人渴望更多雪天、冬青树和羊毛衬里手套，以及在圣诞周萦绕不去的礼物包装蜡纸淡淡的味道。我心情非常好。我下了床，穿上衣服，走向拐角处我常去的希腊餐厅，想着那里人多人少都没有关系。因为以我现在的心情，无论是否通风、闷热或肮脏，都是美好的和愉快的。我打开餐厅的门，和平常一样，迎接我的是抱着一份巨大菜单的老板娘，她用希腊语和我打招呼，一切都感觉轻盈而愉快，仿佛心口的大石已去，我又可以再次爱这个世界了。我喜欢这样。我喜欢这样独处。我喜欢冬天。整整一周以来，我都期盼着像这样做。无忧无虑地吃个早餐。我先点一份华夫饼和橙汁，再来一杯咖啡；然后回家，洗澡，换衣服——或者在去她家楼下的大厅之前换衣服有什么意义，我们已经约好在那里见面，一起为今晚的派对买点东西。

但是我知道我高兴还有另外一个原因——好像我们之间终于有一点头绪了。在这之前的几个小时，我以为这一年正以黑暗和丑陋的方式结束。仅仅一个电话之后，现在，我的生活似乎又回到了正轨，事情变得如此有希望，以至于我又一次发现自己拒绝去想更好的结果，因为害怕我会消除它的魔力或者被证明自己是错的。我和她昨天一整天都暗无天日地度过，一直到今天早上凌晨两点还不得安生。再次绝望时会花多长时间？玩具店里的劳伦，厨房里的笑声，带着狗去散步，公园的日落，还有晚餐，这期间我一直在想，一个盘子、一把勺子、一把刀，为什么克拉拉昨晚没有和我们在一起——所有的一切都如此黑暗。

但是，即使这些昨日的阴霾强行出现，也不过是一个烟幕，我把它挡在了自己和昨晚睡觉后想要重温的那个巅峰时刻之间。我想要把它留到最后好好享用，每次几乎要克制不住打开惊喜包裹的兴奋，我就压抑住这种冲动，我故意慢慢地拆开礼物包装。

现在，我把头靠在上了霜的玻璃上，看着大人和小孩儿在落满雪的人行道上铲出来的窄窄的一条小路上缓缓移动，我让自己的思绪飘了一会儿。"你为什么让我这么做，克拉拉？"我问。她只说了一句闪烁其词的"我？"我笨嘴拙舌地说着话，可以看出来我脸红了，但我努力不跟她说谎，不去掩盖或转移真相，也不做任何

事，只是停留在当下。这是她的原话，当下。我脑中想的是"如何
结束这场对话"，或者"我们怎样才能永远不结束这场对话"？但
是我什么都没说。

"普林茨？"她最后说。

"什么？"我脱口而出，意思是你还想从我这里得到什么？

"如果你想知道的话。"

又是一阵沉默："我不介意。"

"克拉拉，"我说，"先别挂。"

"我没有挂。但是，你不应该翻个身就睡着了吗？"

这让我们俩都笑了。

最终，让我更开心的不仅是我们突然变得如此亲密，而且我还
注意到了给她打电话的冲动。再过一秒钟，这一年将会非常糟糕地
结束。好极了，普林茨。我想说，好像现在让我激动的不是那个打
电话的女人，而是给她打电话的勇气。

但就在我想着她的时候，我们之间的对话开始消散，就像一具
埋在地下的木乃伊突然暴露在空气中，明天是将消失得无影无踪，
还是成为我们最棒的进展？距离今晚的聚会似乎只有几个小时了，
天知道，什么都可以改变一切。改变什么？改变什么？我不停想，
不停地问，好像下定决心要确保从昨晚开始一切都没有好转，也许
是时候停止再幻想让人脸红心跳的时刻了。我想，她会记得吗？或
者她又会说我可怜吧？

或许我只是在吓唬自己。

在吃华夫饼的时候，我把它浸泡在枫糖里。我记得谈话是如何
改变风向的：我本想问她为什么说我可怜，相反，我停下来问她为
什么没来吃饭。这个问题引发了接下来的一个又一个问题，不是因

为我们彼此说了什么特别的话，而是因为问题和回答，无论多么切中要害，都让我们以带有节奏和近乎耳语的方式说话。这种方式让我们变得亲密，说什么话已经不是重点，重点是我们说话的语气和声音的音调。我们昨晚说的话、走的路，无论多么随机，都会不可避免地把我们带到那里。

"你为什么没来吃饭？"

"因为你说你很无聊。这听起来很假。"

"那你为什么不说呢？"

"因为你会误会，我们会吵起来。"

"那你为什么不帮我挽救那晚呢？"

"因为有太多的含糊其词，我知道你在惩罚我。"

"什么含糊其词？"

"普林茨，含糊其词，就是那种阻碍许多事情的含糊其词。"

"什么事情？"

"你再清楚不过什么事了。"

"为什么不给我一个暗示？"

"一个暗示？在一个冻死人的晚上和你见面，与你共度每一分钟，第二天要去北部——你还需要什么暗示？"

"你知道听你说这些我现在是什么心情吗？"

我们都没有说话——我知道那是什么心情——不是不知道说什么，而是我们都找不到避免说出应该说的话的方法。

"你想要什么我就想要什么。"她最后说道。

"你这么了解我吗？"

"我知道你在想什么，你是怎么想的，我甚至知道你此刻在想什么。"

我可以列举很多反驳她的事情，但我没有。

"你什么都没说，也没有否认任何事情，这告诉我，我正在用你想要的方式而完全正确。承认吧。"

"我承认。"我说。我感觉像一个新生儿一样充满了生命力，对我的身体感到兴奋，对我的裸体感到兴奋，我会在一秒钟内让她发现。

"如果我现在不是身体不适，我会让你带着你的外套和浴袍，还有你的雪鞋来，别的什么都不带。因为我一直想要你。而你，纠结先生，可以用任何你想要的方式来理解——我说出来的话你可以随意解读。"

她以前对我说的话没有一句像现在这样打动我，她的话直击我心。

我们之间的沉默说明了一切。

我还不想说晚安。

"你在想我吗？"她问。

"在想你。"

然后她说了触击我痛处的话："如果你愿意，你可以想我。"

在等我的第三杯咖啡时，我做了许多拿着日历的人会做的事情，这也是我想做的，但我不想承认，现在侯麦电影节已经结束了，接下来是阿伦·雷乃电影节，接着是费里尼电影节和贝多芬四重奏音乐会——一周又一周的晚间活动，直到我们厌倦了它们，决定了——今晚，我们两个。

我吃早饭时，她打电话给我。"改变心意了吗？"她问，这说明她心情很好。"没有。"我回答。她问："今晚有人载我去为汉斯买些东西。你介意推迟见面的时间吗？"

"我们约好见面了吗？"我问。为什么我说了这么愚蠢的话？

"是的，我们约了。你已经忘了？"她几乎责备地说，好像知道我只是假装，所以她笑了。"他们今天早上真的需要我帮忙，"她说，"我们在派对上见面吧。"

停顿。我不会又要去急诊室了吧，不会吧？不，克拉拉。这会像昨天一样，还是前天？我打定主意不让这种事情再发生。

大约在上午十一点，我决定给我的朋友奥拉夫打电话。我在他的办公室找到他。他刚从离岛回来。"糟糕的假期。""为什么？""为什么？因为她是个臭女人。"他不打算在办公室待太久，又不想回家。"我可以过来，我们一起走回上城，就像两个傻瓜一样。"他补充道。我问："出了什么事？"他说："我们就是相处不好，用两个拳头的指关节来模仿两个无法啮合的齿轮。面对现实吧，她是个臭女人，我是个浑蛋。"

但是我没有注意听，我很清楚我想做什么：离开他家附近，去城市的其他地方，遇到克拉拉。

"今年过得好吗？"我问。"现在说还为时过早。"他用他一贯的讥讽回答道。

"想吃午饭吗？""刚吃了点东西。不饿。"我们决定改喝咖啡。"我惊讶地发现你在工作。"我说。"只有犹太人庆祝圣诞节。犹太人和多米尼加人。"他又有情绪了。

在去上城的路上，我们决定去趟现代艺术博物馆，在那里坐下来喝杯咖啡，交流一下我们生活中的最新情况，但是大厅里挤满了游客，每个地方都挤满了人。"该死的人类"——他又开始了。"欧洲博物馆一个都不去，但是来这里逼自己挨个儿看完这些完全无法理解的艺术，然后再匆匆忙忙跑去唐人街购买假手表……"奥拉夫大声地抱怨。"曾经有一段时间，你可以避开城市生活，和朋友抽出时间来这里。现在看看这里，简直是游牧族群。"我们穿过大厅，决定前往最近的星巴克。但是，最近的一家也挤满了人。我们最后去了第60街上一个店的二楼——仍然太吵闹、太拥挤，全是过圣诞假期的青少年。我们继续往上走，试了第60街下半段一排的店面，最后我们放弃了，搭上了第67街的穿城巴士。我知道为什么我觉得每个地方都不对。因为她每次都在溜我，或许我每次都刚好错过她几秒钟。每次我们在某个地方停下来，他都想去别的地方，这只有一个解释：他也在找人。"你有新欢了？"我终于问他。他没有停下来，而是一直往前走，直视着前方。"你怎么知道的？""我看出来了。她是谁？"无意中，奥拉夫通过这样的方式提醒我，他可能是我最好的朋友，因为他这样回答我的问题："你能看出来，因为你也有新欢了。你只是把自己的直觉投射在我身上。""我们找到地方坐下来，我会告诉你的。"

　　最终，我们在第70街下半段找到了一家星巴克，在靠窗的角落里找到了一张小桌子。他排队点咖啡的时候，我从旁边桌子拉来了一把多余的椅子。我听到他和咖啡师争论。"中杯，我说的是中杯，不是小杯，不是大杯，是中杯——不是下一位客人，而是下一位顾客。我是顾客，不是客人，明白了吗？"我很想让他买几个玛芬蛋糕或司康饼，但我怕显得刻意要和他聊刚刚的事。此外，如果我们真的遇到她，我不想让她怀疑我想在车里重温我们的早餐。然后，一种反本能告诉我，很有可能真的撞见她。命运往往如此。这不就是我如何第一次在电影院遇到克拉拉的吗？——而且，最后我没有履行我的诺言。我们离法韦超市和西塔雷拉美食市场很近，如果她和别人一起去为派对买食物，我们就有可能在这个地方相遇，就像梦中的场景和侯麦电影里的情节。但后来我意识到，思考是窥探命运的一种方式，也正是这种方式可能适得其反，阻止我们相遇。我正要寻找一种摆脱这种束缚的方法，这时她和她的朋友奥拉正从星巴克外面走过。

我只穿着衬衫就冲出了咖啡店，冲街对面喊了一个名字，然后又喊了另一个。我在这里干吗呢？她们在这里干吗呢？拥抱，亲吻，大笑。她们两个都提着好多袋食物。我没必要说服她们进来和我们一起喝咖啡。在把奥拉介绍给奥拉夫后，我对克拉拉说"见到你好高兴，好高兴"。那只手掌停留在我的脸上，不停地触摸着我的脸时，诉说着我多少天、多少夜没有过的所有柔情。她说，她们还有很多东西要买，说了一些她们未完成的差事。她们不能待太久。"你高兴吗？"我忍不住在奥拉夫和奥拉热聊的时候问自己。"你高兴吗？"她附和着，用她自己的方式说"是的"。她是在模仿我刚才说的话，这可能是她说"是的，我很高兴"的方式。但是我们几乎没聊上十分钟。"坐一会儿，把外套脱了，我去买咖啡。"我有一种奇怪的感觉，我在努力让她留在我身边，与那些决定把她拉进我生活的奇怪的可能性做斗争，结果却把她拉走了，我不知道这些可能性是她的意愿，还是因为还没有买完东西，还是只是我在胡思乱想。我无法相信仅仅因为我希望遇到一个人就能见到是纯粹的运气。这可能会在一秒钟内被拿走。轻装上阵，保持简单、低调，你已经告诉她你很高兴了。

一个和我差不多年龄的男人独自坐在我们旁边的桌子那儿，他从笔记本后面抬起头盯着我们。女人们穿着华丽时髦的服装，跑腿买派对需要的东西，互相说着绰号，被要求买这买那，还有人在下城也一样跑腿。新年前夕彼此偶遇的轻度疯狂，一杯有点复杂的咖啡和一小杯黑咖啡加两块糖，如果方便的话再来一些甜点——哦，克拉拉，克拉拉，终会忘记这一天——我看着他，站在他的角度上试图想象他对我们生活的看法：我们是可笑的，还是真的沉浸在华丽和梦幻中？女人、派对、新年……突然间，我们的生活，我的生活，被赋予了一个炽热的光环，如果没有他的注视，我不会注意到。

我喜欢我们待在星巴克的小角落。一周前，我们在电影院相遇的那天下午，我曾想象过类似的事情会发生。现在，七天之后，它发生了——就好像我们最不可实现的愿望和一个乐于助人但有时脾气暴躁、一直帮我们成事的神之间的秘密结盟。分别的时候会有些尴尬，但我现在不想去想这个，我知道克拉拉会想出一个办法，以最自然的方式继续她的采购。也许我们现在没有时间独处会更好——太快了，想说得太多了，也许别人一个局促的斜眼，就会让我们想起来我们昨天在电话里聊到了哪里。我又一次试图避开令人不安的想法。奥拉夫在和她们两个聊天，我回去给克拉拉拿更多的糖。我喜欢这样。

当我回来的时候，我看到克拉拉穿着和在艾迪工厂一样的毛衣，我想把脸贴在上面，闻闻它，依偎着它，问它："小羊羔，你是谁做的，克拉拉吗？"即使现在，我也愿意付出一切去触摸她的脸，把她的头发捋到后面。我喜欢她和奥拉夫说话的方式，或者更确切地说，只是听他说话，她一直点头，有点严肃，在他磁性的金属般的声音在我们的小角落里响起时。我已经知道，今晚见到我后不到一分钟，她就会取笑他的名字，模仿的声音。"奥拉夫·足够好""奥拉夫·捧腹大笑""奥拉夫·乡巴佬"，我们会一直笑奥拉夫的名字，那样做会拉近我们的距离，虽然他是我最好的朋友，而她显然也喜欢他。有一次，她在听他说话的时候，我和她的目光对视了一下，表示"我知道"。"我也知道我们都很清楚这一点。"她似乎说。哦，克拉拉，克拉拉。

我应该早点注意到她的。有人站在外面盯着我们，盯着我。小男孩把脸贴在玻璃窗上。当我回头看他的时候，我突然意识到这个小男孩肯定和他妈妈在一起，而且他妈妈也在盯着我看——瑞秋。

我再次冲出星巴克。她应该是刚出家门，打算为今天的晚餐买些东西。妹妹正在做最后的准备。我把她带了进来，从附近的两张桌子旁抓了两张椅子，扩大了围在桌子旁的一圈——介绍、介绍，我提议去买咖啡，带小男孩到柜台前让他挑东西，他冰冷的手握在我手里，和排队的人敷衍地开玩笑，直到轮到我点单并把我的名字告诉咖啡师。瑞秋，那个一直是人群中心的人，总是她来做介绍，她一定感到不自在；她和陌生人在一起。作为补偿，我让其他人推断出，我早在遇见他们之前就认识她了。我想让她感觉到，没有人敢挑战她的位置或试图取代她。但也许我也想让克拉拉保持困惑和警觉。"这些和你在一起的人到底是谁？"瑞秋用好奇的目光问道，带着一丝打趣看着他们，或者因为我认识他们而看着我。我耸了耸肩，意思是：朋友，只是朋友。克拉拉已经不再和奥拉夫说话，而是盯着瑞秋，似乎在寻找机会打破她们之间的沉默。当我看着她打量瑞秋穿了好几年的灰绿色棉服时，我立刻感觉到了，她想找到一个不喜欢瑞秋的正当理由。两场新年派对，我都被邀请了，在今天见到瑞秋之前，我从没想过要在两者之间做出选择。这可能会变得非常尴尬，我希望两者都不会提到晚上的活动，尽管我已经决定先去一个派对，然后去另外一个。只是，如果早早去又早早离开第一个派对，白痴都知道我在赶去另一个派对的路上。几年来，我总是在最后一天在瑞秋家看新年倒计时。我已经背叛她、抛弃她了吗？

突然，咖啡师喊道："奥斯卡！"非常大声。我马上站起来去拿瑞秋的咖啡。我尽量不对我的绰号有明显的反应，但是不用看，我已经知道瑞秋被吓了一跳——克拉拉得了一分。此刻正为自己的胜利而沾沾自喜，她渴望与我互动，对我眨了一下眼睛。我也知道，由于克拉拉胜利了，她不会再找不喜欢瑞秋的理由了，也不再有那种无聊、有点心不在焉、呆滞的眼神，让我感觉自己像是巨人中的一只癞蛤蟆。

我开始怀疑我有没有告诉那个咖啡师这个绰号，为了让瑞秋同样困惑——我与克拉拉站在一边，让瑞秋觉得她已经失去了我，哪怕只是提醒，我的那一面她从来都不知道或者从来都不关心，而她现在正为此付出代价，因为她忽略了我认识她的那些年。瑞秋可能还不知道她听到的是我的绰号，她现在没有心情向克拉拉友好地示好，即便克拉拉试图示好，她也不会回应。此外，这两个人似乎什么都不愿意说，而我打破他们冷淡的态度似乎是徒劳的。如果她们两个通过取笑我来拉近彼此的距离，我愿意为此付出代价。看着克拉拉这样或那样取笑我，听着瑞秋证实了她的吐槽，并补充道："他那个时候是不是特别烦人，当他……"克拉拉会非常同意这一点，再贡献另一个自己的妙语点评——只要她们成为朋友，任何代价都值得，她们成为朋友就完成了我们三人友谊的闭环。我担心的是，为了报复我威胁要把她排除在外，瑞秋可能会开始暗示关于劳伦的事情或者昨天下午引起大家注意的幻影女士的事情。

一个嗓门很大的女人坐在我们旁边，一边用手机和丈夫聊天，一边和婴儿车中的婴儿说话。"现在，妈妈忘给咖啡加糖了，是不是很好笑？是不是很好——笑？"然后，跟她丈夫说："告诉他把它往屁股上撞，你哥哥应该试试。"克拉拉，对大声讲电话的人从没耐心，除非那是她自己，她忍不住说道："不会痛吗？"她大声问，冲着讲电话的女人。

"什么？"吓了一跳的妈妈说道，被这样打断感到很愤怒。

"我的意思是，让你丈夫的哥哥把东西往屁股上撞不会疼吗？还是会很好——笑？"

"我真不敢相信这些人，"这位女士继续说道，继续和丈夫打电话，"粗鲁无礼，无礼！偷听我们的谈话。难道他们没有更好的事情可以做吗？"

"哦，不，我们有好多事可以做。我们总是把东西往屁股上撞，"瑞秋补充道，"我们很乐意告诉你们是如何做的。"

"呸！"她翻着白眼，"我在和我丈夫说话，介意吗？"

"如果你小点声，我们永远也不会知道你和你丈夫对你们的屁股做了什么——所以你介意小点声吗？"

"多管闲事。"然后，带着母性的正义目光转向她的孩子，"妈妈帮你把外套脱掉。"

奥拉夫忍不住说："妈咪帮你弄好！"

我们大笑了起来，坐在我们周围的人也都盯着这个年轻人。有那么一会儿，我注意到，也许我喜欢这两个女人，但不明白她们为什么没有立刻喜欢上对方，我一直知道她们都有一个活泼淘气的共同点：在不残忍的情况下接近卑鄙的能力。

我是不是又一次误解了克拉拉？她也许只是残忍，仅此而已吗？还是我喜欢偶遇她假定的残忍，只是为了有正面的例子照亮她，就像一个严厉的检察官脸上特有的同情？

当她们两人开始说话时，我注意到瑞秋试图巧妙地吸引我的注意力。当她与我的眼睛对视时，她飞快地摇了一两下头，好像在问：她是谁？你从哪里认识她的？我急忙把目光移开，不想参与秘密的信息传递，但后来意识到她在问一个完全不同的问题：这是你昨天一整天都在抱怨的那个人吗？我正要回答她"不，这是别人"，因为我不想让非常了解我的瑞秋知道昨天的幻影女士确实就坐在她对面。我不想让她比我更了解我们，尽管目前她可能和别人一样已经猜到了。我强迫自己去回想昨晚的电话——我们短暂的、幸福的、羞耻的秘密，她的声音触动了我的耳朵，然后在我的床边徘徊，她说："如果你愿意，你可以。"现在，当我看着她时，我一直在想：也许没有理由相信任何事情——什么都没发生，即便发生了，它也只是在睡梦中徘徊了一会儿，然后在深夜消失得无影无踪——我们不是都在假装这是一场梦吗？我们都不确定对方没有做梦吗？当我意识到这个我酝酿了一周却没有告诉任何人的问题不比一个泡沫更坚固时，一种越来越强烈的恐惧感慑住了我，哪怕是最不经意的一个眼神都可能戳破这个泡沫。我又失去克拉拉了吗？我现在是不是因为在星巴克和她浪费时间而失去了她？还是说我已经失去了她，就像我最终处于永久的暂时解雇状态，在偷来的时间里，在负债，在恋爱？

也许我不想让瑞秋知道我和克拉拉有多像陌生人，这就是为什么我回避她无声的催促。

也许我想吓唬自己。

我还没来得及回答，克拉拉抬起眼睛，挡住了瑞秋好奇的目光，立即转向我，捕捉到我脸上茫然、不置可否的表情，尽管我努力不回应，但这仍然暴露了我们之间有过秘密交流。

"等一下。这是什么意思？"她问道。

"什么？"我回答道。

"这个——"她模仿瑞秋的头部动作，"你们两个在说什么？"

"没什么。"我喜欢被发现，喜欢那种顽皮的逃避，那种完全不是逃避的逃避。

"看看这两个人，"克拉拉转向奥拉夫说，"他们在互相发送秘密信号。"

"我觉得我们被抓包了。"瑞秋说。我看得出瑞秋要把我出卖了，就让她出卖我吧。

假装是没有意义的。"你想知道吗？"我问克拉拉。

"我当然想知道。"她等着我自己泄露秘密。"等等，"她说，"这会让我开心还是不开心？"

瑞秋和我交换了一下眼神。

"你们两个！"克拉拉说。

"好吧，是昨天的事。瑞秋想知道你是不是我昨晚邀请去喝酒的那个人。"

"他确实打过电话——但是你总也拿不准他。"克拉拉补充道，转向瑞秋寻求支持，"他有没有告诉你，那个白痴——也就是我——最后自己去看的电影，期待着遇到坐在这里的这位天才？"

"他确实说了一些关于去和不去的话，我们都告诉他，他必须去。"

"他有没有说他为什么不去？"

"他看上去很沮丧。"然后，瑞秋转向我，"我可以说你看起来很沮丧吗？"

是的，她可以告诉全世界我很沮丧。不，我怎么会介意？不过，她会不会很机智地不提劳伦呢？

"电影院发生了什么事？"

"除了我独自一人在黑暗中，每个性变态都准备扑向一个无辜的单身女人——什么都没发生，甚至引座员都来和我调情。"

"那你惩罚他了吗？"

"谁？引座员还是奥斯卡？"

"奥斯卡。"瑞秋说，不带重音符。

瑞秋幸灾乐祸地笑了，第一次说我的绰号，试图掩藏她的犹豫，好像正在品尝一道奇怪的菜，她不想让任何人知道她以前从未听说过，在确定这道菜符合她的口味之前，她是不会吞下去的。

"奥斯卡。"她说，好像她刚刚在我脸上发现了一个有趣的新面具，一个她仍然不愿接受进入她的世界的一个新的我，在她家里的每个人之后肯定会谈论，当然是在我背后。这让我觉得，克拉拉在我们开车去哈德逊的那天所建立的新身份，和我一整周都在炫耀的一双新鞋没什么两样，我希望每个人都认为它们早已是我衣橱的一部分，但对瑞秋来说，价签还在挂着——更了解我的人认定与真实的我相符，才会摘掉。

"所以你原谅他了？"

"我确实试图让他为此付出代价，但我总是没办法让男人付出代价。"

这肯定不是我认识的克拉拉。她在试图团结瑞秋一致反对我，还是在用这种方式化解瑞秋取笑我的新名字？

"事实上，"她继续说道，"我们和好了。他昨晚明智地打了电话。"

我知道瑞秋在想什么。她在想我们昨晚一定是睡在一起了，这是一个恋人的下午。

我突然意识到克拉拉确切地知道瑞秋在想什么，为了不让她失望，克拉拉提醒奥拉得继续去买东西了，她们站起来，穿上外套，就在她向每个人告别的时候，她俯下身给了我一个湿润的、有力的吻，舌头一直伸到我的嘴里。"回头见。"

如果有什么能让我们之间的身体接触变得如此稀松平常，这个吻就是了。我们已经达到可以随意触碰对方的程度了吗？这是她提醒我的方式吗，从昨晚开始，不再有什么禁忌了？或者这是给瑞秋看的？还是这是重演和英奇的吻？

过了一会儿，瑞秋开始给儿子戴手套并在他脖子上围上围巾，小男孩一直在抗拒，她最终放弃了。

"今晚我们会见到你吗，奥斯卡？"

"可能吧。"我说，对她说出我的绰号时声音上升视而不见。

她知道她激怒了我。她也知道我没有说实话。

"好吧，尽量来。把她也带来。"

她一边戴手套，一边忍不住说："她很漂亮。"

我没说话耸了耸肩，表示谦虚地赞同。

"别这样！"

"怎样？"我问。

"这样——"她模仿了我脸上故意摆出来的冷漠表情，"她的眼睛一直就没从你身上移开。"

"她的眼睛没从我身上移开？"

"你真是我认识的最气人的家伙。奥拉夫，你给他解释一下。有时我觉得你故意对一些事情视而不见，好像你怕在乎的人看到你赤身裸体，上帝保佑他们不要看到你的下体。"

瑞秋一离开，奥拉夫就开始肆无忌惮。

"婊子，她们所有都是。"

"她可能说得有点道理。"

奥拉夫耸耸肩，好像说："是的，可能有道理，但她还是个婊子。"

他的妻子曾让他为今晚订一箱香槟，但他完全忘了，现在他担心不会及时收到。然后，他给了我一个他惯常的宽大的熊抱，说了常用的口头禅——"力量和荣誉"。

"她就是你要告诉我的那个人吗？"

"是的。"我说。

"猜到了。"

"你的呢？"我问。

"别问了，你不想知道。"

如果我快点跟上克拉拉或打电话给她，我还能赶上她们买东西。我仿佛能看到我们三个在一家拥挤的法韦超市里大笑，大笑。"鸡蛋，"我看到她说，"明天早上我们需要鸡蛋。"

我有反应了。

只是希望你不要为此付出太多。

那天下午到家很早，我决定去睡个午觉。那是我重启美好的一天，重温一遍的方式吗？是干净平整的床单的诱惑——挺括、服帖、微微发硬，还是午后灿烂的阳光像猫一样在我床上打盹，我知道自己躺在那里听着音乐就会睡着？

我答应过几个小时给她打电话，现在我只想揣着对她最模糊的思念上床，这是我们期待而可能永远不会实现的，一闭上眼睛，我们就开始一层一层、一片一片地剥开，希望、渴望和欲望像是一颗洋蓟，心里藏得如此深，让我们不得不慢慢来，碎步前进，往后退一步，往旁边迈一步，永远也到不了。

　　如果我们不是命中注定的恋人或者朋友，我睡一觉就会忘掉一切。鉴于当时的心情，我也不在乎受伤，就像我不在乎她会不会受伤一样。只是躺在床上，蜷着身子，想着她和我的身体拥抱在一起，无尽的柔情，就像威尼斯嵌接在一起的两部分。我们之间的空隙就是大运河，通过里亚尔托桥相连。我的乌鸦座。我的奇诺。我的洛辛瓦爵士。我的芬尼根。我的佛庭布拉斯。

　　你为什么不来吃晚饭？

　　因为我在你的声音里听到了怨恨。

　　那你当时为什么不说？

　　因为我知道你生气了，还有更多的含糊其词。

　　什么含糊其词？

　　这种含糊其词。

　　我可以跟你说点事吗？

　　你不觉得我已经知道了，你不觉得我知道吗？

　　哦，克拉拉，克拉拉。

　　我起床时已经五点多了。我的留言机上有三通电话，两通未接，一通来自克拉拉的电话。我睡得太熟没有听到电话铃响，然后错过了听到她的声音，难道我的机器替我接了起来？我听她的留言时，感觉她莫名地烦躁和疲惫："你至少接个电话吧？！"我看了一下手机屏幕，没有显示未接电话。"我到处打电话找你。我不敢相信花了这么多时间追踪你这个可怜至极的男人。"我能感觉到我胸口发麻，有点恶心。我那么脆弱吗？所有这一切的幸福突然消失是因为一通电话留言吗？

我以为我们昨晚已经和好了，今天她在星巴克遇见我也显得很高兴，从我在寒风中和她打招呼开始，她的手掌就没有离开过我的脸。现在就这样了？随着五点钟到来，暗夜开始吞噬白天，终于让我突然意识到这是迎接新年的最糟糕的方式。是明年的预告，也是糟糕的一年的结束。用奥拉夫的话说，现在还看不出来？

然后我反应过来，这些都是昨晚的电话留言，不是今天的。原来昨晚她这么生气。难怪我在瑞秋家给她打电话时，她那么唐突无礼！

我刮了胡子，洗了一个长长的澡，为了一切顺利，我决定做一遍和上星期完全一样的事：拜访妈妈，穿同样的黑鞋子、同样的深色衣服、同样的腰带，匆匆出门，坐上街边第一辆出租车，直奔妈妈家，想着上周这个时候想的一样的事情：希望她身体健康，或者足够健康，希望我不用待很长时间，希望她不要再提起他，记得过后买两瓶酒，和我上周做的一模一样。然后，跳上M-5巴士看一看窗外，看着雪天河浮冰，看着滨河大道上稀少的车辆，什么也不想，也许会想到我的父亲，或者干脆忘记想他，这就是上周在巴士上发生的事情。当时我答应会想他，只是让思绪飘远了。

母亲一直在她的卧室里，所以，我打开前门，要走一段又长又黑的走廊，路过一扇扇紧闭的门，打开一路上的灯——她把原来的卧室和浴室的门都关了，她说"天一黑就会冷"。也许她已经不再享受房子里还有其他人的幻觉——她的婆婆，她的丈夫，我的哥哥，我的姐姐，我，于是把所有的门都关了起来。

她听着老歌，缝着一条裙子。"几乎没有人会过来。"她说，意思是你太不经常来了。她不知道是应该把裙子送人还是补一补。补一补更说得通。如果补不好，她就直接扔掉。无论如何，她得有点事做。她说，我瘦了。

　　我答应在巴士上也会想她。但是，出于这样那样的原因，我知道我会忘记。我会想克拉拉。上次我来这里的时候，我还没有遇到克拉拉，甚至不知道也不可能猜到那天晚上会发生什么。闲聊了一会儿，我就离开了，买了香槟，上了M-5巴士，做了那么多无意义的小事，所有这些都属于克拉拉还不存在的生活。克拉拉之前的生活是什么样的？现在我在想，会不会在路上想起母亲的时候，我的思绪会飘回到过去，那时他和她还不算太老，他会举办品酒会来庆祝新年，盖上酒瓶上的标签，甚至可以难住来宾中的内行。我记得那时候的一群朋友，人们在客厅里走来走去，桌上堆着金字塔形的食物和甜点，母亲烤的梅子包在培根里面，我们都在等着看哪种酒被评为最佳，家里充满了笑声和人声。母亲来回奔忙，确保投票在午夜钟声响起之前结束。父亲一如既往地用押韵对句为使用去年的演讲稿而道歉。我知道他会喜欢克拉拉的。

　　在室外的露台上，他在那里冰镇白葡萄酒，开瓶前让我一起帮忙拿回来。我们站在冷风中，只穿着衬衫，凝视着这个黑白的曼哈顿之夜，听到塔楼对面邻居拥挤的房间里欢乐的回声，两年前的今天，他们的才是真正的派对，我们的是假冒的。他把我拉到一边，声音里带着愠怒："你为什么不和她结婚？"意思是：你为什么不找个人结婚，在我们死之前让我们抱上孙子——一下怀个双胞胎，弥补一下进度。然后，转移了话题，他透过玻璃门盯着我们拥挤的客厅："看看你的母亲，迎合除了我之外的每一个人。苏格拉底的悍妇，如果确有其人的话。"

　　我在每瓶葡萄酒外面裹上写有编号的红色餐巾，把标签挡住，在餐巾外面紧紧地缠上透明胶带，他用一根手指按住餐巾纸，就像他帮我绑包裹时自动做的那样，他似乎是在为突然说教起孩子和双胞胎，以及他声音中常有的愠怒道歉。

我记得利维雅会在父亲快要结束演讲的时候，走到露台上吸烟。我们的巴西厨师给她一年一度的宝贝做最后的润色时，她也会帮我把挂浆的餐巾包在每一套银器上，音乐透过玻璃窗传过来。我把双手放在她的臀部，轻轻地旋转她的身体，在冰冷的阳台上和她跳了几步舞，然后再回到客厅。我的一时兴起可以作为给父亲的无言的安慰，意思是：看，爸爸，我正在努力。我知道整件事都是一个谎言，因为我们都知道我和利维雅在一起不会超过三个月、一个月、十天。

"你们两个说什么呢？"利维雅问。

"没什么。"我心不在焉地说。

"关于我，是吗？"她知道他越来越喜欢她。她在根据事实推断，除去我试图掩饰的"没什么"，推断出我爸爸关于孩子的鼓舞士气的谈话。

甚至都没有十天，我一直在想。当我看着她回到屋里，转向房间里的其他客人时，我父亲一定注意到了我脸上的那种表情。"她们俩迎合除我们俩之外的所有人，太逗了——好像她们一直知道我们一点也不爱她们。"

"今晚去哪里？"我妈妈问。

"派对。"

"就一个？"

"就一个。"显然我已经放弃了今晚去瑞秋那里的想法。

"有人陪你一起去吗？"

"有。没有。不清楚。"

"你不清楚还是她不清楚？"

"那还是不清楚。"

妈妈窃笑。有些事情永远不会改变。我只是来祝她新年快乐。"如果今晚我没什么更好的事情可做，也许我可以再来一趟——在跨年之夜喝了香槟之后。"我总是很郁闷。"冰箱里冰着一瓶酒，什么事都说不准呢。""也许。"我说，意思是：好的，但是不要等我。"至少试一试。"她最后劝我道。我什么也没说。

"乖乖，你能帮我换一个灯泡吗？"

难怪这里感觉像一座陵墓。我在餐具室里翻出一个备用灯泡，站在椅子上，拿下坏的灯泡，然后拧进一个新灯泡。"终于亮了——"她说，"现在我可以看到你了。"我正要穿上外套。

"还有一件事，"她几乎在道歉，"你作为圣诞礼物给我买的咖啡机，能不能帮我仔细看一下怎么用？"我知道她想要什么——她不想让我离开，至少现在别走。"哦，再待一分钟，好吗？"所以我拿出两粒浓缩咖啡胶囊，装满水箱，插上电源，按下红色按钮，然后等到绿灯停止闪烁。她这次想亲自试试。我们又从头做了一次。

两分钟后，我们坐在早餐桌旁，喝着两杯发泡的无咖啡因卡布奇诺。

"他会喜欢这个的。"她冷冷地搅着咖啡，补充道。

我讨厌她开始谈论他——"我知道，我知道。"她道歉，然后马上点了一支烟。但后来她想起来了，无声地把烟掐灭。"不，别掐，我不介意。"我说。我想戒烟但并不意味着我就要讨厌香烟。我突然意识到，同样的话也可能会被用来形容人和很多事情：不能拥有它们并不意味着……

我妈妈一定是看穿了我的心思，或者她自己也有同感。"有那个利维雅的消息吗？"我们经历了一样的思维过程，但都不想戳破如何从香烟想到利维雅。"她经常抽烟，是不是？"她说道，好像是为了掩盖自己的行踪。"一直都是，但是，没有，我完全没有她的消息。"她说，有时候我们再也不想约会了，因为害怕我们仍然在乎。或者怕对方在乎。有时候，我们会从过去中走出来，羞愧地看着别处。但是我们很少有人放手。我们找到其他人。难的是每次重新开始时，心中都残存着一点点之前的那个人。

她喘了一口气，吐出烟，然后移开了视线。她想问我一些事情。

"这个新的人比利维雅好吗？"

"更好、更坏，还太早了，或者说看不出来。谁知道呢。"

"你很有趣。"

她中途掐灭了香烟。她看着我，然后从我身边走过。

"我遇到了一个人。"

她遇到了一个人。

"你遇到了什么人？"

"嗯，这么说不太准确。他听说了你爸爸的事，决定哪天打电话给我。"

"然后呢？"

"几年前他的妻子去世了。"

我一定看起来要么呆若木鸡，要么完全茫然。

"那么？"

"我们在一起过。"

"你们在一起过。"

我发现很难想象她和谁在一起过，除了我一生中见过的那个和她在一起的男人。

"我不明白。"

"没什么不好理解的。我在你父亲之前很早就认识他了，他告诉我他要去西部一年，也许更久。然后我遇见了你父亲。"

她说得如此无情，近乎野蛮。

"他后来怎么样？"

"不太好。他在西部找到了一个人，比我先结婚了。当然，我从未原谅过他。每次你父亲和我吵架时，我都不会原谅他，一开始我们一直在吵架。当我走过的冰面在我脚下裂开，提醒我爸爸只是一个被放在那里帮助我渡过难关的人时，我从来没有原谅过他。现在，三十年后，他打电话来了。"

"然后呢？"

"然后没什么。我们吃了几顿晚餐。他今晚和他的女儿们在一起，但他说他可能会来。他那个人永远说不准。"

现在我明白了为什么会有那瓶香槟。

他想从她那里得到什么？

"他是谁？"我终于问她。

"看你说的，他是谁？"她笑得很开心，模仿着我的语气，"很快你就会问他挣多少钱，或者打算给我多少钱了。"

"对不起。我只是担心你。"

"担心我？你确定你感觉是担心吗？"

我耸耸肩。

"如果这能让你感到安慰的话。你父亲知道——他从一开始就知道。三十年后的一天，这个人打来电话。我们是鳏夫寡妇，他说。我说，我们当然是。这需要很大的勇气。"

"你要告诉我什么？"

"我要告诉你什么？这些年家里的状况你不是不知道。我要说的是，这些年来我是他的妻子，还有一部分的我在别处。这些年来，我一直待在家里做家务，带他的母亲去看医生，在那么多乏味的宴会上做他的妻子……这些年来，我帮他办酒宴，我们一起旅行的夏天，还有那些晚上，当他被清理干净，我在医院躺在他身边，可怜的男人———一直以来我的心都在别处。"

"现在你才告诉我？"

"现在我才告诉你。"

我妈妈站起来，装了一碗开心果和坚果，显然是给我的。她又拿了一个碗装壳。

"你们两个的感情很特别？"我终于问。

"我们是真爱，或者是最接近真爱的——也许是更好的东西。"

"那是什么？"

她停了一会儿，然后笑了。

"笑声——这就是我们拥有的。"

"笑声？"我问，愤愤不平。

"谁会猜到。但确实是笑声。现在我们互相讲老掉牙的笑话。尽管几天后我们会觉得不再好笑。但是把我们放在一个房间里，我们就会开怀大笑。"

她站起来把杯子和碟子放在水槽里，现在我们之间只有一碗开心果和一碗空壳。

在一年一度的聚会上，她陪着他，帮着为那些她根本不在乎的客人点餐。在十二点钟声响起之前，当他用押韵的对句发表年度演讲时，她微笑，一年又一年都没有笑声。

"你想他吗？"我问。

"你怎么会这样问？我当然想他。"

我看着她。她移开了视线。我一定冒犯了她。"看看现在的你，用不了五分钟就把整碗坚果吃光了。"

她拿起空碗和装壳的碗，走进厨房。我以为她会把碗倒空，把另一个放在台面上。相反，她又倒满了开心果。

我站起来，打开玻璃门，走上阳台。一个雪堆让我走上阳台变得困难。这让我想回忆一下过去的时光，看着那时候我们有客人过来，在这里冰酒是什么样子。那些美好的日子是因为他还活着，还是因为它们属于过去？我想象利维雅现在和我在一起，或者他在寒风中和我站在一起，坦白他对孙子辈的渴望，同时透过窗户看着客厅，看到他喋喋不休的妻子在迎合除他之外的所有人，透过窗户看到另一座高楼里邻居的派对。他一直都了解她，虽然没人知道他是否曾经关心过她，或者他是否知道那个吸走了他的生命但让他苟活了几十年的恶魔是谁。我也在想我生命中的其他的利维雅、爱丽丝和琼，她们都尽力在品酒会上帮忙，帮我把标签包好之后，把瓶子放在阳台上，一些客人在努力品酒的时候，盲品总是失控，这种情况每年都会发生，大家一致认为4号瓶和7号瓶一样好，但是11号瓶却是最好的，通常被怀疑的对象往往不是真正的那一个。我的父亲是裁判。有些人不再真正关心结果，因为结果总是成功的，总是会成功的，这只是另一种方式来说明我们心中的一部分会随着十二月死去，这也是为什么这是他每年庆祝的唯一一个节日，因为没有在年底死去的那一部分，和他一样对延长的宽限期感到激动，因为爱之类的东西还没有完全耗尽他的生命，不管他去哪里寻找它，在哪里找到它。就算他找到了，也没有人想知道。去年的黑雪，我一点也不想念。

如果我是一个更好的儿子，我会做那个垂死公主的父亲承诺每年会为公主做的事。我会把他的骨灰拿出来，这样他就可以再次感受到冬日的阳光，一想到上好的热葡萄酒和撒有栗子丁的奶油汤，就会忍不住颤抖。在他梦见古老的、消失的圣诞世界和一段逝去的爱情，让他的骨灰品味月光下的雪地。"它没有逝去，因为它从未发生"，他过去常说这句话，而且据他所知，另一个女人从来不知道她是他短暂而未完成的生命里的光——"一段最纯洁的爱，你母亲也从来不知道，现在告诉她也没有意义。"

妈妈让我不要把坏的玻璃灯泡扔进垃圾道。我撒谎说做梦也没有想过这样的事。现在所有的门都关了，公寓看起来多么空荡，满是人的城市！怎么会独守孤独，她怎么成了寡妇？我必须把克拉拉带到这里。

总有一天，我会来清理这个地方，拾起她生活的碎片，他生活的碎片，我自己生活的更糟的碎片。天知道我会找到什么，他的闹钟、他的地址簿、他的烟斗小工具。一个大烟灰缸，上面放着他的发黄的海泡石烟斗，上面刻着两个包着头巾的土耳其人，像两个看不到对方的书挡怒视着对方。他的老式鹅鹕笔和卡兰·达奇银铅笔躺在那里，就像同一个双层床上的集中营囚犯，一个的头朝着另一个的脚，就像甜点叉和甜点勺。他的涂漆打火机，还有首当其冲地插着手臂等得不耐烦了的牛角框眼镜，小心翼翼地把它折好，但在最后一分钟被放下，没有任何虚假的借口，说"好吧，我们现在去面对那个巫婆一样的医生吧"。当他把眼镜正好放在他空空如也的干净玻璃桌面中间时，我可以从他的手势中看到听天由命的警告，意思是：现在守好堡垒，善待他人。这让我想起他是如何在离开酒店卧室之前拿出一张二美元的钞票，把它放在烟灰缸下，意思是：

"你对我很好，现在善待下一个人吧。"他爱惜物品，对人友善，愿意倾听，并且永远愿意倾听。我敢肯定，妈妈已经把他的酒具藏到某个地方了。

我记得他小心翼翼地把它们一个接一个地放在餐厅的餐具柜上，清洗和抛光他收藏的那些古董开瓶器和金属箔剪，母亲曾当着众人的面说，他拿出工具准备开瓶时，就像一个割礼执行人施行割礼一样。上次我把我的工具拿出来的时候，他告诉我，在哪里，在哪块土地上——有人立刻打断，并开了一个关于阿贝拉德的工具和阿贝拉德的爱的玩笑。"我知道我说的是什么，"我父亲说，"是海洛薇兹干的好事，海洛薇兹和婚姻。"笑声，笑声，当我们在一起大笑的时候，她就在他身边，对他不忠，而几十年前遇见的某个人的悲伤让他心如死灰，一段最纯洁的爱情。这些是他在那本私人小账本上用来标记时间的词语。"我们衡量我们失去了什么，我们在哪里失败，我们如何变老，为什么我们很少得到我们所渴望的东西，当我们整理我们被给予的生活、没有过的生活、半条命的生活，以及我们希望在我们还有时间的时候学会生活的生活时，坚持一些东西是否仍然是明智的，我们想要重写的生活，我们知道的生活仍然是未被书写的，可能永远也不会被书写，我们希望别人能比我们过得更好、更明智"，这是我知道的父亲对我的期望。

"这个人是谁？"我问我妈妈。

"你之前见过他。"

"他叫什么名字？"

"如果你想知道，午夜之前过来。"

她笑了，但还是不肯告诉我。没什么好说的。

"你会没事的吧？"我问。

"我会没事的。"摇曳生姿、恢复迅速的母亲。我很少看到她这样。

"你从来没有告诉过我这些。"

"是的,我从来没有告诉过你。"

长长的沉默,在此期间,母亲因为吃到了一个坏的开心果而做了个鬼脸。

"她一定是个绝世美人。"

"你怎么知道?"

"我就是知道。你一直在这里消磨时间,不是吗?你该走了。"

她是对的。我确实是在消磨时间。

我祝她新年快乐,以防我们今晚不会再见面。

"好的,好的,"她说,"但我知道今晚你几乎没有机会出现。至少我希望你不会来。"我们拥抱。"我从未见过你这样。"她说。

"像这样,怎么不一样?"

"我不知道。就是不一样。很好。也许是幸福。"

在我们去门口的路上,她先关了餐厅的灯,然后又关了厨房的灯。她一关上我身后的门,就会回到她的卧室,就像尤利西斯的母亲在阴影中偷偷溜走一样。她似乎在说"这就是我的预谋"。

当她终于关上我身后的门时,我松了一口气。

和往常一样,我把手伸进口袋,递给门卫小费,也给了第二个门卫一些东西,以防妈妈忘记给他们小费。

门卫一打开大门,一阵风就向我扑来。从我走进母亲的家,它就驱散了压在我身上的沉闷、压抑和麻木。

我一直喜欢冬天城市的灯光，映着高耸入云的市中心建筑，像是银河风暴一样在曼哈顿上空爆发的炫目亮光，而在中央公园西街的旧住宅建筑区旁掠过的微弱灯光，诉说着这样宁静、满足的生活和同样宁静、满足的新年派对，那些夫妻们很少说话的派对。我喜欢看笼罩着这座城市的灯光，这是从法老和水手时代以来，从未见过、从没有什么可以匹敌的东西。

如果我是个好儿子，我早就应该认识克拉拉，把她带到这里了。如果我是一个好儿子，我今天早些时候应该去接克拉拉，说我想让你见见我的母亲，我也希望他还活着，他会爱你的。有那么一刻，我和她一起走进他的书房，惊扰他那些不得安眠的东西：他的鹅鹏笔，他的卡兰·达奇笔，他的烟斗，他的眼镜……她会把它们唤醒，像唤醒我的厨房、地毯、浴袍那样，让我在我的生活中找到爱。

像过去一样，我会带她进来，在把她介绍给客人之前，径直把她带到阳台上，让她帮我盖上酒标。"我们在做什么？"她问道。"我们要挡住葡萄酒的名称。""我知道！"她回答。"我是说，我们在做什么？"我很清楚她在问什么，只好答非所问。因为我发现告诉她带她去我父母家的原因，不比让她停下车和我一起去我父亲的墓地散个步更难。因为我发现有太多的事情很难问出口。克拉拉，因为在问小而简单的事情时，比问大的事情时更容易展露自己。即使他再也不能和你见面了，但我们今晚无论如何也要来一下，在你和我赤裸相对之前，我们会打开妈妈的香槟，如果忠诚的唐璜[①]今晚碰巧也在那里，我们将会是一个快乐的四人组，我们举杯

① 译注：是拜伦的代表长诗《唐璜》中的主人公。诗中表现了唐璜的善良和正义，通过他的种种浪漫奇遇，描写了欧洲社会的人物百态、山水名城和社会风情。

庆祝新年，然后奔向第106街。在出租车里，我会说"我希望你没感觉像行尸走肉"，你会说"我完全没觉得像行尸走肉"。

"我完全没觉得像行尸走肉"——听起来就像克拉拉的语气。

"再说一遍，克拉拉，我完全没觉得像行尸走肉。"

"我完全没觉得像行尸走肉。开心了吗？"

"是的，是的。"

我一直希望为今晚的派对买几瓶稀有酒的那家酒铺，结果挤满了人，店里的长龙沿着柜台排成了马蹄形。我下午应该加入奥拉夫的，他惊慌失措是对的。

那就不买酒了，买花呢？我明天会送花。实际上我应该上周送花的。花也算了吧。

我只想像上周一样在暴风雪中乘坐M-5巴士，虽然几乎看不到外面的任何东西，但我还是很感激这场雪，雪花刚刚擦过我们的窗户，似乎就在疲惫苍白的一团雾中死去。穿过灯火通明的滨河公园，我会瞥见浮冰顺流而下，像不知要去哪里的麋鹿一样。咔嚓，咔嚓。今晚我不会去克拉拉的公寓，而是直接去汉斯和格雷琴家。我将在第112街下车，仿佛又一次弄错了，就像我那天晚上走上塞缪尔·琼斯·蒂尔顿雕像旁的那座小山一样。有那么一瞬间迷失了方向，再一次以为自己在法国，因为圣伯纳德，或者是因为这座城市今晚看起来奇异得好像中世纪，或者是因为做梦和不祥的预感杂糅在一起，让我觉得走进了一部我自己放映的电影。在这部电影中，雪花飘落得如此平静，以至于它所触及的一切都让人立刻着迷和永生。我会去参加聚会，格雷琴和我打招呼，把我的外套递给存衣处。这次我会确保留着存根。点饮料前在客厅的钢琴旁闲逛，站在圣诞树旁，就在我一周前站的地方，也许我们会假装完全不认识，因为她和我一样喜欢这样，当她要伸出手来和我握手时，我会打断她说："你不是普林茨的朋友吗？"而她会说："你一定是昨天电话里的那个人？""是的，我是。"我们会坐在同一扇窗户旁，她会给我拿些吃的，我们会一起在这间大公寓里从一个房间走到另一个房间，喝点像水果酒一样清淡的东西，尽管我们都讨厌水果酒。我们会像上次一样下楼，穿过拥挤的楼梯，打开通向阳台的门，一起站在那里，看着新泽西的海岸线，试图抓住同一根盘旋在曼哈顿上空的光束，想到贝拉吉奥、拜占庭、圣彼得堡，还会想起我们在另一个夜晚看到了永恒。

我看到夜晚在我面前展开，就像所有的愿望即将实现时一样：从阳台走到厨房，然后上楼到玻璃房、帕维尔、巴勃罗，还有玛菲·米特福德和两个女儿都在聚会上，当我的思绪飘过塞缪尔·琼斯·蒂尔顿雕像旁的土堆，飘过上周的暴风雪，飘过侯麦或圣雷米的石板屋顶小镇，一座为克拉拉和我而生的漂浮城市在哈德逊河边升起。

我想再次和她一起走上阳台，看着她在雪地里掐灭香烟，看着她一路踢着脚走到排成双行的汽车边，看着雪像发光的白色的手一样包裹我们，永恒而迷人。一路上会有很多诱惑。罗洛肯定会为英奇说话："看在上帝的分儿上，女人！"谁知道呢，英奇或许会自己恳求、俯身，风度翩翩地把她带到一个大多数客人不知道的角落，然后我所做的就是站着——不知道我应该去干涉，还是只是站着疑惑，试图弄清楚他们已做回朋友。也许他们完全没有和解，或者她完全不在乎他是不是要纵身跃下露台，有友谊或没有友谊，但爱情之后永远没有友谊，爱的烈火会烧毁所有的桥梁和码头。我们一起站在其他人中间，突然克拉拉要我给她几分钟时间，在屋子中

间加入奥拉和贝丽尔，毫无预兆地开始唱一首《蔷薇骑士》的咏叹
调，而我会故意看向别的方向，因为我了解自己，再唱一秒钟，我
就会放声大哭。如果我真的哭了就哭吧，她会走到我面前，用前几
天挽着我的那只手停留在我的脸上，对我说"这首歌是唱给你的，
普林茨，这是我迟到的圣诞礼物，给那个可能爱我比我爱他少的男
人"。我了解我自己，也知道我无法抗拒，把她推进拥挤的衣帽
间，把她压在一排散发着香水味的貂皮大衣上，直截了当地问她：
"你想和我生孩子吗，尽管我不知道我的生活将走向何方，想还是
不想？""想。""你觉得我们在一起会幸福吗？""会。""这
个幻想会在什么时候结束？""不知道，从来不知道……""我回
答了你所有的问题了吗？""是的。""你确定吗？""我觉得
是。"她会再盘问我一分钟，我会说"好"，然后看着她跑到房子
的其他地方，然后我会等啊等，直到我终于明白，就像上周一样，
她只是消失了。因为英奇，还能有谁！我应该想到的。

　　也就是我下定决心要离开的时候，离开只是为了掩饰我是多么
备受打击和绝望透顶，或者我是多么希望这个夜晚能有其他转机。
我会取走我的外套，穿上，悄悄地走出来，然后轻快地走到斯特拉
斯公园，加快我的步伐，以防她发现我离开，冲过来阻止我。然
而，一旦到了公园，我就会像这一周一样，瘫坐在那里，希望克拉
拉真的跟着我，问我为什么这么快就走了——这就是我想要的吗？
我会说："我的问题，只是在做我最经常做的——放手我最想要的
东西，因为我渴望的东西很少被给予，所以我几乎不相信它们是真
的，更不敢碰它们，并且在不知情的情况下拒绝它们。""比如关
掉你的手机？""比如关掉我的手机。比如'太快了，太突然了，
太仓促了'。比如我想一路走下去的时候你说也许吧，就像你不去

电影院，而你知道昨晚我不可能不去。""是的，"我会说，"就像故意不出现并且知道你永远不会原谅我。""所以呢？""所以，没什么。我每晚来这里都想着我已经失去了你，因为我每晚都觉得这可能是我最后一次来，我在这里所做的一切，就是祈祷我不会和你在一起的那一天永远不会到来。我宁愿在寒风中，以你喜欢的任何方式，在这个公园度过一千个夜晚，也不愿再也见不到你。"

"双重否定，将来时，过去条件句——你在说什么呢，普林茨？"

"没什么，什么也没说。只是我反事实生活中的反事实的东西。"

在斯特劳斯公园，我只想记住我在这里的第一个晚上，或者第二个、第三个，或者我们接吻后我回来站在这里发呆的那个晚上。每次我看着面包店，都能感觉到胸中涌起一股冲动，想起我是如何把她的身体靠在玻璃板上亲吻她，我们的臀部贴在一起，我以为我一生都在追随这种冲动。事实上，我一直都在为克拉拉而排练，因为一切都是排练，除非这也是排练，我们所剩下的就是排练和延期，以及死亡。当我们都喝得太多的时候，这种友谊溢于言表，再告诉我一次，你甜蜜、苦涩的石头心，再告诉我一次，你是否也希望那段时间为你而停止？我对你有意义吗？我是你想要的吗？——是的。在你改变主意之前？——我从未改变过我的想法，但是如果这就是你对我的看法，那么我已经改变了我的想法。你渴望改变，但是你不能也不会改变你的想法。

我会站在那里，想到今晚可能会出现的东方三博士，尽管他们拖着脚步已经沉入地下，说，你不应该在这里，你为什么离开？你为什么在这里？我在这里思考我应该回去还是留在这里。然后呢？我也不知道。你的心已经分向了两边，你的心是一个无声的器官。

五年后，就像在侯麦的电影里一样，你会在欧洲的一个海滨小镇上遇到她，她会和孩子们在一起，或者你和孩子们在一起，你会看着、盯着、画出你所有可能的经历。她会说："你没有变。""你也没有。""是普林茨吗？""我猜，你是，克拉拉？""你还是那样。""还在保持低调吗？""仍在保持低调。你还记得呢？""我记得一切。""我也是。""怎么样？""好吧。"

当我到了我父亲的年龄，我的灵魂已经不健全，我希望有一种纯洁的爱可以回顾，站在阳台上，想着品酒会，想着被掐灭的香烟自由地掉在地上，想着我们对面高楼里的派对才是真的派对，与我的不同，我是否已经学会忍受这一切，或者从它开始停止的那天起，它会变成永恒的梦想，直到一百年后，它在离这里一百码远的面包房墙上停下来的那一天。

我现在该怎么办？站着等待？站着想一想？我该怎么办？

公园的路灯柱打破了这沉默。

你想要指导，还是答案，或者是道歉？

告诉我：我现在该怎么办？

回去，它的声音传来。如果我能回去，多好。我会在数百万人中听到那个声音。

从斯特拉斯公园，我走回第106街和滨河大道的拐角处，看着楼上的人背靠着窗户，就像我一周前看到他们那样，那时外面很冷，他们手里都拿着酒杯，映着烛光的脸上洋溢着欢笑和不祥的预感；我猜，有些人靠在钢琴上，嗓音沙哑的歌手带着每个人唱颂歌。我会和鲍里斯打招呼，他现在已经认识我了，我会看着他把胳膊伸进电梯，按下顶层公寓的按钮，就像他上周做的那样，我一进公寓，就会响起此起彼伏的"你好"。"好吧，你知道吗，他回来了，"

奥拉夫会说，"我跑去告诉克拉拉。""不，我去，"巴勃罗说，"她生你的气呢，昨晚你还放她鸽子。""我们都要去圣约翰教堂，想和我们一起去吗？"我还没来得及回答，一杯香槟就递给了我。我认出了这个手腕，这是你的手腕，甜蜜的、受祝福的、神赐的、我崇拜的——你的手腕。"这是一个梦。这是梦。"她说，"新年才刚刚开始。"

.